KARIN SEEMAYER

Das Geheimnis des Nordsterns

atb aufbau taschenbuch

KARIN SEEMAYER wurde 1959 in Reutlingen geboren, lebte von 1960 bis 1993 in Frankfurt und seitdem in Eppstein im Taunus. Mit Anfang zwanzig packte sie das Fernweh. Sie machte eine Ausbildung zur Reiseverkehrskauffrau und war die nächsten Jahre beruflich und privat viel unterwegs. Viele ihrer Romanideen sind auf diesen Reisen entstanden. Die Umsetzung der Ideen musste jedoch warten, bis ihre drei Kinder erwachsen waren.

Im Aufbau Taschenbuch sind ebenfalls ihre Romane »Die Tochter der Toskana«, »Das Gutshaus der Toskana«, »Sterne über der Toskana« und »Die Sehnsucht der Albatrosse« lieferbar.

Sommer 1904. In dem Seemann Peer Svensson hat die gefeierte Opernsängerin Sarah ihre große Liebe gefunden. Doch ihre gemeinsame Zukunft in San Francisco steht auf unsicherem Boden, denn Peer zieht es zurück aufs Meer, ins heimatliche Schweden – und er kehrt nicht wieder. Nur mühsam findet Sarah in ihr altes Leben in den feinen Kreisen der Gesellschaft zurück. Als ein Erdbeben die Stadt in Schutt und Asche legt, folgt sie dem Nordstern, dem Symbol ihrer Liebe, und macht sich auf den Weg in das beschauliche Mollösund. In dem alten Fischerdorf will sie Peer finden und die Wahrheit über seine Abwesenheit ans Licht bringen – nicht ahnend, dass ein unheilvolles Familiengeheimnis seine Schatten vorauswirft …

KARIN SEEMAYER

Das Geheimnis des Nordsterns

HISTORISCHER ROMAN

atb aufbau taschenbuch

MIX
Papier aus verantwortungsvollen Quellen
FSC® C083411

ISBN 978-3-7466-3575-0

Aufbau Taschenbuch ist eine Marke
der Aufbau Verlag GmbH & Co. KG

2. Auflage 2019

Umschlaggestaltung Christin Wilhelm, www.grafic4u.de
unter Verwendung von Motiven von © iStock / Getty Images
Plus / mg7, HasseChr, Fullerene, PhotoBylove und DavidMSchrader
Satz Greiner & Reichel, Köln
Druck und Binden CPI books GmbH, Leck, Germany
Printed in Germany

www.aufbau-verlag.de

PERSONENVERZEICHNIS

In San Francisco

Sarah Tanner (Emilia Rossi)	Opernsängerin
Anne Ross	Sarahs Tochter
Elizabeth Ross	Sarahs Mutter
Alice Freeman	Sarahs Tante
Christopher Ross	Sarahs Bruder
Amy Ross	seine Frau
Mary Wilson	Sarahs Schwester
Frank Wilson	ihr Mann
Emily	Sarahs Hausmädchen
David Cameron	Tenor an der Grand Opera
Renato Russo	Tenor
Aimee Pascal	Nachwuchssängerin
Rosalia Lombardi	Sopranistin
Horatio Stoll	Direktor der Grand Opera
Adeline Kempff	Gesangslehrerin
Georgina Astor	Reporterin beim »Examiner«
John Brandon	Kapitän, Sarahs Jugendliebe
Alex Fuller	Matrose, Peers Freund

In Schweden

Peer Svensson	Seemann
Livia Pettersson	Peers Jugendliebe
Lars (Lasse)	Livias Sohn
Johan Pettersson	Livias Vater
Elsa Svensson	Peers Mutter
Linnea Lindholm	Peers Großmutter
Nils Svensson	Peers Bruder
Britta Svensson	Nils' Frau
Anders Svensson	Peers Bruder
Helga Svensson	seine Frau
Marit Edström	Peers Schwester
Carl Edström	Marits Mann
Senta Isaksson	Carl Edströms Schwester (Witwe)
Pastor Dahlberg	Pfarrer
Pernilla Persson	Wirtin im »Wärdshus«
Dr. Norberg	Arzt aus Ellös
Bertil Hansen	Feldscher

Auf der Erland

Björn Lindqvist	1. Heizer
Mario	1. Trimmer
Jon Harsvik	Heizer
Singh	Heizer
Hans	Heizer

TEIL I

Sehnsucht nach dem Meer

1. KAPITEL

San Francisco, April 1905

Das gesamte Publikum stand. Rhythmisches Klatschen füllte den Saal der Grand Opera.

Sarah verneigte sich und lächelte in den dunklen Zuschauerraum. Irgendwo dort unten saß ihre Tochter Anne, aber sie konnte keine Gesichter erkennen. Neben ihr drehte und wendete sich ihr Partner, der Tenor Renato Russo, der die Rolle des Caravadossi gesungen hatte.

Was für ein eitler Fant er doch war. Es fehlte nur, dass er Handküsse in den Zuschauerraum warf. Prompt trat er einen Schritt vor, hob beide Hände an die Lippen, breitete sie aus und verzog seinen Mund zu jenem Lächeln, das ihm den Ruf als Herzensbrecher eingebracht hatte. Das kollektive Seufzen der Damen zog durch den Saal.

Was sie wohl sagen würden, wenn sie wüssten, dass Renato Russos bürgerlicher Name Jack Tuttle war und er eine Frau und zwei Kinder hatte?

Aber sie konnte ihn verstehen, auch sie trennte das Leben, das sie als Operndiva Emilia Rossi führte, streng von der Privatperson Sarah Tanner. Es war ein Zugeständnis an die Familie ihres verstorbenen Mannes. Undenkbar für die Witwe des Eisenbahnbarons Arthur Tanner, sich auf einer Bühne zu zeigen, selbst wenn es die der Grand Opera war.

Der Vorhang fiel und hob sich kurz darauf ein viertes Mal. Sarah strahlte Renato an, er verbeugte sich vor ihr, ergriff ihre Hand und hauchte einen Kuss darauf. Das Publikum begann zu trampeln. Es glaubte ihnen das Liebespaar, und wahrscheinlich würde die Presse wieder Vermutungen darüber anstellen, ob sie auch in Wirklichkeit ein Paar waren.

»Das war nicht schlecht, Liebste, vielleicht ein bisschen zu schrill in den Höhen«, raunte er ihr zu, als er sich wieder aufrichtete.

Sarah schluckte. So ein Mistkerl. Doch das konnte sie ebenfalls. »Ja, an deinen Höhen musst du wirklich noch arbeiten«, gab sie zuckersüß zurück.

Seine Miene gefror, er warf ihr einen mörderischen Blick zu. Sarah verwandelte das Grinsen in ihrem Gesicht in ein Lächeln. Viel lieber hätte sie die Tosca mit David Cameron gesungen, aber die Theaterleitung wollte sichergehen und hatte den Caravadossi mit Russo besetzt. Seine Auftritte garantierten einen Erfolg, zumindest bei den Damen, während man bei ihr nicht wusste, wie das Publikum ihren ersten Auftritt nach über einem Jahr Abwesenheit von der Bühne aufnehmen würde.

Russo führte Sarah nach vorn zum Rand der Bühne. Gemeinsam verneigten sie sich. Schließlich traten sie zurück, und der Vorhang senkte sich zum letzten Mal. Immer noch klatschten die Leute.

Die Premiere war ein Erfolg, soviel war sicher. Wie viel davon auf sie zurückzuführen war und wie viel auf ihren Partner, darüber würden sich die Kritiker und die Presse auslassen. Immerhin hatte sie für *Vissi d'arte* Szenenapplaus bekommen.

Es war das erste Mal, dass sie die Arie wieder für die Öffentlichkeit gesungen hatte, seit ihrem Schiffbruch und dem daraus folgenden viermonatigen Zwangsaufenthalt auf dem Robbenschoner Victory.

Sie hatte sich vorgestellt, Peer säße unter den Zuschauern. Vor einem Jahr, auf eben jenem Robbenfänger, hatte sie die Arie für ihn gesungen. Damals hatte sie zum ersten Mal wirklich begriffen, wie Floria Tosca gefühlt hatte, als sie mit ansehen musste, wie man ihren Geliebten folterte.

Peer war nicht ihr Geliebter gewesen, als der Steuermann ihn vor ihren Augen halbtot geprügelt hatte.

Noch nicht.

*

Am nächsten Morgen stand ein riesiger Kamelienstrauß auf dem Tisch in ihrem Salon. Sarah verdrehte die Augen. Ausgerechnet Kamelien, wie originell. Die konnten nur von Horatio Stoll, dem Direktor der Grand Opera, kommen. Die dazugehörige Karte bestätigte ihre Vermutung. »*Großartige Leistung, liebste Emilia! Die Kritiker überschlagen sich vor Begeisterung.*«

Neben der Vase lagen die neuesten Ausgaben des *San Francisco Calls* und des *Examiners.*

»Emilia Rossi ist wieder da. Die gefühlvollste Tosca, die es je gab«, lautete die Schlagzeile des *Calls*. Auch der *Examiner* lobte ihren Auftritt und erging sich, wie erwartet, in Spekulationen über sie und Renato Russo.

Vielleicht ist die Liebe die Ursache für das gefühlvolle Spiel der schönen Emilia?

Schon länger wird vermutet, dass es mehr als nur die Leidenschaft für die Musik und die gemeinsame Arbeit ist, was die dunkelhaarige Diva und den glutäugigen, gut aussehenden Tenor verbindet. Kenner der Grand Opera erinnern sich noch an den großartigen Auftritt der beiden in La Traviata, kurz vor dem geheimnisvollen Verschwinden von Emilia »La Rossi« für mehrere Monate.

Bei dem gestrigen Auftritt spielten sie das Liebespaar mehr als überzeugend. Emilias Eifersuchtsausbruch im ersten Akt war hinreißend, und ihre Interpretation der Vissi d'arte rührte das Publikum zu Tränen, ebenso wie Russo mit der wundervollen Arie E lucean le stelle ...

In diesem Stil ging es über eine ganze Seite, garniert mit einer Zeichnung von ihr und Russo in enger Umarmung.

Sarah verdrehte die Augen. Typisch für den *Examiner*.

Nichtsdestotrotz: Sie hatte es geschafft! Sie hatte bewiesen, dass sie wieder eine große Rolle singen konnte.

Sie legte die Zeitungen zurück und griff nach der Post. Eine Einladung zum Barbecue bei ihrer Tante Alice, ein Brief von ihrem Onkel.

Keine Nachricht von Peer.

Seit fünf Monaten war er nun fort. Seine Briefe waren immer unregelmäßig gekommen, unterwegs geschrieben und von den Häfen auf seinem Weg nach Hause abgeschickt.

Die letzte Nachricht hatte sie aus Rio de Janeiro erreicht. Sein Schiff, die Emma Rodge, hatte Kap Hoorn bei gutem Wetter in Rekordzeit umrundet. Es ging ihm gut, aber sie fehlte ihm.

Sie vermisste ihn ebenfalls.

Sein Gesicht verblasste zunehmend in ihrer Erinnerung.

Oh, sie erinnerte sich an Details. An seine Augen, die grün waren wie der Pazifik vor San Francisco, an den leichten Aufwärtsschwung seiner Mundwinkel, an die energische Linie seines Kinns, doch diese Einzelheiten fügten sich immer schwieriger zu einem Gesamtbild zusammen.

Irgendwann würde sie sein Gesicht nicht mehr heraufbeschwören können.

Dafür waren andere Erinnerungen umso lebendiger. Seine Stimme, dunkel, weich, ein klein wenig heiser. Sein Geruch nach Salz und Meer und frischem Holz, das in der Sonne trocknete. Das Gefühl von Sicherheit, wenn er sie umarmte.

Ein Klopfen an der Tür unterbrach ihre Gedanken.

»Mr. David Cameron«, meldete Emily, ihr Hausmädchen, und dann stürmte er auch schon in ihren Salon. Seine Erscheinung beherrschte sofort den Raum. Groß war er, sein Brustkorb gewaltig, und sein Bauchumfang stand dem nur wenig nach. Er sah aus wie ein veritabler Bass, tatsächlich aber war er der talentierteste Heldentenor, den das Grand Opera House je gesehen hatte. Und nicht nur das. Dave war ihr bester Freund, ihr schärfster Kritiker, ihr Mentor, und dies seit ihren ersten Auftritten am Grand Opera House.

»Hast du die Kritiken gelesen? Ich sagte doch, du warst gut!« Er schloss sie in die Arme und küsste sie rechts und links auf die Wangen.

»Renato meinte, ich sei in den Höhen zu schrill gewesen.«

»Ein wenig, aber das macht nichts. Dafür hattest du wesentlich mehr Ausdruck als früher, da fallen kleine Fehler nicht auf. Im Übrigen führe ich das auf deine Nervosität zurück. Morgen wird es besser sein.«

»Ach Dave, ich liebe dich.«

Er ließ sie los und musterte sie mit schief gelegtem Kopf. »Hast du wegen der Bemerkung von Russo die Premierenfeier so früh verlassen?«

»Nein, ich war müde.«

Das war gelogen. Müdigkeit war es nicht gewesen, sondern Überdruss. Das Gerede und die geheuchelten Glückwünsche ihrer Kollegen waren ihr auf die Nerven gegangen. Wie oft hatte sie an diesem Abend »Ich freue mich ja so für dich« von Leuten gehört, die sich nichts sehnlicher gewünscht hatten, als sie versagen zu sehen. Nicht, dass so etwas neu für sie war. Neid gehörte zum Theater wie die Schminke, die Perücken und die Kostüme. Der Neid der Kollegen war ein Beweis für Erfolg.

Sie hatte es auf die Anspannung vor der Premiere geschoben, dass sie sich nicht wirklich freuen konnte. Doch das Gefühl der Leere wollte auch jetzt nicht weichen. Der Erfolg schmeckte schal wie abgestandener Champagner. Vorsichtig ließ Dave sich auf einen Stuhl sinken und zog sie auf seinen Schoß.

»Er fehlt dir immer noch, nicht wahr?«

Sie lehnte sich an ihn. »Mehr denn je. Es wird immer schlimmer statt besser.«

»Schade, dass ich ihn nicht kennengelernt habe.«

David war für ein halbes Jahr in Europa auf Tournee gewesen. Er hatte sogar in der Mailänder Scala gesungen, etwas, worum Sarah ihn glühend beneidete.

»Ich glaube, er würde dir gefallen.«

Mit Sicherheit hätte er Peer gemocht. Ob es umgekehrt der Fall gewesen wäre? Sie bezweifelte es. Dave gehörte zu den Männern, die sich nicht für Frauen interessierten. Natürlich durfte das niemals an die Öffentlichkeit dringen. Nicht zuletzt deshalb zeigte sie sich oft mit ihm und widersprach nicht, wenn Gerüchte aufkamen, sie wären ein Paar.

Seine Karriere wäre ruiniert, wenn jemals herauskäme, dass er eine Affäre mit einem Tänzer des Ballettensembles führte.

Sarah seufzte. Warum war es nur so schwierig mit der Liebe? Dave und José, die ihre Liebe verbergen mussten. Peer und sie, deren Leben nicht zusammenpassten. Sie hatte gehofft, er würde länger bleiben. Was sie sich erträumt hatten, war, dass jeder sein Leben weiterführte, so wie die Albatrosse, die einander treu waren und sich immer wieder trafen. Doch Albatrosse trafen sich auf einer Insel. San Francisco war keine Insel. Sarah stand als »Emilia Rossi« im Licht der Öffentlichkeit, ihre Liebe zu einem einfachen Matrosen hatte die Aufmerksamkeit der Presse auf sie gelenkt, die sich in hämischen Kommentaren erging. Ihre Freunde und ihre Verwandten hatten ihn mit freundlicher Nachsicht behandelt und ständig durchblicken lassen, er könne nur eine vorübergehende Episode in Sarahs Leben sein.

Dave streichelte ihre Schulter. »Warum hast du ihn gehen lassen?«

»Was hätte ich denn tun können? Er ist Seemann.«

Nachdem Dave sich verabschiedet hatte, wanderte Sarah ruhelos durch die Räume. Es war Samstag. Anne besuchte Freunde. Emily, ihrem Hausmädchen, hatte sie für den Rest des Tages freigegeben. Normalerweise genoss sie es, alleine zu sein, besonders nach einer Vorstellung, jetzt erschien ihr das Haus unerträglich eng.

Sie ging in ihr Musikzimmer und setzte sich an den Flügel. In den letzten Wochen hatte sie täglich gesungen, jetzt, wo sie jeden zweiten oder dritten Abend einen Auftritt hatte, musste sie ihre Stimme schonen. Sie blätterte unschlüssig in den Noten, spielte ein paar Takte und klappte den Deckel wieder zu.

Vielleicht sollte sie einen Spaziergang machen. Kurzentschlossen griff sie nach Hut und Mantel.

Die Haltestelle der Cable Cars befand sich in unmittelbarer Nähe. Erst als sie im Wagen saß, bemerkte sie, dass sie die Bahn zum Hafen genommen hatte. An die hölzerne Lehne des Sitzes gelehnt, lauschte sie auf das Rattern und Klappern, mit dem sich die Bahn in Bewegung setzte.

Seit Peers Abreise war sie nicht mehr oft am Hafen gewesen, zu schmerzlich war die Erinnerung an ihren Abschied. Doch heute sehnte sie sich nach dem Anblick der Schiffe, dem Tuten der Schiffssirenen und dem Heulen der Nebelhörner. Sie verließ die Bahn an der Endhaltestelle und schlenderte hinunter zu den Piers. Soeben wurde ein Fischkutter entladen. Die Rufe der Schauerleute, das Geschrei der Möwen, die sich um Fischabfälle stritten, und der Geruch nach Tang und Meer erinnerten sie lebhaft an die Zeit mit Peer. Hier hatte er gearbeitet, solange er in San Francisco gewesen war.

Langsam ging sie den Kai entlang, betrachtete die Schiffe, die großen Rahsegler und die kleineren Schoner. Der schmucke Schoner dort drüben sah beinahe so aus wie die *Victory*. Schnittige Linien, niedrige Deckaufbauten. Vielleicht war er ebenfalls von Matthew Turner gebaut worden. Wie Peers Augen geleuchtet hatten, als er ihr von dem Schiffbaumeister erzählt hatte. Er baue die besten und schnellsten Schiffe, waren seine Worte gewesen.

Ihr Blick folgte einem Zweimaster, der gerade auslief. Groß- und Schonersegel waren gesetzt, die Matrosen hissten die Vorsegel. Wahrscheinlich hörte sie ihre Rufe nur in ihrem Kopf, das Schiff war viel zu weit entfernt. Und gewiss bildete sie sich nur ein, am Ruder einen großen, blonden Matrosen zu sehen. Wie gerne würde sie mit hinaussegeln.

I must go down to the seas again, for the call of the running tide.

Der Ruf der See. John Mason hatte ihn in »Seafever« beschrieben. Für immer würde dieses Gedicht Peers Sehnsucht nach dem Meer für sie verkörpern. Und jetzt zog sie es selbst dorthin. Auf ein Schiff. Sie wollte den salzigen Wind auf ihrer Haut spüren, die Gischt, die über die Reling sprühte. Zu sehen, was er sah, zu fühlen, was er fühlte, war eine Möglichkeit, ihm nahe zu sein. Wo mochte er jetzt sein? Noch auf dem Atlantik oder bereits zu Hause? Stand er vielleicht in diesem Augenblick an der Reling eines Schiffes?

And all I ask is a tall ship and a star to steer her by.

Nautical Star – der Nordstern, der Leitstern der Seeleute. Peer trug ihn als Glücksbringer auf der Innenseite seines Handgelenks tätowiert.

»Wenn du abends an Deck gehst, geh nach Steuerbord, dann siehst du ihn«, hatte er ihr beim Abschied in Yokohama gesagt. »Er steht im Sternbild ›Kleiner Bär‹, nicht allzu hoch über dem Horizont. Ich werde ihn auch sehen und an dich denken.«

Dachte er noch an sie?

Ein dicker Kloß saß in ihrer Kehle. Vielleicht war es doch keine gute Idee gewesen, hierherzukommen. Entschlossen drehte sie den Schiffen den Rücken zu und machte sich auf den Weg zurück. Er lebte sein Leben und sie ihres. Sie selbst hatte es so gewollt.

An der Haltestelle der Cable Cars stand ein dunkelhaariger Mann und sprach mit einer Frau, die geschminkt war wie eine Hafendirne. Das Paar versperrte den Weg. Sarah wollte eben auf die Straße ausweichen, da hörte sie, wie der Mann die Frau nach der Jackson Street fragte.

»Was willst'n da?«, gab die Hure zurück. »Komm lieber mit zu mir, ich mach's dir auch ein bisschen billiger, weil du so'n hübscher Kerl bist.«

»Ein anderes Mal, Süße. Erst muss ich eine alte Bekannte besuchen.«

Sarah hielt inne. Diese Stimme und diese schauderhafte Aussprache kannte sie. Außer, ihre Sehnsucht spielte ihr einen Streich und gaukelte ihr Dinge vor, die es nicht gab.

»Alex?«, fragte sie zögernd.

Der Mann fuhr herum und starrte sie entgeistert an. »Mrs. Tanner!«

Er war es wirklich. Alex Fuller, der australische Abenteurer, der auf der Victory Peers bester Freund gewesen war.

»Na, das nenn' ich Zufall! Gerade habe ich die Dame hier nach dem Weg gefragt.«

Seine dunklen Augen funkelten voll Freude.

»Nach dem Weg? Zu mir?«

Lächelnd nickte er. »Ich bin seit zwei Tagen in der Stadt und dachte, ich besuche mal die beste Köchin, die ich kenne. – Tja, Lady«, wandte er sich an die Frau. »Du musst dir einen anderen Freier suchen. Ich habe leider keine Zeit.«

Sie schob schmollend die Unterlippe vor und warf Sarah einen giftigen Blick zu. »Dann wünsch' ich viel Vergnügen!« Mit hocherhobenem Kopf trippelte sie davon.

Alex bot Sarah den Arm. »Gehen wir ein Stück, Ma'am.«

Sie hakte sich bei ihm ein. »Bitte sag doch Sarah. Wir sind nicht mehr auf der Victory.«

»Sarah. Gerne. Wie geht es dir? Und was macht Peer, der alte Wikinger?«

»Mir geht es gut. Und Peer hoffentlich auch.«

»Hoffentlich?«

»Er ist unterwegs«, erklärte sie so unbekümmert wie möglich.

»Unterwegs? Auf See?«

»Wo sonst«, sagte sie und fuhr direkt fort, bevor er sie weiter befragte: »Erzähl von dir. Wo warst du, was hast du gemacht?«

Sein Blick verriet ihr, dass er ihre Taktik durchschaute.

»Wir sollten uns einen Platz zum Reden suchen. Sicher gibt es hier irgendwo ein Café?«

»Ich muss gestehen, ich weiß es nicht. Ich bin nicht oft hier.«

»Nicht? Keine Sehnsucht nach dem Meer?«

»Manchmal. Heute zum Beispiel.« Sie lächelte und spürte selbst, wie traurig es wirken musste. »Ich lade dich auf einen Kaffee im Palace Hotel ein, das ist nur ein paar Stationen mit der Cable Car entfernt.«

Unter dem Glasdach des Garden Court im Palace Hotel herrschte angenehme Wärme.

»Das tut gut.« Alex rieb sich die Hände. »Verdammt windig da draußen.«

»In San Francisco ist es immer windig.« Sarah wärmte sich die Finger an ihrer Kaffeetasse.

»Reden wir über dich. Was hast du gemacht?« Fragen, bevor er es tat. Natürlich schob sie das Gespräch nur auf. Alex war Peers Freund, sie würde über ihn reden müssen. Darüber, warum er nicht mehr hier war.

Aber nicht jetzt.

»Ich habe Willy nach Hause gebracht.« Alex lachte. »Seine Eltern haben eine Farm in der Nähe von Calgary. Stell dir vor, der Junge ist ausgerissen, um zur See zu fahren, er wollte kein Bauer werden. Seinen Eltern hat er aus Victoria geschrieben, sie sollten sich keine Sorgen machen.«

Willy, der Schiffsjunge der Victory. Gerade mal fünfzehn Jahre alt und den Kopf voller romantischer Vorstellungen vom Abenteuer auf See. Der Steuermann hatte ihm die Träume nachhaltig ausgetrieben.

»Er hatte die Nase voll vom Meer und von Schiffen, aber er hat sich nicht heimgetraut. Naja, ich hatte ebenfalls die Schnauze voll, da habe ich eben den verlorenen Sohn nach Hause gebracht. Und da gerade Erntezeit war, bin ich für ein paar Wochen dort geblieben. Eine schöne Gegend, nur im Winter wollte ich nicht dort sein. Zu kalt, zu einsam, zu viel Schnee.«

»Und was hast du jetzt vor?«

»Ich weiß es noch nicht. Vielleicht gehe ich an die Ostküste. Ich wollte schon immer New York sehen. Und danach fahre ich vielleicht nach Europa. Paris, London und so.« Er zuckte die Schultern. »Und was machst du?«

»Ich habe gestern Abend meine erste Hauptrolle seit fast zwei Jahren gesungen. Die Tosca …« Sie stockte. Alex interessierte sich bestimmt nicht für ihre Karriere als Sängerin.

»Großartig. War es ein Erfolg?«

»Ja, ich glaube schon. Die Kritiken waren jedenfalls gut. Ich werde die Rolle bis zum Ende der Saison singen, danach spielen wir Aida, da übernimmt Madame Lombardi die Hauptrolle.«

Weil die Theaterleitung ihr nicht zutraute, eine zweite Saison durchzuhalten. Das Risiko, dass ihre Stimme noch einmal versagte, sei zu groß, hatte man ihr erklärt.

»Es gibt Gerüchte, Caruso käme nächstes Frühjahr nach San Francisco. Wenn alles gut geht, werde ich mit ihm auf der Bühne stehen.«

Lächelnd schüttelte Alex den Kopf. »Wer ist Caruso?«

»Du kennst Enrico Caruso nicht?«

»Nein, ist er wichtig für dich?«

»Wichtig? Er ist der größte Opernsänger aller Zeiten. Mit ihm zu singen ist …« Sie brach ab.

Wie dumm von ihr. Wahrscheinlich war Alex noch nie in einer Oper gewesen, woher sollte er Caruso und all die anderen großen Namen kennen. Sie war nicht besser als die Leute, die Peer ständig verdeutlicht hatten, er sei zu ungebildet für sie.

Ihre Wangen glühten. Und dann wurde ihr klar, dass Alex mit seiner Frage etwas ganz anderes gemeint hatte.

»Nein, er ist nicht wichtig für mich. Es wäre eine Ehre, mit ihm auf der Bühne zu stehen, mehr nicht.«

Er blickte sie nachdenklich an. »Du hast dich verändert. Wo ist die Frau geblieben, die unsere Kombüse geputzt, das Essen gekocht und mit den Matrosen gescherzt hat? Die Kapitän Brandon die Stirn geboten und dem Steuermann heißen Kaffee über die Hose geschüttet hat?«

»Peer hat dir davon erzählt?«

»Hat er. Auf der Fahrt von Yokohama nach Victoria.«

Sarah senkte den Blick. Wo war die Frau, die sie auf der

Victory gewesen war? Fort. Sie hatte sich zurückgezogen, sich in ihrer Arbeit vergraben, seit der Mann, den sie liebte, gegangen war.

»Das ist vorbei«, erklärte sie entschlossen. »Ich habe viel gelernt auf der Victory, und ich werde es nicht vergessen, aber ...«

»Aber?«

»Das Leben hier ist anders. Ich stehe wieder auf der Bühne, ich habe Verpflichtungen.«

»Und Peer?«

»Peer hat die See und seine Schiffe.«

Langsam stellte Alex die Tasse ab. »Was ist passiert?«

Sie sah das Mitleid in seinen Augen. Das ging zu weit. Sie mochte ihn, sehr sogar, doch soeben überschritt er eine Grenze. »Mr. Fuller, das geht Sie nichts an.«

»Oho, nun bin ich wieder Mr. Fuller. Doch Mrs. Tanner, Ma'am, es geht mich etwas an. Ich war mit Peer zwei Jahre lang unterwegs, er ist mein Freund. Ich hatte gehofft, ihn hier zu treffen. Wo ist er?«

Sie seufzte. »Unterwegs nach Hause.«

»Nach Hause, nach Schweden?«

»Ja. Er müsste bald dort sein. Sieh mich nicht so an. Du weißt, wie er ist. Hast du geglaubt, er würde sich hier mit mir niederlassen?«

»Ich habe geglaubt, dass er länger bleibt.«

»Ich auch.«

»Und?«

Warum sollte sie es ihm nicht erzählen. Mit ihm über Peer reden, über die Zeit auf der Victory und die Zeit danach. Vielleicht konnte sie doch wieder die Frau sein, die sie auf dem Schiff gewesen war. Wenn auch nur für einen Abend.

»Hattest du nicht gesagt, du warst auf dem Weg zu mir?«

»Ja.«

»Heute Abend habe ich einen Auftritt. Aber wenn du übermorgen kommst, werde ich für uns kochen.«

Sie winkte dem Kellner und bat um die Rechnung.

2. KAPITEL

Sarah stand noch in der Küche und rührte die Polenta, als Alex kam. Lachend trat er durch die Tür. »So gefällst du mir viel besser.«

Hinter ihm erschien Emily mit deutlich missbilligender Miene. »Es tut mir leid, Ma'am. Er hat darauf bestanden, in die Küche zu kommen.«

»Das ist in Ordnung«, antwortete Sarah. »Mr. Fuller hat mir schon öfter beim Kochen zugesehen.«

»Siehst du, Schätzchen, ich hab' doch gleich gesagt, sie hat nichts dagegen.«

Sarah blickte in Emilys Gesicht und unterdrückte ein Grinsen. In der Miene des Hausmädchens spiegelte sich deutliche Entrüstung über die Dreistigkeit des Mannes, gleichzeitig schien sie von seinem Charme und seinem guten Aussehen fasziniert. Einen Augenblick zögerte sie, dann wandte sie sich wortlos um und ging, wobei sie die Hüften in einer Art und Weise schwang, die Sarah nie zuvor an ihr bemerkt hatte.

Sie lachte und zog den Topf mit der Polenta von der Herdflamme.

»Wenn du schon hier bist, kannst du auch helfen. Hier, das muss gerührt werden, aber nur in eine Richtung.«

Sie drückte Alex den Löffel in die Hand und sah nach dem Ossobuco. Ein verführerischer Duft nach Fleisch und italienischen Kräutern stieg aus dem Topf. Zufrieden legte sie den Deckel wieder auf.

Sie saßen zu dritt am Tisch, Sarah, ihre Tochter Anne und Alex. Emily trug auf. Sarah erkannte ihr Hausmädchen kaum wieder. Statt des üblichen strengen Dutts trug sie die Haare locker zurückgesteckt, einige Strähnen ringelten sich kokett um ihr Gesicht und über ihren Nacken, und ihre Bluse war dieses Mal nicht bis oben hin zugeknöpft.

Ein leichter Duft nach Parfum stieg Sarah in die Nase, als Emily sich vorbeugte, um den Wein einzuschenken.

Ganz offensichtlich wirkte Alex' Charme nicht nur bei Prostituierten.

Während des Essens bestritt er den größten Teil der Unterhaltung allein, erzählte von Australien, seinen Erfahrungen als Opalschürfer und Zuckerrohrschneider, von den riesigen Farmen und vom Leben der wandernden Schafscherer. Anne hing an seinen Lippen, die Augen vor Staunen geweitet.

Leicht beunruhigt bemerkte Sarah, dass er mit ihrer Tochter flirtete. Wahrscheinlich dachte er sich nichts dabei, der lockere Umgang mit Frauen lag einfach in seiner Natur. An Bord der Victory hatte er auch mit ihr selbst geschäkert – und gesungen und getanzt.

Er war beinahe zehn Jahre älter als Anne, hatte viel mehr Erfahrung als die jungen Männer, mit denen sie sonst Umgang pflegte, natürlich war sie beeindruckt.

Seine Augen blitzten mutwillig, und er lachte, als er von seiner Zeit in Lightning Ridge erzählte, von den Streitereien zwischen den Opalsuchern und den Besitzern der großen Farmen.

Anne stimmte in sein übermütiges Gelächter ein.

Und plötzlich sah Sarah ihn mit den Augen ihrer Tochter. Ein großer, schlanker Mann, klug, lebenserfahren. Obwohl er feingeschnittene Gesichtszüge hatte, wirkte er nicht weibisch, im Gegenteil, er sah aus wie einem Abenteuerroman entsprungen, ein schöner Pirat mit schwarzem Haar und dunklen Augen, durch und durch männlich.

Alex schien eine ähnliche Faszination auf Anne auszuüben wie John Brandon vor über zwanzig Jahren auf sie.

Nach dem Essen zog Anne sich zurück. Alex' Blick folgte ihr. »Du hast eine schöne Tochter.«

»Alex ...«, sagte sie warnend.

»Besorgt?«

»Natürlich. Ich weiß, wie es ist, jemanden zu lieben, der nicht sesshaft ist.«

Das Lächeln wich aus seinem Gesicht. »Warum ist er fort?«

»Er war mehr als sechs Jahre nicht zu Hause, und zufällig lag vor einigen Monaten ein Schiff hier, das nach Göteborg fuhr.« Sie seufzte und strich sich eine Locke aus der Stirn. »Du kennst ihn, du weißt genauso gut wie ich, dass er die See niemals aufgeben wird. Allerdings hatte ich nicht damit gerechnet, dass er für so lange geht.«

»Aber ihr habt euch nicht im Streit getrennt?«

»Nein, er kommt wieder.«

Es war nicht die ganze Wahrheit. Sie waren nicht im Streit auseinandergegangen, doch Peers Abreise hatte nicht nur mit dem Schiff nach Göteborg zu tun. Die Wahrheit war komplizierter und schwer zu erklären.

Sie griff nach ihrem Glas, doch es war leer.

Alex schenkte ihr nach. »Der schmeckt gut.«

Sarah lachte. »Ein Zinfandel von der Villa Antonella. Das Beste, was unser Weingut zurzeit zu bieten hat.«

»Du hast ein Weingut?«

»Nein, ich bin nur daran beteiligt. Mein Großvater hat es gegründet. Er war so klug, während des kalifornischen Goldrausches Land aufzukaufen, statt nach Gold zu suchen.

Er hat Wein angebaut, die Reben hatte er aus Italien mitgebracht und sie hier veredelt. Mein Vater und mein Onkel haben es später im großen Stil aufgezogen und sind damit reich geworden.«

Alex hob sein Glas. »Auf eine phantastische Frau, die nicht nur kochen kann, sondern auch guten Wein im Keller hat!«

Sarah stieß mit ihm an.

Emily kam, um den Tisch abzuräumen. Nachdenklich sah Alex ihr nach. »Du wohnst in einem der besten Viertel von San Francisco, du hast ein Hausmädchen …«

»Und eine Köchin und einen Gärtner.« Sarah lächelte. »Überrascht?«

»Nicht besonders«, sagte er. »Wir wussten alle, dass du reich bist.«

»Reich und verwöhnt, ich weiß. Kapitän Brandon hat keinen Hehl daraus gemacht, was er von mir hielt, solange ich auf der Victory war.«

»Doch außer Brandon wusste wohl keiner von uns, was reich sein bedeutet«, fuhr Alex fort. »Für die Besatzung hieß Reichtum, ein Haus und reichlich zu essen und zu trinken zu haben, vielleicht sogar feine Anzüge zu tragen. Ein Haus wie dieses hier, mit Bediensteten, das konnten sich auf der Victory sicher die wenigsten vorstellen.« Er beugte sich vor. »Wie kam Peer damit klar?«

Für einen Moment verschlug es ihr die Sprache. Er hatte ihren wunden Punkt genau getroffen.

»Nicht so gut«, sagte sie dann.

Erinnerungen. Peer im maßgeschneiderten Anzug auf einem Empfang, er wirkte, als hätte er sich verkleidet. Sein schwerer Seemannsgang inmitten der stolzierenden Herren im Frack und der Damen in ihren duftigen, schwingenden Kleidern. Seine unverblümte Art, mit der er oft genug gegen die gesellschaftlichen Konventionen verstieß.

Alex beugte sich vor. »Vielleicht sollten wir eine zweite Flasche Wein holen, und du erzählst mir, was passiert ist?«

Einen Moment zögerte sie. Wollte sie wirklich derart private Dinge mit ihm besprechen?

Doch er war Peers Freund, und es würde guttun, mit jemandem über ihn zu reden, der ihn kannte.

Kurze Zeit später saßen sie im Salon vor dem Kamin. Sarah nippte an ihrem Wein und starrte in die Flammen. Womit sollte sie anfangen?

Schließlich brach Alex das Schweigen. »Er konnte es kaum erwarten, nach San Francisco zu kommen. Er hat direkt auf dem nächsten Schiff nach Süden angeheuert, ohne mit uns Abschied zu feiern ...«

Die übliche Abschiedsfeier. Sarah erinnerte sich daran, was er ihr in Yokohama erzählt hatte. Der erste Gang der Seeleute an Land führte sie üblicherweise in die nächste Kneipe und ins Bordell.

»Eigentlich ist nichts Besonderes passiert«, begann sie. »Wie du sagst, er kam sofort hierher.«

Und da hatten die Probleme schon angefangen. Erst viel später hatte er ihr erzählt, wie es ihm bei seiner Ankunft ergangen war.

3. KAPITEL

Die *Ruth Alexander* aus Victoria war Anfang August in San Francisco eingelaufen. Der Wind war günstig gewesen, sie hatte die Fahrt in nur drei Tagen gemacht.

An den Piers standen die Schlafbaase, um den Matrosen Kost und Logis anzubieten – und ihnen das Geld aus der

Tasche zu ziehen. Manche waren wie Haie; hatten sie ihre Beute erst einmal gepackt, ließen sie nicht mehr los, bis die armen Kerle auch den letzten Cent ihrer Heuer versoffen und verhurt hatten, erst dann besorgte ihnen der Heuerbaas ein neues Schiff. Peer hatte es oft genug selbst erlebt. Inzwischen wusste er sich zu schützen.

Er ignorierte die Männer, die auf ihn einredeten und versuchten, ihn mit sich zu ziehen, und fragte einen der Schauerleute nach dem Weg zur Jackson Street.

Der Mann hob die Augenbrauen. »Nob Hill, eh?« Er spuckte einen Strahl Kautabak auf den Boden. »Wenn du Arbeit suchst, bist du da falsch. Die lassen einen Kerl wie dich noch nicht mal ihren Müll wegräumen.«

Peer zuckte die Schultern. »Warum nicht?«

»Weil das alle Snobs sind. Verdammte Bourgeoisie, reich und arrogant und keine Ahnung vom wirklichen Leben. Such dir besser eine andere Gegend.«

»Eigentlich will ich nach Pacific Heights.«

»Auch nicht viel besser, nur weiter zu laufen. Aber versuch dein Glück. Du gehst den Broadway entlang bis zur Stockton Street, biegst links ab und zwei Blocks weiter rechts in die Jackson. Bis Pacific Heights ist es ein gutes Stück.«

Peer dankte ihm, schulterte seinen Seesack und marschierte los. Er war vor zwei Jahren in San Francisco gewesen, doch da hatte er kaum mehr gesehen als das Hafenviertel. Er hatte keine Vorstellung, was ihn erwartete. Überheblich sollten also die Leute sein, die dort lebten. Das hatte Brandon auch über Sarah gesagt, als er ihn und Brady dazu abkommandiert hatte, ›der Lady‹ in der Kombüse zu helfen. Sie war ganz anders gewesen. Hilfsbereit und freundlich hatte sie versucht, das Beste aus ihrem Zwangsaufenthalt auf der Victory zu machen. Und für ihn war ihre Anwesenheit an Bord das Beste gewesen, was ihm hätte passieren können.

Die Straße, der er folgte, führte so steil bergauf, dass er trotz des kühlen Windes zu schwitzen begann. Je weiter er kam, desto größer und prunkvoller wurden die Häuser.

Sarah war reich, das wusste er, doch als er schließlich Pacific Heights erreichte, gingen ihm die Augen über. Hier lebte sie?

Ihr Haus war eine der Villen, lag etwas abseits der Straße und hatte einen sehr gepflegten Vorgarten.

Auf sein Klopfen hin öffnete eine adrett gekleidete junge Frau.

»Sie wünschen?«, fragte sie und musterte ihn von oben bis unten. Ihr Blick machte ihm bewusst, wie sehr er sich von den Herren in den dunklen Anzügen unterschied, die er auf den Straßen gesehen hatte. Zwar hatte er sich vor seiner Ankunft gewaschen und rasiert, und er trug seine besten Sachen. Doch seine Baumwollhosen waren ausgeblichen und an den Knien ausgebeult, sein Hemd war am Kragen ausgefranst. Hastig nahm er die Mütze ab. »Guten Tag. Ich wollte zu Sah… ähm, Mrs. Tanner.«

Die junge Frau zog die Brauen zusammen. »Sind Sie angemeldet?«

Er starrte sie an. »Wie?«

»Ob Sie angemeldet sind.«, wiederholte sie ungeduldig.

Was meinte sie? Wie hätte er sich anmelden können, wo er doch nicht gewusst hatte, wann er ankommen würde. »Nein.«

»Es tut mir leid. Mrs. Tanner empfängt keine Besucher.«

Sie machte Anstalten, die Tür zu schließen. Schnell schob er einen Fuß vor und hielt sie auf.

»Was soll das heißen? Sie hat gesagt, ich soll herkommen.«

»Sind Sie der neue Gärtner? Wir haben Sie erst nächste Woche erwartet.«

»Was? Nein, ich bin kein Gärtner, ich bin – «

»Wenn sie nicht der Gärtner sind und nicht angemeldet, muss ich Sie bitten zu gehen«, unterbrach sie ihn und machte einen erneuten Versuch, die Türe zu schließen.

Peer wich nicht zurück. »Warten Sie.«

Es war ein Missverständnis. Es musste ein Missverständnis sein.

Vielleicht auch nicht, meldete sich eine boshafte kleine Stimme in seinem Kopf. *Vielleicht hat sie es sich anders überlegt, jetzt wo sie wieder zu Hause ist. Was weißt du denn von ihr. Sieh dich doch um. Passt du vielleicht hierher?*

Die Art, in der das Hausmädchen ihn musterte, verstärkte sein Unbehagen.

»Was gibt es denn, Emily?« Eine zweite junge Frau erschien an der Tür. Sie war größer als das Hausmädchen und trug ein helles Kleid. Das Hausmädchen drehte sich um. »Nichts weiter, Miss. Nur ein Missverständnis.« Dann wandte sie sich wieder an ihn.

»Gehen Sie jetzt, oder ich hole die Polizei.«

»Einen Moment.« Die andere junge Frau sah ihn neugierig an. »Wer sind Sie?«

»Mein Name ist Svensson, ich wollte zu Mrs. Tanner.«

Ihre Augen weiteten sich verblüfft, dann zeigte sich ein Lächeln auf ihren Lippen, und er wusste plötzlich, wer sie war. Sie hatte Sarahs Lächeln.

»Sie sind das! Herzlich willkommen.« Sie riss die Tür auf und wandte sich an das verblüffte Hausmädchen. »Es ist in Ordnung, Emily, Mr. Svensson ist ein Freund von Mama.«

Emilys Augenbrauen rutschen nach oben, aber sie nickte und zog sich zurück.

Die junge Frau streckte ihm die Hand entgegen. »Ich bin Anne. Sarahs Tochter. Ich habe schon viel von Ihnen gehört.«

Einen Augenblick wusste er nicht recht, was er tun sollte, dann ergriff er ihre Hand und schüttelte sie herzhaft. »Peer

Svensson.« So konnte sie sich aussuchen, wie sie ihn anreden wollte.

Ihr Händedruck war überraschend fest. Er ertappte sich dabei, in ihrem Gesicht nach Ähnlichkeiten mit Sarah zu suchen. Er konnte keine entdecken, aber sie glich auch nicht ihrem Vater. Sie war außergewöhnlich hübsch. Ihr Haar war nicht lockig wie Sarahs, sondern glatt und von einem warmen Goldbraun. Ihre Augen waren auffallend hell und klar, sie schimmerten wie Aquamarine.

»Meine Mutter wird sich freuen, Sie zu sehen. Sie ist im Garten.« Sie lächelte ihm verschwörerisch zu. »Kommen Sie.«

Er folgte ihr durch die Eingangshalle, hatte kaum Zeit sich umzusehen, so rasch lief sie voraus. Hinter dem Haus befand sich eine riesige Terrasse, an die ein großer Garten anschloss. Dort war ein älterer Mann dabei, die Rosen zu beschneiden.

»Hallo Porter«, rief Anne ihm fröhlich zu. »Ist Mutter noch im Kräutergarten?«

Der Mann richtete sich auf. »Jawohl, Miss«, antwortete er mit steifer Oberlippe, jeder Zoll an ihm strahlte pure Missbilligung aus.

»Er kann es nicht leiden, wenn Mutter im Garten arbeitet. Er meint, sie pfusche ihm ins Handwerk«, wisperte Anne Peer zu und zupfte ihn am Ärmel. »Kommen Sie.«

Sie lief bis zu einer niedrigen Buchsbaumhecke. Dort hielt sie inne. Er kniff die Augen zusammen. Hinter der Hecke kniete Sarah in einem Beet und jätete offensichtlich Unkraut. Sie trug Hosen und ein ärmelloses, gestreiftes Hemd, das er kannte. Sie hatte es auf der Victory getragen. Ein großer Strohhut schützte ihr Gesicht vor der Sonne. Neben ihr stand ein Korb, in den sie die ausgerissen Pflanzen warf.

Er wandte sich zu Anne und legte den Finger an seine Lippen. Sie nickte und zog sich zurück.

Wieder sah er hinüber zu Sarah. Sie grub ihre Finger in die Erde und zog etwas mit einer langen Wurzel heraus. Danach zupfte sie einige Blätter von einer der Pflanzen, zerrieb sie zwischen ihren Händen und atmete tief ein. Eine leichte Brise brachte den würzigen Duft bis zu ihm. Sie setzte sich auf ihre Fersen, ihr Gesicht der Sonne zugewandt, die Augen geschlossen. Er lächelte. Wie oft hatte er sie so auf ihrem Lieblingsplatz auf der Back der Victory sitzen sehen. Er hätte stundenlang dort stehen und zuschauen können, mit welcher Freude sie in der Erde wühlte, gleichzeitig wollte er sie in die Arme nehmen.

Er räusperte sich. Sie wandte sich um und strich sich über die Stirn. Dabei streifte sie den Hut ab. Ihre dunklen Locken ringelten sich um ihr Gesicht.

»Ich habe doch gesagt, ich möchte nicht gestört …« Ihre Augen weiteten sich. »Peer!«

Eine feine Schweißschicht glänzte auf ihrer Haut, ein Schmutzstreifen zog sich über ihre Stirn. Sie wischte sich über das Gesicht und hinterließ einen weiteren dunklen Streifen auf ihrer Wange.

Das Verlangen, sie zu küssen, wurde fast schmerzhaft.

»Käresta!« *Geliebte.*

Mit einer fließenden Bewegung stand sie auf und stapfte quer durch das Beet. Dicht vor ihm blieb sie stehen. Mit ihr kam ein Duft nach wilder Minze, Rosmarin und Lavendel. Es war ihm egal, ob sie jemand sah. Er schlang seine Arme um sie, drückte sie an sich und küsste sie. Ihr Körper war warm von der Sonne, und ihre Lippen schmeckten nach Brombeeren.

Sie stieß ein atemloses Lachen aus. »Warte. Ich bin verschwitzt und schmutzig …«

»Das macht nichts«, murmelte er an ihrem Mund.

Das Misstrauen, mit dem Emily Peer empfangen hatte, war harmlos gegen den Auftritt von Sarahs Mutter Elizabeth.

Sarah hatte das Gästezimmer für Peer bereit machen lassen. Es war ein Zugeständnis an die Konventionen. So konnte er ebenso gut als ihr Untermieter gelten. Viele alleinstehende Frauen vermieteten Zimmer.

Natürlich gab es trotzdem Gerede, doch das war ihr gleichgültig. Ihre Freunde wussten bereits von Peer, und die Presse dichtete ihr ohnehin seit Jahren Affären an.

Elizabeth Ross kehrte ein paar Tage nach Peers Ankunft aus dem Sommerhaus der Familie am Lake Tahoe zurück. Früher als gewöhnlich, wahrscheinlich, weil die Gerüchte über Sarahs ungewöhnlichen Gast den Weg in den Norden gefunden hatten.

Direkt am nächsten Tag erschien sie unangekündigt in Sarahs Salon.

Sie begrüßte Peer mit tadelloser, aber eisiger Höflichkeit und bat nach kurzer Zeit darum, mit ihrer Tochter alleine sprechen zu dürfen.

Sarah öffnete den Mund zum Protest, doch Peer kam ihr zuvor. Mit undurchdringlicher Miene deutete er eine Verbeugung an. »Ich wollte sowieso gerade eine Zigarette rauchen.«

Elizabeth wartete, bis sich die Tür zur Terrasse hinter ihm schloss, dann wandte sie sich an Sarah. Ihr Gesicht war kreideweiß. »Ist es wahr, dass er hier wohnt?«

»Es ist wahr. Er wohnt im Gästezimmer.«

»Lieber Himmel, Sarah. Was sollen denn …«

»… die Leute denken? Das ist mal wieder das Wichtigste für dich! Nun, sie werden denken, dass ich einen Liebhaber habe. Da bin ich nicht die Einzige in der sogenannten feinen Gesellschaft. Denke nur mal an Madame Lombardi oder Mrs. Wilson.«

»Nur die sind wesentlich diskreter. Warum bringst du ihn nicht in einem Hotel unter?«

»Weil ich mit ihm zusammen sein will.«

Und weil er sich kein Hotel leisten konnte und zu stolz war, um von ihrem Geld zu leben.

Im Gegensatz zu dem Liebhaber der Lombardi, der sich von ihr aushalten ließ. Doch diese Bemerkung verkniff sie sich.

»Und was tut er den ganzen Tag? Wovon lebt er?«

»Er arbeitet auf den Docks.«

Nötig hätte er das nicht, wenn es nach ihr ginge. Sie hatte ihn eingeladen, bei ihr zu wohnen, doch er bestand darauf, ihr Geld für die »Miete« zu geben. Außerdem lag es ihm nicht, untätig zu sein.

»Am Hafen? Aber ...«

Sarah lächelte ironisch. »Ein ähnliches Gespräch haben wir vor zwanzig Jahren geführt, damals ging es um John Brandon. Du erinnerst dich sicher. Nur inzwischen bin ich erwachsen. Und niemand wird irgendwelche Intrigen spinnen, um uns auseinanderzubringen.«

»Das meinte ich nicht. Ich dachte nur – warum sucht er sich nicht eine andere Arbeit? In einem Schreibbüro oder so.« Elizabeth errötete leicht. »Er kann doch lesen und schreiben, oder?«

»Er kann lesen und schreiben, englisch und schwedisch. Er spricht außerdem noch ein wenig Deutsch und Spanisch. Wie viele Sprachen sprichst du, Mutter?«

»Nur weil er auf seinen Reisen ein paar Brocken von dieser oder jener Sprache aufgeschnappt hat, heißt es noch lange nicht, dass er sie beherrscht. Bildung ist etwas anderes. Du kannst nicht wirklich glauben, dass dieser Mann zu dir passt.«

Dieser Mann!

»Nenn ihn nicht so«, fuhr sie auf. »Er hat einen Namen. Er arbeitet am Hafen, weil er das so will, und er wohnt hier, weil wir beide es so wollen. Wenn es dir nicht passt – niemand zwingt dich, mich zu besuchen.«

Rote Flecken zeigten sich auf Elizabeths Wangen. »Dass ich das erleben muss, meine eigene Tochter verweist mich des Hauses …« Sie legte die Hand auf ihr Herz und rang nach Atem. Doch ihr Blick glitt an Sarah vorbei auf die Tür zur Terrasse. Sarah sah das Glitzern in ihren Augen. Peer musste wieder hereingekommen sein. Erbost presste sie die Lippen zusammen. Wie viel hatte er gehört?

»Du stehst nicht auf der Bühne, Mutter«, sagte sie kühl, obwohl sie vor Wut kochte. »Also erspare uns diesen dramatischen Auftritt.«

»Schon gut, ich weiß, wann ich unerwünscht bin.« Elizabeth griff nach ihrem Handtäschchen. »Du brauchst nicht nach Emily zu läuten, ich finde alleine hinaus. Einen schönen Tag noch, Mr. Svensson.« Mit rauschenden Röcken verließ sie den Raum.

Jetzt erst drehte sich Sarah um. Peer stand vor dem Fenster und starrte entgeistert auf die Tür, durch die Elizabeth verschwunden war. »Es tut mir leid«, sagte er langsam.

Sie ging zu ihm hinüber und griff nach seiner Hand. »Dir muss nichts leidtun. Hör nicht auf ihr Gerede. Sie ist ein verdammter Snob.« Das Fluchen brachte nur wenig Erleichterung. Peers Gesicht verriet ihr, dass Elizabeths Giftpfeile gut getroffen hatten.

»Vor den Snobs in Pacific Heights wurde ich bereits gewarnt.« Sein Lächeln wirkte etwas gezwungen. »Es tut mir leid, dass du meinetwegen mit deiner Mutter streitest.«

»Ich streite seit Jahren mit ihr. Aus Anlässen, die weit weniger wichtig waren als dieser.«

Er schüttelte den Kopf. »Wahrscheinlich spricht sie nur

aus, was die meisten Leute hier über mich denken. Dass ich nicht gut genug für dich bin. Dass du dir einen Mann aus deinen Kreisen suchen solltest.«

»Die meisten Männer in ›meinen Kreisen‹ sind Kinder im Vergleich zu dir«, sagte sie. »Nur weil du nicht reich bist, bist du nicht schlechter als sie.«

»Ich bin ...«, er blickte zur Tür, »... ungebildet. Ich habe nur die Volksschule besucht. Ich habe noch nie eine Oper gesehen, und viele Bücher habe ich auch nicht gelesen. Manchmal, wenn du mit Anne sprichst, benutzt ihr Worte, die ich nicht kenne.«

Leise lachend schüttelte sie den Kopf.

»Was ist so komisch?«

»Ach Peer, auf der Victory habe ich oft genug nur die Hälfte von dem verstanden, was ihr gesagt habt. Ihr habt ständig Worte benutzt, die ich nicht kannte. Und abgesehen von Willy wusstet ihr alle so viel mehr von der Welt als ich. Ich erinnere mich gut daran, wie weltfremd ich mir manchmal vorkam. Wenn du mir nicht geholfen hättest ... Du musstest mir zeigen, womit man die Kombüse putzt oder wie man Fische ausnimmt. Weißt du noch, wie du mir Luv und Lee erklärt hast, und verhindert hast, dass ich mich blamiere?«

»Lauter Dinge, die hier nichts nützen. Wer von deinen Freunden putzt schon selbst oder nimmt Fische aus?«

Seine Worte versetzten sie in die Vergangenheit. Sie stand wieder neben John am Pier, hörte seine Worte, als sie ihm erzählte, dass sie von zu Hause fortlaufen wolle. »Was willst du machen? Dich als Hausmädchen verdingen? Glaubst du, dich nimmt einer? Man sieht doch sofort, dass du noch nie gearbeitet hast«, hatte er gesagt.

»Wenn mir jemand vor zwanzig Jahren diese ›nutzlosen‹ Dinge beigebracht hätte«, sagte sie langsam, »hätte ich selbst für meinen Lebensunterhalt sorgen können.«

Sie hätte Arthur nicht heiraten müssen. Hätte John wiedergesehen, wäre vielleicht mit ihm zusammen nach Norden gezogen.

Aber sie hätte auch niemals auf der Bühne gestanden, das Gefühl erlebt, sich in der Musik zu verlieren. Und sich nicht in Peer verliebt.

4. KAPITEL

Da die meisten ihrer Freunde bei Peers Ankunft am Lake Tahoe in der Sommerfrische gewesen waren, hatte Sarah die Idee, Anfang September eine Cocktailparty zu geben, um Peer in kleinem Kreis, oder was man in ihrer Gesellschaftsschicht darunter verstand, ihren Freunden und Verwandten vorzustellen. Sie sollten sich selbst ein Bild von ihm machen. Hoffentlich würde sie den Erzählungen ihrer Mutter damit den Wind aus den Segeln nehmen.

Peer verzog skeptisch das Gesicht, als sie ihm von ihrem Plan erzählte. »Eine Cocktailparty? Was macht man da?«

Sie lächelte. »Herumstehen, mal mit diesem, mal mit jenem plaudern, ein bisschen was essen und trinken. Kein förmliches Diner mit sieben Gängen, eher ein zwangloses Zusammensein.«

»Und ich soll da ›herumstehen und plaudern‹? Mit deinen Freunden?« Die Vorstellung war ihm sichtlich unbehaglich.

»Nur, wenn du willst. Ich möchte gerne, dass meine Freunde dich kennenlernen. Ich will mich nicht mit dir verstecken.«

»Das will ich auch nicht. Und ich würde gerne deine Freunde kennenlernen. Aber …« Er sah an sich herab. »Ich besitze keinen Anzug. Und ich kann wohl kaum so«, er deutete auf seine Hosen, »zu deiner Party kommen.«

»Das ist kein Problem. Es gibt hervorragende Schneider hier. Ich ...«

Er unterbrach sie. »Sarah, ich kann mir keinen Schneider leisten. Und ich brauche so etwas wie einen Anzug nie wieder. Was ich brauche, ist neues Ölzeug und noch ein paar andere Sachen für die nächste Fahrt.«

Sie biss sich auf die Unterlippe. »Du willst fort?«

Er schüttelte den Kopf und nahm sie in die Arme. »Nicht jetzt. Aber irgendwann.«

Irgendwann. Das hatte sie gewusst, seit sie in seine Augen gesehen hatte, als Brandon ihn zum Steuermann der Victory ernannt hatte. Er liebte sie, doch die See liebte er ebenso.

Sie sah zu ihm auf. »Wann hast du eigentlich Geburtstag?«

»Am neunzehnten April, wieso?«

»Ich wünschte, du würdest dir von mir etwas schenken lassen. Einen Anzug zum Beispiel. Ich bin da ganz eigennützig, ich möchte nämlich gerne mit dir in die Grand Opera gehen. Hättest du Lust?«

»In die Oper? Klingt das dann so wie das Lied, das du auf der Victory gesungen hast?«

»Schöner, denn da ist das Orchester dabei.«

Immer noch brachte er mit seinem Lächeln ihr Herz zum Schmelzen. »Das würde ich gerne hören.«

»Gut, dann rufe ich den Schneider an und schenke dir den Anzug. Du kannst ihn ja hier lassen, wenn du wieder hinausfährst.«

Dann endlich war der Abend des Empfangs da. Zunächst verlief es so, wie Sarah gehofft hatte. Die meisten der Gäste begegneten Peer mit höflicher Neugier, ohne aufdringlich zu sein, und vor allem stellten sie keine peinlichen Fragen. Ihre

Schwester Mary schien sogar sehr angetan von ihm, wahrscheinlich verglich sie Peer mit den Helden ihrer Liebesromane, die sie so gerne las.

Ihr Mann Frank besaß eine Jacht, und binnen kurzer Zeit fachsimpelte er mit Peer über Segeleigenschaften von kleineren Schiffen, die Strömungen vor San Francisco und Schiffsunglücke. Sarah überließ die beiden ihrem Gespräch und begrüßte Adelina Kempff, ihre Gesangslehrerin, als Georgina Astor erschien. Sie war eine Reporterin, die Kolumnen und Theaterkritiken für den *Examiner* schrieb. Sarah kannte sie nur flüchtig, ihre Mutter war irgendeine entfernte Bekannte oder Verwandte ihres verstorbenen Ehemanns Arthur.

Allerdings konnte sie sich nicht erinnern, Miss Astor eingeladen zu haben. Doch jemand wie Georgina brauchte keine Einladung. Mit rauschenden Röcken durchquerte sie den Raum, nahm ein Glas Champagner von einem Tablett und hauchte Sarah einen Kuss auf die Wange.

»Meine liebe Sarah, du siehst aus wie das blühende Leben. Ich wünschte, ich hätte deine Farben. Ich muss immer mit Rouge nachhelfen, damit ich nicht so blass wirke.«

Sarah lächelte ein wenig säuerlich. Diese dumme Pute. Sicher wusste Georgina sehr wohl, dass sie mit ihrem hellblonden Haar und dem hellen Teint genauso aussah, wie man sich eine Dame vorstellte. Sie dagegen … konnte mit einer marmorweißen Haut nicht dienen, denn ihr italienisches Erbe zeigte sich in lebhaften Farben. Ihr Teint war dunkler und ihre Wangen rosiger, als es einer Dame anstand. Früher hatte ihre Mutter versucht, ihrem Gesicht mit Bleichmittel und Puder eine vornehme Blässe zu verleihen, allerdings ohne Erfolg.

»Vielleicht solltest du ab und zu ein Sonnenbad nehmen«, schlug sie der Reporterin scheinheilig vor.

Georgina riss ihre blauen Augen auf. »Oder auf einem Schiff anheuern«, gab sie zurück. »Liebste Sarah, du musst mir unbedingt erzählen, wie es dir nach deinem Schiffbruch ergangen ist. Warst du wirklich vier Monate mit Robbenfängern unterwegs?«

»Warum sollte ich dir etwas erzählen? Damit ich morgen im Examiner die neuesten Skandalgeschichten über mich lesen kann?«

»Aber doch nicht über dich, über Emilia Rossi. Ihr Verschwinden hat große Wellen geschlagen.«

Damit sprach sie wohl die Wahrheit, und mit Sicherheit hatte der *Examiner* einen entsprechenden Anteil an diesen Wogen. Randolph Hearst schlachtete alles aus, was den Auflagen seiner Zeitungen dienlich war.

»Betrachte es als Werbung«, fuhr Georgina fort. »Die brauchst du. Du bist seit letztem Jahr nicht mehr aufgetreten. Inzwischen hat Aimee Pascal sehr erfolgreich die Micalea in Carmen gesungen. Es heißt, sie sei der aufgehende Stern an der Grand Opera – und sie ist fünfzehn Jahre jünger als du.« Georgina spitzte den Mund. »Du kannst froh sein, wenn überhaupt noch eine Zeitung über dich berichtet. – Stimmt es übrigens, dass du deine Stimme verloren hast?«

Ein Prickeln lief Sarah über die Kopfhaut. Wenn diese Geschichte die Runde machte, wäre sie erledigt, gleichgültig, ob es die Wahrheit war oder nicht. Die Presse würde über sie herfallen, und egal, wie gut sie sang, irgendjemand würde etwas daran auszusetzen haben. Außer ihrer Gesangslehrerin, ihrem Arzt und ihrem Partner Dave wusste keiner von den Problemen mit ihrer Stimme. Dass einer von diesen dreien die Presse informiert haben könnte, war undenkbar.

»Das ist lächerlich. Ich weiß überhaupt nicht, wie du auf solche Ideen kommst. Meine Stimme ist besser als je zuvor. In der nächsten Saison bin ich wieder dabei.«

»Dann ist dir die Reise offenbar gut bekommen. Oder ist es vielleicht die Liebe? Man munkelt, du hättest eine Affäre mit einem Seemann.« Georgina trat einen Schritt näher. »Ist es wahr?«

Sarah seufzte leise. Scheinbar blieb ihr nur die Wahl zwischen einem Bericht über Emilia Rossis Stimmverlust oder einem über ihre Affäre. Die Yellow Press wollte einen Skandal, und sie würde ihn bekommen.

In Gedanken verfluchte Sarah denjenigen, der die Reporterin eingelassen hatte, aber nun war es nicht mehr zu ändern. »Es ist wahr. Er steht dort hinten, bei Mary und ihrem Mann.«

»Was, der große Blonde?«

Sarah nickte. Peer fiel auf. Nicht nur, weil er die meisten Männer überragte, auch seine Statur unterschied sich sehr von denen der anwesenden Gentlemen. Selbst im maßgeschneiderten Anzug wirkte er wie ein Seemann, und sie sah ihm an, wie unwohl er sich in der ungewohnten Kleidung fühlte.

Georgina hob die Brauen. »Er wirkt etwas … fehl am Platz. Ich habe gehört, er sei nur ein einfacher Matrose.«

»Ach, das hat sich auch schon herumgesprochen?«

Georgina war nicht empfänglich für Ironie. »Mein Gott, Sarah, was willst du mit so einem?«

»Wie meinst du das?«, gab Sarah scharf zurück.

»Worüber redest du mit ihm? Wohl kaum über Musik oder Literatur. Aber wahrscheinlich«, sie zwinkerte Sarah zu, »geht es dir auch gar nicht ums Reden. So, wie der aussieht, hat er andere Qualitäten.«

Sarah spürte, wie ihre Gesichtszüge erstarrten. Sie maß Georgina mit einem eisigen Blick. »Entschuldige mich bitte, ich muss Christopher begrüßen.« Damit wandte sie sich um und eilte zum Eingang, wo ihr Bruder und seine Frau Margaret gerade eintraten.

»Na Schwesterchen, kaum bist du wieder da, sorgst du für Aufruhr.«

Sarah umarmte Chris und küsste Margaret auf die Wangen.

»Wieso sorge ich für Aufruhr?«

»Hast du den Examiner nicht gelesen?«

Sarah seufzte bei dem Gedanken. »Ehrlich gesagt ist es besser für meine Nerven, wenn ich ihn nicht lese. Mit wem habe ich diesmal ein Verhältnis?«

Chris lachte. »Mit einem russischen Fürsten. Und du warst auch nicht schiffbrüchig, sondern mit ihm in seinem Liebesnest auf der Krim.«

»Ach herrje. Diese Leute sehen zu viele Opern.« Sie wandte sich um. »Kommt mit, ich möchte euch Peer vorstellen.«

Im Vorbeigehen nahm sie zwei Gläser Champagner von dem Tablett eines der Hausmädchen und reichte sie ihrem Bruder und seiner Frau.

»Peer, das ist mein Bruder Chris und seine Frau Margaret. – Das ist Peer Svensson, er war Steuermann auf der Victory.«

Freundlich streckte Chris ihm die Hand entgegen. »Sarah hat uns von Ihnen erzählt. Es freut mich sehr, Sie kennenzulernen.«

Peer ergriff die Hand ihres Bruders und schüttelte sie herzhaft. »Ganz meinerseits.«

Anschließend streckte er Margaret die Hand hin. Die sah ihn einen Augenblick lang verwirrt an, dann lächelte sie und schlug ein. »Ich freue mich auch.«

Doch so leicht, wie Sarah gehofft hatte, ließ sich Georgina nicht abschütteln.

Den Kopf kokett zur Seite geneigt, tauchte sie hinter Margaret auf und musterte Peer, als wäre er ein besonders zartes

Stück vom Braten. »Liebste Sarah, nun musst du mich auch vorstellen!«

Obwohl sie innerlich kochte, bemühte sich Sarah um ein verbindliches Lächeln. »Peer, das ist Miss Astor. Sie schreibt für den San Francisco Examiner. Georgina, das ist Mr. Svensson.«

Georginas Blick glitt bewundernd über seine Gestalt und blieb dann mit deutlichem Missfallen an seinen zwar sauberen, aber schwieligen Händen hängen, denen man die schwere Arbeit ansah. »Mr. Svensson, ich bin entzückt, Sie kennenzulernen. Es ist für uns alle eine große Überraschung, dass Sarah sich mit einem Matrosen angefreundet hat.«

Ihr herablassender Tonfall trieb Sarah die Hitze ins Gesicht. Sie ballte die Fäuste. *Ich möchte dir deinen dürren Hals umdrehen.*

»Ja, ich war auch sehr überrascht«, erwiderte Peer freundlich.

Sein argloses Lächeln schnitt Sarah ins Herz. Diese Party war ein Fehler. Seine Offenheit, seine Ehrlichkeit, in dieser Umgebung wirkten sie naiv. Er war hier so fremd, wie sie an Bord der Victory gewesen war. Wollte sie wirklich, dass er sich in dieser Gesellschaft zurechtfand? Wollte sie ihn hier sehen, wie er mit den Damen Konversation betrieb, mit den Herren über Politik und die neuesten Intrigen redete?

Georgina zog ihre schmal gezupften Brauen hoch. »Tatsächlich ... Nun ja, Sarah hatte schon immer einen sehr, wie soll ich sagen, außergewöhnlichen Geschmack, was ihre Freunde angeht«, sagte sie blasiert.

Das ging zu weit! Sarah setzte zu einer scharfen Antwort an, doch Peer warf ihr einen kurzen Blick zu, und sie glaubte, ein Zwinkern in seinen Augen zu sehen.

»Sarah ist ja auch eine außergewöhnliche Frau.« Sein Ton

war höflich, aber in seiner Stimme und in seinen Augen lag eine Härte, die keinen Widerspruch zuließ.

Einen Augenblick lang starrte Georgina ihn stumm an, öffnete den Mund und schloss ihn wieder. Ihre blassen Wangen färbten sich leicht rosa. Dann wandte sie sich ab und ließ ihren Blick suchend durch den Raum schweifen. »Lieber Himmel, ist das etwa Renato Russo?« Sie zeigte auf einen kräftigen dunkelhaarigen Mann, der eben den Raum betrat.

»Der Tenor, ja «, sagte Sarah zuckersüß. »Wenn du möchtest, stelle ich dich ihm vor.«

Georgina zückte ihren Fächer. »Bemüh dich nicht. Ich denke, das kann ich alleine.«

Sie raffte ihre Röcke und rauschte davon.

Sarahs Blick traf Peers. Er lächelte sie an. Überrascht und beschämt zugleich erwiderte sie sein Lächeln. Sie hatte ihn unterschätzt. Er war den Leuten hier durchaus gewachsen.

»Ich glaube, das ist das erste Mal, dass ich Miss Astor sprachlos erlebt habe«, sagte Chris. »Gut gemacht, Mr. Svensson.«

Seine Frau Margaret kicherte. »Mach dir nichts daraus, Sarah. Du kennst Georgina. Immer hinter dem neuesten Skandal her.«

Sarah war sich nicht sicher, ob sie sich über Georgina oder über sich selbst ärgerte. Was war los mit ihr, warum trafen die spitzen Bemerkungen dieser Tratschtante und die ihrer Mutter sie so? Hatte sie tatsächlich geglaubt, die feine Gesellschaft San Franciscos würde jemanden wie Peer mit offenen Armen aufnehmen?

»Wenn Blicke töten könnten, müsste Hearst sich für seine Rubrik ›Neues aus der Gesellschaft‹ eine andere Reporterin suchen«, ertönte eine resolute Stimme hinter Sarah. »Was hat sie getan, dass du sie umbringen willst?«

Erfreut wandte Sarah sich um. »Alice! Wie schön. Herzlich willkommen.«

Ihre Tante schloss sie in ihre Arme. Sie war nach der neuesten Mode gekleidet und mit Schmuck behängt.

»Herzchen! Ich freue mich so, dich zu sehen!« Alice trat einen Schritt zurück und musterte Peer. Es war ein ganz anderer Blick als Georginas.

»Na, das ist endlich mal ein richtiger Kerl!«, dröhnte sie, streckte die Hand aus und schüttelte Peers. »Herzlich willkommen, mein Junge. Und lassen Sie sich bloß nicht einschüchtern von solchen wie der da.«

Sie wies mit dem Kinn auf die Reporterin. Mehrere Leute in der Nähe drehten sich irritiert um.

Sarah lachte. »Bin ich froh, dass du da bist! – Peer, darf ich dir Alice Freeman vorstellen, sie ist die jüngere Schwester meiner Mutter.«

»Ich bin das schwarze Schaf der Familie«, erklärte Alice, ohne sich die Mühe zu machen, ihre Stimme zu dämpfen. »Mir ging es ähnlich wie Sarah. Ich wurde jung an einen reichen Kerl verschachert, und als der starb, hat er mir jede Menge Geld hinterlassen – und jetzt kann ich machen, was mir gefällt.« Sie ließ ihren Blick über die Gesellschaft gleiten. »Den meisten gefällt das nicht, aber das ist mir egal.« Ihr Lachen war laut und herzlich. Sie holte ein silbernes Zigarettenetui aus ihrer Handtasche, steckte eine Zigarette in eine Elfenbeinspitze und hielt das Etui Peer hin. »Auch eine?«

»Ja, danke.«

»Haben Sie Feuer?«

Sarah wandte kurz den Kopf ab, um ihr Lächeln zu verbergen. Zumindest Alice reagierte so, wie sie es gehofft hatte. Peer holte Streichhölzer aus seiner Hosentasche, zündete Alice die Zigarette an und anschließend seine.

Emily kam mit einer Platte Kanapees. »Möchten Sie etwas

essen?«. Verblüfft blickte Peer auf. Dann griff er zu und nahm Emily die Platte aus der Hand. »Danke.«

Margaret riss die Augen auf, einige der umstehenden Damen wirkten sichtbar irritiert. Peer schien es zu merken, seine Wangen färbten sich rot.

»Gute Idee, Mr. Svensson«, sagte Alice. »Stellen Sie es doch hier auf den Tisch. Danke Emily, wir bedienen uns selbst.«

Emily knickste und ging.

Alice griff nach einem der Canapees. »Probieren Sie die mit dem Roastbeef, Mr. Svensson, die schmecken sehr gut. Obwohl ich Roastbeef lieber am Stück mag. An diesen kleinen Dingern isst man sich ja hungrig.«

Selten war Sarah ihrer Tante so dankbar gewesen.

Hinter ihr räusperte sich jemand. »Guten Abend allerseits.«

Sarah drehte sich um. »Mutter! Schön, dass du gekommen bist.« Sie meinte es ehrlich. Selbst wenn Elizabeth ihr manchmal sehr auf die Nerven fiel, sie war immer noch ihre Mutter. Vielleicht würde sie sich doch mit Peer versöhnen.

Ihr Gesicht ließ allerdings nicht darauf schließen. Sie nickte Alice, Christopher und Margaret zu, bedachte Peer mit einem kritischen Blick, dann sah sie Sarah an.

»Kann ich dich einen Augenblick sprechen?«

»Jetzt?«

»Es ist wichtig.«

Alice wandte sich an Peer. »Kommen Sie. Wir gehen in die Bibliothek. Da bewahrt Sarah nämlich die guten Getränke auf, und sie hat einen hervorragenden Whisky.«

Sarah sah ihnen nach. Alice bahnte sich ihren Weg durch die Gäste gleich einem Schiff durch die Wogen, und Peer folgte in ihrem Kielwasser. Die beiden würden sich hervorragend verstehen.

Sarah straffte die Schultern und drehte sich wieder zu ihrer Mutter. »Also, was gibt es?«

»Nicht hier.« Elizabeth raffte ihren Rock und ging hinüber ins Musikzimmer. Widerwillig folgte Sarah ihr.

»Ich kann nicht glauben, was du da tust«, legte ihre Mutter los, kaum dass sie den Salon verlassen hatten. »Du stellst diesen Mann unseren Freunden vor, als gehörte er zu uns.«

»Er gehört zu mir. Wer das nicht akzeptieren will, auf dessen Freundschaft kann ich verzichten!«

»Wie kannst du nur so egoistisch sein! Denke wenigstens an Anne. Sie ist schon neunzehn Jahre alt und immer noch unverheiratet. Durch deine … Beziehung zu diesem Mann schadest du ihrem Ruf. Mrs. Delaney hat eben mit ihrem Sohn diese … Veranstaltung verlassen, und sie sagte mir, sie wünsche nicht, dass Kester weiterhin Umgang mit Anne pflegt.« Hektische Flecken zeigten sich auf den Wangen ihrer Mutter.

»Kester Delaney?« Sarah lachte. »Dieser alberne Laffe stellt Anne seit einem Jahr nach. Sie ist bestimmt sehr dankbar, wenn er sie endlich in Ruhe lässt.«

»Und wie stellst du dir das vor? Wen soll deine Tochter heiraten, wenn alle angesehenen Familien in San Francisco sie schneiden, weil ihre Mutter eine Liaison mit einem Matrosen hat?«

»Vielleicht ist es dir entgangen, aber Anne ist nicht darauf angewiesen, einen Mann zu suchen, der sie ernährt. Sie wird Medizin studieren und später selbst für ihren Lebensunterhalt sorgen. Sie kann heiraten, wann sie will und wen sie will.«

»Aber wer wird sie dann noch wollen? Unter diesen Umständen. Alle vornehmen Familien werden sich von ihr distanzieren. Dann bekommt sie vielleicht noch so einen neureichen Emporkömmling als Ehemann.«

»Lieber Himmel, wenn man dich hört, könnte man glauben, San Francisco sei der Sitz des britischen Königshauses. Vor fünfzig Jahren war diese Stadt noch ein Kuhdorf, das keiner kannte, und all die ›vornehmen Familien‹ waren vor einer Generation selbst noch Emporkömmlinge. Leute, die hart gearbeitet haben, wie mein italienischer Großvater. Und die, die es nicht getan haben, wie dein Vater, haben irgendwann Geld und Land verloren und mussten ihre Töchter an die Emporkömmlinge aus der Arbeiterklasse verschachern. So wie Alice und dich!«

»Aber …«

»Kein aber!« Sarah war dieser Diskussion überdrüssig. »Ich hoffe, dass Anne einen Mann findet, der sie um ihrer selbst willen liebt und nicht wegen ihres Geldes oder ihrer Familie. Und jetzt entschuldige mich, ich muss mich um meine Gäste kümmern.«

Später am Abend, die Gäste waren inzwischen gegangen, saßen Peer, Alice und Sarah noch in der Bibliothek, tranken Whiskey und redeten. Alice sprach von Sarahs Jugend, und natürlich kam auch das heimliche Treffen mit dem jungen Hafenarbeiter im Shellmound Park zur Sprache. Alice erzählte es ohne böse Absicht, wahrscheinlich wollte sie nur zeigen, dass Sarah sich schon früher nicht um Konventionen geschert hatte. Und natürlich erwähnte sie die Folgen nicht: Ihre Tante und ihre Mutter waren bis vor Kurzem die einzigen Menschen gewesen, die wussten, warum Sarah mit knapp achtzehn Jahren eingewilligt hatte, einen viel älteren Mann zu heiraten.

Aber Peer kannte die Geschichte. Und er kannte den Mann, um den es ging. Sarah bemerkte, wie seine Miene sich verfinsterte, als Alice darüber sprach, wie verliebt ihre Nichte gewesen sei.

»Du hast nie wieder etwas von ihm gehört, nicht wahr?«, fragte Alice.

Sarah schüttelte den Kopf. Sie liebte Alice, aber ihre Tante trug das Herz auf der Zunge und dachte nicht immer nach, bevor sie sprach.

Wenn sie Alice jetzt erzählte, dass der Kapitän der Victory ihre verloren geglaubte Jugendliebe war, würde sie Sarah sofort über John Brandon ausfragen.

Schließlich verabschiedete Alice sich. Sarah brachte sie zur Tür, wo ihr Chauffeur auf sie wartete. Dann kehrte sie in die Bibliothek zurück.

Peer saß in einem Sessel vor dem Kamin und starrte in die Flammen, in der Hand ein Glas Whisky. Sein Jackett lag auf dem Boden, sein Hemd war zur Hälfte aufgeknöpft. Den gestärkten Kragen hatte er abgenommen, er hatte einen roten Streifen an seinem Hals hinterlassen. Als sie eintrat, sah er auf. »Willst du noch was trinken?«

»Nein danke, mir schwirrt schon der Kopf.«

Er warf ihr einen düsteren Blick zu. »Wer weiß eigentlich noch von dir und diesem Kerl?«

Sarah zog einen zweiten Sessel heran und setzte sich ihm gegenüber.

»Du. Meine Mutter, aber sie würde niemals darüber reden. Und Alice, du hast es gehört, sie hat mir damals ein Alibi gegeben. Inzwischen weiß es auch Anne. Ich war es ihr schuldig, ihr die Wahrheit zu sagen. Sonst niemand.«

Der Himmel mochte verhüten, dass jemals einer von Hearsts Reportern davon Wind bekam.

Die Familie Tanner würde Sarah genüsslich vierteilen, hatten sie doch nach Arthurs erster, kinderlosen Ehe sein Erbe bereits unter sich aufgeteilt. Doch statt ohne Nachkommen zu sterben, hatte Arthur mit vierundvierzig Jahren die damals achtzehnjährige Sarah zur Frau genommen, und knapp acht Monate später hatte sie Anne geboren, Brandons Tochter.

Peer presste die Lippen zusammen. »Ich habe geglaubt, nach dem Abheuern in Victoria könnte ich mit allem abschließen, was auf der Victory vorgefallen ist, und nun begegne ich hier seinem Geist.« Seine Stimme klang bitter.

Sie verstand ihn nur zu gut. Die Narben, die sich über Peers Rücken zogen, waren Brandons Werk. Zwar hatte er nicht selbst zugeschlagen, sondern die Drecksarbeit seinem Steuermann überlassen, aber er hatte die Prügelstrafe angeordnet. Angeblich, um eine Meuterei zu verhindern, in Wirklichkeit jedoch, um Peers Widerstand zu brechen. Der einfache Matrose Peer Svensson war der Einzige gewesen, der den Mut gehabt hatte, sich den Plänen seines Kapitäns zu widersetzen, in russischem Hoheitsgebiet Robben zu wildern.

Um sich Respekt bei der Mannschaft zu beschaffen, hatte Brandon mit einem Exempel dafür gesorgt, dass es keiner mehr wagte, sich seinen Plänen zu widersetzen. Ein Exempel, das Peer fast das Leben gekostet hätte.

Sie beugte sich vor und griff nach seiner Hand. »Es tut mir leid. Alice hat es nicht böse gemeint. Sie konnte nicht ahnen, dass du ihn kennst.«

»Komm her.« Er zog sie aus dem Sessel auf seinen Schoß, nahm sie in seine Arme. »Ich bin nicht böse auf Alice. Ich will nur einfach nichts mehr von ihm hören. Aber das wird sich nicht vermeiden lassen, nicht wahr?«

»Was soll ich sagen? Er war einmal ein Teil meines Lebens, und er hat Spuren hinterlassen. Ich kann sie nicht auslöschen. Ich will es auch nicht. Er hat mir Anne geschenkt. Sollte ich wünschen, es gäbe sie nicht?«

»Nein, natürlich nicht. Reden wir nicht mehr davon.«

Sie richtete sich auf und sah ihm ins Gesicht. »Peer, es ist schwierig mit uns, und es wird immer schwierig bleiben. Wir wären einander nie begegnet, wenn es mich nicht auf die Victory verschlagen hätte. Ich merke inzwischen, wie wenig ich von deinem Leben weiß, trotz der Monate auf der Victory. Und mein Leben ist dir völlig fremd. Eigentlich ist eine Liebesgeschichte zwischen uns unmöglich.«

Er zuckte die Schultern. »Und trotzdem liebe ich dich.«

5. KAPITEL

Die Wochen vergingen. Tagsüber ging er zum Hafen und arbeitete bei den Schauerleuten. Abends saßen sie auf der Terrasse, und als die Tage kühler wurden, in der Bibliothek, und redeten. Sarah konnte nicht genug über seine Heimat und seine Reisen hören. Jetzt, wo sie wusste, dass es keine andere Frau in seinem Leben gab, hatte sie keine Bedenken mehr, ihn auszufragen, und er erzählte ihr freimütig alles, was sie wissen wollte. Als er die Schärenküste vor seinem Heimatdorf schilderte, griff er nach ihrer Hand.

»Ich würde es dir gerne zeigen. Wir könnten mit der Jolle durch die Schären segeln. Im Sommer bleibt es fast die ganze Nacht hell. Im Juni feiern wir Midsommer. Dann wird auf dem Dorfplatz der Baum aufgestellt und die ganze Nacht gegessen, getrunken und getanzt. Die jungen Mädchen tragen Blumenkränze im Haar und die Männer ihre besten Sachen.«

Die Sehnsucht in seiner Stimme war nicht zu überhören.

»Du möchtest nach Hause.«

»Ich war sechs Jahre nicht mehr da.« Er drückte ihre

Hand. »Ich wollte immer nur fort. Die Menschen dort, sie kamen mir engstirnig und stur vor, ich hatte das Gefühl, sie interessieren sich nur für Hering und Lengfisch. Jeder kennt jeden. Im Winter wird es unerträglich. Die Nacht dauert sechzehn Stunden, und selbst tagsüber wird es nicht richtig hell. Man sitzt zusammen und erzählt sich Geschichten, die man schon hundert Mal gehört hat. Die Männer schnitzen Schwimmer für den Lengfischfang und bessern ihre Langleinen aus. Abends hocken sie im Wirtshaus und berichten von ihren Fahrten. Wie Ole Persson den größten Dorsch aller Zeiten gefangen hat. Welche Köder sich besonders gut zum Fang eignen.

Die Frauen sitzen in den Wohnstuben, nähen und flicken und tratschen darüber, welcher Kerl mit welchem Mädchen ausgeht, welche Hochzeiten geplant sind, wer ein Kind bekommt und wer sich mit wem gerade zankt.

Nein, ich kann mir nicht vorstellen, dort zu leben. Nur manchmal fehlt mir das Gefühl, zu Hause zu sein. Dann würde ich gerne mit den Fischern zusammensitzen und über die Dinge reden, mit denen ich aufgewachsen bin. Und ich möchte meine Familie wiedersehen. Du hast recht, ich würde gerne nach Hause fahren – mit dir.«

Und was sollte jemand wie sie dort? Mit den Frauen in den Stuben sitzen und über Themen reden, die sie nicht im geringsten interessierten, während Peer im Wirtshaus mit den Männern fachsimpelte? Sie passte genauso wenig in seine Welt wie er in ihre.

Was sie brauchten, war eine Insel. Einen Ort, an dem sie sich treffen und einfach nur sie beide sein konnten. Ein Mann und eine Frau. So, wie sie es in Yokohama gewesen waren.

Sarah spürte, dass er nicht glücklich mit seiner Arbeit am Hafen war, auch wenn er sich nie beschwerte. Sie spürte seine wachsende Ruhelosigkeit, seine Unzufriedenheit, wenn er nach Hause kam. Er redete nicht über seine Arbeit, und wenn sie ihn fragte, zuckte er nur die Schultern und meinte, übers Kistenschleppen gebe es nicht viel zu erzählen. Manchmal sprach er von den Schiffen, die er belud. Dann glänzten seine Augen. Er beschrieb die Schiffstypen, die Takelung und wohin sie fuhren.

Sie sah die Sehnsucht in seinem Gesicht, hörte sie in seiner Stimme und dachte an die Albatrosse. Sie verbrachten nur eine gewisse Zeit an Land, dann zog es sie wieder hinaus aufs Meer. Und Sarah wusste, seine Zeit an Land neigte sich dem Ende zu, in Gedanken war er schon fort.

6. KAPITEL

Sie erwachte in seinen Armen, wie jeden Morgen. Am Abend zuvor war sie auf der Premiere der Aida gewesen. Madame Lombardi hatte die Hauptrolle gesungen. Peer hatte es vorgezogen, sich mit ein paar Kameraden am Hafen zu treffen. Im Grunde hätte sie ihn gerne begleitet, doch sie musste die Konkurrenz im Auge behalten und sich in der Öffentlichkeit zeigen, wenn sie zurück auf die Bühne wollte. Denn bei aller Boshaftigkeit hatte Georgina Astor recht. Die junge Aimee Pascal legte es darauf an, Sarahs Platz als erste Sopranistin der Grand Opera einzunehmen. Der *Examiner* schrieb oft über sie und vergaß niemals zu erwähnen, wie hübsch sie war mit ihren großen braunen Augen und den goldblonden Locken. Im Frühjahr 1905 würde die »Tosca« wieder aufgenommen werden, und Sarah würde einen Teufel tun, der Pascal die Hauptrolle zu überlassen. Die Tosca war schon immer ihre Paraderolle gewesen.

Inzwischen ging Sarah dreimal die Woche zu ihrer Gesangslehrerin, der großen Adeline Kempff, und übte jeden Tag. Ihre Stimme hatte sich verändert, sie war weicher und ausdrucksvoller geworden. Das mache die Liebe, hatte Adeline erklärt, und Sarah glaubte es gerne.

Langsam stemmte sie sich auf den Ellbogen, betrachtete Peers Gesicht im Dämmerlicht der Straßenlaternen und des beginnenden Tags. Die Falte zwischen seinen Augenbrauen war tiefer als sonst, etwas beschäftigte ihn, doch gleichzeitig schien ein Lächeln um seine Lippen zu spielen.

Vorsichtig schob sie seinen Arm fort, schlug die Decke zurück und stand auf. Ohne die Wärme von Peers Körper fröstelte sie in der kühlen Morgenluft. Rasch griff sie nach ihrem Morgenmantel und streifte ihn über, dann trat sie ans Fenster.

Es war ein Novembermorgen wie aus einem Roman. Nebel zog vom Meer her durch die Stadt. Dichte, grauweiße Schwaden, die alle Geräusche dämpften und den Straßen etwas Unwirkliches verliehen. Das Tuten der Nebelhörner aus der Bay wirkte gespenstisch.

Hinter ihr raschelte die Bettdecke.

»Guten Morgen, Käresta.« Seine Stimme war noch belegt vom Schlaf. Sie wandte sich um und lächelte ihn an. »Guten Morgen.«

Immer noch stand die steile Falte zwischen seinen Brauen. Er verließ das Bett und verschwand im Badezimmer.

Etwas war anders. Sie konnte nicht sagen, was, aber es beunruhigte sie. Sie sah wieder aus dem Fenster.

Er trat hinter sie, ohne sie zu berühren. »Sarah, ich muss dir etwas sagen.«

Sie schloss die Augen. Lass es nicht das sein, dachte sie. Sag nichts. Sprich es nicht aus.

»Sarah?«

Widerwillig drehte sie sich um.

Er sah ihr in die Augen. »Ich werde wieder anheuern.«

Also doch. Ihr Magen verknotete sich schmerzhaft, aber sie rang sich ein Lächeln ab.

»Du – du hast ein Schiff gefunden?«

Er nickte stumm.

»Wohin?« Vielleicht wollte er ja nur auf einem Küstenfischer fahren oder mit einem der Segler der Alaska Packers Association in den Norden. Dann wäre er nur ein paar Wochen oder Monate fort. Sie klammerte sich an diesen Gedanken, obwohl sie im Grunde schon wusste, was er sagen würde.

»Um Kap Hoorn nach Göteborg.«

»Du fährst nach Hause.«

Ein leichter Wind wehte durch das offene Fenster, ließ sie schaudern. Sie verschränkte die Arme vor der Brust. »Wann?«

Er wandte den Blick ab und holte tief Luft, dann räusperte er sich. »Wahrscheinlich in zehn Tagen.«

»So bald?« Kälte überlief sie, dann folgte eine heiße Welle der Wut. Tränen stiegen ihr in die Augen. »Länger konntest du es nicht mit mir aushalten?«

»Sarah, nicht!« Er versuchte, sie an sich zu ziehen, doch sie stemmte die Hände gegen seine Brust und schob ihn fort. »Lass mich! Ich wusste immer, dass es nicht länger dauert. Aber warum musst du so schnell weg?« Sie schämte sich für das Beben in ihrer Stimme.

»Es gibt nicht mehr viele Schiffe, die von hier bis nach Europa fahren. Und jetzt ist die richtige Jahreszeit. Es ist leichter, Kap Hoorn im Sommer zu umrunden.«

»Im Sommer?«

»Dort unten ist jetzt Frühling«, sagte er leise.

Sarah schluckte. Kap Hoorn, der Schiffsfriedhof. Inzwischen wusste sie, wie gefährlich es war, das Kap zu umfahren.

Wieder lief ein Schauer über ihren Rücken, sie rieb sich die Arme.

»Komm her. Du erkältest dich noch.« Er zog sie an sich, schlang seine Arme um sie und barg ihren Kopf an seiner Schulter. Sarah schloss die Augen, schmiegte sich an seine warme Brust.

»Wie lange weißt du das schon?«, murmelte sie.

»Erst seit gestern Abend. Ich habe den Skipper am Pier getroffen. Ich habe noch nicht unterschrieben.« Er sog scharf die Luft ein und packte sie an den Schultern. »Sieh mich an. Dachtest du, ich mache Pläne hinter deinem Rücken?«

Trotz ihres Kummers lächelte sie. Sie hätte es besser wissen müssen. Er war der ehrlichste Mensch, den sie kannte, er würde nicht heimlich seinen Abschied planen.

»Nein, das dachte ich nicht. Aber du wirst unterschreiben, nicht wahr?«

»Ja.«

Sie seufzte. »Wie lange braucht ein Schiff bis Schweden?«

Er ließ seine Hände von ihren Schultern gleiten und griff nach ihrer Hand. »Komm, setz dich.«

Sie folgte ihm zum Bett, wollte sich neben ihn setzen, doch er zog sie auf seinen Schoß.

Als er sprach, klang seine Stimme sehr sachlich. »Die Reise dauert fünf bis sechs Monate, es kommt auf das Wetter an. Ich werde im April oder Mai dort sein. In Göteborg gibt es eine Navigationsschule. Ich will versuchen, dort einen Platz zu kriegen.«

Das Steuermanns-Patent. Die staatliche Schule hier hatte ihn nicht angenommen, weil er kein Amerikaner war, und ein Abschluss von einer der privaten Schulen in San Francisco ermächtigte ihn nicht, auf einem Großsegler als Steuermann anzuheuern. Also plante er, in Schweden sein Patent zu machen und damit endlich seinen Traum zu verwirklichen. Das hieß, er würde lange fort sein.

»Und was ist mit uns?« Die Frage war erbärmlich, aber sie konnte nicht anders.

Er strich ihr über den Rücken. »Ich komme wieder.«

Sarah schnaufte laut. »Ja, sicher. Irgendwann.«

Wenn sie vierzig war oder noch älter. ›Ich komme wieder.‹ Wie oft mochte er das schon gesagt haben. In einer anderen Stadt, zu einer anderen Frau. Dann hatte er sich in sie verliebt. Und jetzt verließ er sie, wie er früher andere verlassen hatte. Mit ein paar tröstenden Worten.

Abrupt stand sie auf und ging ein paar Schritte von ihm weg.

»Du machst das ziemlich gut. Wie oft hast du schon auf diese Weise Abschied genommen?«

Einen Augenblick lang starrte er sie entgeistert an. Dann stand er auf und nahm sie gegen ihren Widerstand in die Arme.

»Sarah, bitte tu uns das nicht an!« Er umfasste ihr Gesicht und zwang sie, ihn anzusehen.

»Ja«, sagte er. »Ich habe schon oft Abschied genommen. Ich bin Seemann, wie du weißt.«

Er ließ ihr Gesicht los und zog sie wieder an sich. »Sarah, ich liebe dich. Aber ich gehöre nicht hierhin.« Mit der Hand wies er auf das Zimmer, ihr Haus. »Ich kann so nicht leben.«

»Das weiß ich doch. Ich wusste es immer. Aber ich habe gehofft, wir hätten etwas mehr Zeit.«

»Ich auch«, antwortete er. »Aber dieses Schiff – es ist ein Glücksfall. Es fährt nach Skandinavien, und der Kapitän sucht einen Toppsgast. Es kann lange dauern, bis … bis alles wieder so zusammenpasst. Ich muss das jetzt tun.«

Seine Miene drückte Hilflosigkeit aus. »Kannst du es nicht verstehen?«

»Doch«, sagte sie leise. »Ich verstehe es.« Sie versuchte zu lächeln, aber es wollte ihr nicht gelingen. »Nur, das macht es nicht leichter.«

»Verzeih mir, aber für mich schon.« Er griff nach ihrer Hand und drückte sie.

Sarah schluckte. »Hast du dir dieses Mal wenigstens ein Schiff mit einem anständigen Kapitän ausgesucht?«

»Ja, ich kenne den Kapitän von einer früheren Fahrt.«

»Das ist schön für dich.«

Er räusperte sich verlegen. »Es ist ein schönes Schiff. Ein Dreimaster. Sie ...« Er sah ihr ins Gesicht und verstummte. »Du willst das gar nicht hören«, sagte er dann.

»Später vielleicht«, erwiderte sie. »Im Moment glaube ich nicht, dass ich es aushalten kann, wenn du mir von diesem Schiff vorschwärmst.«

Eine Weile blieben sie stumm. Sarah sah auf ihre ineinander verschränkten Finger. »Gehst du heute zum Hafen?«

Er zögerte. »Ja, ich habe Arbeit an Pier 19, und anschließend treffe ich mich mit dem Kapitän der *Emma Rodge*.«

Emma Rodge also hieß das Schiff. Er würde den Kontrakt unterzeichnen und übernächste Woche abreisen.

»Was machst du heute?«

»Ich habe nachher Gesangsstunden. Wir sehen uns beim Frühstück.« Sie erhob sich und ging ins Badezimmer. Dort lehnte sie die Stirn an die Wand und atmete tief durch.

Peer und Anne saßen bereits am Tisch, als Sarah das Esszimmer betrat. Sie hatte länger gebraucht, um ihre geröteten Augen zu kühlen. Inzwischen schämte sie sich für ihre heftige Reaktion.

Hatte sie nicht ihrer Mutter voller Stolz erklärt, sie wolle mit Peer in freier Liebe leben? Dass jeder sein Leben lebte und sie sich trafen, wenn es möglich war. Und nun reagierte sie wie eine hysterische Ehefrau, deren Mann die Scheidung verlangte. Dabei hatte sie immer gewusst, dass dieser Moment kommen würde.

Noch einmal würde sie sich nicht so gehen lassen. Ihre letzten gemeinsamen Tage würde sie nicht durch Tränen und Vorwürfe verderben. Er hatte sie als starke, kämpferische Frau kennengelernt und sollte sie so in Erinnerung behalten.

Und so setzte sie sich lächelnd an den Tisch und griff nach der Kaffeekanne.

»Was hast du heute vor?«, wandte sie sich an Anne und stellte erleichtert fest, dass ihre Stimme ihr gehorchte. Sie zitterte nicht und klang sogar recht unbefangen.

»Ich gehe heute Nachmittag zu einem Vortrag über Hygiene.«

Emily brachte einen Teller Rührei, den sie vor Sarah abstellte. »Wie viele Leute werden zum Abendessen da sein?«, fragte sie.

»Ich jedenfalls nicht«, sagte Anne. »Ich treffe mich noch mit Phyllis zum Lernen und komme erst spät nach Hause.«

Sarah warf Peer einen fragenden Blick zu.

»Ich werde da sein.«

»Nur Mr. Svensson und ich«, wandte Sarah sich an Emily.

»Ich gebe der Köchin Bescheid.«

Drei Stunden später blickte Sarah in das besorgte Gesicht ihrer Gesangslehrerin und Mentorin.

Bereits während des Einsingens hatte Sarah gespürt, dass ihre Stimme nicht trug. Sie klang seltsam kraftlos. Aus diesem Grund hatte Adeline ein leichtes Stück für den Anfang gewählt, doch selbst hier merkte Sarah deutlich, dass sie sich nicht freisingen konnte. Ihrer Stimme fehlte die Strahlkraft, der Ausdruck.

Schließlich ließ Adeline die Hände von den Tasten des Flügels auf ihre Beine sinken und wandte sich Sarah zu.

»Bist du erkältet?«

Sie schüttelte den Kopf.

»Was ist dann los? Gibt es Ärger mit der Grand Opera? Wegen der kleinen Pascal? Sie ist nur ein eingebildetes junges Mädchen. Von ihr hast du nichts zu befürchten.«

Wieder schüttelte Sarah den Kopf. »Nein, das ist es nicht.«

»Was dann? Es geht dir nicht gut, das höre ich ganz deutlich.«

Das kannte Sarah schon. Adeline konnte jede Gefühlsregung an einer Stimme ablesen. Sie hörte genau, ob Sarah glücklich oder nervös war oder sich ärgerte. Ärger sei der größte Feind für die Stimme, sagte sie immer.

Adeline stand auf und schenke zwei Tassen Kamillentee ein. »Das hat überhaupt keinen Sinn heute. Schone deine Stimme. Setz dich lieber und erzähl mir, was los ist.«

Und so verbrachte Sarah ihre Gesangsstunde damit, ihrer Lehrerin von Peer zu erzählen.

Adeline hörte sich die ganze Geschichte an.

Wie Sarah nach ihrem Schiffbruch von einem Robbenfänger aufgefischt wurde und gezwungen war, vier Monate unter Seeleuten zu leben. Wie sie sich angepasst und allmählich sogar Freude an der Fahrt gefunden hatte. Sie erzählte vom Alltag an Bord, von den Matrosen – und von Peer, der ihr von Anfang an aufgefallen war, und wie lange es gedauert hatte, bis sie sich endlich eingestehen konnte, dass sie ihn liebte.

Das Reden hatte ihr gut getan, Sarah fühlte sich getröstet, als sie in ihr Automobil stieg und nach Hause fuhr. Jetzt war sie sicher auch stark genug, um mit Peer über das Schiff, das ihn fortbringen würde, zu sprechen.

Er kam gegen Abend und zog sich ins Badezimmer zurück. Sarah hörte das Wasser rauschen.

Sarah deckte selbst den Tisch, sie hatte Emily für den Abend freigegeben.

»Wie war dein Tag?«, fragte sie ihn beim Abendessen.

Peer hörte auf zu kauen und warf ihr einen überraschten Blick zu. »Wie immer.«

»Was hast du heute gemacht?« Er hatte ihr morgens gesagt, an welchem Pier er heute arbeitete, doch sie hatte es vergessen. Außerdem lag ihr daran, deutlich zu machen, dass sie ihm nicht böse war. Allerdings war Peer noch nie ein Mann für Konversation gewesen. Er hob die Brauen. »Willst du wissen, ob ich Fisch oder Weizen verladen habe, oder möchtest du hören, ob ich auf der Emma Rodge angeheuert habe?«

»Beides.«

»Ich habe Weizen verladen. Anschließend war ich bei Kapitän Holst und habe den Kontrakt für die Fahrt unterschrieben. Wir laufen übernächste Woche Montag mit der Flut aus.«

In neun Tagen. Sarah schob sich ein Stück Huhn in den Mund, um nicht gleich antworten zu müssen. Das Fleisch schmeckte wie Pappe.

»Es tut mir leid«, sagte Peer leise.

»Du musst dich nicht entschuldigen. Ich wusste von Anfang an, dass du Seemann bist und nie etwas anderes sein willst.«

In der Nacht liebte er sie drängender, gieriger als sonst. Sarah überließ sich seinen Liebkosungen, doch sie ließ sich nicht gehen. Wenn sie jetzt die Beherrschung verlor, würde sie wieder anfangen zu weinen und ihn anflehen, zu bleiben. Beides ließ ihr Stolz nicht zu. Und Stolz würde bald das Einzige sein, was ihr noch blieb. Als er eingeschlafen war, befreite sie sich aus seiner Umarmung, setzte sich auf und betrachtete ihn. Sie wollte sich jeden Zug seines Gesichtes einprägen.

Beim Frühstück war er schweigsam. Es war Samstag, Anne schlief noch, sie waren alleine. Sarah suchte nach einem Thema für eine Unterhaltung, sprach über das Wetter und darüber, was man unternehmen könnte. Peer antwortete einsilbig und musterte sie prüfend. Als sie schließlich einen Ausflug in den Golden Gate Park vorschlug, stellte er die Kaffeetasse so heftig ab, dass der Inhalt überschwappte. »Hör auf damit, verdammt noch mal.«

Verwirrt sah sie ihn an. »Aufhören? Womit?«

»Damit, so verflucht höflich zu mir zu sein. Seit gestern behandelst du mich, als wäre ich ein seltener Gast in deinem Haus und nicht dein … dein …«

»Liebhaber?«, entfuhr es ihr spitz.

»Das war nicht das Wort, das ich gesucht habe, aber meinetwegen.«

Sie schien ihn aus der Fassung gebracht zu haben, er runzelte die Stirn. »Ich will nicht mit dir über das Wetter reden und durch irgendwelche Parks spazieren. Wir haben nur noch ein paar Tage zusammen.«

Sarah schluckte. »Ich wollte doch nur nett sein. Wäre es dir lieber, wenn ich dir eine Szene mache und mit dir streite?«

»Das wäre mir sehr viel lieber. Schrei mich an, sag mir, dass du wütend bist, weil ich gehe. Dann kann ich dir sagen, dass es mir fast das Herz bricht, dich zu verlassen. Dass ich Angst habe, dich an einen anderen zu verlieren, solange ich nicht hier bin. Aber hör auf damit, mir etwas vorzuspielen. – Es sei denn«, fügte er sehr leise hinzu, »du verstellst dich gar nicht, und es macht dir tatsächlich nichts aus.«

Der Damm, den sie aufgebaut hatte, um ihre Gefühle zu verbergen, brach in sich zusammen. Sie ballte die Fäuste. »Ja, ich bin wütend! Ich bin verdammt wütend. Ich dachte, wir hätten mehr Zeit füreinander. Nicht, dass du nach drei Monaten schon gehst. Und vor allem nicht, dass du für solange gehst.« Denn er würde mindestens für ein Jahr fort sein. Wahrscheinlich länger, wenn er in Göteborg noch die Navigationsschule besuchte.

Während ihrer letzten Worte war er aufgestanden. Nun zog er sie aus ihrem Stuhl.

»Ich kann nicht anders.«

Sie lehnte die Stirn an seine Brust. »Ich weiß. Ich wünschte, wir hätten eine Insel.«

»Eine Insel«, wiederholte er. »Ich wollte dich das gestern Abend schon fragen …«

»Was?«

»Ich würde gerne die nächsten Tage nur mit dir zusammen sein. Wie in Yokohama. Wäre dir das recht? Ich habe dem Stauervize gesagt, dass ich nicht mehr für ihn arbeiten werde.«

Vier Tage hatten sie in Yokohama für sich allein gehabt, bevor Sarah nach Hause und er mit der Victory nach Kanada gefahren war. Jetzt hätten sie sieben oder acht Tage. Aber nicht hier, nicht in San Francisco, wo die Presse in Gestalt von Georgina Astor auf jeden ihrer Schritte lauerte. Sarah wollte an einen Ort, an dem sie wirklich alleine waren. Ohne Verpflichtungen, nur sie und er. Nur wo?

»Alice!«

»Bitte?« Peer sah sie verwirrt an.

»Meine Tante hat ein kleines Wochenendhaus in Santa Cruz. Es ist wunderschön dort, und es liegt nur sechzig Meilen entfernt. Ich könnte sie fragen, ob wir es für ein paar Tage haben können. Soll ich?«

»Kannst du denn einfach so wegfahren?«

»Ich tue es.« Anne würde es verstehen. Vielleicht war sie sogar froh, das Haus einige Zeit für sich zu haben. Auch Adeline würde ihr nach dem Desaster in der letzten Unterrichtsstunde mit Sicherheit dazu raten.

Außer Anne, Adeline und Alice würde sie keinem sagen, wohin sie verreiste.

»Ich rufe sie gleich an.«

»Großartige Idee, Herzchen. Macht euch eine schöne Zeit. Das Haus ist ein wunderbares Liebesnest.« Wie nicht anders zu erwarten, war ihre Tante entzückt.

Sarahs Ohren wurden heiß. Dankbar, dass Peer Alice nicht hören konnte, räusperte sie sich.

»Ich dachte, wir könnten morgen im Laufe des Vormittags losfahren. Ist dir das recht?«

Alices raues Lachen drang durch den Hörer. »Ist mir recht. Den Schlüssel bekommst du bei Millers nebenan. Ich rufe sie gleich an und sage Bescheid.«

»Ich danke dir. Du bist ein Engel.«

Sarah legte auf und wandte sich an Peer. »Wir könnten heute noch Vorräte einkaufen und morgen mit meinem Automobil hinfahren.«

Er lächelte. »Morgen? Gut. Heute Abend ist Tanz in einer der Hallen am Pier 39. Ein paar Kumpels von den Docks werden dort sein. Ich würde mich gerne von ihnen verabschieden. Hast du Lust, mitzukommen?«

Musik und Tanz. Sie dachte an ihre Reise auf der Victory. An einem warmen Abend in den Tropen hatten ein paar der Männer Musik gemacht. Dort hatte sie das erste Mal wieder gesungen. »La Paloma«, das Sehnsuchtslied der Seeleute, sie hatte es zusammen mit Nielsen gesungen. Anschließend hatte Alex sie zum Tanz geholt.

Doch, sie hatte Lust auf Musik und Tanz, jenseits der gesellschaftlichen Verpflichtungen und Konventionen. Außerdem würde es sie auf andere Gedanken bringen.

»Ich würde sehr gerne mit dir tanzen gehen«, sagte sie.

Sie fuhren mit Sarahs Cadillac zum Hafen. Peer hatte sich auf Matrosenart ausgehfein gemacht. Er trug helle Canvashosen, ein blau-weiß gestreiftes Hemd, ein rotes Halstuch und die Mütze. Sarah hatte einen dunkelblauen Rock und eine cremefarbene Bluse gewählt und ihre Haar mit einem blauen Band hochgebunden.

Er führte sie zu einer Lagerhalle, aus der Musik kam.

Drinnen war es brechend voll. Fünf Musiker standen auf einer improvisierten Bühne und spielten. Davor tanzten einige Paare. Am anderen Ende des Raumes war eine Theke aufgebaut. Peer zog sie hinter sich her in eine relativ ruhige Ecke.

»Ich besorg' uns was zum Trinken. Warte hier. Ich komme gleich wieder.«

Während er sich zur Theke durchkämpfte, sah Sarah sich um. Die Männer waren anscheinend alle Seeleute und Hafenarbeiter. Unter den Frauen war fast jedes Alter vertreten. Vom blutjungen Mädchen bis zur gestandenen Matrone. An der rohgezimmerten Bar saßen ein paar herausgeputzte Dirnen und taxierten ihre zukünftigen Kunden.

Keiner beachtete sie. Sie fühlte sich ein wenig fremd, und gleichzeitig war sie sehr neugierig.

Die Musik klang vertraut, ähnliche Melodien hatten die Männer damals auf der Victory gespielt.

Peer war inzwischen mit zwei Bierkrügen in der Hand auf dem Rückweg zu ihr, wurde jedoch immer wieder aufgehalten und begrüßt.

Ein Mann trat auf sie zu und sprach sie an. Sarah verstand kein Wort. Sie lächelte entschuldigend. »Ich verstehe nicht.«

Der Mann erwiderte ihr Lächeln und wiederholte seine Worte, während Peer hinter ihm auftauchte und antwortete. Der Mann drehte sich um und begrüßte ihn, es folgte ein schneller Wortwechsel, offensichtlich war der andere ebenfalls Schwede. Er zog die Mütze, verbeugte sich kurz vor ihr, klopfte Peer auf die Schulter und ging.

Peer gab ihr einen der Krüge. »Bitteschön.«

»Wer war das, und was wollte er?«

»Das war ein Bekannter von mir, und er hat gefragt, ob du schwedisch sprichst.«

Er prostete ihr zu. Sarah hob den Krug und nahm einen Schluck. »Schmeckt gut.«

Sie trank weiter, bis der Krug zur Hälfte geleert war.

»Guter Zug, Lady!« Peer lachte sie an.

»Willst du tanzen?«, fragte er später.

Sie sah unsicher zu den Tanzenden. »Ich weiß nicht.«

»Komm.« Er nahm sie bei der Hand und zog sie auf die Tanzfläche.

Für einen Mann seiner Größe tanzte er nicht schlecht. Sarah fand schnell in den Rhythmus. Sie tanzten, bis sie beide völlig außer Atem waren.

Später gingen sie am Hafen entlang, er hatte den Arm um ihre Schultern gelegt.

Nach einer Weile bog Peer auf einen Pier ab und blieb schließlich vor einem Schiff stehen.

In der Dunkelheit konnte Sarah nicht viel erkennen. Warum brachte er sie hierher?

Doch dann entdeckte sie die Schrift am Bug: Emma Rodge. Sie warf ihm einen langen Blick zu.

»Ich wollte sie dir zeigen«, sagte Peer in einem Tonfall, der um Verständnis bat.

»Es ist dunkel …«, erwiderte sie.

Er lachte »Ja, ja, da hast du recht. Ich weiß nicht, was ich mir dabei dachte.« Dann sagte er leise: »Wirst du da sein, wenn wir auslaufen?«

»Du meinst, hier am Pier?«

»Ja.«

Sarah vermutete, dass dies der eigentliche Grund war, weshalb er sie hierher gebracht hatte. Nicht, um ihr das Schiff zu präsentieren, sondern um zu zeigen, wo es lag.

Sie dachte nach. Sie hasste Abschiedsszenen, und die Vorstellung, hier zu stehen, neben anderen Mädchen, Frauen, Huren, und zu winken, während sein Schiff auslief, jagte ihr einen kalten Schauer über den Rücken.

Sie senkte den Kopf. »Nein, ich glaube nicht. Ich … ich bin nicht gut, was Abschiede angeht, schon gar nicht öffentlich.«

»Das ist schade.« Mehr sagte er nicht.

7. KAPITEL

Am nächsten Morgen beluden sie das Auto und fuhren los. Sarah hatte beschlossen, nicht die Küstenstraße zu nehmen, sondern die Straße, die durch die Wälder führte. Es war zwar ein Umweg, aber sie hatten es nicht eilig – und sie wollte Peer die Sequoias zeigen, die hier wuchsen. Sie liebte die riesigen Bäume, seit sie als Kind das erste Mal mit ihren Eltern nach Santa Cruz gefahren war. Seitdem fuhr sie oft hinaus, wenn ihr der Rummel um ihr alter Ego Emilia Rossi zu groß wurde.

Peer machte große Augen, als sie auf die ersten Küstensequoias trafen.

»Verdammt, sind die riesig!«

»Warte es ab, das ist nur der Anfang. Tiefer im Wald gibt es noch größere.«

Immer schmaler wurde die Straße, führte in Bögen um die gewaltigen Bäume herum. Nach einer halben Stunde parkte

Sarah den Wagen an einer breiteren Stelle. Einen Augenblick zögerte sie, doch dann stellte sie den Motor ab. Auch wenn es Mühe machte, ihn später wieder mittels der Kurbel anzulassen, das Rattern störte sie.

Peer stieg aus und legte den Kopf in den Nacken. »Mein Gott!«, sagte er andächtig.

»Sie sind schön, nicht wahr?«

»Das ist unglaublich. So etwas habe ich noch nie gesehen.« Er trat zu einem der Bäume und breitete die Arme aus. »Der ist bestimmt fünfmal so breit wie ich.«

Sarah blickte sich um. Das Wetter meinte es gut mit ihnen. Der Morgennebel hatte sich gelichtet, jetzt schien die Sonne durch die Bäume, malte helle Tupfen auf den Waldboden. Ein würziger Duft nach Harz und Zedern erfüllte die Luft. Es war windstill, kein Geräusch störte die absolute Ruhe, die sie umfing.

»Wie alt sind diese Bäume?«, fragte Peer.

»Ich weiß es nicht genau. Die Indianer behaupten, ein Sequoia würde tausend Jahre wachsen, tausend Jahre leben und tausend Jahre sterben. Weiter östlich, im Yosemite Park, soll es noch größere Bäume geben.«

»Noch größere?« Wieder legte er den Kopf zurück und sah hinauf zu den Baumspitzen. »Der ist bestimmt hundert Meter hoch. Kein Wunder, dass du Heimweh hattest, damals an Bord der Victory.«

»Ja, die Bäume haben mir gefehlt.« So, wie ihm jetzt die See fehlte. Land und Meer. Erdentochter und Seemann. Sie seufzte. »Wollen wir weiterfahren?«

Er nickte, schien sich jedoch nur schwer vom Anblick der Bäume losreißen zu können. »Das glaubt mir zuhause keiner. In der Umgebung von Mollösund gibt es nur wenige Bäume. Hauptsächlich Birken und Erlen. Die größten Bäume sind die Kastanien auf dem Friedhof.«

Sarah raffte ihren Rock und bückte sich nach der Kurbel, doch er kam ihr zuvor. »Das mache ich.«

Nach dem dritten Versuch sprang der Motor an. Peer ging auf die Beifahrerseite, aber Sarah hielt ihn auf. »Möchtest du auch mal fahren?«

»Ich?« Fasziniert starrte er auf den Cadillac. »Ich würd' schon gern.«

»Dann los! Es ist nicht schwer.«

Nachdem sie eingestiegen waren, erklärte sie ihm schnell die Funktion der Pedale im Fußraum und des Schalthebels. Der Motor heulte auf, als Peer aufs Gas trat, und er zog hastig den Fuß zurück.

»Langsamer runterdrücken, und die Kupplung kommen lassen.«

Ruckelnd fuhr der Wagen an. Peer saß mit hochgezogenen Schultern hinter dem Lenkrad, die Augenbrauen in höchster Konzentration zusammengezogen. Nach einiger Zeit lehnte er sich deutlich entspannter in den Fahrersitz und lächelte. »Das macht Spaß!«

Er fuhr erstaunlich gut, wusste, wo er vor den Kurven zu bremsen hatte und wo er es wagen konnte, schneller zu fahren. Anscheinend erstreckte sich sein Geschick nicht nur auf Schiffe.

Sie kamen in höhere Lagen, der Wald lichtete sich. Eichen lösten die Sequoias ab. Irgendwo hier musste es eine Stelle geben, von der man eine wunderbare Aussicht hatte.

»Da vorne. Bei dem Felsen. Halte dort an.«

Peer lenkte an den Straßenrand. »Willst du wieder fahren?«

»Nein, ich möchte dir etwas zeigen.«

Direkt neben der Straße ging es steil bergab, und so störten keine Bäume den Blick über die bewaldeten Hügel, die von den braunen Flächen abgeernteter Felder durchzogen waren. In der Ferne erhob sich das Massiv der Sierra Nevada.

Peer stieß einen anerkennenden Pfiff aus.

»Tja, wir Landratten haben auch etwas zu bieten.« Sarah lachte, wurde jedoch schnell wieder ernst. »Du kennst nur San Francisco. Ich wollte dir zeigen, wie schön es hier ist.«

Peer legte den Arm um ihre Schultern. »Es ist großartig. Danke!«

»Willst du weiterfahren?«

»Nein, fahr du. Dann kann ich mir das Land besser angucken.«

Einige Zeit später erreichten sie die Straße, die oberhalb der Steilküste entlangführte.

Sarah bremste. Der Ausblick war überwältigend. Am Straßenrand und zwischen den Felsen wuchsen niedrige Büsche. Unter ihnen lagen Sandstrände, gegen die die Wogen des Pazifiks brandeten. Weiter draußen schimmerte die See grünlich, vereinzelt zeigten sich kleine Schaumkronen. Einige Pelikane flogen dicht über die Wasseroberfläche, ab und zu stieß einer hinab, verschwand in den Wellen, um kurze Zeit später wieder aufzutauchen.

Langsam fuhr Sarah weiter, bis sie Santa Cruz erreichten.

Alices Haus lag am nördlichen Stadtrand, direkt an der Küste.

Eine Woche lebten sie nur füreinander. Sie schliefen lange, frühstückten vor dem riesigen Fenster im Wohnzimmer und machten lange Spaziergänge an der Steilküste oder unten am Strand. Abends saßen sie vor dem Kamin. Sarah trank Wein, Peer mochte lieber Bier und ab und zu einen Whisky. Sie sprachen nicht über die Zukunft, sondern über das, was ihren Alltag ausmachte. Seefahrt und Musik. Beobachtungen, die sie auf ihren Spaziergängen machten.

Im Wohnzimmer stand ein Grammophon, und Alice besaß einige Schallplatten mit Ragtime Musik, aber auch Opernaufnahmen. Sarah fand eine Aufnahme der Tosca mit Enrico Caruso und Olive Fremstad in den Hauptrollen. Peer konnte der konservierten Musik nicht viel abgewinnen.

»Ich finde, du hast es besser gesungen«, erklärte er bei »Vissi d'Arte«.

Sie spielte ihm »E lucevan le stelle« vor und erklärte ihm den Hintergrund. Ein Mann, der den sicheren Tod vor Augen hat und einen letzten Brief an seine Geliebte schreibt.

Peer nickte dazu. »Ich verstehe zwar nicht, was er singt, aber ich weiß, wie er sich fühlt.«

Die Tage verflogen viel zu schnell. In der letzten Nacht in Santa Cruz beugte er sich über sie, strich ihr das Haar aus der Stirn und sah sie an, als wollte er sich jeden Zug ihres Gesichts für immer einprägen.

»Vergiss mich nicht«, sagte er. Und dann lachte er verlegen. »Das habe ich nur einmal zu einem Mädchen gesagt, damals war ich neunzehn Jahre alt. Ich habe immer gedacht, so etwas würde ich niemals wieder sagen.«

»Was ist passiert?«

»Als ich nach zwei Jahren zurückkam, hatte sie einen anderen. Sie hat wohl nicht geglaubt, dass ich wiederkomme.«

Oder sie hatte nicht mehr auf seine Rückkehr warten wollen, dachte Sarah. Zwei Jahre waren eine lange Zeit, besonders für ein junges Mädchen.

»Nach kurzer Zeit wollte sie mich dann doch wieder«, fuhr Peer fort. »Aber sie hatte sich verändert, und ich hatte mich verändert. Es passte nicht mehr.«

Seine Worte machten ihr Angst. Wie würden sie sich in der Zeit der Trennung verändern?

»Ich liebe dich. Ich werde dich nicht vergessen.«

»Ich bin länger als ein Jahr fort, vielleicht fast zwei«, sagte er. »Wirst du hier sein, wenn ich wiederkomme?«

»Ich denke schon. Es sei denn, ich bekomme ein Angebot von einer anderen Oper.« Sie lachte leise. »Eines aus New York oder Mailand würde ich nicht ablehnen. Aber ich werde dich wissen lassen, wo ich bin.«

Er streckte sich neben ihr aus. »In Stockholm gibt es auch eine Oper.«

»Du würdest doch auch nicht in Stockholm bleiben. Dann bin ich lieber zu Hause als alleine in einem fremden Land, dessen Sprache ich nicht kann.«

Er nickte. »Wenn ich zurück bin und wenn du mich dann noch haben willst, werde ich keine langen Reisen mehr machen. Ich dachte, ich könnte auf der *Star of India* oder der *Star of Alaska* anheuern. Jedes Jahr für vier oder fünf Monate nach Norden zum Lachsfang. Könntest du damit leben?«

Mehr konnte er ihr nicht geben, das wusste sie. Er würde nicht sesshaft werden, er würde daran zugrunde gehen. Und auch ein Küstenschiffer würde aus ihm nicht werden. Er war Hochseematrose mit Leib und Seele. Und im Grunde wollte sie ihn nicht anders. Einen zahmen, häuslichen Svensson konnte sie sich nicht vorstellen. Sie nickte. »Komm wieder. Das ist das Allerwichtigste. Pläne können wir danach immer noch machen«.

»Ich will ja nur verhindern, dass du dir in der Zwischenzeit einen anderen suchst.«

»Ich will keinen anderen. Du bist der Einzige.«

Er seufzte. »Käresta, glaubst du mir, dass es mir noch niemals so schwer gefallen ist, zu gehen?«

Sie glaubte ihm. Er streichelte sie sanft.

»Komm zu mir«, flüsterte sie, und er tat es.

Sonntags fuhren sie zurück nach San Francisco. Sie sprachen nicht viel an diesem letzten Tag. Sarah saß in seinem Zimmer auf dem Bett, die Arme um die Knie geschlungen, und sah ihm beim Packen zu.

»Den Anzug lasse ich hier. In Mollösund habe ich keine Gelegenheit, so etwas zu tragen.«

Unfähig, etwas zu sagen, nickte sie. Seine Worte machten ihr deutlich, dass er in ein anderes Leben zurückkehrte. Morgen um diese Zeit würde er schon auf See sein.

Er schaute von seinem Seesack auf, ihre Blicke trafen sich. In seinen Augen las sie den gleichen Gedanken. *Morgen schon.*

Er ließ den Pullover fallen, den er gerade einpacken wollte. Einen Augenblick später fand sie sich in seinen Armen wieder. Er drückte sie so fest an sich, dass sie keine Luft mehr bekam.

»Oh, meine Sarah«, flüsterte er in ihr Haar.

Sie zerrten sich gegenseitig die Kleider vom Leib. Ihr wurde schwindelig von seinen Küssen. Zusammen sanken sie auf das Bett, sie zog ihn über sich. Er zitterte in ihren Armen vor Anstrengung, behutsam zu sein und langsam, doch sie wollte ihn nicht behutsam. Sie schlang ihre Beine um ihn, hob sich ihm entgegen, steigerte das Tempo, bis er sich vergaß. Im Augenblick des Höhepunkts öffnete sie die Augen, sah in sein Gesicht in jenem Moment, in dem er alle Zurückhaltung fallen ließ, in dem er ihr gehörte, ganz und gar. Kleine Schweißperlen standen auf seiner Stirn, er hatte die Augen geschlossen, ein fast schmerzlicher Zug lag um seinen Mund.

Mit einem letzten Aufstöhnen ließ er seinen Kopf auf ihre Schulter sinken.

Sein Herz hämmerte gegen ihre Brust.

Am Montag stand Peer sehr früh auf. Sarah brachte ihn zur Haustür und sah ihm nach, wie er die Droschke bestieg, die sie bestellt hatte.

Dann ging sie zurück ins Bett, krümmte sich unter der Bettdecke zusammen, atmete seinen Geruch ein und spürte, wie der Schmerz in ihr wütete.

Sie wusste, es würde irgendwann vorbeigehen.

Später stand sie auf, spritzte sich kaltes Wasser ins Gesicht, ging in die Küche und kochte Tee. Ihr Blick glitt immer wieder zur Uhr. Die Emma Rodge sollte gegen Mittag mit der Flut auslaufen. Es war erst neun Uhr.

Ziellos strich sie durchs Haus. Sie überlegte, Alice zu besuchen, verwarf den Gedanken jedoch wieder. Sie hätte gerne gesungen, aber ihre Stimme war völlig überanstrengt vom Weinen. So saß sie an ihrem Flügel und starrte aus dem Fenster.

Einige Zeit später hörte sie Anne die Treppe hinunterkommen. Sichtbar überrascht stand sie in der Tür zum Musikzimmer. »Ich dachte, Peer fährt heute? Warum bist du nicht am Hafen?«

»Ich hatte doch gesagt, ich gehe nicht hin. Ich hasse Abschiede. Es war heute Morgen schlimm genug.«

Anne schüttelte ungläubig den Kopf. »Ich hätte nicht gedacht, dass du das wirklich fertigbringst. Hast du es nötig, ihn auf diese Weise zu strafen?« Ihre Stimme klang ungewohnt kühl.

»Wie meinst du das?«, entgegnete Sarah scharf.

»Du gehst nicht hin, weil du es ihm übel nimmst, dass er geht.«

»Das ist nicht wahr. Ich mag nur keine Abschiedsszenen. Da stehen genug Frauen und winken.«

»Und du hast das nicht nötig, nicht wahr? Ihm nachzuwinken. Mama, du siehst ihn vielleicht zwei Jahre lang nicht, meinst du nicht, du könntest auch mal etwas für ihn tun, das dir nicht gefällt?«

»Was soll das jetzt heißen? Willst du mir sagen, ich bin egoistisch?«

Anne zog einen Stuhl heran und setzte sich zu ihr. »Sei mir bitte nicht böse, aber ja, das finde ich.«

»Weil ich nicht möchte, dass er geht?«

»Weil du nicht zu schätzen weißt, was er für dich getan hat, als er kam. Statt nach Hause zu fahren, ist er hierhergekommen. Er hat eine Arbeit angenommen, die ihm nicht gefällt, er musste sich dafür auch noch spitze Bemerkungen von Großmutter und einigen anderen anhören. Immer wieder hat man ihm klar gemacht, dass er nicht dazugehört. Er hat das drei Monate lang mitgemacht.«

»Aber ich doch auch.«

»Schon, nur du bist hier zu Hause, in deiner gewohnten Umgebung, du singst wieder, machst die Arbeit, die du liebst. Natürlich war es für dich auch nicht leicht. Aber sicher leichter als für ihn. Er ist ein Fremder hier.«

Sarah biss sich auf die Unterlippe. War sie wirklich so selbstsüchtig? Ja. Denn im Grunde hatte er sie darum gebeten, ihn zu begleiten. *In Stockholm gibt es auch eine Oper.* Sie hatte abgelehnt.

»Wenn du an meiner Stelle wärst, würdest du gehen?«

Anne nickte heftig. »Natürlich. Stell dir vor, wie du dich fühlen würdest, nach einem Konzert zum Beispiel. Jeder hat Freunde, die sich mitfreuen und gratulieren, nur du stehst alleine da.«

Sarah sah sie nachdenklich an. Dann fasste sie einen Entschluss.

»Hilfst du mir beim Anziehen?«

»Aber natürlich!«

Eine halbe Stunde später parkte Sarah den Cadillac am Pier und hastete zur Anlegestelle der Emma Rodge.

Peer stand an Deck und sprach mit einem älteren Mann, anscheinend der Kapitän.

Sarah rief nach ihm, aber er hörte sie nicht.

Sie holte einmal tief Luft und rief noch einmal seinen Namen, dieses Mal lauter.

Er fuhr herum. Einen Augenblick starrte er sie mit offenem Mund an, dann breitete sich ein strahlendes Lächeln auf seinem Gesicht aus.

Er wandte sich an den Kapitän und deutete auf sie. Der Mann nickte und klopfte ihm lachend auf die Schulter.

Im Laufschritt kam Peer über die Gangway an Land.

»Sarah!« Er nahm sie in die Arme. »Du bist gekommen!«

Er drückte seine Lippen auf ihr Haar. »Sarah …«

Seine Freude beschämte sie. Sie hatte keine Ahnung gehabt, wie viel es ihm bedeutete, dass sie hier war.

Er nahm ihre Hand. »Komm, sieh sie dir an!«

Sarah folgte ihm die Kaimauer entlang zum Bug des Schiffes. Es war ein ganzes Stück größer als die Victory, kein Schoner, sondern ein rahgetakelter Dreimaster.

»Eine Bark«, erklärte Peer.

Sarah sah hinauf zur Spitze des höchsten Mastes. »Da musst du rauf?«

Sie wusste ja, wie sicher er sich in der Takelage bewegte, sie hatte ihn an Bord der Victory oft genug die Wanten hinaufklettern sehen. Trotzdem schauderte sie bei der Vorstellung, dass er bei Kälte, Sturm und Regen dort oben arbeiten sollte.

Er blickte sie an. Sein Lächeln ließ ihr Herz aufgehen. »Keine Sorge, ich kann das.«

»Ich weiß. Trotzdem … mit diesem Schiff um Kap Hoorn?« So viel hatte sie inzwischen über das Kap der Stürme und die »howling fifties«, die wilden fünfziger Breitengrade, gelesen. Hunderte von Schiffen waren dort gesunken, zahllose Männer gestorben.

»Sie ist ein gutes Schiff, und Kapitän Holst macht das nicht zum ersten Mal.«

Sarah seufzte. »Ich habe trotzdem Angst. Schreib mir, sobald ihr es geschafft habt. Bitte.«

»Mach dir keine Sorgen.« Er nahm sie erneut in die Arme. »Mir passiert nichts. Ich komme wieder. Weißt du noch, wo der Nordstern ist?«

Stumm nickte sie.

»Ich werde ihn jeden Abend sehen, und wenn ich ihn sehe, denke ich an dich.«

»Und wenn du im Süden bist?«

»Da denke ich einfach so an dich.«

Vom Deck des Schiffes ertönte ein schriller Pfiff. Peer drückte sie enger an sich. »Das war der Bootsmann. Der Lotse ist da. Ich muss gehen.«

»Peer …« Sie griff in sein Haar, zog seinen Kopf zu sich und küsste ihn. Es war ihr gleichgültig, wer sie sah und ob morgen im *Call* oder einer anderen Zeitung darüber berichtet werden würde, dass sie in aller Öffentlichkeit einen Matrosen küsste.

Behutsam löste er sich von ihr. »Ich schreibe dir, von unterwegs und sobald ich zu Hause bin.«

Tränen liefen ihr über die Wangen. »Ich liebe dich.«

»Ich dich auch, Käresta.«

Er ging. Sarah presste ein Taschentuch vor den Mund, um nicht laut zu schluchzen. Um sie herum trennten sich andere Paare. Es waren weniger, als sie erwartet hatte. Wahrscheinlich, weil die Emma Rodge ein skandinavisches Schiff war. Die meisten Männer fuhren wohl mit ihr nach Hause.

In ihrer unmittelbaren Nähe klammerte sich ein junges Mädchen laut weinend an den Arm eines Jungen, der nicht älter aussah als achtzehn Jahre. Dem Jungen war das sichtbar unangenehm. Er versuchte, ihre Hände abzustreifen, und warf immer wieder nervöse Blicke zum Schiff, während er auf sie einredete. Wahrscheinlich versprach er ihr das Blaue vom Himmel. Endlich ließ sie ihn los. Er machte, dass er fortkam.

Peer war mit siebzehn das erste Mal für zwei Jahre von zu Hause weggefahren, hatte er erzählt. Vielleicht hatte es eine ähnliche Abschiedsszene in seinem Dorf gegeben. Und wenn nicht dort, in irgendeinem Hafen der Welt gab es mit Sicherheit eine Frau, die auf seine Rückkehr hoffte. Er hatte niemals ein Geheimnis daraus gemacht, dass er nicht wie ein Mönch gelebt hatte.

Wieder ertönte ein Pfiff. Die Leinen wurden losgeworfen, und die Emma Rodge setzte sich in Bewegung. Ein kleiner Lotsenschlepper zog das Schiff hinaus. Einige Männer versammelten sich an der Heckreling. Peer war darunter. Sein weizenblondes Haar wehte ihm in die Stirn, er strich es zurück und winkte ihr zu.

8. KAPITEL

Am Morgen nach Alex' Besuch erinnerten dumpfe Kopfschmerzen Sarah daran, dass auf die zwei Flaschen Wein noch ein oder zwei Whiskey gefolgt waren. Alex und sie hatten bis weit nach Mitternacht gesessen und geredet. Anschließend hatte sie ihm eine Droschke bestellt, die ihn zu seiner Pension zurückbrachte.

Abgesehen von dem Pochen in ihrem Kopf ging es ihr gut. Es war tröstlich und schön gewesen, über Peer zu sprechen und in den Erinnerungen an ihre Zeit auf der Victory zu schwelgen.

Sie nahm ein Pulver gegen die Schmerzen und ging hinunter ins Esszimmer. Anne saß schon am Tisch und sah beneidenswert frisch und munter aus.

Schweigend trank Sarah ihren Kaffee, in Gedanken immer noch bei dem Gespräch mit Alex.

Auch Anne war ungewohnt still. Sie hatte den *Call* neben ihrem Teller liegen, doch Sarah spürte, wie der Blick ihrer Tochter immer wieder zu ihr hinüberwanderte.

»Hast du irgendetwas auf dem Herzen?«, fragte sie schließlich.

Anne rührte gedankenverloren in ihrem Kaffee. »Dieser Alex, wie alt ist er eigentlich?«

Sarah unterdrückte ein Seufzen. »Ich weiß es nicht genau. Ich schätze ihn auf Ende zwanzig.« *Fast zehn Jahre älter als du.* Sie sprach es nicht aus. »Magst du ihn?«

»Ja, ich glaube schon. Er ist interessant. Ganz anders als die jungen Männer, die ich kenne.«

»Kein Wunder. Er ist auf sich allein gestellt, seit er sechzehn war. Kein Papa, der ihm Geld gab und ihm Arbeit verschaffte. Du hast gehört, was er alles schon getan und gesehen hat.«

Anne nickte und rührte weiter in ihrer Tasse. »Ich glaube, ich habe es nie wirklich verstanden.«

»Was?«

»Die Sache mit John und dir.«

Sarahs Herz schlug schneller. Kurz nach ihrer Ankunft, nachdem die erste Aufregung und Wiedersehensfreude vorbei war, hatte sie Anne von ihrem leiblichen Vater erzählt.

Zu ihrer Überraschung hatte Anne nicht besonders schockiert darüber gewirkt, dass Arthur nicht ihr wirklicher

Vater war. Vielmehr schien sie die Tatsache zu verwundern, dass Sarah eingewilligt hatte, Arthur zu heiraten.

»Gab es keine andere Möglichkeit?«, hatte sie damals gefragt.

»Welche?«

»Ich weiß nicht. Irgendetwas. Meinst du wirklich, Großvater hätte dich hinausgeworfen? Vielleicht hat er nur gedroht?«

»Ich weiß es nicht. Es musste alles sehr schnell gehen, damit das Kind ...«

Annes Gesichtsausdruck ließ sie stocken.

»Das Kind. Ich. Du wolltest mich nicht.«

»Ich kannte dich doch gar nicht.«

Vor zwanzig Jahren war dieses Wesen in ihrem Bauch ihr Feind gewesen. Etwas, das sie zwang, eine verhasste Ehe einzugehen, ein Andenken an den Mann, der ihre Liebe zurückgewiesen und sie im Stich gelassen hatte.

»Ich war achtzehn Jahre alt und schwanger. Wärst du glücklich, wenn du jetzt ein Kind erwarten würdest? Nicht studieren könntest?«

Anne schüttelte den Kopf. »Nein, deshalb lass ich mich auch nicht mit einem Mann ein.«

Ihre Stimme klang scharf.

»Damit bist du klüger, als ich es war.«

»Ich verstehe nicht, wie dir so etwas passieren konnte. Hast du nicht gewusst, wie Kinder entstehen?«

»Doch, nur in diesem Moment habe ich daran nicht gedacht. Ich liebte ihn.«

Innerlich hatte sie damals gelächelt. Anne war noch nie wirklich verliebt gewesen. Die jungen Männer in ihren Kreisen waren ihr nicht gewachsen, weder ihrem scharfen Verstand noch ihrer starken Persönlichkeit. Das Erbe ihres Vaters.

Für ihren leiblichen Vater hatte Anne sich zu diesem Zeitpunkt nicht interessiert. Zumindest hatte sie keine einzige Frage gestellt. Sarah hatte ihre Reaktion auf den Schock geschoben.

Irgendwann würde sie noch fragen, sich mit ihrer Herkunft auseinandersetzen. Vielleicht war es jetzt soweit?

Anne sah sie fragend an. »Als du mir von meinem Vater erzählt hast, habe ich nicht verstanden, wie du dich so sehr in ihn verlieben konntest, dass du dafür deine Zukunft aufs Spiel gesetzt hast. War er so wie Alex?«

Alex. Verdrehte er ihrer Tochter den Kopf, so wie John es bei ihr getan hatte? Nein, das glaubte sie nicht. Anne war viel selbstständiger und reifer als sie, Sarah, mit achtzehn Jahren gewesen war. Sie würde ihren Weg gehen. Und Alex war trotz seiner lockeren Art mit Frauen zu anständig, um sich mit Anne einzulassen.

»Alex ist netter. John war ein Einzelgänger, er sprach nicht viel über sich. Aber er wusste viel mehr über die Welt als ich.« Sie lächelte bei der Erinnerung.

»Er konnte sehr charmant sein. Und er sah sehr gut aus.«

»Besser als Alex?«

»Auf andere Weise, ja. Aber das Aussehen war es nicht, jedenfalls nicht nur. Er war anders. Erfahren, reif, männlich. Gegen ihn wirkten die Söhne der reichen Familien, die ich kannte, wie kleine Jungen.«

»So ähnlich ging es mir gestern mit Alex«, sagte Anne. »Ich hatte plötzlich das Gefühl, ich weiß nichts über das Leben und die Welt.«

Sarah erinnerte sich an ihre erste Begegnung mit Alex in der Kombüse der Victory. Seine Vorstellung war unverschämt und charmant zugleich gewesen, er hatte erzählt, wo er herkam und was er bisher getan hatte, und sie hatte das

Gefühl gehabt, ihr bisheriges Leben unter einer Glasglocke verbracht zu haben.

»Du weißt nichts über seine Welt. Aber dafür weißt du andere Dinge, die er nicht weiß.«

»Ich würde ihn gerne kennenlernen.«

»Wen?«, fragte Sarah, irritiert von Annes Gedankensprüngen.

»Meinen Vater. John.«

Auch das noch. Doch früher oder später hatte es kommen müssen.

»Du könntest enttäuscht werden.«

»Weil er mich nicht sehen will?«

»Ich glaube schon, dass er will. Aber vielleicht ist er anders, als du ihn dir vorstellst?«

Brandon, der die Menschen zu seinem Vorteil benutzte. Für den nur Geld zählte. Berechnend, rücksichtslos.

Die Art, wie Anne den Kopf hob, um ihr in die Augen zu sehen, versetzte Sarah einen Stich. Anne sah ihrem Vater nicht sehr ähnlich, aber sie bewegte sich wie er.

»Das Risiko gehe ich ein.«

»Zur Zeit dürfte er auf Robbenjagd sein.«

Ob er es wohl noch einmal gewagt hatte, unter falscher Flagge zu segeln? Oder machte er etwas ganz anderes? Sarah seufzte. »Ich werde ihm schreiben.«

Brandon hatte ihr die Nummer eines Postfachs gegeben, über das sie ihn erreichen konnte. Es würde eine Zeit dauern, bis er sich meldete. Sie war nicht böse darüber.

Zwei Wochen später lag auf dem Tisch im Salon ein Umschlag mit einer fremdartigen Briefmarke. Sarah erkannte die Schrift und ihr Herz hüpfte. Schnell suchte sie den Absender.

Es konnte ebenso gut ein Brief sein, den Peer von unterwegs geschrieben hatte und der einfach nur länger unterwegs gewesen war. Doch er kam aus Schweden, aus Mollösund. Die Adresse, an die sie alle ihre Briefe geschickt hatte, stand auf der Rückseite.

Gottseidank, er war sicher zu Hause angekommen.

Sie läutete nach Emily und bat sie, ihr eine Tasse Tee in die Bibliothek zu bringen.

Dann setzte sie sich in einen der Sessel und öffnete den Brief.

Liebste Sarah, endlich bin ich zu Hause …

TEIL II

Leg mich wie ein Siegel auf dein Herz

9. KAPITEL

Mollösund, Mai 1905

Seine Eltern wussten, dass er kommen würde, er hatte ihnen von unterwegs geschrieben. Sie konnten allerdings nicht wissen, wann er eintraf. Aus diesem Grund war auch niemand aus seiner Familie am Hafen, als der Postdampfer, der Peer von Göteborg aus mitgenommen hatte, ihn in Mollösund absetzte. Wahrscheinlich waren sein Vater und Nils, sein Bruder, auf See, auf dem Weg nach Norden, um Lengfisch zu fangen.

Er stellte den Seesack ab und sah sich um. Viel hatte sich nicht verändert in den Jahren, die er fort gewesen war. Immer noch drängten sich die Hütten der Fischer, falunrot gestrichen, am Hafen, und der Wind trug den vertrauten Geruch nach Fisch und Lake von den Heringssalzereien zu ihm. Noch waren die Gestelle für den Lengfisch auf der Insel Mollön leer, erst im Sommer würden dort die Fische dicht an dicht hängen, um zu trocknen. Wenn dann der Wind über die Insel wehte, schlugen die getrockneten Fische mit einem leisen Rasseln aneinander: der Klang von Mollön, unverkennbar.

Er atmete tief ein. Es war schön, wieder zu Hause zu sein. Auch wenn es ihn nie lange hier hielt, so war es doch Heimat und der Ort liebgewordener Erinnerungen: Die Geschichten seiner Großmutter, der Duft nach Kuchen, der an Backtagen das Haus durchzog, der Geruch nach Salz und Meer, wenn sein Vater nach Hause kam. Das erste Mal die Jolle segeln.

Die erste Liebe. Heimat bedeutete Freunde und Verwandte, bedeutete, angenommen und geachtet zu sein, auch wenn man Fehler machte.

Beim Anblick der rundgeschliffenen Felsen hinter dem Dorf lächelte er. Sie waren nicht so kahl, wie sie vom Hafen aus wirkten. Es gab Senken darin, in denen Heidekraut und niedrige Wacholderbüsche wuchsen. In anderen bildete das Moos dicke, weiche Polster. Livia und er hatten sich dort geliebt.

An Livia hatte er lange nicht gedacht. Wahrscheinlich hatte sie ihn längst vergessen und war glücklich verheiratet mit einem Mann, der damit zufrieden war, hier als Küstenfischer zu leben. Sein Herz gehörte Sarah, daran konnten weder Zeit noch Entfernung etwas ändern. Während er durch die engen Gassen zu seinem Elternhaus wanderte, war sie seine unsichtbare Begleiterin. In Gedanken zeigte er ihr den Ort, die grandiose Landschaft Bohusläns und segelte mit ihr hinaus zu den Schären.

Eine letzte Biegung noch, dann stand er vor dem Haus, in dem er aufgewachsen war. Es war größer als die Fischerhütten und weiß, mit blauen Fensterrahmen. Im Sommer blühten Rosen neben dem Eingang, seine Großmutter hatte sie gepflanzt.

Leise öffnete er die Tür und trat durch den Windfang in die Wohnstube.

Seine Mutter saß am Fenster und nähte. Als er eintrat, blickte sie auf, ihre Hände sanken in ihren Schoß.

»Peer!« Sie legte das Nähzeug weg. »Wie schön, dass mein ruheloser Sohn auch mal nach Hause kommt.«

Er grinste sie an. Seine Rastlosigkeit war schon immer ein strittiges Thema zwischen ihnen gewesen, seine Geschwister waren in Mollösund geblieben.

Er zog sie aus ihrem Stuhl und umarmte sie. In seinen

Armen wirkte sie kleiner und dünner als in seiner Erinnerung. Müde sah sie aus, und um Augen und Mund entdeckte er Linien, die sie vor sieben Jahren noch nicht gehabt hatte.

»Geht es dir gut?«

»Es geht«, erwiderte sie langsam und musterte ihn prüfend. »Gut siehst du aus. Anscheinend bekommt dir das unstete Leben immer noch.«

»Es ist das, was ich will.«

Ein Ausdruck, den er nicht deuten konnte, huschte über ihr Gesicht.

»Wo ist Vater?«, fragte er. »Unterwegs?«

Trauer legte sich über ihr Lächeln. »Er ist letztes Jahr gestorben.«

Betroffen ließ er sie los. Als er fortgegangen war, war sein Vater achtundfünfzig Jahre alt gewesen. Nicht mehr jung, aber noch lange kein Greis. »War er denn krank?«

Stumm schüttelte seine Mutter den Kopf.

Dann gab es nur eine Möglichkeit. »Er ist auf See gestorben?«

»Wo sonst. Ihr Schiff ist vor den Shetland Inseln in einen Sturm geraten und gesunken. Es gab nur fünf Überlebende.« Die Bitterkeit in ihrer Stimme erschütterte ihn, obwohl er es verstand. Schon einer seiner Brüder war auf See geblieben und jetzt sein Vater.

Und es war nicht unwahrscheinlich, dass es ihm genauso ergehen würde.

Er wandte sich ab und trat ans Fenster. Von hier konnte er das Meer nicht sehen, nur die Masten der Schiffe, die im Hafen ankerten.

»Komm, setz dich. Ich mach uns Kaffee.« Die Stimme seiner Mutter riss ihn aus seinen Gedanken. Er setzte sich an den Tisch und sah ihr zu, wie sie Kaffee mahlte und ihn mit heißem Wasser aufgoss. Um diese Jahreszeit war der große Herd den ganzen Tag beheizt.

»Kommst du zurecht?«, fragte er vorsichtig.

»Bin ich das nicht immer?«, gab sie zurück. »Sehr oft war er ja nicht hier.«

Seltsam, er hatte sich niemals Gedanken über die Ehe seiner Eltern gemacht.

Sie waren seine Eltern, er hatte sie nie als Paar gesehen. Er wusste noch nicht einmal, ob sie einander geliebt hatten. Er erinnerte sich an die Abschiedsszenen in seiner Kindheit, wenn sein Vater im Januar für die lange Reise nach Norden an Bord ging. Er hatte seine Kinder umarmt und mit seiner Frau einen festen Händedruck getauscht. Damals hatte er das nicht sonderbar gefunden, fast alle Paare machten das so. Keine Umarmungen, keine Küsse zum Abschied. Jedenfalls nicht in der Öffentlichkeit.

Seine Mutter stellte zwei Tassen auf den Tisch und goss den Kaffee ein. Er musste wohl recht besorgt ausgesehen haben, denn sie lächelte ihn an.

»Ich komme zurecht«, versicherte sie ihm. »Marit hilft mir, wo sie kann. Manchmal wird es mir sogar ein wenig zu viel.«

Das konnte er sich lebhaft vorstellen. Marit, seine ältere Schwester, hatte schon immer etwas von einer Glucke gehabt, und ihre Hilfsbereitschaft war mit einer ordentlichen Portion Herrschsucht gewürzt.

»Wie geht es Nils und Anders?«

»Nils und seine Frau leben noch hier. Britta hat inzwischen drei Kinder. Anders ist mit seiner Familie nach Göteborg gezogen. Er arbeitet im Handelskontor seines Schwiegervaters, und es gefällt ihm recht gut.«

Peer lächelte. Anders war derjenige seiner Brüder, mit dem er sich am besten verstand. Ein Jahr jünger als er, wirkte er oft wie der ältere von ihnen. Als Einziger in der Familie fuhr

Anders nicht zur See. Er war gegen den Widerstand seines Vaters bei einem Kaufmann in die Lehre gegangen. Stur waren sie alle, die Svenssons, wenn sie sich erst einmal etwas in den Kopf gesetzt hatten.

»Lebt Großmutter Linnea noch?« Die Mutter seines Vaters war Ende siebzig gewesen, als er sie das letzte Mal hier gesehen hatte.

»Sie lebt nicht nur noch, es geht ihr gut. Sie ist zu Anders nach Göteborg gezogen, weil es ihr hier zu langweilig war.«

Peer lachte laut auf. Seine Großmutter hatte nie einen Hehl daraus gemacht, dass es ihr in Mollösund zu eng war.

»Lach du nur. Deine Ruhelosigkeit hast du von ihr.«

Er griff über den Tisch nach ihrer Hand. »Lass uns nicht streiten, Mutter. Ich weiß, es ist nicht einfach mit mir, ich bin nun mal ein Zugvogel.«

Einen Albatros hatte Sarah ihn genannt. Sehnten sich Albatrosse nach ihrer Partnerin, wenn sie alleine flogen?

Die Mutter strich über seinen Arm. »Wie lange wirst du bleiben?«

»Nicht lange. Du weißt, ich kann hier auf die Dauer nicht leben, ich …« Er sah ihren Gesichtsausdruck und stockte. »Was ist los?«

»Livia hat, acht Monate nachdem du fortgegangen warst, einen Sohn bekommen.«

Im ersten Moment begriff er nicht, warum sie ihm das erzählte. Dann erstarrte er. Acht Monate!

»Sie sagte, das Kind sei von dir.«

Sein erster Impuls war, es abzustreiten. Das konnte nicht sein. Aber das war natürlich Unsinn. Solche Dinge passierten immer wieder. So schwieg er und starrte auf das karierte Tischtuch.

»Ihr Vater hat versucht, sie mit Gustav Gundersson zu verheiraten, doch sie hat darauf bestanden, auf dich zu warten.«

Er fuhr auf. »Ich habe ihr gesagt, sie soll nicht warten.«

Was schwatzte er da für ein dummes Zeug? Gerede. Was man halt so sagte: *Warte nicht auf mich.*

Aber wenn ein Mädchen schwanger war …

»Nun, sie war wohl der Meinung, dass sie ein Kind von dir hat, ändert die Situation«, entgegnete seine Mutter trocken.

Wie recht sie hatte.

»Und was macht sie jetzt?«

»Sie lebt bei ihrem Vater und arbeitet als Gälerin in der Heringssalzerei, solange, bis im Sommer die Fischer mit dem Lengfisch zurückkommen.«

Wie alle Frauen hier. Er stand auf und ging im Zimmer auf und ab, Leere in seinem Kopf.

»Willst du gar nicht wissen, wie dein Sohn heißt?«, fragte seine Mutter ihn vorwurfsvoll.

Nein, er wollte es nicht wissen. Er war in Livia verliebt gewesen, aber sie gehörte zu seiner Vergangenheit. Seine Gegenwart hieß Sarah. Ihm wurde kalt, als er sich vorstellte, wie sie darauf reagieren würde. Er hatte ihr versichert, dass er keine Frau, keine Kinder habe. Wie sollte er ihr das erklären?

»Verdammt noch mal, warum hat sie nicht versucht, es loszuwerden!«, entfuhr es ihm.

Im Nu stand seine Mutter vor ihm und schlug ihm ins Gesicht. »So etwas will ich nie wieder von dir hören!«

Seine Wange brannte, und er schämte sich. Nicht, weil sie ihn geohrfeigt hatte, sondern für das, was er gesagt hatte.

Er sah ihr in die Augen. »Ich werde nicht hierbleiben.«

»Das dachte ich mir. Aber du hast Pflichten gegenüber Livia und ihrem Kind.«

Livias Kind. Verdammt. Er mochte Kinder, die Kinder seiner Geschwister, doch er selbst hatte nie welche haben wollen. Warum nur hatte sie sich in den Kopf gesetzt, auf ihn zu warten?

»Sie hätte Gustav nehmen sollen.«

»Das hat ihr jeder gesagt, sogar ich«, erklärte seine Mutter. »Sie ist ebenso dickköpfig wie du.«

»Und es waren wirklich acht Monate?« Eine winzige Hoffnung.

Sie trat einen Schritt zurück und verschränkte die Arme vor der Brust. »Das ist erbärmlich, Peer. Du weißt, dass Livia ein anständiges Mädel ist. Willst du sie zur Hure machen, um deine Haut zu retten?«

Meine Freiheit, meine Liebe will ich retten.

Die Worte blieben ihm im Halse stecken. Er setzte sich an den Tisch und vergrub sein Gesicht in den Händen. Sarah!

»Du hättest es schlimmer treffen können.« Die Stimme seiner Mutter klang gedämpft durch das Rauschen in seinen Ohren. »Livia ist eine tüchtige Frau, freundlich und sanft. Heirate sie, dann sind sie und das Kind versorgt. Vielleicht überlegst du dir doch noch, hier als Küstenfischer zu fahren.«

Niemals.

Einen Augenblick lang dachte er darüber nach, sich ihr anzuvertrauen, ihr von Sarah zu erzählen.

Es gibt eine, die ist nicht sanft. Leidenschaftlich ist sie, eine Kämpferin, und wenn ihr das Temperament durchgeht, kommt man ihr besser nicht in die Quere. Ihr Haar hat die Farbe von Bitterschokolade, und ihre Augen sind so dunkelblau wie der Himmel in der Mittsommernacht. Ich verdanke ihr mein Leben. Sie ist die Einzige, die ich will.

Seine Mutter würde es nicht verstehen. Er sah auf. »Weiß Livia, dass ich hier bin?«

»Nein. Ich wollte ihr die Enttäuschung ersparen, falls du doch nicht gekommen wärst.« Prüfend sah sie ihn an. »Was wirst du tun?«

»Mich nicht aus dem Staub machen, falls du das denkst. Aber ich brauche ein bisschen Zeit.«

»Sie wollte morgen mit Lars vorbeikommen.«

»Lars?«

Gereizt zuckte seine Mutter die Schultern. »Dein Sohn. Livia hat ihn Lars genannt.« Ihre Gesichtszüge wurden weich. »Du könntest ihn nicht verleugnen, selbst wenn du wolltest. Er sieht aus wie du.«

Heftiges Klopfen unterbrach ihr Gespräch, die Tür flog auf und Livia stürmte ins Haus, atemlos, mit geröteten Wangen.

»Mutter Elsa, Arne sagte, er hätte …«, begann sie und erstarrte. »Peer …« Sie schluckte schwer. »Es ist also wahr. Du bist wieder da.«

Er nickte. Wusste nicht, was er sagen sollte. Ein wenig mehr Zeit hätte er sich gewünscht, um überhaupt zu begreifen, was das nun für ihn bedeutete.

Sie nahm das Kopftuch ab. Ihr flachsblondes Haar war zu zwei dicken Zöpfen gebunden, die ihr fast bis zur Taille fielen. Einen Moment zögerte sie, dann stürzte sie auf ihn zu, schlang ihre Arme um seinen Hals.

»Ich wusste, dass du wiederkommst«, murmelte sie.

Er stand nur da, nicht fähig, sich zu bewegen, nicht fähig zu denken. Sie war groß, eine der wenigen Frauen, die den Kopf auf seine Schulter legen konnte. Das tat sie jetzt. Und dann begann sie zu weinen.

Seine Arme hoben sich wie von selbst, legten sich um sie. Sie klammerte sich noch fester an ihn.

Schließlich verebbte ihr Schluchzen, und er schob sie ein Stück von sich weg. Inzwischen hatte seine Mutter den Raum verlassen, sie waren alleine. Mit dem Kopftuch wischte Livia sich die Tränen ab und sah ihn an. Ihre klaren, hellblauen Augen schienen in sein Innerstes zu dringen, um seine Gedanken zu lesen.

Er wusste nicht, wie lange sie so standen und einander stumm anstarrten.

»Du freust dich gar nicht«, sagte sie endlich.

Er räusperte sich. Einmal, zweimal. Und er wurde rot, er spürte, wie ihm die Hitze in den Kopf stieg.

»Es ist lange her«, war alles, was ihm einfiel.

Wieder schwiegen sie.

»Du hast ein Kind?«

»Wir haben einen Sohn.«

Er lauschte den Worten nach, spürte einen winzigen Stich in seinem Herzen. Er hatte einen Sohn. Es war ein seltsames Gefühl. Bilder zogen an seinem inneren Auge vorbei. Sein Vater, der hinter ihm in der Jolle saß, ihm die Schot in die Hand gab und ihm das Segeln beibrachte. Er, wie er stolz seinen ersten geangelten Fisch zeigte. Das nachsichtige Lächeln seines Vaters, als er ihm erklärte, dass dieser Fisch zu klein war, um ihn zu essen. Das erste Mal, als er seinen Vater auf eine größere Fahrt begleiten durfte.

»Du sagst nichts?« Livias Stimme holte ihn in die Gegenwart zurück.

»Es kommt etwas – überraschend.«

»Ich habe dir geschrieben. An die Häfen, von denen du dich gemeldet hast.«

»Ich war kaum zweimal am gleichen Ort. Ich wusste es nicht.«

Nur in San Francisco und in Victoria war er zwei Mal gewesen. Aber da hatte er schon lange nicht mehr nach Hause geschrieben.

Sie rang die Hände. Die Jahre waren nicht spurlos an ihr vorübergegangen. Ihr früher so verlockender Mund war schmal geworden. Feine Fältchen zeigten sich um ihre Augen.

Er griff nach ihren Händen, zog sie auseinander. »Hattest du es sehr schwer?«

Sie schluckte. »Es ging. Natürlich haben sie im Dorf getratscht, aber eigentlich nicht mehr als sonst. Es gab bald einen anderen Skandal. Mein Vater hat mir ziemlich zugesetzt. Deine Familie war sehr nett, vor allem deine Mutter. Sie hat nie an mir gezweifelt.« Sie machte eine Pause. »Und sie hat Lars von Anfang an als ihren Enkel angesehen.«

Peer ging zügig durch die Straßen, sah nicht nach rechts oder links. Er wollte sich nicht unterhalten, keine Fragen beantworten.

Was soll ich nur tun? Die Frage kreiste in seinem Kopf, seit Livia sich verabschiedet hatte.

Seine Mutter hatte für ihn gekocht, doch sein Magen war ein Klumpen aus Schuldgefühlen und Verzweiflung, in den kein Essen mehr passte. Eine Zeitlang hatte sie ihm zugesehen, wie er in seinem Eintopf herumstocherte. »Gibt es eine andere?«

»Was?« Überrascht starrte er sie an.

»Ob es eine andere Frau gibt«, wiederholte sie.

Er hob stumm die Schultern. Über Sarah zu reden war mehr, als er im Moment ertragen konnte.

»Selbst wenn«, sagte sie. »Liebe und Ehe haben nichts miteinander zu tun. Und dass ihr Kerle nicht treu seid, weiß jede, die einen Seemann heiratet.«

»Wie meinst du das?«

»Tu deine Pflicht und heirate Livia. Was du treibst, wenn du unterwegs bist ...« Sie zuckte mit den Schultern. »Livia ist erwachsen. Ihr Vater ist Seemann, ihre Brüder ebenfalls. Sie dürfte keine falschen Vorstellungen haben.«

Livia vielleicht nicht, aber Sarah. Sie liebte ihn, sie glaubte an ihn. Er hatte ihr versprochen, wiederzukommen.

Seine Schritte hatten ihn zur Kirche geführt. Verblüfft starrte er einen Augenblick auf die Tür. Sollte er mit dem Pfarrer sprechen? Doch dann schüttelte er den Kopf. Was der sagen würde, wusste er schon.

Gegenüber der Kirche, auf der anderen Seite der Straße, lag der Friedhof.

Er zögerte. Wollte er wirklich wissen, wie viele seiner Freunde die See in den letzten Jahren gefordert hatte? Sein Blick fiel auf die Inschrift über dem Tor:

Tänk på döden. Denk an den Tod.

Als ob man das den Menschen hier sagen musste. Die Männer von Mollösund waren Hochseefischer gewesen, bevor der Hering kam. Und viele von ihnen waren es immer noch. Mit nur zwanzig Meter langen Schiffen fuhren sie auf der Jagd nach Lengfisch und Dorsch bis nach Grönland, ins Eismeer. Sie fuhren im Winter aus und kamen oft erst im Herbst wieder. Und es kamen niemals alle zurück.

Er öffnete das rostige Tor. Rechts vom Eingang stand der Gedenkstein für die Männer, die auf See geblieben waren. Ein paar Blumen lagen davor. Als einer der Letzten war der Name seines Vaters eingemeißelt. Victor Svensson.

Weiter oben stand der seines jüngsten Bruders. Oscar Svensson. Oscar war erst neunzehn Jahre alt gewesen. Das Schiff, auf dem er angeheuert hatte, war nicht zurückgekommen. Was passiert war, wusste niemand.

Er strich über den Stein. Würde eines Tages sein Name hier stehen?

Nicht, wenn er ging. Wenn er alle Brücken abbrach. Und das würde er tun müssen. Entweder er ging, und es würde keine Rückkehr für ihn geben, oder er musste seinen Sohn anerkennen und Livia heiraten.

Er verließ den Friedhof und stürmte hinauf auf den Klockeberget. Hoch über dem Dorf lag der Punkt, von dem aus man über die Schären hinaus auf das offene Meer blicken konnte. Hierher kamen die Frauen und oft auch die Kinder, um nach den Schiffen, die ihre Männer, Brüder und Väter zurückbringen sollten, Ausschau zu halten.

Wenn er sich umdrehte, blickte er auf den Kirchturm, und in der Ferne konnte er die Mühle sehen. Er wollte nicht hier leben, aber nie wieder zurückkehren? Seine Familie, seine Freunde, er traf sie nur alle paar Jahre, doch der Gedanke sie niemals wieder zu sehen, erschien ihm plötzlich unerträglich. Bei aller Rastlosigkeit liebte er dieses Fleckchen Erde, das wurde ihm jetzt klar. Er liebte die Schären, die hellen Sommernächte und die bedächtigen, stolzen Menschen, die hier lebten.

Er wandte sein Gesicht nach Norden. Auch wenn es zu hell war, um ihn zu sehen, wusste er, wo der Nordstern stand. In San Francisco war es noch Nacht, aber vielleicht war Sarah schon wach und blickte auch gerade in den Himmel. Er schickte einen stummen Gruß über das Meer.

Würde sie es verstehen? Sie wusste, wie es war, wenn man heiraten musste, sie hatte ihren Mann nicht geliebt, es war eine arrangierte Ehe gewesen.

Vielleicht würde sie es verstehen, wenn er vor ihr stünde, mit ihr reden könnte. Aber wie, um alles in der Welt, sollte er ihr in einem Brief erklären, dass er gezwungen war, eine andere zu heiraten?

Hatte er noch eine Wahl?

Er sank auf die Knie, verbarg das Gesicht in den Händen. Es war Jahre her, dass er geweint hatte.

Später lief er los. Hinunter zum Hafen, wo die Jolle seines Vaters lag. Er setzte das Segel und fuhr durch die Schären hinaus aufs offene Meer. Stundenlang.

Es dämmerte bereits, als er sein Elternhaus wieder betrat. Seine Mutter warf ihm einen prüfenden Blick zu. Er versuchte ein Lächeln, doch es geriet schief. »Ich war segeln.«

Sie nickte nur, bückte sich und öffnete die Klappe des Backofens. Der Duft nach frischgebackenem Brot verbreitete sich in der Wohnstube. Inzwischen war er sogar ein wenig hungrig. »Das riecht gut.«

Sie beantwortete sein Kompliment mit einem Achselzucken. »In einer Stunde können wir essen. Hast du deine Geschwister begrüßt?«

Er schüttelte den Kopf. »Das mache ich morgen.«

Erst musste er sich darüber im Klaren sein, was er tun würde, bevor er sich den Fragen seiner Schwester stellte.

Sein Bruder Nils würde nicht viel sagen, aber Marit war anders. Wie seine Mutter hatte sie immer gehofft, dass er sich doch irgendwann in Mollösund niederlassen würde.

Als hätte sie seine Gedanken gelesen, wandte sich Elsa zu ihm um. »Die Sachen deines Vaters sind in seiner Seekiste im kleinen Zimmer. Auch seine Langleine. Wenn du kein Küstenfischer werden willst, könntest du wieder mit den Lengfischern hinaus.«

»Nein. Ich habe einiges gespart. Ich werde nach Göteborg auf die Navigationsschule gehen und mein Steuermannspatent machen. Und danach werde ich auf einem Großsegler anheuern. Vielleicht in Hamburg bei Laesz.«

Die »Flying Ps«, die großen Schiffe der Reederei Laesz, hatten es ihm schon seit langem angetan. Sie hielten sämtliche Geschwindigkeitsrekorde um Kap Hoorn.

»Und Livia?«

»Mit Livia rede ich morgen.«

Kopfschüttelnd wandte Elsa sich ab. »Männer!«

Peer ging in das »kleine Zimmer« und öffnete die Seekiste seines Vaters. Obenauf lag die Langleine, mit der die Lengfische gefangen wurden. Vorsichtig strich er über einen der glattpolierten Schwimmer, die dafür sorgten, dass die Köder nicht auf den Meeresgrund sanken. Auch wenn der Fang geteilt wurde, hatte doch jeder Mann in Mollösund seine eigene Langleine. Im Winter schnitzten die Männer Hunderte von Schwimmern aus Baumrinde und versiegelten sie mit Wachs.

Vielleicht würde Livias Sohn irgendwann diese Langleine benutzen.

10. KAPITEL

Livia und Lars kamen am nächsten Morgen. Livia wirkte sehr nervös, als sie mit dem Kind an der Hand das Haus betrat.

Peer blickte ihm ins Gesicht und sah sich selbst als kleinen Jungen. Seine Mutter hatte recht gehabt, jeder, der ihn anschaute, musste wissen, wer sein Vater war. »Du also bist Lars.«

Der Blick des Jungen wanderte von ihm zu Livia. Sie nickte ihm zu, und er trat einen Schritt vor. »Und du bist der niederträchtige Bastard, der meine Mutter geschwängert hat.«

Klatschend landete Livias Hand auf der Wange des Kindes. »Wie kannst du …«

Peer fing ihren Arm ab, bevor sie ein zweites Mal zuschlagen konnte. »Nicht! Man schlägt niemanden, weil er die Wahrheit sagt.«

Livia presste die Lippen zusammen. Ihre Wangen glühten.

Die Unterlippe des Jungen bebte genauso wie seine Stimme. »Großvater hat das gesagt. Und Onkel Oscar sagt das auch.« Seine Augen waren feucht, aber er weinte nicht.

Ein tapferer Junge. Peer ging in die Hocke und sah ihm in die Augen. »Dein Großvater und dein Onkel haben recht. Ich kann mich nur damit entschuldigen, dass ich nicht wusste, dass deine Mutter schwanger war, als ich gegangen bin.«

»Sonst wärst du früher wiedergekommen?«

Peer warf einen schnellen Blick zu Livia. Ihre Augen waren groß, eine verzweifelte Hoffnung stand darin.

»Ja«, sagte er. »Sonst wäre ich früher gekommen.«

Was machte es, dass er log. Die Wahrheit würde nichts ändern, nur sie und den Jungen unnötig kränken.

Er richtete sich auf. »Lässt du mich bitte mit deiner Mutter alleine?«

Lars nickte. An der Tür drehte er sich noch einmal um. »Du bist wirklich mein Vater?«

»Warte.« Aus der Seekiste holte Peer den Spiegel, den sein Vater zum Rasieren benutzt hatte, hockte sich neben seinen Sohn und hielt den Spiegel vor ihre Gesichter. »Siehst du, wie ähnlich wir uns sind?«

Lars schüttelte den Kopf. »Finde ich nicht. Du bist viel haariger.«

»Lars!« Livia starrte ihren Sohn entrüstet an. »Du benimmst dich unmöglich.«

»Aber es ist doch so.«

Peer lächelte. Unter allem Kummer darüber, dass sein Leben in Trümmern lag, keimte ein warmes Gefühl für diesen kleinen Jungen auf, der den Mut hatte, zu sagen, was er dachte. »Ich werde mich rasieren.«

Lars trottete davon.

Peer wandte sich an Livia. »Komm, setz dich«, sagte er und rückte ihr einen Stuhl zurecht.

Sie setzte sich auf die Stuhlkante, hielt sich sehr gerade, die Hände in den Schoß gepresst. Sie hatte Angst, erkannte er. Genauso viel Angst wie er selbst, wenn auch aus anderen Gründen.

»Ich lasse dich nicht im Stich«, begann er. »Aber ich muss dir etwas sagen.«

»Du bist verheiratet!«, platzte sie heraus.

Einen Augenblick lang war er versucht, Ja zu sagen. Niemand hier würde je die Wahrheit erfahren. Er würde versprechen, ihr die Hälfte seines Soldes zu schicken, und wäre frei.

Er konnte es nicht. Jedes Mal wenn er in den Spiegel blickte, würde er das Gesicht des Jungen sehen, der ihn einen niederträchtigen Bastard genannt hatte.

Du bist ein Versager, du hast es nur noch nicht gemerkt. Die Stimme des Steuermanns der Victory hallte in seinem Kopf.

»Nein, ich bin nicht verheiratet.«

Livias Lachen klang wie ein Schluchzen. »Nicht!«

»Nein. Ich werde dich heiraten und für dich und den Jungen sorgen, aber …«

»Du willst mich heiraten?«, unterbrach sie ihn.

Er nickte. »Ich denke, das ist meine Pflicht.«

»Deine Pflicht, so.« Sie strich sich ein paar Haarsträhnen aus der Stirn und sah ihm in die Augen. »Meinst du nicht, du solltest mich vorher fragen?«

»Nachdem du sieben Jahre auf mich gewartet hast?« Beinahe musste er lachen. Doch dann sah er den verletzten Stolz in ihrem Gesicht. Natürlich wollte sie gefragt werden.

»Ich werde dich fragen, aber erst, wenn du mir zugehört hast. Vielleicht willst du mich danach gar nicht mehr.«

»Sprich.«

Er beugte sich vor und erzählte, was er sich in den Stunden auf See am Tag zuvor überlegt hatte. »Aus mir wird kein Küstenfischer, das weißt du. Ich will Steuermann werden. Es gibt in Göteborg eine Navigationsschule, und ich habe genug Geld zurückgelegt. Die Schule fängt im August an und dauert neun Monate. In dieser Zeit könnte ich jedes Wochenende hier sein. Aber danach werde ich wieder auf große Fahrt gehen.« Er machte eine Pause. »Warum, um Himmels willen, hast du Gustav nicht genommen? Er ist doch ein feiner Kerl! Ich bin es nicht. Ich bin einer, der wieder fortgeht, der dich alleine lässt.«

Sie hob die Schultern. »Ich konnte es nicht. Es war nicht so, wie es zwischen uns war.«

Ihre Worte bohrten sich wie Pfeile in seine Brust. Sarah hatte sie gesagt, an jenem Tag in Yokohama. »So, wie es zwischen uns war.«

Er presste die Lippen zusammen, an Sarah durfte er nicht denken. Nicht jetzt.

»Der Skipper, mit dem ich nach Schweden kam, möchte mich als Steuermann für sein Schiff«, fuhr er fort. »Ich weiß nicht genau, wann er wieder hier ist. Es kann ein gutes Jahr dauern. Dann werde ich mit ihm fahren. Um Kap Hoorn in den Pazifik. Ich werde nicht wieder jahrelang fortbleiben, aber oft werde ich nicht hier sein. Willst du so leben? Mit einem Mann, der fast immer auf See ist?«

»Tun das nicht alle hier?« Ihr Tonfall glich dem seiner Mutter.

»Du musst dich nicht jetzt entscheiden. Denk darüber nach.«

Sie stand auf. »Darüber muss ich nicht nachdenken.«

»Dann gehe ich jetzt und rede mit deinem Vater.«

»Er wird dich schlagen.«

»Ja, wahrscheinlich.« Er hatte keine Angst. Wenn es dem Stolz des alten Pettersson guttat, er konnte es aushalten.

Sie lehnte sich an ihn, einer ihrer Zöpfe streifte seine Hand. Ohne nachzudenken, griff er danach. Damit hatte alles angefangen, damals. Livia hob ihr Gesicht zu ihm. Er küsste sie auf die Stirn und floh.

11. KAPITEL

Livia starrte auf die Tür, durch die er verschwunden war. Auf die Stirn. Er hatte sie auf die Stirn geküsst. Wie ein Bruder seine Schwester oder ein Vater seine Tochter. Nicht, dass ihr Vater sie jemals geküsst hätte. Johan Pettersson hielt nicht viel von Sentimentalitäten.

Immer noch spürte sie Peers sanften Zug an ihrem linken Zopf. Eine Erinnerung an eine Erinnerung.

Sie waren Kinder gewesen, sie acht Jahre alt, ihr Bruder Oscar und Peer dreizehn, und die Jungen im Dorf hatten sich einen Spaß daraus gemacht, die Mädchen zu jagen und an den Zöpfen zu ziehen. Irgendwann wurde das Spiel zu derb. Einer der Jungen, Victor, riss sie so sehr an den Haaren, dass sie weinend davonlief und sich zwischen den Felsen des Galgebergets versteckte. Ihr Bruder lachte nur, aber Peer stieg ihr nach. Er stand vor ihr, ein hochaufgeschossener, ungelenker Junge, mit viel zu großen Händen und Füßen, seine Wangen unter den blonden Haaren dunkelrot, so verlegen war er. Sie sah ihn an und bemerkte, dass seine Augen nicht blau waren wie die seiner Geschwister, sondern grün wie das Moos, das in den Senken der Felsen wuchs, in denen sie Zuflucht gesucht hatte. Er tröstete sie, strich ihr schüchtern über das Haar und sagte, dass es ihm leidtue. In diesem Augenblick begann sie, ihn zu lieben.

Am Anfang war es die unschuldige Schwärmerei einer Achtjährigen. Er beachtete sie nach diesem Vorfall nicht mehr als vorher. Im Jahr darauf fuhr er das erste Mal mit den Männern ins Eismeer auf Lengfischfang und ahnte nichts davon, dass sie täglich auf den Klockeberget ging, um für seine sichere Rückkehr zu beten. Neun Jahre alt war sie da, die Jüngste in einer großen Familie.

Im Spätsommer kam er zurück, doch er hatte sich verändert. Hochfahrend und stolz, weil er nun zu den Männern zählte, hatte er kein Auge für sie, stattdessen schaute er den älteren Mädchen nach.

Die Jahre vergingen, und sie bekam ihn selten zu Gesicht. Im Januar fuhr er mit den Männern aus, im Herbst kehrte er zurück. Jedes Mal war er ein bisschen größer und schöner.

Mit siebzehn ging er gegen den Widerstand seiner Eltern nach Göteborg und heuerte auf einem Schiff nach Übersee an.

Sie selbst wuchs heran, wurde zur Frau und ging mit den jungen Burschen zum Tanz. Es waren einige dabei, die ihr gefielen. Der grobschlächtige Victor war zu einem schmucken jungen Mann geworden, von dem sie ihren ersten Kuss bekam. Doch sie konnte Peer nicht vergessen. Es war nicht so, dass sie sich ständig nach ihm sehnte, aber der Gedanke an ihn war wie das Rauschen der Wellen oder der ewige Wind, der vom Meer wehte. Man schenkte diesen Dingen keine besondere Beachtung, sie waren einfach da.

Und dann kam er von einer Fahrt auf einem Walfänger zurück. Abgemagert und erschöpft. Vier harte Jahre war er unterwegs gewesen, und am Schluss reichte der Gewinn kaum für die Heuer. Er blieb den Sommer über in Mollösund, ging nur ab und zu mit den Küstenfischern hinaus. Und plötzlich waren Windrauschen und Meereswellen allgegenwärtig. Seine Augen waren immer noch grün. Sie war zweiundzwanzig Jahre alt.

Beim Midsommerfest forderte sie ihn zum Tanz auf, und er blickte sie an, als sähe er sie zum ersten Mal. Während sie noch wartete, die Hände unter der Schürze verborgen, damit er ihr Zittern nicht bemerkte, streckte er die Hand aus und zog ganz sanft an ihrem Zopf.

»Du willst mit einem Kerl tanzen, der dich früher an den Zöpfen gerissen hat?«

Die Nacht endete in einer Bucht in der Nähe des Leuchtturms, in Wind und Wellen.

Sie wusste, er würde nicht bleiben, er hatte niemals ein Geheimnis daraus gemacht. Als Ehemann taugte er nicht, er war zu ruhelos. Doch sie liebte ihn, und lieber wollte sie ihn für eine kurze Zeit haben als niemals.

Im September reiste er nach Göteborg, um von dort nach Hamburg auf einem der Flying P-Liner anzuheuern. Die Salpeterfahrt nach Iquique versprach sichere Heuer, anders als auf einem Walfänger. In ihrer letzten Nacht liebten sie sich nicht, sie saßen am Leuchtturm und sprachen über die Zukunft. Über ihre – und seine. Sie wünschte sich Familie, Mann und Kinder, er konnte ihr das nicht geben. Sie hatte es gewusst. Er war nicht wie die anderen Fischerburschen, die froh waren, wenn sie wieder zu Hause waren. Es zog ihn fort. Seine erste große Reise hatte zwei Jahre gedauert, jede weitere dauerte länger, führte ihn weiter fort.

»Warte nicht auf mich«, sagte er, und sie war sich sicher, sie würde ihn vergessen, wenn er erst einmal fort war. Peer war ihre Jugendliebe, doch jetzt war sie erwachsen.

Doch Wind und Wellen hörten nicht einfach auf zu sein. Und dann bemerkte sie, dass sie ein Kind erwartete.

Er schrieb seinen Eltern, jedoch nicht aus Chile, sondern aus Indien. Irgendwann kam ein Brief aus Australien. Ein Jahr später meldete er sich aus Japan. Das letzte Mal hatte sie vor drei Jahren von ihm gehört, der Brief kam aus Valparaiso. Danach meldete er sich nicht mehr, und sie wusste nicht, ob er noch lebte.

Und nun? Seine Rückkehr hatte sie sich anders vorgestellt. Sie hatte gehofft, dass er nach den langen Jahren auf See weniger ruhelos wäre, vielleicht sogar froh, hier ein Heim zu finden.

Sein entschlossenes Gesicht, als er ihr von seinen Plänen erzählte, hatte sie eines Besseren belehrt. Seine Mutter hatte recht, er kam ganz nach seiner Großmutter. Auch Linnea hatte sich in Mollösund nie zu Hause gefühlt. Kurz nach dem Tod von Peers Großvater hatte sie wieder geheiratet. Einen Fremden, einen Engländer, der Kapitän auf einem großen Überseeschiff gewesen war. Und sie hatte ihn sogar auf einigen Fahrten begleitet.

Peer würde nicht bleiben. Doch er würde für sie und Lars sorgen und alle ein oder zwei Jahre nach Hause kommen. Das hatte er versprochen, und er war ein Mann, der seine Versprechen hielt. Zumindest dessen konnte sie sicher sein.

Vielleicht würde die Zeit für sie arbeiten. Schließlich war er erst zwei Tage hier. Ein Jahr wollte er bleiben, in dem so viel passieren konnte. Sie würden heiraten, zusammenleben. Er schien Lars zu mögen, vielleicht würde er sich über ein zweites Kind freuen – und bleiben. Jedenfalls würde sie nichts unversucht lassen, seine Liebe zurückzugewinnen.

12. KAPITEL

So, da bist du also!« Johan Pettersson sah von dem Netz auf, das er gerade flickte. »Hast dir ja viel Zeit gelassen.«

Peer stand an der Tür zu Petterssons Fischerhütte und blickte sich um. Nichts hatte sich verändert, seit er als Achtjähriger hier gestanden hatte, zitternd vor Angst, weil der Alte ihn beim Äpfelklauen erwischt hatte.

An der Wand stapelten sich immer noch die Reußen für den Hummerfang, von der Decke hingen die Netze zum Trocknen, und in der Ecke lehnten die Stangen, an denen im Sommer der Lengfisch getrocknet werden würde.

Pettersson sah beinahe selbst aus wie Trockenfisch, zäh und unverdaulich. Seine Muskeln waren so geschrumpft, dass sie unter der sonnenverbrannten Haut eher wie Sehnen wirkten, sein Gesicht schien wie aus Holz geschnitzt.

Es würde nicht leicht werden.

»Viel zu tun?« Peer deutete auf das Netz. »Es gibt wieder mehr Hering, habe ich gehört.«

»Hast du gehört, ja? Was interessiert's dich? Du hast dich schon immer für was Besseres gehalten. Heringsfischen war dir nie gut genug. Musstest mit ins Eismeer, kaum dass du vierzehn warst, und auf große Fahrt mit siebzehn.« Er räusperte sich und spuckte einen Strahl Kautabak auf den Boden. »Und dann kommst du wieder und verdrehst meiner Tochter den Kopf. Sie hätte einige gute Kerle hier haben können, brave Burschen, aber sie wollte einen verdammten Zugvogel. Noch nicht mal der Riemen konnte ihr das austreiben.«

»Du hast sie geschlagen?«

Das hatte sie also damit gemeint, ihr Vater hätte ihr zugesetzt.

»Hab ich, aber es hat nichts genutzt, wie du siehst. Sie ist das dickköpfigste Weib, das ich kenne.«

»Wahrscheinlich liegt es daran, dass sie mit fünf älteren Brüdern aufgewachsen ist.«

Pettersson brummte nur und beugte sich wieder über seine Arbeit.

Peer trat näher. »Ich muss mit dir reden, Johan.«

»Worüber?«

»Über Livia.«

Der Alte richtete sich auf, ballte die Fäuste und sah ihn aus schmalen Augen an. »Da gibt es nur eins: Nimmst du sie, ja oder nein?«

Peer zweifelte keinen Augenblick daran, dass Johan ihn windelweich schlagen würde, wenn er Nein sagte. Pettersson mochte über fünfzig sein, aber er stand Peer an Größe und Kraft um nichts nach, und sein Jähzorn war in Mollösund berüchtigt.

Er konnte nicht anders, er bewunderte Livia für den Mut, ihrem Vater zu trotzen.

Peer nickte. »Ja. Wenn sie mich noch will.«

»Sie wird schon wollen. Wahrscheinlich wird sie es irgendwann bereuen, aber sie lässt sich ja nichts sagen.« Johan griff erneut nach dem Netz.

»Das heißt, wir haben deine Erlaubnis?«

Johan ließ das Netz sinken. »Habt ihr. Ich bin froh, wenn ich den Bastard nicht weiter am Hals habe.«

Den Bastard. Der Junge mit dem strohblonden Haar, der ihm in die Augen gesehen und mutig seine Meinung gesagt hatte. Mit zwei Schritten war er bei Johan und packte ihn am Kragen. »Ich will mich nicht mit dir prügeln. Aber wenn du meinen Sohn noch einmal einen Bastard nennst, werde ich es tun, so wahr mir Gott helfe.«

Pettersson funkelte ihn an. »Ich musste ihn sechs Jahre durchfüttern. Du schuldest mir etwas.«

Peer ließ ihn los. »Also darum geht es? Du bekommst dein Geld, keine Sorge.«

Wütend wandte er sich um und verließ den Schuppen.

»Ach ja?«, brüllte der Alte ihm nach. »Hast du das große Geld gemacht, im Gelobten Land? Dann überleg mal, wo du deine Frau und dein Balg unterbringst. Bei mir können sie jedenfalls nicht mehr bleiben.«

Wortlos ging Peer weiter. Seine Sorge hatte sich nur darum gedreht, dass er heiraten musste. Doch nun wollte der

Alte Geld von ihm, er musste für Livia und Lars sorgen, und er musste eine Unterkunft für sie finden.

Seine Ersparnisse brauchte er für die Seefahrtschule. Hier gab es nur die Fischerei, und das war ein unsicheres Geschäft. Vielleicht konnte er in Göteborg am Hafen Arbeit suchen. Viel wurde nicht bezahlt, aber es war eine sichere Einnahmequelle. Auf einem Segler anzuheuern, kam nicht infrage. In drei Monaten begann die Ausbildung, bis dahin musste er zurück sein.

Und vorher gab es eine Hochzeit. Er musste mit dem Pfarrer sprechen, doch zuerst wollte er seiner Mutter erzählen, dass er Livia heiraten würde.

Und irgendwann musste er es Sarah schreiben.

»Peer!« Livia stand an der Ecke zum Wärdshus. Ihr Blick glitt prüfend über sein Gesicht, dann lächelte sie. »Ihr habt euch nicht geprügelt.«

»Nein. Wir haben seinen Segen.«

»Ich bin sicher, so hat er das nicht gesagt.«

Sein Lächeln geriet etwas gezwungen. »Nicht ganz.«

Sie sah ihn erwartungsvoll an. Der Antrag, fiel ihm ein. Jetzt war der richtige Zeitpunkt, sie zu fragen, ob sie ihn heiraten wolle. Doch er zögerte. Sie sollte wissen, worauf sie sich mit ihm einließ. Er holte tief Luft und verschloss die Augen vor ihrer strahlenden Miene. »Es gibt da noch etwas, das du wissen musst.« Er stockte. Wie sagte man so etwas?

»Ich denke, ich weiß es«, kam sie ihm zuvor. »Es gibt eine andere.«

»Ja.« Seine Stimme versagte, er räuspert sich.

»Aber du hast sie nicht geheiratet?«

»Nein.« Frag nicht weiter, bat er sie in Gedanken.

Er dachte an das Gespräch in Yokohama, in dem Sarah ihm erzählt hatte, warum sie nicht wieder heiraten wolle.

Wie sollte er Livia erklären, dass es Frauen gab, die den Sinn ihres Lebens nicht darin sahen, einen Mann zu versorgen und Kinder zu bekommen? Er hatte es ja selbst kaum verstanden.

»Wo ist sie?«, fragte Livia.

»Weit fort. Auf der anderen Seite der Welt.«

»Also wirst du sie nicht hierherbringen?«

»Was?« Verblüfft starrte er sie an. »Nein, natürlich nicht.« Die Vorstellung, Sarah als seine heimliche Geliebte hier einzuquartieren, war lächerlich. Sie hatte sich ihre Freiheit hart erkämpft, sie würde sich nirgendwohin bringen lassen, um ein Leben im Verborgenen zu führen.

»Wirst du sie wiedersehen?«

»Livia …«

»Also ja«, schnitt sie ihm das Wort ab, ihr Gesicht war hart und entschlossen. »Versprich mir, dass ich ihr nie begegne.«

»Versprochen.« Selbst wenn Sarah ihm verzeihen konnte, was er jetzt tat, sie würde niemals hierherkommen. Er würde nicht mit ihr zu den Schären hinaussegeln, ihr nicht seine Heimat zeigen.

»Reden wir nicht mehr darüber«, sagte sie.

Kurz zögerte er, dann gab er sich einen Ruck. Worauf noch warten? Er hatte keine Wahl mehr. »Dann frage ich dich: Willst du mich heiraten?«

Es war die Falsche. Sarah hätte vor ihm stehen sollen. Sarah, der er den Ring seiner Großmutter gegeben hatte. Sarah, an die er jetzt nicht denken durfte, wenn er die nächsten Wochen ertragen wollte.

Livia nickte, doch das Leuchten war aus ihren Augen verschwunden. »Ja, ich will.«

»Ja, er hat sie geschlagen, weil sie sich weigerte, Gustav zu heiraten«, sagte seine Mutter, als Peer ihr von dem Gespräch mit Pettersson berichtete. »Du kennst ihn doch. Sein Jähzorn ist seit Ingeborgs Tod im letzten Jahr noch schlimmer geworden. Er trinkt zu viel. Jeden Abend hockt er in der Schänke vom Wärdshus.«

Peer erinnerte sich kaum an Livias Mutter. Sie war eine unauffällige Erscheinung gewesen, schmal, mittelgroß, mit mausbraunen Haaren. Auf Peer hatte sie immer ein bisschen wie eine Maus gewirkt, verhuscht und stets darauf bedacht, im Hintergrund zu bleiben. Die Größe, die hellblauen Augen und das volle, flachsblonde Haar hatte Livia von ihrem Vater geerbt.

»Ich kann Johan ja verstehen«, fuhr Elsa fort. »Gustav wäre eine gute Partie gewesen, auch wenn er älter ist als Livia. Es gibt mehr Frauen als Männer hier, sie hatte Glück, dass sie überhaupt einer haben wollte. Johan hat getobt vor Wut, als Livia Gustavs Antrag abgelehnt hat. Er wollte sie zwingen, das Kind in Göteborg zur Welt zu bringen und in ein Waisenhaus zu geben.« Sie lachte. »Ich glaube, es war das einzige Mal, dass Ingeborg ihm widersprochen hat. Wenn er das mache, werde sie ihn verlassen, hat sie gesagt. Sie habe sechs Kinder großgezogen, ein siebtes würde sie auch noch schaffen.«

»Aber Ingeborg ist tot. Johan hat mir gesagt, dass Livia und Lars nicht mehr bei ihm bleiben könnten. Und er will Geld.« Der verdammte Kerl, fügte er in Gedanken hinzu.

»Was hast du erwartet? Immerhin hat er die letzten Jahre für deinen Sohn gesorgt.«

Peer verfluchte sich im Stillen dafür, dass er es ihr erzählt hatte. So wie sie dachten sicher viele hier.

»Er kriegt sein Geld. Irgendwie werde ich es schon auftreiben.«

»Du hast doch bestimmt Ersparnisse.«

»Meine Ersparnisse reichen gerade zum Leben und für die Navigationsschule. Nicht für Johan.«

Er fühlte sich wie ein Fisch im Netz. Es zog sich immer enger um ihn. Wenn er nicht auf die Schule gehen konnte, würde sein Traum in weite Ferne rücken. Alle, seine Mutter, Livia, selbst Johan, schienen sich dazu verschworen zu haben, ihn hierzubehalten.

Elsa sah ihn lange an. »Weiß Livia von deinen Plänen?«

»Was denkst du von mir?«, fuhr er auf. »Natürlich weiß sie davon. Ich habe ihr gesagt, was ich vorhabe, und sie war einverstanden.«

Er stand auf und ging im Zimmer auf und ab. »Die Ausbildung fängt erst in drei Monaten an«, sprach er seine Gedanken aus. »Ich war in Göteborg, die ganze Stadt ist voll mit Auswanderern. Alle wollen nach England oder Norwegen und von dort mit den Schnelldampfern nach Amerika. Im Seemannsheim wurde darüber geredet, dass die Reedereien dringend Heizer für diese Schiffe suchen.«

»Du willst als Heizer arbeiten?« Seine Mutter richtete sich in ihrem Stuhl auf und sah ihn ungläubig an.

»Nicht lange. Ich würde mehr verdienen als hier im Dorf als Fischer. Vielleicht finde ich eine billige Unterkunft in Göteborg für Livia und Lars.«

»Peer, mein Junge, das kannst du nicht machen. Wenn du sie anschließend wieder für Monate oder Jahre alleine lässt, kannst du Livia nicht nach Göteborg bringen. Sie ist hier aufgewachsen. In Göteborg kennt sie niemanden. – Außerdem, hier hat sie Arbeit. Und ich möchte ab und zu meinen Enkel sehen«, setzte sie hinzu.

Seine Mutter hatte recht, natürlich hatte sie recht. Er konnte nicht einfach über Livia verfügen, selbst wenn sie seine Frau war. Sie war hier verwurzelt, sie hatte niemals irgendwo anders hingewollt. Das war einer der Gründe für ihre Trennung gewesen. Das Netz zog sich noch enger um ihn. Er nickte stumm.

Elsa sah ihn lange an. »Ihr könnt bei mir leben«, sagte sie schließlich. »Das Haus ist groß genug, ich mag Livia sehr gerne, und wenn du fort bist, können wir uns gegenseitig trösten.«

»Mutter«, er räusperte sich. »Das würdest du tun?«

Sie stand auf und strich ihm über die Wange. »Glaubst du, ich merke nicht, wie unglücklich du bist? Du würdest wahrscheinlich das Saufen anfangen, wie Johan, wenn du den Rest deines Lebens hier verbringen müsstest.«

»Wieso wie Johan?«

»Er wollte auch immer fort, wusstest du das nicht? Doch dann hat er sich bei einem Unfall ein Bein gebrochen. Es ist nicht richtig geheilt, und so konnte er nur noch auf Küstenschiffen anheuern.«

Also deshalb war der Alte so verbittert. Kein Wunder, dass er ihn nicht ausstehen konnte. Er lebte das Leben, das Pettersson sich gewünscht hatte.

»Das wusste ich nicht.«

»Woher auch.« Der versteckte Vorwurf in ihren Worten war nicht zu überhören: *Wie kannst du etwas über die Menschen hier wissen, wenn du nie da bist.*

»Danke, Mutter«, sagte er leise.

Nun lächelte sie wieder. »Verdient hast du es nicht.« Scherzhaft tätschelte sie ihm die Wange und umarmte ihn. »Versprich mir eines.«

Fragend sah er sie an.

»Tu, was du tun musst, aber sei gut zu Livia, solange du hier bist. Sie wird noch unglücklich genug sein.«

»Glaubst du wirklich, ich würde sie schlecht behandeln? Ich weiß, wie schwer sie es bei ihrem Vater hatte.«

»Ach Peer, ich meine doch nicht, dass du sie schlägst. Ich weiß, das würdest du nicht tun. Aber Gleichgültigkeit kann schlimmer sein als Schläge.«

»Ich werde gut für sie sorgen.« Er wusste, sie hatte etwas anderes gemeint, aber er mochte jetzt nicht darüber nachdenken.

»Arme Livia«, murmelte Elsa.

Plötzlich packte ihn die Wut. Auf Livia, die sich in den Kopf gesetzt hatte, auf ihn zu warten. Auf Sarah, die irgendwann gesagt hatte, sie wolle nicht mehr heiraten. Auf sich selbst, weil er sie nicht gefragt hatte.

»Sie hätte einen Mann haben können, der hier bleibt und ihr Kinder macht, aber sie wollte ihn nicht. Ich habe ihr nie etwas vorgemacht, sie wusste immer, wie ich bin.«

»Ja, aber man kann halt nichts tun gegen sein Herz, nicht wahr?«

Einen Augenblick lang starrte er seine Mutter stumm an, dann verließ er das Haus.

Er nahm den Weg aus dem Ort hinaus. *Man kann nichts tun gegen sein Herz.* Wie recht sie hatte.

Die Straße führte an der Kirche vorbei. Peer hielt inne und starrte auf die Tür. Er hatte sich doch bereits entschieden. Es würde ihm nicht besser gehen, egal wie lange er wartete. Genauso gut konnte er gleich mit dem Pfarrer reden. Er ging um die Kirche herum zum Pfarrhaus.

Auf sein Klopfen öffnete die Haushälterin und führte ihn in die Stube. »Setz dich. Der Herr Pastor kommt gleich.«

Karl Dahlberg erschien kurze Zeit später. »Ich bin sehr froh, dass du dich dazu entschlossen hast«, sagte er, als Peer sein Ansinnen vortrug. »In Anbetracht der Umstände braucht es wohl keine lange Verlobungszeit mehr. Ich werde das Aufgebot am Sonntag in der Kirche verkünden.«

Peer nickte. »Wir werden da sein.«

Ein feines Lächeln spielte um die Lippen des Pastors. »Davon gehe ich aus. Livia und Lars kommen jeden Sonntag in die Kirche.«

Auch das noch. An diese Seite des Dorflebens hatte er nicht mehr gedacht. Auf See blieb wenig Zeit für die Ausübung des Glaubens. Er glaubte an Gott, auch wenn es Momente wie diesen gab, in dem er sich fragte, was sich der Kerl da oben dachte.

Pastor Dahlberg schien seine Gedanken zu lesen. »Wir Menschen sind zu klein, um den Blick auf das große Ganze zu haben. Wir sehen immer nur die Einzelheiten, und oft genug verstehen wir sie nicht. Aber glaube mir, es hat alles einen Sinn.«

Ein bitteres Lachen stieg ihm in die Kehle. Welchen Sinn hatte es wohl, dass er die Frau seines Lebens verraten musste. Und als Verrat würde sie es ansehen.

»Gibt es irgendetwas, was du mir sagen möchtest, Peer?«

Einen Augenblick lang zögerte er. Vielleicht würde es gegen den Schmerz helfen, wenn er über Sarah sprach. Doch dann schüttelte er den Kopf. Dahlberg würde ihm etwas über Pflicht und eheliche Liebe erzählen und ihm sagen, dass er die andere vergessen sollte.

Wieder lächelte der Pastor. »Nun gut. Dann würde ich den Hochzeitstermin für vier Wochen festsetzen, wenn euch beiden das passt.«

Vier Wochen. Seine Kehle schnürte sich zu. »In Ordnung«, war alles, was er herauspresste.

Dahlberg kratzte sich am Kinn. »Kopf hoch! Du bist nicht der Erste, der heiraten muss. Livia wird dir eine gute Frau sein, dessen bin ich sicher.«

Peer schob seinen Stuhl zurück und stand auf. »Das glaube ich auch. Auf Wiedersehen.«

Er wollte raus hier. Das Gerede des Mannes zerrte an seinen Nerven.

»Bis Sonntag. Geh mit Gott.«

13. KAPITEL

Die Hochzeitsfeier fand im engsten Familienkreis statt. Livia war der gleichen Ansicht gewesen wie er, eine große Feier sei nicht angemessen.

So waren es schließlich nur Livias Vater, drei ihrer Brüder mit ihren Familien und Peers Familie, die sich nach der Trauung in Elsa Svenssons Haus versammelten. Sein jüngster Bruder Nils beglückwünschte ihn zu seiner hübschen Braut, und Peer gab ihm in Gedanken recht. Hübsch war sie immer gewesen, und jetzt lag ein Lächeln auf ihrem Gesicht, das sie sogar strahlend schön erscheinen ließ.

Sein Bruder Anders war am Tag zuvor mit seiner Frau und seinen Kindern aus Göteborg gekommen, und natürlich hatte seine Großmutter Linnea es sich nicht nehmen lassen, sie zu begleiten.

Sie war wohl die Einzige, die wusste, wie es in ihm aussah. Nach der Trauung warf sie einen Blick auf den Ring, den er Livia angesteckt hatte, dann einen zweiten, prüfenden auf sein Gesicht. Wie immer hatte er das Gefühl, nichts vor ihr verheimlichen zu können, auch wenn es sich dieses Mal um etwas anderes handelte als um schlechte Zensuren in der Schule. Ihre Augen waren so hell und klar, ihr Blick so durchdringend wie eh und je.

Später am Abend saß er am Tisch und wünschte, es wäre vorbei. Ständig füllte jemand sein Glas nach und trank ihm zu. Wenn das so weiterging, würde er bald betrunken sein. Aber vielleicht war es gut so. Dann hatte er eine Ausrede, wenn er einfach nur ins Bett fiel und schlief.

Irgendwann verschwanden die Frauen, um die Braut ins Bett zu bringen. Peer wurde zu einer weiteren Runde Schnaps genötigt, dann schickte man ihn hinterher.

Livia und er sollten das Schlafzimmer seiner Eltern im ersten Stock beziehen, seine Mutter und Lars würden in der Kammer neben der Wohnstube schlafen.

Vorsichtig öffnete Peer die Tür zum Schlafzimmer. Der Raum schwankte, er musste sich am Türrahmen abstützen. Verdammt, er hatte wirklich zu viel getrunken.

Livia saß aufrecht im Bett und blickte ihm erwartungsvoll entgegen. Ihr Haar floss in weichen Wellen über ihre Schultern, das Nachthemd gab den Blick auf den Ansatz ihrer Brüste frei.

Abrupt wandte er ihr den Rücken zu, knöpfte seine Weste auf und warf sie auf den Stuhl. Das Hemd zerrte er sich einfach so über den Kopf.

Sie sog scharf die Luft ein. »Was ist mit deinem Rücken passiert?«

Er presste die Lippen zusammen. Er hasste diese Frage, er hasste die Reaktion der Menschen, wenn sie die Narben auf seinem Rücken entdeckten. Seine Mutter hatte beinahe geweint, als sie ihn das erste Mal ohne Hemd gesehen hatte. Er wünschte sich fort, auf ein Schiff. Seeleute fragten nicht, sie wussten, warum ein Mann so aussah. Gerade die Älteren unter ihnen hatten noch schlimmere Narben von der neunschwänzigen Katze davongetragen.

»War das eine Peitsche?« Livias Stimme zitterte.

»Eine Leine.« Er löschte das Licht und zog die Hose aus. »Bitte frag nicht. Ich erzähle es dir ein anderes Mal.« Gerade heute wollte er nicht an diese Fahrt denken. Sich daran zu erinnern, hieße, sich an Sarah zu erinnern. Daran, wie sie seine Hände gehalten hatte, ihn vom Abgrund zurückgeholt hatte. Und das nicht nur unmittelbar, nachdem Andersen ihn beinahe umgebracht hatte. Auch später war sie der Grund gewesen, warum er nicht aufgegeben hatte.

Er besaß keine Nachtwäsche, also legte er sich in Unterhose ins Bett, wobei er darauf achtete, Livia nicht zu berühren. »Gute Nacht, Livia.«

»Peer?« Sie tastete nach seiner Hand, ihre Stimme klang erstickt. »Heute ist unsere Hochzeitsnacht.«

Er seufzte und zog seine Hand zurück. »Ich bin betrunken. Du hättest keine Freude an mir. Lass uns lieber schlafen.«

Sie schluckte heftig, ehe sie sich zur Seite drehte und die Decke über den Kopf zog.

Er starrte ins Leere. Mondlicht schimmerte durch die Vorhänge, malte Muster an die Wand. Nun war er also verheiratet. Und er hatte es immer noch nicht fertiggebracht, Sarah die Wahrheit zu schreiben. Stattdessen hatte er ihr vom Tod seines Vater berichtet und dass er Familienangelegenheiten regeln müsse. Nächste Woche würde er nach Kristiania fahren und versuchen, auf einem Dampfer Arbeit zu finden. Eine oder zwei Fahrten nach New York sollten möglich sein, bevor seine Ausbildung anfing.

Sein Bruder Anders hatte ihm angeboten, bei ihm zu wohnen, solange er die Navigationsschule besuchte. Damit sparte er das Geld für eine Unterkunft. Nächstes Jahr im Mai würde er das Patent haben. Mit etwas Glück läge die Emma Rodge zu dieser Zeit in Göteborg. Wenn nicht, würde er auf einem anderen Schiff anheuern.

Unter Livias Decke erklang ersticktes Schluchzen. Er drehte sich zu ihr um und stemmte sich auf den Ellbogen. Machte er überhaupt irgendetwas richtig? Er kam sich vor wie ein Lengfisch am Haken, je mehr er zappelte, um sich zu befreien, desto mehr verhedderte er sich in den Leinen, die ihn fesselten. In seinem von Alkohol vernebelten Gehirn hatte er gedacht, es würde ihr reichen, wenn er sie heiratete, damit sie und Lars versorgt waren. Aber es reichte nicht. Natürlich nicht.

Sachte zog er die Decke fort und beugte sich über sie. Sie lag zusammengerollt auf der Seite, die Fäuste vor den Mund gepresst. Ihr Körper wurde vom Weinen regelrecht geschüttelt. Was hatte er nur angerichtet?

»Liv.« So hatte er sie früher genannt, als sie noch Kinder gewesen waren.

Sie öffnete die Augen. »Ich wusste, du liebst mich nicht mehr«, stieß sie hervor. »Aber ich habe nicht geahnt, dass du mich verabscheust.«

»Liv, nein. Wie kommst du darauf?«

»Weil du mich behandelst, als hätte ich Aussatz. Du hast mich kein einziges Mal geküsst, seit du zurück bist, und sogar in unserer Hochzeitsnacht fasst du mich nicht an.« Tränen flossen über ihre Wangen, nässten das Kissen.

»Bitte nicht weinen.« Er legte den Arm um sie. »Ich verabscheue dich nicht. Ich habe bloß Angst, dass ich dich unglücklich mache, weil ich nicht lange bleibe. Ich dachte, es sei einfacher so.«

Einfacher für wen, fragte er sich. Für sie, damit sie ihr Herz nicht an ihn hängte, oder für ihn, damit er Sarah gegenüber kein schlechtes Gewissen haben musste?

Livia drehte sich zu ihm um. Er strich ihr das Haar aus der Stirn. Sie schmiegte sich an ihn. Ihr Körper war warm in seinen Armen, er konnte ihre Brüste durch das dünne Nachthemd fühlen. Unwillkürlich stöhnte er auf. Die monatelange Enthaltsamkeit zeigte Wirkung. Sein Körper meldete unmissverständlich seine Bedürfnisse. Auch Livia musste spüren, wie es um ihn bestellt war. Ihre Tränen versiegten, sie zog seinen Kopf zu sich und küsste ihn. Einen Augenblick zögerte er noch, dann schob er ihr Nachthemd hoch und nahm sie so schnell und heftig, dass sie überrascht aufschrie.

Als er am nächsten Morgen erwachte, schien sein Kopf sich in eine Schmiede verwandelt zu haben, in der ein widerwärtiger Zwerg mit einem Hammer auf seine Gedanken eindrosch. Sich zu betrinken, war keine gute Idee gewesen. Stöhnend setzte er sich auf. Der Platz neben ihm war leer. Beim Anblick der zerwühlten Kissen kehrte stückweise die Erinnerung an die vergangene Nacht zurück.

Livias Tränen. Ihr Körper, der sich an seinen presste. Verdammt, er war über sie hergefallen, es war kein Traum gewesen. Anschließend war sie in seinen Armen eingeschlafen, und in den Morgenstunden hatten sie sich erneut geliebt, diesmal langsam, zärtlich, beinahe so wie früher. Doch es fehlte etwas, das er nur bei Sarah gefunden hatte.

Aus der Wohnstube klang das Klappern von Geschirr, und er glaubte, Kaffee und gebratenen Speck zu riechen. Er wühlte sich aus der Bettdecke, schlüpfte in die Hose und zog ein frisches Hemd an. Dann stieg er hinunter in die Wohnstube.

Livia stand am Herd und rührte in der Pfanne. Lars saß am Tisch, vor sich eine Tasse Milch.

»Guten Morgen. Das riecht gut«, sagte Peer.

Livia wandte sich um und strahlte ihn an. »Guten Morgen.«

Ihm fiel auf, dass sie ihr bestes Kleid trug. Auch Lars war festlich gekleidet.

»Heute ist Sonntag«, erklärte Livia auf seinen fragenden Blick hin.

Das hatte er ganz vergessen. Der Seemannssonntag war der Donnerstag, solange man draußen auf dem Meer war. Schon wieder in die Kirche. Eine Predigt war das Letzte, wonach ihm der Sinn stand.

Sie schien seine Gedanken zu lesen. »Du musst nicht mitgehen, wenn du nicht willst.«

Ihre Haltung, die Unsicherheit in ihrer Stimme ließ ahnen, wie wichtig es ihr war, dass er sie begleitete. Das ganze Dorf würde sich das Maul zerreißen, wenn seine Frau und sein

Sohn am Tag nach der Hochzeit ohne ihn zum Gottesdienst erschienen.

»Ich komme mit.«

Das war er ihr schuldig. Er liebte eine andere, und er würde ihr nicht treu sein, aber was er tun konnte, um sie in der Zeit, die er mit ihr verbrachte, glücklich zu machen, würde er tun.

Sie lächelte, gab Eier und Speck auf einen Teller und stellte ihn auf den Tisch. »Setz dich.«

»Und ihr?«

»Wir haben schon gefrühstückt.«

Der begehrliche Blick, mit dem Lars auf den Teller starrte, verriet ihm, dass ihr Frühstück nicht aus Eiern mit Speck bestanden hatte.

Peer deutete auf seine Portion. »Das ist ein bisschen viel für mich. Magst du auch was, Lasse?«

Der Junge sah kurz hinüber zu seiner Mutter, die mit der Kaffeekanne hantierte, dann nickte er.

»Na, dann hol dir einen Teller.«

Livia zog die Augenbrauen zusammen, als Lars das Besteck aus der Schublade nahm.

Peer suchte ihren Blick. »Das geht in Ordnung. Ich habe keinen großen Hunger. Es war ein bisschen viel Schnaps gestern.« Er tippte an seine Schläfe, um Kopfschmerzen anzudeuten. »Wo ist Mutter?«

»Bei Marit, sie hilft ihr mit den Gästen.«

Anders und seine Familie waren bei seiner Schwester Marit und ihrem Mann untergekommen, ihr Haus war größer als Peers Elternhaus.

Mit zwei Tassen Kaffee kam Livia zum Tisch und setzte sich zu ihm. »Wir treffen sie nachher in der Kirche.«

Peer nickte. »Nach der Kirche gehe ich zu deinem Vater und hole deine Sachen«, sagte er. Bis dahin würde Johan seinen Rausch ausgeschlafen haben. Ungewöhnlich milde war er gestern gewesen, beinahe sentimental, obwohl er viel getrunken hatte.

»Meine Livvie ist ein braves Mädchen«, hatte er gesagt und Livia war bis unter die Spitzenhaube, die sie anstatt des Brautschleiers trug, errötet.

»Und wenn du nich' gut zu ihr bist, hau ich dir aufs Maul.«

»Vater, bitte.« Die Röte breitete sich über ihren Hals aus.

»Ja, das mach' ich.« Inzwischen lallte Pettersson. »Ich hau dir aufs Maul. Aber ich glaub ...« Er hob die Hand und wies mit ausgestrecktem Zeigefinger auf Peer. »Du bist kein schlechter Kerl. Kann ja verstehen, dass es dich nich' hier hält.« Seine Stimme wurde leiser.

»Ging mir ja nich' anders, als ich jung war.« Sein Finger wies immer noch auf Peer, er nickte ein paar Mal, dann sank sein Kopf auf den Tisch, und er begann zu schnarchen.

August und Simon hatten ihn später nach Hause gebracht.

Lars hatte aufgegessen. »Kann ich nochmal raus? Der Gottesdienst fängt erst in einer Stunde an.«

Livia nickte. »Geh nur, aber mach dich nicht schmutzig.«

Peer wartete, bis er die Tür hinter sich geschlossen hatte. »Ich weiß, du meinst es gut, aber ich möchte nicht, dass ihr trockenes Brot esst und ich Eier mit Speck. Entweder essen wir alle Eier mit Speck oder keiner.«

»Aber ...« Sie verstummte. Er wusste, dass er sie verwirrte. In allen Fischerfamilien bekam der Mann das beste Essen. In seiner war es nicht anders gewesen. Wenn es Fleisch gab, hatte sein Vater das größte Stück bekommen, anschließend waren die Söhne drangewesen, und erst danach seine Schwester und seine Mutter. Meistens war für die Frauen kein Fleisch übrig gewesen.

»Es ist üblich, ja. Und wenn ich schwer arbeiten würde, könnte ich es verstehen. Doch zurzeit arbeite ich nicht. Und dann ist es ungerecht.«

Sie senkte den Kopf. »Wie du meinst.«

Es schien nicht so, als hätte er sie überzeugt. Wahrscheinlich würde sie in Zukunft schlichtweg keinen Hunger haben, um ihm die größere Portion zu ermöglichen.

Er warf einen Blick auf die Uhr. »Ich gehe mich umziehen.«

Im Schlafzimmer zog er Hemd und Weste wieder an und ging in den kleinen Raum, in dem seit dem Auszug der Kinder die Arbeitsgeräte seines Vaters gelagert wurden. Er hatte seine Mutter darum gebeten, ihn als Studierzimmer benutzen zu dürfen. Hierher zog er sich zurück, wenn er alleine sein wollte. Auf dem Schreibtisch lagen Sarahs Briefe. Seine Mutter hatte ihm am Abend seiner Ankunft das Päckchen überreicht. Es war wohl vier Wochen vor ihm hier angekommen. Alle Briefe, mit denen sie seine von unterwegs beantwortet hatte, hatte sie gesammelt nach Mollösund geschickt. Die halbe Nacht hatte er nach seiner Ankunft am Schreibtisch gesessen, ihre Briefe gelesen und verzweifelt nach den richtigen Worten gesucht. Und sie nicht gefunden. Er würde ihr die Wahrheit von Angesicht zu Angesicht sagen, sobald er zurück in San Francisco war.

Er nahm das Päckchen mit ihren Briefen und verstaute es in einer Schublade des Schreibtisches.

14. KAPITEL

Eine Woche nach seiner Hochzeit fuhr Peer mit dem Postdampfer nach Kristiania.

Eine Heuer auf einem der Schnelldampfer war schnell gefunden, die Reedereien suchten händeringend Trimmer und Heizer und zahlten mehr als das Übliche. Peer hatte gehofft, eine Stelle als Heizer zu finden, wurde jedoch von seinem Heuerbaas belehrt, dass er erst als Kohletrimmer arbeiten müsse. Das war ärgerlich, denn die Trimmer wurden schlechter bezahlt als die Heizer, aber ob er die Kohle aus den Bunkern in den Heizraum schaufeln würde oder vom Heizraum in die Öfen, so groß wäre der Unterschied wohl nicht. Sein Schiff war die *Erland*. Es hieß, sie brauche neun bis zehn Tage für die Strecke von Kristiania nach New York. Unglaublich. In weniger als zwei Wochen würde er in Amerika sein.

Allerdings an der falschen Küste. Sechs Tage nach ihrer Ankunft in New York würde die Erland wieder auslaufen.

Nachdem er den Kontrakt unterschrieben hatte, ging er zum Hafen, um sich das Schiff anzusehen.

Sie war riesig. Bisher hatte er den Dampfern in den Häfen keine besondere Beachtung geschenkt. Jetzt glitt sein Blick über den fünf Stockwerke hohen Aufbau. Ganz oben, das wusste er, waren die Decks für die Passagiere der ersten und zweiten Klasse. Im Deck darunter befanden sich die Restaurants und diverse Einrichtungen, die zur Zerstreuung der Passagiere dienten.

Die dritte Klasse, in der hauptsächlich Auswanderer untergebracht waren, lag direkt oberhalb der Wasserlinie. Das Quartier der Heizer und Trimmer vermutete er ganz unten, direkt über den Heizräumen.

Nun denn. Es war Arbeit, sie brachte Geld, und nur das zählte.

Zwei Tage später ging Peer durch die Flure der Erland, seine Schritte hallten laut auf den Eisenplatten. Die Quartiere der Feuerleute befanden sich im untersten Deck. Er fühlte sich ausgesprochen unwohl. Dieses war kein Schiff, es war eine Maschine, die schwimmen und fahren konnte, ohne dass er eine Verbindung zum Meer spürte. Ob er hier arbeitete oder in einem Kohlebergwerk, machte keinen Unterschied. Einen Augenblick verharrte er vor der Tür zu seinem zukünftigen Quartier.

Was erwartete ihn, wie waren die Männer, mit denen er die nächsten drei bis vier Wochen leben und arbeiten würde?

Ohne anzuklopfen, öffnete Peer die Tür und blickte in vier skeptische Gesichter. Das wiederum unterschied sich nicht im Geringsten von den vielen Malen die er, neu auf einem Schiff, das Logis betreten hatte. Neuankömmlinge mussten sich erst bewähren, bevor sie akzeptiert wurden.

»Hej, ich bin Svensson.«

»Björn Lindqvist.« Ein dunkelhaariger Mann nickte ihm vom Rand einer Koje zu. Er trug nur ein Unterhemd, das den Blick auf breite Schultern und muskulöse Arme freigab. »Ich bin der erste Heizer.«

Sein Vorgesetzter also. Er machte einen sympathischen Eindruck. Sein glattrasiertes Gesicht wirkte ehrlich, und er sah Peer offen ins Gesicht. »Bist du Heizer oder Trimmer?«

»Trimmer.« Peer ging zu einer offensichtlich noch unbenutzten Doppelkoje und warf seinen Seesack in die obere.

»He, Trimmer nehmen die unteren Kojen!«

Langsam wandte Peer den Kopf. Der Mann, der ihn angesprochen hatte, lag in einer der oberen Kojen und musterte ihn abschätzig. Er wirkte ebenfalls sehr kräftig, jedoch nicht so, dass Peer nicht mit ihm fertig werden würde, wenn es darauf ankam.

Und gerade eben kam es darauf an. Jetzt entschied sich, welche Rolle er unter den Männern hier einnehmen würde. Wenn er sich durchsetzte, würde man ihn in Ruhe lassen, wenn nicht, wäre er hier nicht besser dran als ein Schiffsjunge. Ohne etwas zu sagen, ließ er seinen Blick über den Mann gleiten, dann drehte er ihm betont gleichmütig den Rücken zu.

»Welcher Spind ist frei?«, wandte er sich an Lindqvist.

»Nimm den zweiten von links«, sagte Lindqvist.

Peer nickte ihm zu und begann, seine Sachen auszupacken.

»Hast du nicht gehört, Mann? Ich habe gesagt, die Trimmer schlafen unten«, klang es drohend hinter ihm.

»Ich habe es gehört«, gab Peer zurück, ohne seine Arbeit zu unterbrechen.

»Und?«

Gemächlich legte er seine Decke in die Koje, dann erst wandte er sich um und sah dem Mann in die Augen. »Ich schlafe oben.«

Der andere sprang aus seiner Koje und ballte die Fäuste. »Einen Dreck wirst du.«

»Lass das, Jon«, ging Lindqvist dazwischen. »Wenn die anderen zu spät kommen, ist das ihr Problem. Spar dir deine Kraft besser für die Arbeit. Und du auch, Svensson. Du wirst sie brauchen.«

Jetzt erst merkte Peer, dass er ebenfalls die Fäuste geballt hatte. Langsam löste er sie, immer noch auf der Hut. Aber offensichtlich hatte der erste Heizer nicht nur bei der Arbeit das Sagen, sondern auch im Logis, denn Jon nickte stumm und kletterte wieder in seine Koje, allerdings, nicht ohne Peer noch einen bösen Blick zuzuwerfen.

»Hast du schon mal als Trimmer gearbeitet?«, fragte Lindqvist.

»Nein. Ich war Toppsgast auf der Emma Rodge.«

Jon lachte spöttisch. »Ein Anfänger. Auch das noch.«

»Macht nichts.« Lindqvist überging den Zwischenruf. »Du bist groß und kräftig, du wirst dich schnell an die Arbeit gewöhnen. Wir brauchen ungefähr zehn Tage nach New York. Wenn du deine Sache gut machst und nicht in New York abhaust, kannst du auf dem Rückweg als Heizer arbeiten. Das bringt mehr Geld.«

»Der Heuerbaas sagte mir, man muss erst zwei Jahre als Trimmer arbeiten.«

Lindqvist zuckte mit den Schultern. »Was der nicht sagt. Wahrscheinlich sind wieder Überarbeiter in der Mannschaft, die kein Geld für die Fahrt nach Amerika haben und sich deshalb als Trimmer anheuern lassen. Darunter gibt es immer einige, die mit der Arbeit oder der Hitze nicht klarkommen. Sie desertieren, sobald sie die Gelegenheit dazu haben – wenn sie nicht vorher über Bord springen.«

Peer starrte ihn an. Meinte er es ernst, oder war das eine Art Scherz für Neulinge?

Nichts in Lindqvists Miene ließ darauf schließen, dass er scherzte. Auch die Gesichter der anderen Männer waren ernst.

»Ich kann einiges aushalten.«

Auf dem Gesicht des Heizers erschien ein breites Grinsen. »Na, denn: Willkommen in der Hölle!«

Peer verstaute sein Zeug in seinem Spind und blickte sich in seinem neuen Quartier um. Im Vergleich zum Logis eines Seglers bot der Raum mehr Platz, war heller und sauberer.

Warm war es. Er tat es den anderen Männern gleich und zog sein Hemd aus.

»Du bist viel rumgekommen«, sagte ein schwarzhaariger Mann mit italienischem Akzent beim Anblick von Peers Tätowierungen. Er hatte eine der unteren Kojen belegt. »Was treibt einen Kap Hoornier dazu, auf einem Dampfer anzuheuern?«

Peer grinste. »Die Kohle.«

Einen Augenblick lang starrte der andere ihn verblüfft an, dann lachte er. »Ein sehr guter Grund. Dann lass uns mal Kohle scheffeln. Ich bin Mario.«

»Svensson.«

»Hast du auch einen Vornamen?«

»Ja, nur auf den höre ich nicht.«

Es war seine Art, sich in den langen Monaten, die er auf engstem Raum mit anderen Männern verbringen musste, ein Stück Privatleben zu bewahren. Sein Vorname war für seine Freunde, für seine Familie, für Sarah.

Mario nickte. »Gut, wenn du meinst, dann halt Svensson. Mal sehen, wie viel du aushalten kannst. Wir arbeiten in vier Schichten. Jeweils vier Stunden Arbeit, danach acht Stunden Pause.«

Nur acht Stunden Arbeit am Tag? Das war wenig. Auf einem Segler waren zwölf, manchmal sechzehn Stunden Arbeit die Regel. Fragend sah er Mario an. »Wo ist der Haken?«

»Du gefällst mir, eh! Bist nicht so wie die anderen, die meinen, weil sie vorher auf'nem Schiff mit weißen Segeln waren, wüssten sie alles besser. Die Arbeit ist der Haken. Du wirst es merken. Nach vier Stunden in den Kohlebunkern bist du froh, wenn du dich nicht mehr bewegen musst.«

In den folgenden Tagen dachte er oft an Marios Worte. Aufgabe der Trimmer war es, die Kohlen heranzuschaffen und für den Abtransport der Schlacke aus dem Heizraum zu sorgen.

Sie arbeiteten zu acht in einer Wache. Die Kohle wurde in Körbe geschaufelt und mit einer Schubkarre vom Kohlebunker zum Kesselraum transportiert. Schon nach zwei Stunden rebellierten seine Muskeln gegen die gleichförmige Arbeit. Die Luft im Bunker war voller Kohlestaub, der ihm das Atmen schwer machte, sein Rücken schmerzte von der ungewohnten Bewegung. Mit jeder Schaufel schien die Kohle mehr zu wiegen. Als Mario ihn anwies, die nächste Schubkarre zu den Heizern zu schaffen, hätte er ihm beinahe dafür gedankt.

Im Heizraum empfing ihn eine Gluthitze. Zwei der Öfen waren geöffnet. Mit langen Stangen brachen die Heizer die Schlacke auf und schaufelten sie heraus. Je mehr sie herausbeförderten, desto heißer wurde es. Funken stoben durch den Raum, verbrannten seine Arme.

Lindqvist wies auf einen großen Bottich. »Die Schlacke muss gekühlt werden«, brüllte er gegen den Lärm der tosenden Feuer an. Peer nickte und füllte einen Eimer mit Wasser. Die Hitze der Schlacke brachte sein Gesicht zum Glühen und machte das Atmen zur Qual. Willkommen in der Hölle, hatte Lindqvist gesagt. Wie recht er gehabt hatte. Wenn es eine Hölle gab, musste sie so aussehen.

Auf das Zeichen des ersten Heizers goss er den Inhalt des Eimers über die glühenden Schlacken vor den Öfen. Explosionsartig verdampfte das Wasser. Erschrocken wich Peer zurück an die Wand.

Mit der Schubkarre voll Schlacke machte Peer sich auf den Rückweg zum Kohlebunker.

»Wo warst du solange?«, empfing Mario ihn. »Das muss schneller gehen.« Er deutete auf die nächste Karre mit Kohlen. »Los.«

Danach war er wieder dran mit Schaufeln. Einmal verlor er den Halt, die Kohlen rutschten unter seinen Füßen fort, er konnte sich gerade noch abfangen. Und weiter ging es. Er hielt den Blick stur auf die Schaufel gerichtet, sah nichts mehr, dachte an nichts mehr, bis Mario ihm auf die Schulter tippte.

»Die Wache ist zu Ende.«

Seine Beine zitterten, als er zum Quartier der Feuerleute ging. Er widerstand dem Drang, sich einfach in die Koje zu werfen und zog die schmutzigen Kleider aus, um sich zu waschen. Den Feuerleuten stand ein Waschraum mit fließendem Wasser zur Verfügung. Eine neue Errungenschaft auf den Schnelldampfern, die besonders angepriesen wurde. Sogar eine Brause gab es, aus der allerdings nur kaltes Wasser kam.

Trotz seiner Erschöpfung war er nicht müde. Aus seinem Spind holte er ein in braunes Papier gewickeltes Päckchen und kletterte in seine Koje. Die anderen Männer seiner Wache schliefen oder lagen in ihren Kojen und starrten an die Decke. Lindqvist, Jon und Mario saßen am Tisch und spielten Karten. Langsam faltete er das Papier auseinander. Ein Bündel cremefarbener Briefumschläge war darin, darunter eine Fotografie. Sarahs Briefe. Sie mitzunehmen, war ein Luxus, den er sich erlaubte. Hier, fern von Mollösund, konnte er ohne schlechtes Gewissen von ihr träumen. Er legte die Briefe zur Seite und betrachtete das Bild. Der Fotograf hatte sie gut getroffen, ihr ansteckendes Lächeln und ihre mandelförmigen Augen eingefangen. Einzelne Locken hatten sich aus ihrem hochgesteckten Haar gelöst und ringelten sich um ihr Gesicht. Immer hatte sie sich darüber geärgert, dass ihre Frisur spätestens nach einer halben Stunde begann, sich aufzulösen.

Was sie wohl sagen würde, wenn er ihr schrieb, dass er auf einem Dampfer arbeitete?

Wahrscheinlich das Gleiche wie seine Mutter. »Ausgerechnet du?«

Er konnte es ihr nicht schreiben. Sie würde wissen wollen, warum er es tat, und was sollte er dann antworten? Weil er das Geld brauchte, um seine Familie zu ernähren? Eine Lüge zog die andere nach sich.

Wenn er doch nur die passenden Worte finden könnte, solche, die verhinderten, dass sie den Brief nach den ersten Sätzen zerriss, Worte, die erklärten, warum er nichts anderes hatte tun können. Er konnte es ihr nicht schreiben, nur erklären – und dazu musste er sie sehen.

Langsam öffnete er den ersten Umschlag und glaubte, immer noch den Hauch ihres Parfums wahrzunehmen, der dem Papier anhing.

»Briefe von der Liebsten, eh?« Mario zwinkerte ihm zu.

Peer nickte, legte sich zurück und las.

*

Seine Tage reduzierten sich auf die Wachen. Arbeiten, ausruhen, essen, schlafen, arbeiten. Er vergaß die Zeit. Wusste nicht mehr, ob es Tag oder Nacht war. Im Logis brannte permanent elektrisches Licht, in den Kohlebunkern durfte aus Sicherheitsgründen nur eine Grubenlampe leuchten. Er gewöhnte sich an das Halbdämmern in den Bunkern und daran, bei Licht zu schlafen. Sein Körper passte sich der eintönigen Arbeit an, seine Muskeln wehrten sich nicht mehr gegen die immer gleichen Bewegungen, obgleich er sich noch immer wie ein Gefangener im Bauch der Maschine fühlte, die sich Schnelldampfer nannte. Doch wenn er schlief, träumte er vom Segeln, spürte den salzigen Wind auf seinem Gesicht, die Gischt, die seine Kleider durchnässte. In seinen Träumen kletterte er die Wanten hinauf zur Royal-Rah und ließ seinen Blick ungehindert zum Horizont schweifen. Manchmal verließ er dann das Schiff und flog wie ein Albatros, segelte ohne einen einzigen Flügelschlag über die Meere, spielte mit dem Wind und den Wellen.

Es war nach einem solchen Traum, dass er die Eisentreppen nach oben stieg, bis er das Deck der dritten Klasse erreichte. Es war nahezu menschenleer. Die Sonne ging gerade auf, wahrscheinlich schliefen die Passagiere noch. Kalter Wind biss in seine Haut. Er lehnte sich über die Reling, blickte hinunter auf das dunkle Wasser. Eine Schule Delfine begleitete das Schiff. Tief atmete er die salzige Luft ein, beobachtete die übermütigen Sprünge der Wale.

»Alles in Ordnung, eh?« Mario war ihm gefolgt.

»Alles klar, warum fragst du?«

Mario zuckte die Schultern. »Nur so. Ich habe schon Männer springen sehen, die so an der Reling standen wie du eben.«

»Ist das dein Ernst?«

»Meistens sind es Heizer«, erklärte Mario. »Zuviel Hitze, verstehst du. Irgendwann sind sie nicht mehr ganz richtig im Kopf. Manche brechen zusammen. Andere springen.«

Er schlug Peer auf die Schulter. »Du machst deine Sache gut für'n Kerl, der noch nie eine Kohleschaufel in der Hand hatte. Komm mit runter, wir müssen die Asche aus dem Heizraum schaffen.«

*

Zwei Tage später erwischte es Hans, einen jungen Mann aus Sachsen. Marios Gruppe hatte gerade ihre Wache angetreten, als sie die Hilferufe aus dem Heizraum hörten. Hans war beim Aufbrechen der Schlacke zusammengeklappt. Die Männer brauchten Hilfe, um ihn über die steilen Metalltreppen nach oben zu schaffen. Peer sprang die Treppen hinunter. Lindqvist hatte Hans von hinten unter den Armen gepackt, jedoch konnte er ihn kaum halten. Hans' Arme und Beine zuckten in Krämpfen, er schrie vor Schmerz. Peer holte ein Seil, schlang es dem Mann um die Brust und zerrte ihn die Treppe hinauf, während Lindqvist seine Beine abstützte.

Gemeinsam schafften sie den sich windenden Mann an Deck. Der Schiffsarzt war über den Sprechfunk alarmiert worden und wartete bereits auf sie. »Heizerkrämpfe«, konstatierte er.

Lindqvist riss dem Mann das Hemd vom Leib. »Verdammt, Junge, das kannst du nicht machen.«

Zwei Matrosen schleppten eilig Wasser herbei. Hans schnappte nach Luft, als der kalte Strahl ihn traf, kam aber nicht zu Bewusstsein. Lindqvist kniete neben ihm und schlug ihn leicht mit einem nassen Tuch auf die Brust.

Allmählich ließen die Krämpfe nach. Dennoch wirkte der Schiffsarzt besorgt. Er versuchte, dem jungen Mann Wasser einzuflößen. Ohne Erfolg. Hans schluckte nicht, das Wasser lief über sein Kinn seinen Hals hinab. Und dann hörte er auf zu atmen.

»Verflucht!« Lindqvist schlug mit der Faust auf das Deck. Der Arzt packte die Arme des jungen Heizers, bewegte sie auf und ab. »Atme, verdammt noch mal!«

Er atmete nicht. Schließlich gab der Arzt auf.

Hans' Kopf war zur Seite geneigt, seine Augen blicklos. Die Männer senkten die Köpfe und falteten die Hände. Peer tat es ihnen gleich, aber er betete nicht.

Er war dem Tod auf See schon oft begegnet, doch das war ein anderer Tod gewesen. Unfälle, Männer, die im Sturm aus der Takelage stürzten, über Bord gespült wurden, Dinge, die kaum vermeidbar waren. Der Tod des jungen Mannes hier war kein Unfall, er war Folge der unmenschlichen Arbeitsbedingungen im Heizraum, ein Tribut an ein paar Stunden, die die Erland eher in New York sein würde – womit die

Reederei sich schmücken konnte. Keiner von denen da oben in der ersten Klasse kannte den Preis, den die Feuerleute dafür zahlten.

15. KAPITEL

Neun Tage nach ihrer Abfahrt aus Kristiania lief die Erland in New York ein.

Peer hatte die Einfahrt in den Hafen verschlafen. Doch er war nicht zum ersten Mal in New York, er kannte den grandiosen Anblick der Freiheitsstatue. Jetzt hatte er frei und lehnte an der Reling des Decks der dritten Klasse, während die Passagiere der ersten Klasse das Schiff verließen.

Peer sah den Damen nach, die über die Brücke an Land trippelten, sorgsam geführt von den Herren an ihrer Seite. Dort angekommen, drehten sie sich um, um einen letzten Blick auf das Schiff zu werfen. Selbstverständlich schenkten sie dem Deck der dritten Klasse keine Beachtung, sie sahen hinauf zu den Promenadendecks, auf denen sie die letzten acht Tage verbracht hatten.

Kaum vorstellbar, dass es eine Zeit in seinem Leben gegeben hatte, die er mit solchen Leuten verbracht hatte, im maßgeschneiderten Anzug auf ihren Feiern, das Champagnerglas in der Hand. Jetzt stand er hier, sein Gesicht und seine Kleider dunkel vom Staub der Kohle. Er fragte sich, wie sein Leben wohl aussähe, wenn er sich anders entschieden hätte, wenn er in San Francisco geblieben wäre.

Tatsächlich hatte die Erland einen Tag gutgemacht. Der Kapitän war am Morgen im Heizraum erschienen und hatte eine Ansprache gehalten, in der er die hervorragende Arbeit der Ingenieure, der Heizer und der Trimmer gewürdigt hatte. Es würde eine Bonuszahlung von drei Dollar für die Heizer und zwei Dollar für die Trimmer geben.

Mario hatte ausgespuckt. »Zwei Dollar, das reicht gerade mal für einen Besuch im Puff. Ich möchte nicht wissen, wie viel der Alte dafür von der Reederei kassiert.«

Nach den Passagieren der ersten Klasse durften die der zweiten Klasse von Bord gehen.

Gleichzeitig wurde das Gepäck der ersten und zweiten Klasse mit Kränen aus dem Laderaum des Schiffes gehievt. Koffer, so groß wie Schränke, Kisten, Automobile.

Björn Lindqvist trat zu ihm an die Reling. »Unglaublich, was die mitschleppen, was?«

Peer nickte stumm. Wie viel Gepäck hatte Sarah wohl auf ihrem Weg nach Hawaii dabeigehabt? Viel, dessen war er sicher.

Schließlich hatten auch die Passagiere der ersten und zweiten Klasse das Land betreten und ihr Gepäck von Bord gebracht, und die Erland legte ab nach Ellis Island, wo die Auswanderer auf ihre Einreiseerlaubnis warten mussten.

Peer hatte bisher nur von der Insel gehört, auf der sich das Schicksal so vieler Menschen entschied. Wer bleiben durfte, wer zurückgeschickt wurde.

Der Anblick der Leute, die entkräftet aus dem Zwischendeck traten, erschütterte ihn tief. Ihre Gesichter waren von den Strapazen der Reise gezeichnet, trotzdem stand Hoffnung darin. Hoffnung auf einen Neuanfang, auf ein besseres Leben.

Dabei wartete auf viele, welche die begehrte Einreiseerlaubnis erhielten, nichts anderes als wiederum Armut, Hunger, Krankheit und Tod. Tausende Schweden wanderten jedes Jahr aus, flohen vor der Armut in ihrem Land.

Er wandte sich ab.

Endlich verließ die Erland Ellis Island und legte in Manhattan an. Jetzt durfte auch die Mannschaft von Bord.

»Komm!« Mario grinste ihn an. »Ich kenne den besten Puff in New York. Da können wir unseren Bonus auf den Kopf hauen.«

Lächelnd schüttelte Peer den Kopf. »Das ist nichts für mich.«

Das Gesicht des Italieners erstarrte, er trat einen Schritt zurück. »Ach, so ist das. Na dann ...«

»SO ist es nicht. Ich bin verheiratet, und meine Frau wird es mir nicht danken, wenn ich ihr die Franzosenkrankheit mitbringe.«

Dies war nur einer der Gründe. Ein anderer war Sarah. Er wollte sie nicht auch noch mit Huren betrügen.

»Wenn es nur das ist«, Mario lachte sichtlich erleichtert. »Dafür gibt es doch Pariser. Ich weiß, wo man sie kaufen kann. Deiner Frau musst du es ja nicht erzählen.«

Peer verzog das Gesicht. »Diese Dinger aus Schafsdarm? Nein, danke. Da kann ich gleich einen Strohsack vögeln, der fühlt sich genauso an.«

»Es gibt inzwischen welche aus Kautschuk. Die stören viel weniger. Sind allerdings auch teurer. Ich kann dir sagen, wo du sie bekommst.«

Peer schüttelte den Kopf und klopfte Mario auf die Schulter. »Geh du mal alleine. Ich habe eine andere Verwendung für mein Geld. Wir sehen uns später.«

Er sah Mario nach, als er um die Ecke bog, und schlug dann den Weg zum Seemannsheim ein.

Vor dem Schaufenster eines Andenkenladens blieb er stehen. In der Auslage lagen Glaskugeln mit einer kleinen Freiheitsstatue darin. Wenn man sie schüttelte, sah es aus, als würde es schneien. Lars und Livia hatten so etwas bestimmt noch nie gesehen. Er dachte an die leuchtenden Augen seines

Sohnes, als er ihm erzählt hatte, er würde nach New York fahren. »Wirst du die Freiheitsstatue sehen?«

Livias Augen hatten nicht geleuchtet. Sie hatte die Lippen zusammengepresst und den Kopf gesenkt.

Kurzentschlossen betrat er den Laden. Das Klingeln der Türglocke lockte einen älteren Mann aus einem der hinteren Räume. Peer legte eine der Glaskugeln auf die Theke neben der Kasse und sah sich weiter um. Vielleicht fand er noch etwas für Livia.

In einer Ecke stand ein Grammophon auf einem kleinen Tisch. Daneben lagen Schallplatten. Er griff nach der Hülle. Ragtime-Musik, aber auch eine Aufnahme der Tosca aus der MET. Das Bild zeigte einen dunkelhaarigen Sänger. Enrico Caruso, entzifferte Peer. Und die Sängerin war Olive Fremsted. Beide Namen sagten ihm etwas. Vielleicht war es sogar die gleiche Platte, die Sarah und er in Santa Cruz gehört hatten. Einen Moment spielte er mit dem Gedanken, sie zu kaufen. Seine Großmutter besaß ein Grammophon, selbst wenn Sarah nicht die Sängerin war, so könnte er das Lied hören, welches sie auf der Victory für ihn gesungen hatte. Doch dann schüttelte er den Kopf. Wahrscheinlich war die Platte viel zu teuer, und außerdem würde sich seine Familie sehr darüber wundern, wenn er jetzt plötzlich Opern hörte. Linnea hatte ihm einmal erzählt, sie hätte die große Jenny Lind in Stockholm gehört. Er könnte ihr die Platte mitbringen – und sie würde ihn sofort durchschauen.

»Möchten Sie die Platte kaufen?«, fragte der Mann. »Es ist eine ganz hervorragende Aufnahme.«

»Erst mal nicht, danke.«

»Dann nur die Schneekugel. Soll ich sie verpacken?«

Peer nickte und sah zu, wie der Mann das Glas vorsichtig in eine kleine Schachtel packte und eine Schleife darumband. Lasse würde sich freuen.

Für Livia fand er ein besticktes Seidentuch, das sie als Kopftuch oder Schultertuch tragen konnte.

Seiner Mutter kaufte er eine Seife, die nach Lilien duftete.

16. KAPITEL

Livia stand in der Salzerei vor einem Fass mit Heringen. Draußen zankten sich ein paar Möwen lautstark um die Fischabfälle.

Inzwischen war es Juni geworden, die Tage waren lang, und der Wind, der vom Meer wehte, war nicht mehr kalt und rau, sondern schmeichelnd weich. Zwei Wochen war Peer jetzt fort. Wahrscheinlich war er inzwischen auf der Rückreise von Amerika.

Sie konnte ihn sich immer noch nicht als Kohlentrimmer oder Heizer vorstellen. Wie vertrug sich sein unbändiger Freiheitsdrang mit der Arbeit in den Kohlebunkern oder vor den Öfen?

Sie griff nach einem Fisch, schlitzte ihn auf, holte die Innereien heraus und legte ihn vorsichtig in das Fass für die mittelgroßen Heringe.

»Na, so still heute? Vermisst ihn wohl, deinen Peer«, sagte Mette, die neben ihr arbeitete.

»Vermisst du August nicht?«

Mettes Mann war bereits seit vier Monaten unterwegs. Sie zuckte die Schultern und legte die Hand auf ihren schwellenden Bauch. »Er hat mir ja ein Andenken dagelassen. Hätt' nicht sein müssen, ich hab doch schon drei. Aber so sind sie halt, die Männer. Wenn sie's wollen, wird nicht gefragt, und an die Folgen denken sie auch nicht. Manchmal wünsch' ich mir, er würde auf einem Walfänger anheuern, dann hätt' ich zwei Jahre Ruhe.«

Sie verscheuchte eine Möwe, die versuchte, einen Fisch zu stehlen. »Achtung, da kommt Herr Nyström.«

Livia griff hastig nach dem nächsten Hering. Herr Nyström, der Direktor der Heringssalzerei, war bekannt dafür, dass er keine Trödelei duldete. Mit kritischem Blick ging er die Reihe der Gälerinnen entlang. Er deutete auf das Fass mit den kleinen Fischen. »Salz!«, rief er. »Da muss Salz rein.« Eine der Frauen kam mit einem Eimer angelaufen und verteilte Salz auf der letzten Lage Heringe.

»Guck dir die Lisbeth an«, plapperte Mette weiter, als Herr Nyström wieder in seinem Büro verschwunden war. »Sie hat schon wieder ein blaues Auge. Karl hat sie wohl wieder verprügelt.«

Livia warf einen scheuen Blick hinüber zu der Frau, die ihr gegenüberstand. Lisbeth hatte das Kopftuch tief in die Stirn gezogen, wohl in der Hoffnung, die blauen Flecken in ihrem Gesicht zu verbergen. Dabei wusste das ganze Dorf, dass ihr Mann sie regelmäßig verdrosch.

Es gab seit fast vierzig Jahren ein Gesetz, das es den Männern verbot, ihre Frauen zu schlagen. Peer hatte ihr das erzählt. Doch was nützte ein Gesetz. Keine Frau würde vor Gericht ziehen, um ihren Mann anzuzeigen.

»Ja, du hast echt Glück mit deinem Peer. Den würde ich auch vermissen.« Mette lachte.

Glück, dachte Livia. Glück sah anders aus, fühlte sich anders an. Im Grunde war sie jetzt unglücklicher als in den Jahren vor seiner Rückkehr. Damals hatte sie wenigstens von ihm träumen können. Sie hatte sich ausgemalt, wie es wäre, wenn er heimkehrte, sich seine Stimme vorgestellt, wenn er ihr sagte, wie sehr sie ihm gefehlt habe und dass er es bereue, gegangen zu sein. In ihren Träumen hatte sie ihm verziehen, sie hatten geheiratet und lebten glücklich und zufrieden bis ans Ende ihrer Tage.

Nun, er war zurückgekehrt, war ihr Ehemann, doch alles war ganz anders als in ihren Träumen. Sie hatte das Gefühl, er sei ihr ferner als je zuvor. Es stimmte, Peer behandelte sie besser als die meisten Männer ihre Frauen. Er stritt nicht mit ihr, und er traf fast keine Entscheidung, ohne sie vorher um ihre Meinung zu fragen, egal, ob es um die Haushaltsführung oder andere Dinge des täglichen Lebens ging. Nur was seine Zukunftspläne betraf, zeigte er sich unnachgiebig. Alles andere schien ihm schlicht nicht wichtig genug, um darüber zu streiten.

Wenn sie sich darüber beschwerte, dass ihr Mann nicht mit ihr zankte, würden sämtliche Frauen im Dorf sie für verrückt erklären. Sie beneideten sie, weil Peer niemals zornig oder grob wurde, weil er keine anderen Frauen ansah und nur selten trank.

Doch wie oft wünschte sie sich, die höfliche Zuvorkommenheit, mit der er sie behandelte, zu durchbrechen. Sie wollte ihn zornig sehen – oder leidenschaftlich.

Denn auch im Ehebett spürte sie seine Zurückhaltung. Er war ein zärtlicher Liebhaber, der sie niemals nötigte, im Gegenteil. Und er machte sich durchaus Gedanken. Ein zweites Kind wolle er ihr nicht zumuten, hatte er gesagt, und so passte er auf, zog sich zurück, bevor es zum Ende kam. Seit er wieder hier war, hatte sie ihn nur einmal unbeherrscht erlebt, und das war in ihrer Hochzeitsnacht gewesen. Er hatte sich entschuldigt und war seitdem so rücksichtsvoll, dass sie manchmal wünschte, ihre Fingernägel in seine Haut zu schlagen oder ihn zu beißen, um ihn aus der Reserve zu locken.

Ob er bei der anderen genauso sanft war? Kannte sie seine andere, seine leidenschaftliche Seite?

Sarah!

Wütend warf sie den nächsten Hering in das Fass, anstatt ihn vorsichtig hineinzulegen.

Sie hatte Peer gesagt, sie wolle den Namen der Frau nie erfahren, aber das stimmte nicht.

Was sie nicht wollte, war, ihn über sie reden zu hören, seine Stimme, wenn er ihren Namen aussprach. Manchmal wünschte sie, er hätte ihr nichts von dieser anderen Frau gesagt. Die meisten Männer hätten wohl geschwiegen. Aber Peer war nicht wie die meisten.

Als er ein paar Tage mit den Fischern draußen gewesen war, hatte sie es nicht mehr ausgehalten, seine Sachen durchsucht und Briefe gefunden. Trotz ihrer Scham hatte sie einen aus dem Umschlag genommen, doch er war auf Englisch geschrieben, sie konnte ihn nicht lesen.

Warum hatte er diese Frau nicht geheiratet, wenn er sie doch liebte. Vielleicht, flüsterte die hoffnungsvolle Stimme in ihrem Kopf, weil er sie nicht genug liebte. Am wichtigsten war ihm immer noch die See. Und vielleicht würde er sie vergessen, wie er andere Frauen vergessen hatte, wenn er nur lange genug fort von ihr war.

Ein Trupp von sieben oder acht Jungen lief lärmend den Weg entlang. Livia sah ihnen nach. Es musste Mittag sein, sie kamen aus der Schule. Ab Sommer würde auch Lars in die Schule gehen. Er freute sich schon darauf. Und wenn er fleißig war und gut lernte, dann konnte er später nach Göteborg zu Peers Bruder in die Lehre gehen und Kaufmann werden. Livia presste die Lippen zusammen und schob das Kinn vor. Ihr Sohn würde nicht zur See fahren, dafür würde sie sorgen.

Sie dachte an Peers Unglauben, als er erfahren hatte, dass Lars nicht segeln konnte. Es war das einzige Mal bisher, dass sie sich gestritten hatten.

Es war kurz nach ihrer Hochzeit gewesen. Peer hatte mitbekommen, wie die größeren Knaben Lars hänselten, weil er nicht mit ihnen hinaussegelte.

Er hatte seinen Sohn getröstet und ihm versprochen, am nächsten Tag mit ihm segeln zu gehen. Dann schickte er ihn fort und wandte sich an sie. »Wieso kann er nicht mit der Jolle umgehen? War denn nicht wenigstens einer deiner Brüder bereit, es ihm beizubringen?«

»Doch waren sie, aber ich wollte es nicht.«

»Du wolltest es nicht?« Zorn mischte sich in seine Stimme. »Ein Junge, der in einem Fischerdorf aufwächst und nicht segeln kann?«

»Er ist noch zu jung.«

»Er ist sechs Jahre alt. In seinem Alter konnte ich das schon lange. Du machst ihn zum Außenseiter.«

»Besser ein Außenseiter als tot.«

»Liv, ich verstehe ja, dass du Angst um ihn hast, aber du ...«

»Du verstehst überhaupt nichts«, schrie sie ihn an. »Weißt du, wie viele Witwen es hier gibt? Es gibt keine Familie, die nicht mindestens einen Mann verloren hat. Söhne, Brüder, Ehemänner. So viele Tote. Und selbst wenn sie leben, sind sie nie zu Hause. Mein Sohn wird kein Seemann. Er wird Kaufmann, wie Anders.«

»Wer sagt das?«

»Ich sage das!«

»Das hast du nicht zu entscheiden.«

»Wer dann? Du wirst die meiste Zeit nicht hier sein«, gab sie zurück.

»Er selbst. Anders ist Kaufmann geworden, weil er es so wollte. Und ich habe meinen Beruf auch selbst gewählt.«

Sie presste die Lippen zusammen. »Willst du wirklich, dass dein Sohn dieses elende Leben führt? Mit vierzehn hinausfährt? Männern begegnet wie dem, der deinen Rücken so zugerichtet hat?«

»Nein, ich möchte auch, dass er es besser hat. Er soll in die Schule gehen, und wenn er es will, auch in die höhere Schule. Aber ich möchte vor allem, dass er die Wahl hat. Und deshalb werde ich ihm das Segeln beibringen.«

Und er machte es wahr. Am nächsten Morgen saß Lars mit leuchtenden Augen beim Frühstück und bekam vor Aufregung fast keinen Bissen hinunter.

»Packst du uns etwas zum Essen ein?«, fragte Peer sie, als wäre alles in bester Ordnung.

»Pack dir selbst zusammen, was du brauchst«, gab sie trotzig zurück. Sollte er zornig werden. Sie anschreien. Doch er wurde nicht wütend. Wortlos stand er auf, schnitt dicke Scheiben Brot ab, packte Käse und Wurst dazu und holte ein Glas eingemachte Gurken aus dem Vorratsraum.

»Wir nehmen die Angel mit«, sagte er. »Vielleicht fangen wir ein paar Fische, was meinst du, Lasse?«

Der Junge nickte begeistert.

Livia presste die Lippen zusammen. Lasse. Wenn sie ihn so rief, wehrte er sich. Lasse sei ein Name für kleine Jungs. Aber sein Vater durfte es. Peer durfte alles. Egal was er tat, Lars bewunderte ihn. Und jetzt brachte er ihm das Segeln bei, erzählte ihm Geschichten von der großen Welt und weckte die Sehnsucht nach einem anderen, aufregenden Leben in ihrem Sohn.

Peer packte die Sachen in einen Korb. »Wir werden erst heute Abend zurück sein. Soll ich zum Abendessen Fisch mitbringen?« Er beugte sich zu ihr, um sie auf die Wange zu küssen, doch sie drehte den Kopf weg.

»Mach doch, was du willst.«

Auch jetzt wurde er nicht böse. Er schüttelte nur leicht den Kopf und verließ das Zimmer.

Sie kamen zurück, als es dämmerte. Peer trug vier große Schollen in die Küche und lächelte sie an. »Anglerglück. Wenn du sie nicht haben willst, gib sie der Janne.«

Janne lebte zwei Häuser weiter. Ihr Mann war vorletztes Jahr auf See verunglückt, seitdem schlug sie sich mit ihren drei Kindern alleine durch. Das jüngste war gerade ein Jahr alt. Sie freute sich über jedes Zubrot.

Aber die Schollen waren schön. Außerdem hatte Peer sie bereits ausgenommen, Livia musste sie nur noch braten. Sie seufzte. Wie konnte sie ihm unter diesen Umständen noch böse sein? Doch dann sagte er: »Für das erste Mal hat Lasse sich sehr geschickt angestellt.«

Der unverkennbare Stolz in seiner Stimme ließ ihren Zorn aufflackern wie ein Feuer, in das man trockenes Laub warf. »Ich will davon nichts hören.«

Zwischen Peers Augenbrauen bildete sich eine steile Falte. »Er möchte dir davon erzählen. Er glaubt, du seist stolz auf ihn.«

»Bin ich nicht. Ich wollte nicht, dass er segeln lernt.«

Er schob das Kinn vor. »Er wird es lernen, ob es dir gefällt oder nicht. Du kannst ihn nicht unter deiner Schürze verstecken, bis er erwachsen ist. Und du wirst ihm nicht die Freude an seiner Leistung nehmen.«

»Ich bin seine Mutter, noch habe ich zu bestimmen, was er tut.«

»Und ich bin sein Vater. Du wolltest, dass ich ihn anerkenne, also habe ich das Recht, ihn zu erziehen. Und das werde ich verdammt nochmal tun.«

Sie starrte ihn einen Moment an, dann griff sie nach den Fischen. »Bring sie zu Janne.«

Zornesröte stieg in seine Wangen, einen Augenblick lang glaubte sie, er werde sie anbrüllen. Doch er packte nur die Schollen an den Schwänzen und verließ wortlos das Haus.

»Wo sind unsere Fische?«, fragte Lars beim Abendessen und starrte missmutig auf den Gemüseeintopf auf seinem Teller.

Livia sah auf. Sie ärgerte sich bereits darüber, dass sie die schönen Fische fortgegeben hatte. Peer erwiderte stumm ihren Blick. Zumindest trug er ihren Streit nicht vor seiner Mutter und Lars aus, also würde sie es auch nicht tun.

»Ich hatte doch unser Abendessen schon gekocht. Deshalb habe ich deinen Vater gebeten, sie zu Janne zu bringen. Sie hat sie nötiger als wir.«

Ihre Schwiegermutter sah von Peer zu ihr. Wenn sie die Spannung zwischen ihrem Sohn und Livia spürte, so ließ sie sich nichts anmerken.

Lars schob die Unterlippe vor. »Ich hätte aber lieber Fisch gehabt als Suppe.«

»Du isst, was auf den Tisch kommt«, sagte Peer. »Und außerdem hatten wir heute Mittag schon Fisch.«

»Wie war es denn?«, fragte Elsa, woraufhin Lars die Schollen vergaß und begeistert von dem Ausflug erzählte. Peer überließ seinem Sohn das Reden und warf nur ab und an eine Bemerkung ein. Der liebevolle Blick, mit dem er Lars bedachte, versetzte Livia einen Stich.

So sah er sie niemals an. Fest presste sie die Lippen zusammen. Ihr größter Wunsch, dass Peer und Lars einander mochten, war in Erfüllung gegangen. Peer liebte seinen Sohn, und Lars vergötterte seinen Vater geradezu. Und nun war sie eifersüchtig auf ihr eigenes Kind? Was war sie doch für ein unzufriedenes, zänkisches Weib geworden.

»Träumst du?« Mette stupste sie leicht an. »Wenn du dich beeilst, sind wir bald fertig.«

Livia nickte stumm und machte sich wieder an die Arbeit.

17. KAPITEL

Sechs Tage nach ihrer Ankunft in New York legte die Erland wieder ab.

Lindqvists Voraussage zu Beginn der Reise hatte sich bewahrheitet. Acht Männer, fünf Heizer und drei Trimmer, waren in New York desertiert. Mit Hans fehlten der Erland sechs Heizer.

Die Reederei hatte als Ersatz »Überarbeiter« angeheuert. Männer, die es im Land der unbegrenzten Möglichkeiten nicht geschafft hatten, deren Träume an der harten Realität zerbrochen waren. Unerfahrene Männer, die noch nie zur See gefahren waren.

Lindqvist fragte Peer, ob er auf der Rückfahrt als Heizer arbeiten wollte. Peer nickte, doch Mario protestierte. »Dann fehlt mir ein Trimmer.«

»Wir haben Überarbeiter.«

»Die taugen nichts.«

»Als Heizer taugen sie noch weniger, das weißt du«, sagte Lindqvist. »Diese Männer brechen in den ersten Tagen zusammen. Svensson ist die Arbeit schon gewöhnt. Wenn er zu mir kommt, arbeiten von den Neuen vier als Heizer und vier als Trimmer. Ist das gerecht?«

Widerwillig nickte Mario. Er klopfte Peer auf die Schulter. »Ich verliere dich nur ungern. Pass auf dich auf, eh.«

So trat Peer seinen Dienst in Lindqvists Wache an.

Singh, ein Inder, wies ihn in seine Arbeit ein. »Das ist dein Kessel.« Er zeigte auf drei nebeneinanderliegende Türen. »Du musst dafür sorgen, dass immer genug Kohle auf den Rosten liegt, und regelmäßig die Asche rausholen. In zwei Stunden, wenn du dich an die Hitze gewöhnt hast, muss die Schlacke aufgebrochen werden. Ich zeige dir, wie du das machst.«

Peer nickte.

»Achte darauf, immer genug zu trinken«, fuhr Singh fort. »Dort hinten steht Wasser. Bedien dich. Gefährlich wird es, wenn du keinen Durst mehr hast.«

»Aber wenn ich so viel trinke, wo gehe ich dann hin, wenn ich pissen muss?«

»Keine Sorge, musst du nicht. Das schwitzt du alles wieder aus. Und besorg dir Salz und Zitronensaft.«

»Salz und Zitronensaft?«

»Ja. Salz hilft gegen die Heizerkrämpfe und Zitronensaft gegen Skorbut. Ich weiß nicht, warum, aber es ist so. Zu Hause trinken wir Limettensaft mit Salz und Wasser. Ich trinke in jeder Pause Zitronensaft mit Salz und Wasser, und ich hatte noch nie Krämpfe. – Und noch etwas ...« Er deutete auf Peers Gesicht. »Rasier dich. Bei dieser Hitze ist ein Bart nur lästig, und außerdem bekommst du Ausschlag, im schlimmsten Fall Furunkel.«

War die Arbeit der Trimmer schon schwer gewesen, so war sie für die Heizer die Hölle.

Um den Dampfdruck zu halten, musste jedes Feuer alle sechs Minuten aufgefeuert werden. Peer hatte für drei Feuer zu sorgen, was bedeutete, dass er beinahe pausenlos Kohle in eines der Feuerlöcher warf und sie auf dem Rost verteilte. Nach einer halben Stunde zog er sein Hemd aus, weil die Hitze unerträglich wurde. Der Schweiß lief ihm in die Augen, die Schaufel mit den Kohlen schien immer schwerer zu werden.

Singh kam zu ihm herüber. »Geht's noch?«

Peer nickte, öffnete die nächste Tür und warf eine Schaufel Kohlen hinein. Seine Armmuskeln zitterten. »Verflucht, wie viel wiegt das Zeug?«

»Eine Schaufel mit Kohlen etwa zwanzig Kilogramm.«

Kein Wunder, dass ihm die Arme wehtaten. Er biss die Zähne zusammen und arbeitete weiter.

Feuerklappe öffnen, Kohlen einwerfen und sie mit der Durchstoßbrücke verteilen. Sein Zeitgefühl schwand. Als Singh ihm auf die Schulter klopfte, starrte er ihn verwirrt an. »Du musst ausschlacken, sonst produziert dein Ofen nicht mehr genug Hitze.« Er reichte Peer eine drei Meter lange Eisenstange, deren Spitze der einer Lanze glich. »Das ist eine Schleuße. Guck zu.« Dann öffnete er eine der Feuertüren, stieß das Eisen in die glühenden Kohlen und lehnte sich auf das Ende der Stange, bis die Schlacke aufbrach. »Jetzt du.«

Peer stieß die Spitze der Stange in die Kohlen und drückte sie herunter. Es passierte nicht viel.

»Du musst dich mit deinem ganzen Gewicht drauflegen«, rief Singh. »Und es muss schnell gehen, sonst wird es zu heiß und außerdem sinkt der Dampfdruck.«

Aus dem offenen Feuerloch strömte sengende Hitze, die Eisenstange in Peers Händen wurde heiß. Endlich brach die Schlacke auf.

»So, raus damit.« Singh zeigte ihm, wie er die Kohlen mit der Schleuße auf die Seite schieben musste, um die Schlacke aus dem Ofen zu ziehen. Neben ihm stand bereits einer der Trimmer mit dem Wassereimer, um die Schlacke zu kühlen.

Peer trat zurück, bis sich der Wasserdampf verzogen hatte und er weiterarbeiten konnte. Nach dem Ausschlacken musste mehr Kohle aufgeworfen werden als üblich, um den Temperaturabfall auszugleichen.

Am Ende seiner ersten Wache fühlte er sich so erschöpft wie noch nie. In seinem Quartier zog er die Schuhe aus und wollte sich in die Koje werfen, doch Lindqvist hielt ihn zurück. »Wasch dich.«

Verdammt, er konnte sich vor Müdigkeit kaum noch auf den Beinen halten. »Später.«

»Jetzt!« Lindqvists Stimme war so scharf wie nie zuvor.

»Ich bin müde.«

»Du gehst freiwillig, oder ich prügle dich in den Waschraum. Und glaub mir, ich habe mehr Kraft als du.«

Peer drehte sich um. »Ich hätte dich nicht für so ein Arschloch gehalten.«

»Ich bin dein Vorgesetzter, und du hast zu tun, was ich sage. Das ›Arschloch‹ habe ich überhört, weil du völlig fertig bist, aber ein zweites Mal überhöre ich es nicht.«

»Hab doch gleich gesagt, er hält nicht durch«, kam es von Jon aus der Koje.

»Halt du das Maul«, fuhr Lindqvist ihn an. Dann ballte er die Fäuste und baute sich vor Peer auf. »Also ...«

Lindqvist war kleiner als er, aber Peer hatte gesehen, wie schnell er die Kohlen in die Feuerklappe warf und wie leicht es bei ihm wirkte. Er musste über Bärenkräfte verfügen.

Trotzdem fragte er: »Warum?«

»Wenn du dich nicht wäschst, wirst du krank. Die Hitze, der Schweiß und der Kohlestaub machen die Haut kaputt. Erst juckt es nur, dann kratzt du, irgendwann kratzt du dir die Haut auf. Das tut weh, und es kann sich entzünden. Weißt du, was der ›rote Hund‹ ist?«

Peer verneinte.

»Eine Heizerkrankheit. Furunkel hier und hier.« Er zeigte auf Peers Achselhöhlen und auf seinen Schritt. »In den Leisten. Sehr schmerzhaft. Jetzt bist du müde. Nachher, wenn du aufstehst, bist du auch müde. Und du denkst dir: Warum soll ich mich waschen, ich werde eh gleich wieder dreckig? Und irgendwann wäschst du dich gar nicht mehr. Gewöhn' dich besser dran, es nach jeder Wache zu tun, egal wie fertig du bist.« Er verzog sein Gesicht zu einem Lächeln. »Außerdem fühlst du dich dann besser. Du hast dich gut gehalten heute. Die nächste Wache ist schon weniger schlimm.«

Lindqvist behielt recht. Nachdem Peer sich gewaschen hatte, fühlte er sich tatsächlich besser. Er schlief tief und fest. Wie zuvor bei den Trimmern gewöhnte er sich in den nächsten Tagen an die Arbeit. Er dachte nicht mehr darüber nach, was er tat, er tat es einfach. Dabei machte ihm diese Monotonie mehr zu schaffen als die Hitze und die Anstrengung. Bei den Trimmern hatte man wenigstens ab und zu miteinander gesprochen, die Arbeit im Heizraum war zu anstrengend, um dabei zu reden. Um sich abzulenken, zählte Peer die Schaufeln, die er während einer Wache auf die Feuer warf. Es waren etwa hundertzwanzig. Jede volle Schaufel wiegt zwanzig Kilo, hatte Singh gesagt. Er rechnete weiter und kam auf zweitausendvierhundert Kilo, die er in vier Stunden bewegte.

Mitten auf dem Atlantik gerieten sie in einen Sturm. Die Erland rollte und stampfte in der schweren See, sodass Peer und die anderen Heizer Mühe hatten, einen sicheren Stand zu finden. Mehr als einmal glitt Peer auf den Kohlen unter seinen Füßen aus und hielt sich gerade noch auf den Beinen. Als eine große Woge die Erland traf, verlor einer der Überarbeiter, Mike, ein Ire, das Gleichgewicht und fiel gegen seinen Kessel. Es zischte, als seine Haut das Eisen berührte, und der Geruch nach verbranntem Fleisch breitete sich aus. Die Schreie des Mannes gellten durch den Raum. Singh ließ die Schaufel fallen, machte einen Satz hinüber und stieß Mike vom Kessel weg zu Boden. »Wasser!«

Peer holte einen Eimer Wasser und schwankte über die rollenden Kohlen zu Mike. Singh goss den Inhalt über Mikes Rücken und Schultern. »Mehr.«

Lindqvist hing an der Funkanlage. »Wir haben einen Notfall«, rief er in die Sprechmuschel. »Eine Verbrennung, wir brauchen einen Arzt.«

Mike schrie nicht mehr, er keuchte und wimmerte nur

noch. An seinem rechten Oberarm und am Rücken fehlte Haut.

Der Telegraph klingelte. »Was ist los bei euch?«, bellte die Stimme des Maschinisten durch die Leitung. »Wir brauchen mehr Dampf.«

»Macht weiter!«, rief Lindqvist den Heizern zu. »Svensson, hilf mir, ihn hochzutragen.«

Peer ließ die Schaufel fallen. Zusammen mit Lindqvist zerrte er den stöhnenden Mann die steile Treppe nach oben in den Maschinenraum, wo der Schiffsarzt schon auf ihn wartete.

Lindqvist stieß Peer in die Seite. »Runter, wir müssen weitermachen.«

Peer zögerte, er konnte den Blick nicht von dem Verletzten wenden. »Wird er es überleben?«

»Ja. Aber er ist erst mal arbeitsunfähig. Und in Petersens Wache ist gestern einer der anderen Überarbeiter zusammengebrochen. Diese verdammten Heuerbaase. Sie versprechen uns erfahrene Männer und schicken dann Leute, die noch nie eine Kohleschaufel in der Hand hatten. Der dritte Kerl macht es auch nicht mehr lange. Liegt jeden Abend in seiner Koje und heult, sagen die Männer.«

Peer kannte den »dritten Kerl« vom Sehen. Er war ein schmächtiger Pole, etwa dreißig Jahre alt, der ständig hustete. Unvorstellbar, dass dieser Mann der schweren Arbeit vor den Feuern gewachsen sein sollte. Petersen, sein Vorgesetzter, war eine andere Art Mensch als Lindqvist; bei den Mahlzeiten in der Messe hatte Peer die Männer darüber reden hören, dass er seine Leute schlage, wenn sie nicht schnell genug arbeiteten, und einmal solle er einem Heizer, der vor Erschöpfung zusammengebrochen war, eine Schaufel glühender Kohlen auf den Rücken geworfen haben.

An diesem Abend sah er sich den Polen genauer an. Er war sehr blass, abgesehen von dem Kohlestaub, der sich in seinen

Poren festgesetzt hatte. Seine Augen lagen tief in den Höhlen, seine Wangen waren eingefallen. Teilnahmslos stocherte er in seinem Essen herum. Sein Sitznachbar stieß ihn an. »Du musst mehr essen, sonst hältst du die Arbeit nicht aus.«

Der Pole hob den Kopf, sah den anderen an und zuckte dann stumm die Schultern. Noch niemals hatte Peer solche Hoffnungslosigkeit in den Augen eines Menschen gesehen.

Einen Tag später sprang der Pole nach seiner Wache über Bord. Die Maschinen wurden sofort gestoppt, Rettungsringe ausgeworfen und ein Boot zu Wasser gelassen, doch der Mann war nicht mehr zu finden.

Weil drei Mann fehlten und die anderen Neulinge zu langsam arbeiteten, wurden die Wachen für die Heizer verlängert. Sechs Stunden Arbeit statt vier. Es war eine elende Plackerei. Selten zuvor hatte Peer sich derartig abgekämpft gefühlt. Normalerweise gewöhnte sich sein Körper an harte Arbeit, wurde stärker, gewann an Ausdauer. Doch die Arbeit bei den Feuerleuten laugte ihn regelrecht aus. Das mache der Kohlestaub, erklärte Lindqvist, der lege sich nicht nur auf die Lungen, sondern auch auf die Seele.

Nach seinen Wachen stieg er nicht mehr an Deck, um die See und den Wind zu spüren, und er träumte nicht mehr davon, auf einem Schiff unter vollen Segeln zu stehen. Er vergaß, dass er überhaupt auf einem Schiff war. Wenn er in sein Quartier kam, wusch er sich, aß und fiel ins Bett. Sarahs Foto blieb samt ihren Briefen in seinem Spind. Er vergaß sogar seine Sehnsucht nach ihr. Nur manchmal hörte er sie in seinen Träumen singen.

Bis die Erland in Kristiania ankam, hatte es einen weiteren Selbstmord eines Überarbeiters gegeben.

Lindqvist fragte Peer, ob er noch eine Fahrt mitmachen wolle, doch Peer verneinte. Lieber würde er sich Arbeit in den Docks in Göteborg suchen, als noch einmal in dieser schwimmenden Hölle zu arbeiten. Wenn so die Zukunft der Seefahrt aussah, war er froh, dass er zu alt war, um sie zu erleben. Noch gab es Segler, auf denen er anheuern konnte. Für Lars allerdings sah das schon anders aus. Vielleicht hatte Livia doch recht, wenn sie sagte, er solle etwas anderes lernen.

Nach dem Abheuern feierte Peer mit Lindqvist und Mario in einer Hafenkneipe Abschied.

Am nächsten Morgen fand er ein Schiff, das ihn nach Marstrand brachte. Von dort nahm er einen Dampfer nach Mollösund.

18. KAPITEL

Livia stand am Herd und schälte Kartoffeln, als er das Haus betrat.

»Peer!« Sie legte das Messer weg und machte Anstalten, ihm um den Hals zu fallen, doch dann blieb sie stehen. »Schön, dass du wieder da bist«, sagte sie förmlich.

Er stellte seinen Seesack ab und umarmte sie. »Ich bin auch froh, wieder hier zu sein.«

»Wirklich?«

Er sah ihr Lächeln, die Hoffnung in ihren Augen und kam sich vor wie ein Verräter. »Wirklich. Es war die Hölle. So etwas mache ich nie wieder.«

Sie wandte sich ab. »Du hast Post. Ich habe sie auf deinen Schreibtisch gelegt.« Ihr Ton verriet ihm, dass es sich um einen Brief von Sarah handeln musste.

Er widerstand dem Impuls, in sein Zimmer zu stürmen und nachzusehen.

»Danke. Was gibt es zu essen?«

»Kartoffeln und Matjes. Du kannst in einer Stunde essen, wenn du Hunger hast.«

»Nein, ich esse mit euch zusammen. Wo steckt Lasse?«

»Er ist mit Nils und seinen Söhnen unterwegs, sie wollen Hummer fangen.«

Peer trat zu ihr an den Herd. »Du lässt ihn rausfahren?«

Sie sah zu ihm auf. »Du hast ihm gesagt, er darf. Glaubst du, ich kann es dann noch verbieten?« Es lag keinerlei Bitterkeit in ihrer Stimme. Nur Resignation.

»Liv, ich habe nachgedacht. Und ich bin der Meinung, du hast recht. Lars soll etwas Vernünftiges lernen. Ohne höhere Schule kann er auf einem Dampfer nur Trimmer oder Heizer werden, vielleicht noch Maschinist, und das ist kein Leben für unseren Sohn. Keiner sollte so leben.«

»Ich dachte, die Arbeit auf den Dampfern sei leichter als auf einem Segelschiff.«

»Nur, wenn man Offizier oder Ingenieur ist. Aber dazu muss man studiert haben. Wenn er klug genug ist, soll er die höhere Schule besuchen.«

Sie lächelte ihn an, ein klein wenig triumphierend. »Möchtest du dich ausruhen?«

»Wenn genug Zeit ist, hätte ich gerne ein Bad.«

»Ein Bad?«

»Ja. Ich habe das Gefühl, der Kohlestaub sitzt in jeder Pore.«

Im Sommer stand der Badezuber draußen hinter dem Haus. Peer holte Wasser von der Pumpe und Livia stellte drei große Töpfe auf den Herd. Es dauerte eine Weile, bis der Zuber gefüllt war.

Mit einem wohligen Stöhnen ließ Peer sich in das heiße Wasser sinken. Zwar hatte er Wärme genug gehabt, aber das hier war etwas anderes. Er legte den Kopf zurück und schloss die Augen.

»Soll ich dir die Haare waschen?«

Livia goss Wasser über seinen Kopf und seifte seine Haare ein. Ihre Fingerspitzen massierten seine Kopfhaut, seinen Nacken, ließen prickelnde Schauer über seinen Rücken laufen. Er schloss die Augen. Nie zuvor hatte er es so genossen, nach Hause zu kommen. Allerdings hatte er auch nie zuvor so ein Zuhause gehabt. Eine Familie. Eine Frau, die ihn erwartete und ihn verwöhnte.

»Beug dich vor«, sagte Livia und knetete seine Schultern. »Gut so?«

»Mehr als gut«, erwiderte er. »Würdest du mir mein Rasierzeug bringen?«

Er hatte sich seit dem Abheuern vor drei Tagen nicht mehr rasiert.

Livia zögerte. »Mir gefällt dein Bart«, sagte sie dann fast schüchtern.

Peer wandte sich zu ihr um. Sie errötete unter seinem Blick. Wie hübsch sie war und wie liebenswert. »Wirklich?«

Sie nickte.

»Na dann …« Er tauchte unter, um die Seifenreste abzuspülen und stieg aus dem Badezuber. So sauber hatte er sich lange nicht mehr gefühlt. Ein Handtuch schlang er sich um die Hüften, mit dem zweiten trocknete er sich ab.

»Was ist das?« Livia berührte einen der kleinen roten Flecken, die sich auf seinen Armen und Schultern verteilten.

»Das? Das kommt von den Heizraummücken.«

»Mücken?«

»Keine echten. Kochende Wassertropfen von defekten Ventilen oder Funken aus dem Ofen.«

»Mein Gott.«

»Alle Heizer haben das. Heizraummücken sind harmlos, nichts gegen …« Er sprach nicht weiter. Die Bilder waren wieder da. Hans, der sich in Krämpfen wand, während Peer ihn die Stufen hinaufzerrte. Mike, dessen Haut am Kessel verbrannt war, die leeren Augen des Polen, bevor er über Bord gesprungen war.

Während des Abendessens schaute Lars immer wieder zum Schrank, in dem die Schneekugel mit der Freiheitsstatue stand. »Ich möchte sie so gerne in Wirklichkeit sehen.«

Livias Lächeln gefror. Sie senkte die Augen. Elsas Blick glitt fragend von Peer zu Livia und zurück.

Peer beugte sich vor. »Sie ist beeindruckend. Aber ich habe sie nicht gesehen, weil ich Kohle schaufeln musste.« Und weil er zu erschöpft gewesen war, sich überhaupt für irgendetwas zu interessieren, außer dafür, genug Schlaf zu bekommen.

Lars machte große Augen. »Du hast sie gar nicht gesehen?«

»Dieses Mal nicht. Hör zu, mein Lasse: Deine Mutter hat recht, es ist besser, wenn du kein Seemann wirst. Die Zeit der Segelschiffe geht zu Ende. Bald wird es nur noch Schnelldampfer geben, und auf einem Dampfer zu arbeiten, ist …« Er suchte nach den passenden Worten für ein Kind, doch ihm fiel nichts ein. »… nicht schön. Das Leben auf einem Segler ist hart, aber auf den Dampfern ist es zu hart. Such dir einen guten Beruf und reise als Passagier, dann siehst du mehr von der Welt.«

»Aber ich will kein Kaufmann werden«, erwiderte Lars trotzig.

Wie gut er das verstand. Fast alle Männer aus Mollösund fuhren zur See, und wer es nicht tat, war in der Regel zu schwach, um dem Dasein als Seemann gewachsen zu sein. Sie waren nicht gut angesehen.

Es musste andere Möglichkeiten geben. Die Leute in Sarahs Kreisen hatten Berufe gehabt, von denen er vorher nie gehört hatte. Er wünschte sich, er hätte auf Gesellschaften bei den Gesprächen besser zugehört. Noch mehr wünschte er sich, Sarahs Meinung dazu zu hören.

»Du hast ja noch viel Zeit«, sagte er. »Ab Sommer gehst du in die Schule, und dann sehen wir weiter.«

An diesem Abend gingen sie früh zu Bett.

»War es so schlimm?«, fragte Livia und schloss die Tür hinter ihnen.

Er zog sie an sich, vergrub sein Gesicht in ihrem Haar. »Schlimmer. Bitte frag nicht.«

Später lag er wach und starrte die Decke an. Livia lag an ihn gekuschelt und schlief. Er dachte an den Empfang, den sie ihm bereitet hatte, und sein Gewissen plagte ihn. Es war schön, nach Hause zu kommen und so umsorgt zu werden. Wie einfach wäre sein Leben, wenn er Livia lieben könnte. Doch er liebte Sarah, sie hatte ein Siegel auf sein Herz gelegt, es würde keine andere für ihn geben.

Und wenn es Jahre dauerte, er würde sie wiedersehen.

Vorsichtig stand er auf und schlich aus dem Zimmer. Im Dunkeln tastete er sich die Treppe hinunter durch die Wohnstube in sein »Arbeitszimmer«. Erst als er die Tür hinter sich geschlossen hatte, zündete er die Lampe an. Auf dem Tisch lagen zwei Briefe, einer von der Navigationsschule in Göteborg, der andere von Sarah.

Zuerst öffnete er den Brief aus Göteborg. Er hatte die Aufnahmeprüfungen in Schwedisch, Algebra und Geographie bestanden und war damit zur Navigationsklasse zugelassen. Der Lehrgang begann am ersten August. Beigelegt war eine Liste der Bücher, die er brauchte.

Danach las er Sarahs Brief.

TEIL III

Der Hölle Rache

19. KAPITEL

Mittlerweile war es September. Drei Monate waren vergangen, seit Peers erster Brief aus Schweden angekommen war. Inzwischen hatte er ihr noch öfter geschrieben. Seine Briefe aus Mollösund unterschieden sich von denen, die er ihr von unterwegs geschrieben hatte.

Sie konnte nicht genau sagen, was es war. Von unterwegs hatte er ihr die Städte geschildert, in denen sein Schiff anlegte, die Menschen, die dort lebten und ihre Gebräuche. Oder er hatte über die See geschrieben, über die tosenden Winde in den Roaring Forties, wenn die Webleinen vor Eis starrten und es stundenlange Arbeit bedeutete, ein Segel zu bergen. Er hatte über die gefürchtete Flaute in den Rossbreiten berichtet, wo die See glatt wie ein Spiegel lag und die Sonne erbarmungslos vom Himmel brannte. Er hatte eine gute Beobachtungsgabe, seine Schilderungen waren sehr bildhaft. Immer wieder flocht er Erinnerungen an ihre gemeinsame Zeit auf der Victory ein. Wenn er sich zum Beispiel über das ungenießbare Essen beschwerte, weil der Koch ebenso schlecht kochte wie Mullins, oder wenn er die Albatrosse bei Kap Hoorn beschrieb oder die fliegenden Fische in den Tropen.

In seinen Briefen aus Mollösund schilderte er zwar das Dorf, in seinem letzten hatte er von den Leng-Fischern erzählt, die im Spätsommer zurückkamen, doch lasen sie sich anders; als würde Peer sich jedes Wort genau überlegen. Und sie erfuhr nichts über seinen Alltag. Wie er lebte, was er tat.

Einzig sein Bericht über die Navigationsschule in Göteborg spiegelte die Offenheit und Unverblümtheit wieder, die sie von ihm kannte. Er berichtete begeistert über die Unterrichtsfächer und dass ihm das Lernen leichtfalle und Spaß mache. Ihr schien, als habe sein rastloser Geist, der ihn bisher über die Meere getrieben hatte, dort einen Hafen gefunden.

Allmählich fand Sarah in ihr altes Leben zurück.

Allerdings konzentrierte sie sich nicht mehr ausschließlich auf die Musik. Sie wurde Mitglied im Susan B. Anthony Club, der sich für Frauenrechte einsetzte, und engagierte sich in einem Verein, der für bessere Bildungschancen von Jugendlichen aus armen Verhältnissen kämpfte.

Nach ihrem glanzvollen Auftritt als Tosca hatte sie erfolgreich die Susanna in »Figaros Hochzeit« gesungen. Doch die junge Sängerin Aimee Pascal wurde zunehmend zu einem Störenfried in ihrem Leben. Aimee vertrat die Ansicht, sie sei eine viel bessere Tosca als Sarah, und verkündete das bei jeder sich bietenden Gelegenheit.

Unterstützt wurde sie von der Presse, allen voran vom *Examiner*. Vor allem Georgina Astor schien einen Narren an der jungen Sängerin gefressen zu haben. Es gipfelte in einem Artikel, der Sarah die Zornesröte ins Gesicht trieb.

Streit an der Grand Opera

Es ist die alte Geschichte: Eine alternde Diva, die keine jüngere, hübschere neben sich duldet. Die junge Aimee Pascal gehört seit letztem Jahr dem Ensemble der Grand Opera an. Nach ihrem zauberhaften Debüt als Micaela in »Carmen« sollte die talentierte Sängerin im Frühjahr die Hauptrolle in »Tosca« singen. Doch Emilia Rossis unerwartete Rückkehr zur Grand Opera hat das verhindert. Seitdem sorgt »la Rossi« dafür, dass die schöne Aimee keine Hauptrolle bekommt.

»Ich wollte so gern die ›Tosca‹ singen«, erklärt Aimee Pascal mit sanfter Stimme und Tränen in ihren schönen braunen Augen. »Aber Madame Rossi hat dafür gesorgt, dass ich die Rolle nicht bekomme. Sie gönnt sie mir nicht. Keiner vom Ensemble versteht das.«

Alle hatten es verstanden. Horatio Stoll, Direktor der Grand Opera, hatte Aimee deutlich gemacht, dass sie zwar sehr hübsch sei, aber weder ihre Stimme noch ihre Ausstrahlung seiner Meinung nach ausreichten, um eine Rolle wie die »Tosca« zu singen.

Woraufhin Aimee in Tränen ausgebrochen war.

Und dann diese Frechheit, Sarah als alternde Diva zu bezeichnen! Sie fühlte sich kein bisschen alt. Mit Achtunddreißig war man noch nicht alt. Oder doch? Es gibt Frauen, die werden in diesem Alter Großmutter, raunte ihr eine kleine, gemeine Stimme in ihrem Kopf zu. Sie legte die Zeitung zur Seite, ging ins Badezimmer und betrachtete sich im Spiegel. Das elektrische Licht beleuchtete unbarmherzig ihr Gesicht. Ihre Haut war glatt, nur um die Augen fanden sich ein paar Fältchen. Doch aus ihren Zügen sprach Lebenserfahrung, wie ein junges Mädchen sah sie nicht mehr aus. Würde sie tatsächlich bald zu alt sein, um auf der Bühne zu stehen? Wollte sie in fünf oder zehn Jahren überhaupt noch auftreten? Im Grunde hatte sie alles erreicht, was sie sich zu Beginn ihrer Bühnenkarriere vorgenommen hatte. Sie war erfolgreich, sie war berühmt. Der Preis dafür war der Neid der Kollegen und Artikel wie dieser in der Yellow Press.

Ende September rief Horatio Stoll die Solisten zu einer Besprechung zusammen.

»Wir sind hier, um über den Spielplan und die Besetzung für die Wintersaison zu sprechen«, verkündete er lautstark.

David Cameron stieß Sarah leicht mit dem Ellbogen an. »Darüber sprechen. Ha! Er wird uns sagen, was er und die Impresarios entschieden haben.«

Ein flaues Gefühl machte sich in ihrer Magengrube breit. Einer der Gönner der Grand Opera war inzwischen Aimee Pascals Liebhaber, und er würde dafür sorgen, dass sie eine Hauptrolle bekam.

»Es wird wieder einige Gastspiele geben«, begann Stoll. »Unter anderem haben wir im nächsten April die MET mit Enrico Caruso und der wunderbaren Olive Fremstad zu Gast in unserem Hause.« Er machte eine Pause, bis das ehrfürchtige Gemurmel wieder verstummt war. »Wir starten die nächste Saison mit der ›Zauberflöte‹, anschließend geben wir ›La Traviata‹ und zum Abschluss dann ›Die Walküre‹. Er griff nach einer Liste. »Fangen wir mit Mozarts ›Zauberflöte‹ an. Miss Aimee Pascal wird die Pamina singen und David Cameron den Tamino.«

Sarahs verbindliches Lächeln fühlte sich an, als könnte es jeden Moment in tausend kleine Stücke zerbrechen. Aimee sang die Pamina? Mit Dave? Sie hatte fest damit gerechnet, dass sie die Rolle bekommen würde.

Aimee lachte entzückt auf. »Oh, das ist so wundervoll. Die ›Pamina‹! Ist das nicht wundervoll?« Sie strahlte in die Runde. Dave machte ein Gesicht, als hätte er in eine Zitrone gebissen. Die Lombardi hob ihre Mundwinkel und sah zur Zimmerdecke. Renato Russo verzog höchst ungalant den Mund. »Und was werde ich singen?«

»Du singst den Papageno.«

Russos Miene verfinsterte sich. »Den Papageno … ich?« Ihm war deutlich anzusehen, dass er die Rolle für weit unter seiner Würde hielt.

Stoll lächelte ihn an. »Ja, den Papageno und danach den Alfredo in ›La Traviata‹.«

Ein zufriedenes Lächeln breitet sich über Renatos Gesicht aus. »Wenn das so ist.«

Sarah verdrehte die Augen. Der Papageno war keine kleine Rolle, Russo hatte keinen Grund, sich zu beschweren. Sie dagegen … Welche Rolle blieb jetzt noch? Sie bohrte ihre Fingernägel in den Handballen. Wenn Stoll sie für die Papagena vorgesehen hatte, würde sie ihm die Augen auskratzen.

»Und unsere Emilia …«, Stoll machte eine Pause, »… singt die Königin der Nacht!«

Er unterstrich seine Worte mit einer dramatischen Handbewegung.

Ihr blieb die Luft weg. Die Königin der Nacht! Ein hysterisches Kichern stieg in ihre Kehle, als sie in Aimees fassungsloses Gesicht sah.

Der Hölle Rache kocht in meinem Herzen.

Eine der berühmtesten, der schwierigsten Arien.

Die Rolle der Pamina mochte größer sein, aber die Königin der Nacht war nur den besten Sopranistinnen vorbehalten. Es gab nicht viele, die sie singen konnten, singen durften. Und sie, Emilia Rossi, würde dazugehören.

Dave klatschte begeistert in die Hände. »Du wirst großartig sein!«

Selbst die Glückwünsche der Lombardi schienen von Herzen zu kommen. Sie mochte Aimee genauso wenig wie Sarah.

Anschließend bestimmte Stoll den Bass Janosch Karoly als Sarastro und benannte die anderen Rollen.

Sarah bekam nicht allzu viel davon mit. Immer noch schlug ihr Herz so heftig, dass sie glaubte, zu spüren, wie das Blut durch ihre Adern pulsierte.

Nach der Besprechung fuhr Sarah direkt zu Adeline. Keine außer ihr würde die unbändige Freude verstehen, die sie erfüllte. Anne würde sich selbstverständlich freuen, doch nur jemand, der selbst sang, konnte ermessen, was diese Rolle bedeutete.

Sie parkte den Wagen vor Adelines Haus in Nob Hill und klopfte an die Haustür. Ihr Mädchen öffnete und bat sie hinein. Sarah musste sich gedulden, Adeline hatte noch eine Schülerin bei sich.

Sie lauschte den Koloraturübungen, die durch die geschlossene Tür drangen. Das würde ihre Aufgabe für die nächsten Wochen sein.

Endlich war die Stunde vorbei.

Sie stürmte in Adelines Musikzimmer. »Ich brauche deine Hilfe«, stieß sie atemlos hervor. »Ich werde die Königin der Nacht singen.«

*

In den nächsten Wochen brachte Adeline Sarah an den Rand der Verzweiflung. Sie erwies sich unerbittlicher als jemals zuvor. Nie war Sarah gut genug, immer fehlte etwas. An manchen Tagen zweifelte sie daran, dass sie überhaupt singen konnte, so hart kritisierte ihre Lehrerin sie.

»Es geht nicht nur darum, die Töne zu treffen, die Sprünge zu schaffen oder die Koloraturen zu singen«, erklärte Adeline. »Natürlich ist das dreigestrichene f eine Leistung. Aber es ist nicht Sinn dieser Arie, zu zeigen, dass du die Technik beherrschst. Mozart verlangt Unmenschliches von seiner Königin der Nacht, denn er wollte zeigen, wie unmenschlich sie selbst in ihrem Zorn und Hass ist. Ihr fehlen die Worte, deshalb bringt sie nur noch Töne hervor. Das drücken die Koloraturen aus. Das ist nicht irgendein fröhliches ›haha -ha‹, das ist der blanke Hass, die schiere Wut, die in dieser Frau toben. Du konntest die Tosca überzeugend singen, als du wusstest, wie es sich anfühlt, wenn der Mann, den du liebst, gefoltert wird. Jetzt überlege dir, wen du so sehr hasst oder hassen könntest, dass der Hölle Rache in deinem Herzen kocht.«

Sarah dachte nach. Ihr fiel nur ein Mensch ein, den sie aus ganzem Herzen verabscheut hatte, und das war Andersen, der ehemalige Steuermann der Victory. Sie hatte ihn für das gehasst, was er Peer angetan hatte.

Sie rief sich den Tag ins Gedächtnis, als Andersen über Peer hergefallen war, und dann die vielen Tage danach, an denen Peer seinen Schikanen hilflos ausgesetzt war, weil er sich gegen seinen Vorgesetzten nicht wehren durfte. Sie dachte an Willy, der gerade mal fünfzehn Jahre gewesen war, als Andersen ihn missbraucht hatte.

Der Hölle Rache war noch zu wenig für diesen Mann.

Sie nickte Adeline zu, und diese schlug die ersten Töne der Arie auf dem Flügel an.

»Schon viel besser«, sagte sie, nachdem Sarah den letzten Ton gesungen hatte. »Für heute ist es genug.«

Selten hatte Sarah einer Premiere so entgegengefiebert wie dieser. Ihre Hände waren feucht, als sie hinter der Bühne auf ihren Auftritt wartete. Sie trocknete sie mit einem Handtuch. Auf keinen Fall wollte sie ihr Kostüm verderben. Die Schneiderinnen der Oper hatten sich selbst übertroffen und ein Kleid geschaffen, das einer »sternflammenden Königin« würdig war. Dunkelblaue Seide mit tausenden von Strasssteinen bestickt, schmiegte sich eng an ihren Körper und fiel in weichen Falten über ihre Hüften. Die Ärmel waren geschlitzt, sodass sie zurückfielen und ihre Arme freigaben, wenn sie sie hob.

Daneben wirkte die blonde Aimee in ihrem zartrosa Gewand, so hübsch es auch war, blass und farblos.

Jetzt. Ein Donnerschlag, Sarah rauschte auf die Bühne. Die Hände ringend, beschwor sie Tamino, ihre Tochter zu retten. Nach dieser ersten Arie verfolgte sie den Fortgang der Aufführung hinter dem Vorhang.

Aimee zeigte sich ihrer Rolle nicht gewachsen. Immer wieder schrillte ihre Stimme in den Höhen, war im Gesamten zu kraftlos. Und dann verpasste sie einen Einsatz. Fast empfand Sarah Mitleid mit ihr. Doch dann dachte sie an den Zeitungsartikel, in dem Aimee mit großen braunen Augen erklärt hatte, dass Emilia Rossi einfach zu alt für die Bühne sei, und ihr Mitleid schwand.

Schließlich war es soweit. Ihr großer Auftritt. Noch nie zuvor hatte sie so gesungen, so leicht diese Höhen erreicht. Im Saal war es totenstill, als der letzte Ton von »Der Hölle Rache« verklang. Keine scharrenden Füße, kein Räuspern, nichts.

Siebenmal wurde sie am Ende der Vorstellung herausgerufen. Das Publikum tobte und trampelte und klatschte frenetisch Beifall. Es war wie ein Rausch.

Bei der Premierenfeier trank sie zu viel Champagner. Das erste Mal, seit Peer fort war, fühlte sie sich vollkommen glücklich. Das Ensemble feierte sie, und dieses Mal hatte sie auch das Gefühl, dass die Glückwünsche ernst gemeint waren.

Renato Russo zog eine Rose aus einem der Blumengestecke und überreichte sie ihr mit einer Verbeugung. »Du warst großartig, meine Liebe. Ich freue mich darauf, mit dir ›La Traviata‹ zu singen. Unsere Nachwuchssängerin ist wohl doch nicht so gut, wie sie dachte.« Er sprach so laut, dass jeder es hörte.

Unwillkürlich warf Sarah einen Blick hinüber zu Aimee. Sie war im Gespräch für die Rolle der Violetta gewesen, aber nach diesem Desaster würde sie keine Hauptrolle mehr bekommen.

Sie starrte in ihr Glas und schien den Tränen nahe.

»Noch ist nichts entschieden«, sagte Sarah lächelnd zu Renato. »Entschuldige mich.«

Sie ging hinüber zu Aimee. »Es tut mir leid. Hör nicht auf ihn. Du warst einfach zu aufgeregt.«

Aimee schüttelte den Kopf. »Nein, sie hatten alle recht. Ich kann diese Rolle nicht singen.«

»Doch kannst du. Vielleicht nicht so gut, wie du sie in fünf Jahren singen könntest. Aber bei den Proben konntest du es auch. Du darfst die Pamina jetzt nicht hinschmeißen, dann bekommst du nie wieder ein Engagement. Bei der nächsten Aufführung wird es besser sein.«

»Meinen Sie wirklich?«

»Ja. Und wenn diese Saison vorbei ist, gib deiner Stimme Zeit, sich zu entwickeln. Du willst zu viel zu früh. Du bist erst dreiundzwanzig. Ich habe meine erste große Rolle gesungen, da war ich fast zehn Jahre älter als du.«

Aimee schniefte. »Aber alle anderen haben schon früher große Rollen gesungen. Emma Abbott stand mit achtzehn auf der Bühne. Wenn ich noch zehn Jahre warten soll, bin ich alt und hässlich.«

Sie bemerkte noch nicht einmal, was sie da gesagt hatte. Aber andererseits, dachte Sarah, hatte sie mit Anfang zwanzig nicht auch alle Leute über dreißig für alt und hässlich gehalten?

Wie Sarah erwartet hatte, ließ die Presse ihren bisherigen Liebling Aimee Pascal fallen und zerriss ihre »Pamina« ohne Gnade. Von einer schwachen Darbietung war die Rede, von maßloser Selbstüberschätzung, von mangelndem Respekt gegenüber Größen wie Emilia Rossi.

Die gleichen Leute, die in den letzten Wochen immer wieder behauptet hatten, »La Rossi« wäre nur eifersüchtig und würde einer Jüngeren die Chance nicht gönnen, schrieben jetzt darüber, wie wichtig es war, eine Stimme nicht zu jung zu verschleißen, und lobten Sarahs Stimme, ihre Ausstrahlung und ihre Schönheit.

Kopfschüttelnd ließ sie die Zeitung sinken. Nun war sie wieder die Diva. Doch wie lange? Bis ihre Stimme einmal bei einer Arie schwankte, weil sie einen schlechten Tag hatte, oder bis die nächste junge Schönheit ins Rampenlicht trat? Aimee tat ihr inzwischen wirklich leid. Sie würde keine zweite Chance bekommen.

Und sie selbst? Sie war des Presserummels und der Intrigen überdrüssig. Sie wollte einfach nur singen. Allmählich verstand sie, warum große Sängerinnen wie Jenni Lind und andere sich irgendwann von der Bühne und aus der Öffentlichkeit zurückgezogen hatten.

Nach einigen Tagen verlor die Presse das Interesse an Aimee und wendete sich anderen Themen und Skandalen zu. Zumal sich Georgina Astor offenbar einen längeren Urlaub gönnte. Sie hatte noch einen boshaften Artikel über die Premiere geschrieben, seitdem war nichts mehr von ihr erschienen. Sarah hätte sich gefreut zu hören, dass Georgina das Fach gewechselt und inzwischen einem anderen Beruf nachging, doch Madame Lombardi erzählte ihr, dass es einen Trauerfall in ihrer Familie gegeben habe und sie deshalb für eine Weile in der Versenkung verschwunden sei.

20. KAPITEL

Eines Abends Ende Oktober klopfte die Kostümassistentin nach der Aufführung an Sarahs Garderobentür und trat ein.

Sarah hatte ihr Kostüm ausgezogen. Nur in Unterwäsche und mit einem Umhang bekleidet, saß sie vor dem Spiegel und schminkte sich ab.

»Draußen steht ein Herr, der Sie sprechen möchte«, sagte die junge Frau.

Es musste ein sehr gut aussehender Herr sein, im Spiegel konnte Sarah sehen, wie ihre Assistentin begeistert die Augen rollte.

Ungeduldig wischte sie sich die Reste der Bühnenschminke aus dem Gesicht. »Ich empfange keine Herren in meiner Garderobe. Das sollte inzwischen bekannt sein.«

»Aber er sagt, er kennt Sie.«

Sarah wandte sich um. »Der Trick ist uralt. Nun gut, wie heißt er denn?«

»John Brandon.«

Der Schwamm fiel ihr aus der Hand.

Das Lächeln der jungen Frau erschien ihr ein wenig triumphierend. »Was soll ich ihm sagen?«

»Sagen Sie ihm, ich brauche noch einen Moment.«

Schnell wusch sie sich das Gesicht ab und schlüpfte in Rock und Bluse. Dann atmete sie tief auf.

Brandon. Halb hatte sie gehofft, er würde sich nicht auf ihren Brief melden. Sollte sie ihn in ihre Garderobe bitten, oder wäre es besser, mit ihm in ein Restaurant oder eine Bar zu gehen? Sie wusste es wirklich nicht. In einer Bar wären sie in der Öffentlichkeit, und wahrscheinlich lauerte schon wieder einer der Klatschreporter am Ausgang.

Vielleicht war es besser, sie hörte sich zunächst unter vier Augen an, was er zu sagen hatte.

Sie öffnete die Tür.

Er stand ein paar Schritte entfernt, an die Wand des Gangs gelehnt. Seine Erscheinung war überwältigend. Kein Wunder, dass das Mädel die Augen gerollt hatte. Er musste in der Aufführung gewesen sein, denn er trug einen Smoking, der ihm vorzüglich stand. Sein Haar war kurzgeschnitten und aus dem Gesicht gekämmt, und natürlich war er rasiert. Niemand würde ihn für einen Seemann halten, er sah aus wie einem Modejournal für Herren entsprungen.

»Hallo Mrs. Tanner, oder muss ich Madame Rossi sagen?« Eine Verbeugung andeutend, trat er auf sie zu. Wieder einmal fiel ihr die lässige Eleganz seiner Bewegungen auf, die so ungewöhnlich für einen Mann seiner Größe war.

»Überrascht?«, fragte er leise, als sie ihn weiterhin nur stumm anstarrte.

Sie räusperte sich. »Allerdings. Wie bist du hier hereingekommen?«

Aus der Tür der Garderobe neben Sarahs lugten zwei Chormädchen, zogen sich allerdings schnell wieder zurück, als Sarah ihnen einen scharfen Blick zuwarf. Kurz darauf klangen Kichern und aufgeregtes Getuschel hinter der geschlossenen Tür.

»Eure Platzanweiser sind bestechlich. Und dann hat mir diese junge Frau weitergeholfen.«

Sie würde ein ernstes Wort mit ihrer Assistentin reden müssen.

»Komm rein. Ich bin gleich fertig.« Sie lehnte die Tür nur an. »Warum kommst du hierher?«

»Ich freue mich auch, dich zu sehen. Wie geht es dir?« Der Spott in seiner Stimme war nicht zu überhören.

»Seit wann legst *du* Wert auf Konversation?«

»Ich fürchte, ich werde mich daran gewöhnen müssen. Aber um deine Frage zu beantworten: Hattest du mir nicht geschrieben, ich solle kommen?«

»Ich hatte dir geschrieben, Anne möchte dich kennenlernen«, berichtigte sie ihn. »Aber ich meinte eigentlich: Warum kommst du hierher ins Theater?«

Er betrachtete skeptisch einen der zierlichen Stühle und ließ sich dann vorsichtig darauf nieder. »Ich dachte, es ist dir vielleicht lieber, wenn ich dich vorher warne und nicht einfach vor deiner Haustür stehe.«

Im ersten Moment wusste sie nichts zu sagen. Rücksichtnahme und Zartgefühl waren nie seine Stärke gewesen, und gerade ihr gegenüber hatte er es auf der Victory an Hohn und Spott nicht mangeln lassen.

»Das ist … sehr nett von dir.«

Sein Lächeln und seine hellen grauen Augen weckten Erinnerungen an den Jungen, in den sie sich vor zwanzig Jahren so heftig verliebt hatte. Doch sie mahnte sich selbst zur Vorsicht. Ihm war nicht zu trauen.

John schien ihre Gedanken zu lesen. »Du brauchst mich nicht so misstrauisch anschauen. Ich will keinen Vorteil aus der Situation ziehen.«

Auf dem Gang ertönten Schritte und Geflüster. Ein paar Mädchen aus dem Chor gingen an ihrer Tür vorbei, gefolgt von Aimee Pascal. Sie warf einen neugierigen Blick in Sarahs Garderobe. Ihre Augen weiteten sich, sie starrte Brandon mit unverhohlener Bewunderung an. »Gute Nacht, Madame Rossi«, flötete sie.

»Gute Nacht«, erwiderte Sarah.

Aimee legt den Kopf schief und lächelte erwartungsvoll, doch Brandon beachtete sie nicht.

Schließlich trippelte sie davon.

Sarah stand auf und griff nach ihrem Mantel. »Ich denke,

es ist besser, wenn wir woanders reden. Wir könnten ins St. Francis Café gehen.«

Er nickte, erhob sich und bot ihr den Arm. Verstohlene Blicke aus den verschiedenen Garderoben folgten ihnen, während sie ihn zum Seitenausgang lotste. »Wenn wir Glück haben, stehen die Reporter noch am Hauptportal und notieren, wer welche Kleider trägt.«

»Das machen die? Wen interessiert so was?«

»Anscheinend sehr viele. Jedes Mal, wenn über die Oper berichtet wird, gibt es eine extra Spalte dafür.« Sie ahmte den Tonfall des San *Francisco Calls* nach: »Mrs. Eugene Freeman erschien in weinrotem Taft und trug ein passendes Collier aus Rubinen. Mrs. Leon Roos glänzte in einem Kleid aus dunkelblauer Seide mit kostbaren champagnerfarbenen Spitzen.«

Er schüttelte den Kopf. »Ich fasse es nicht. Und in Telegraph Hill wohnen Menschen, die nicht wissen, wie sie die nächste Mahlzeit bezahlen sollen.«

Vor dem Seitenausgang war es still, anscheinend belagerte die Presse noch das Hauptportal, doch als Sarah und Brandon Arm in Arm aus der Tür traten, flammte ein Blitzlicht auf.

»Da vorn ist eine Droschke. Schnell.« Eilig stieg Sarah ein, Brandon folgte ihr, bevor der Fotograf dazu kam, noch einmal Blitzpulver vorzubereiten.

»Wohin soll es gehen?«, fragte der Kutscher.

»Zum St. Francis Café.«

Angespannt spähte Sarah aus dem Fenster. Folgte ihnen jemand? Von welcher Zeitung kam wohl der Fotograf, der sie eben abgelichtet hatte? Sie hatte keine Lust auf eine weitere angedichtete Affäre. Aber vielleicht war das Bild ja nichts geworden.

Nach einigen Minuten hielt die Droschke vor dem St. Francis Hotel.

Brandon wollte aussteigen, aber Sarah legte ihm die Hand auf den Arm. »Warte einen Moment.« Doch auch nach zwei Minuten tauchte keine weitere Droschke auf. Offensichtlich war ihnen niemand gefolgt.

Im Café bestellte Brandon ein Bier, Sarah ein Glas Champagner.

»Warst du tatsächlich in der Aufführung?« Sie konnte es kaum glauben. Eine Beschäftigung für die verwöhnte Gattin eines reichen Mannes hatte er ihren Beruf einmal genannt. Zur Unterhaltung von anderen reichen Leuten.

Er nickte.

»Und wie hat es dir gefallen?«

»Naja. Die Musik recht gut. Die Geschichte ist natürlich völlig absurd. Und dass deutsch gesungen wird, ist schlecht, man versteht ja kein Wort. Aber du warst sehr überzeugend als rachsüchtige Furie, die sogar bereit ist, ihre Tochter an den zu verschachern, der ihre Rache vollzieht.« Bei seinen letzten Worten blitzte wieder der altbekannte Spott aus seinen Augen.

Sie ging nicht darauf ein. »Gehst du öfter ins Theater? Ich hätte nie gedacht, dass ich dich mal im Smoking sehe.«

Mit einem Schulterzucken strich er sich über einen Ärmel. »Ich brauche ihn ohnehin bald, da dachte ich, ich lasse mir einen schneidern.«

»Einen Black Tie? Hattest du so viel Erfolg bei der Robbenjagd?«

»Im Gegenteil, die letzte Fahrt war ein Reinfall. Es lohnt sich nicht mehr.«

»Keine Lust zum Wildern gehabt?«

Als einzige Reaktion auf ihre Spitze hob er eine Braue.

»Und was machst du jetzt?«

»Ich arbeite seit einigen Monaten in einer Reederei in Seattle, bei der ich demnächst Teilhaber werde.«

»Oh. Das nenne ich einen Aufstieg. Und dazu brauchst du einen Abendanzug?«

Sein Blick war unergründlich. »Ich werde nächsten Monat heiraten.«

Sie verschluckte sich an ihrem Champagner. Wortlos reichte Brandon ihr seine Serviette.

»Wie bitte?«, fragte sie, als der Hustenanfall vorbei war.

»Du hast mich richtig verstanden. Ich werde heiraten.«

»Musst du? Ich meine, ist sie …« Sie schlug die Hand vor den Mund, ihre Wangen brannten vor Verlegenheit. Wie taktlos von ihr.

Er betrachtete sie sichtlich erheitert. »Nein, sie ist nicht schwanger.«

Ihr Gesicht wurde noch eine Spur heißer. Wahrscheinlich sah sie jetzt aus wie eine Tomate.

Sie erinnerte sich daran, was er einmal zu ihr gesagt hatte. Wenn die Robbenjagd sich nicht mehr lohnen würde, würde er sich eine reiche Witwe suchen.

»Wer ist sie?«

»Die Tochter des Reeders.«

»Ah. Du wirst also Teilhaber und Schwiegersohn.« Sie sah ihn nachdenklich an. »Liebst du sie?«

»Nicht mehr und nicht weniger als andere Frauen. Sie ist eine hübsche, umgängliche Person.«

»Du heiratest sie wegen ihres Geldes und weil du Teilhaber wirst. Und was bekommt sie?«

Er lächelte. »Sie bekommt einen Ehemann und ihr Vater ein Schiff und jemanden, der ihm beim Geschäft hilft. Er hat keine weiteren Kinder.«

»Und was sagt deine zukünftige Frau dazu?«

»Ich glaube, sie ist ganz zufrieden.«

»Ist sie das?« Eine junge Frau, die aus geschäftlichen Gründen an einen älteren Mann verheiratet wurde? Doch dann dachte Sarah daran, wie die Chormädels und ihre Assistentin auf ihn reagiert hatten, und ihr wurde klar, was passiert war. »Sie wird nicht gezwungen. Sie hat sich in dich verliebt.«

»Richtig. Und ihrem Vater kam das ganz gelegen.«

Die junge Frau tat ihr leid. Wahrscheinlich ging sie voller Illusionen und romantischen Träumen in diese Ehe und hatte keine Vorstellung, was für einen Mann sie da heiratete.

Er beugte sich vor. »Da wir gerade von Liebe sprechen: Was macht eigentlich dieser dickköpfige Schwede, Svensson. Ist er noch hier?«

»Nein. Er wollte seine Familie besuchen und hat auf einem Schiff nach Europa angeheuert.«

»Mach dir nichts daraus. Männer wie er werden nicht sesshaft. Das heißt nicht, dass du ihm nichts bedeutest. Wahrscheinlich kommt er wieder.«

Überrascht suchte sie in seinem Gesicht nach Anzeichen von Hohn oder Schadenfreude. Sie fand nichts dergleichen.

»Danke.« Ihr Erstaunen musste sich in ihrer Stimme gespiegelt haben.

»Sarah, ich wünsche dir nichts Böses. Nicht mehr. Ich bin hier, weil du mich darum gebeten hast, und weil ich gerne deine Tochter kennenlernen möchte, die ja auch meine ist. Danach werde ich aus deinem Leben verschwinden.«

Wie schon einmal. Doch bevor er ging, wollte sie etwas wissen.

»John.« Immer noch fand sie den Namen ungewohnt. Joe hatte sie ihn vor zwanzig Jahren genannt, und an Bord der Victory hatte sie in ihren Gedanken meistens seinen angenommenen Nachnamen, Brandon, verwendet. »Sag mir eines: Hast du mich jemals geliebt? Oder warst du nur hinter meinem Geld her?«

Sie sah ihn nicht an. Wenn er jetzt eine seiner typischen zynischen Bemerkungen machte, wollte sie zumindest sein Gesicht dabei nicht sehen.

Er beugte sich vor und griff nach ihrer Hand. Seine Finger umschlossen ihre, sie waren kühl, ganz anders als Peers, dessen Hände immer warm gewesen waren.

»Der Moment der Wahrheit?«, sagte er mit mildem Spott. »Nun denn. Ja, in gewisser Weise habe ich dich geliebt.«

Er strich mit einem Finger über die Innenseite ihres Handgelenks und eine Hitzewelle jagte ihren Arm nach oben und hinunter in ihr Herz.

»Nicht von Anfang an«, fuhr er fort. »Zuerst war ich nur neugierig. Ich hatte noch nie jemanden wie dich kennengelernt, du erschienst mir wie ein Geschöpf aus einer anderen Welt. Eine Welt, in der es drei Mal täglich etwas zu essen gab, wo man nicht zwölf bis sechzehn Stunden am Tag schuften musste. Eine Welt, in der Frauen nach Parfum dufteten und die Häuser nicht nach Kohl und Pisse stanken.«

Seine Worte versetzten sie in die Vergangenheit. Einst hatte er sie zu seiner Schwester mitgenommen. In ein Mietshaus in Telegraph Hill. Im Hausflur hatte es genauso gerochen.

»Ich wünschte nichts mehr, als ein Teil dieser Welt zu sein«, fuhr er fort. »Allerdings war mir immer klar, dass deine Familie einer Verbindung zwischen uns niemals zustimmen würde. Eine kurze Zeit habe ich tatsächlich geglaubt, ich könnte es schaffen. Es könnte mir sogar gelingen, deine Eltern zu überzeugen, wenn ich Maschinenbau studiere. Aber sie hatten ja schon längst andere Pläne. Sie hätten dich enterbt.«

»Und ohne mein Geld wolltest du mich nicht. Das nennst du Liebe?«

»Ganz so war es nicht. Erinnere dich, ich habe dich gefragt, ob du in der Wäscherei meines Schwagers oder in der Tomatenfabrik arbeiten willst. Du hast Nein gesagt.«

»Du hast mich manipuliert. Du hast mir die schlimmste Seite deiner Welt gezeigt, damit ich das tue.«

»Die schlimmste Seite? Immerhin hatte meine Schwester ein Dach über dem Kopf und ihr Mann ein Einkommen.«

Sie erinnerte sich: An die winzige Wohnung, zwei Zimmer für vier Personen, und das dritte Kind war unterwegs gewesen. Sie erinnerte sich an die Hände seiner Schwester, vernarbt von den Messern in der Tomatenfabrik, an einem Finger hatte ein Glied gefehlt. Sie erinnerte sich an ihr Gesicht, erschöpft und eingefallen, sie hatte um Jahre älter gewirkt.

Er hatte recht, sie hatte Nein gesagt.

»Wahr ist, ich wollte in deine Welt, ich wollte dich nicht in meine hineinziehen«, fuhr er fort. »Ich habe es damals gesagt, ich sage es immer noch: Du hättest mich irgendwann dafür gehasst. Obwohl …«, er lächelte, »auf der Victory hast du dich wirklich gut gehalten. Das hätte ich dir gar nicht zugetraut.«

»Glaubst du mir, dass mir das manchmal fehlt? Die körperliche Arbeit. Dieses Gefühl, richtig müde zu sein und gleichzeitig stolz auf das, was man geschafft hat. Mit seinen eigenen Händen.«

»Tatsächlich? Das ist ein Gefühl, das man wohl nur hat, wenn man nicht jeden Tag bis zum Umfallen schuften muss, sondern es freiwillig macht. Schäferspielchen, wie Marie Antoinette sie gespielt hat. ›Wir tun mal so, als wären wir arm‹.«

Sarah seufzte. »Ich kann mich nicht erinnern, dass ich freiwillig auf deinem Schiff angeheuert habe«, versetzte sie. »Jedenfalls hast du es ja nun geschafft. Du heiratest ein reiches Mädchen, du trägst feine Stoffe und wirst ein Haus haben, in dem es gut riecht.«

Er sah ihr in die Augen. »Lieber wäre mir gewesen, ich hätte es damals mit dir geschafft.«

Die Gegenwart versank, sie spürte seinen Zauber wie vor zwanzig Jahren. Er hielt immer noch ihre Hand.

»Oh, wie reizend!«

Sarah zuckte zusammen. Diese Stimme hatte sie lange nicht gehört und auch kein bisschen vermisst. Georgina Astor stand neben ihrem Tisch.

»Habe ich doch richtig gesehen, dass Madame Rossi die Grand Opera durch den Seitenausgang verlassen hat. Sie erlauben?« Sie wartete nicht auf eine Antwort, sondern setzte sich auf den freien Stuhl und zückte Block und Stift. »Wer ist der schöne Unbekannte, Madame?«

Brandon warf einen kurzen Blick in Sarahs Gesicht, dann stand er auf, ergriff die Reporterin am Ellbogen und zog sie aus ihrem Stuhl. »Nein, ich erlaube nicht.«

Ohne auf ihren Protest zu achten, schob er Georgina zum Ausgang, seine Hand so fest um ihren Arm geschlossen, dass ihr nichts anderes übrig blieb, als mit ihm zu gehen.

»Der Dame ist nicht gut, sie möchte gehen«, beschied er einem der Kellner, der alarmiert herbeieilte.

Sarah sah ihnen nach und rieb sich das Handgelenk. Sie erinnerte sich an diesen Griff. Morgen würde Georgina einen blauen Fleck am Arm haben.

Es dauerte nur ein paar Minuten, bis er das Lokal wieder betrat.

»Was hast du mit ihr gemacht?«

»Sie in eine Droschke gesetzt und dem Kutscher gesagt, er solle sie heimfahren. Und ihr habe ich gesagt, sie solle ihre Nase nicht in anderer Leute Angelegenheiten stecken, wenn sie keinen Ärger mit mir haben wolle.«

»Sie ist Reporterin. Es ist ihr Beruf, sich in anderer Leute Angelegenheiten einzumischen. Mit Sicherheit erscheint morgen im ›Examiner‹ ein Artikel: *Die neue Liebe von Emilia Rossi*. Oder so ähnlich.« Sie zuckte die Schultern. »Vielleicht sollte ich Buch führen, mit wem ich angeblich schon etwas hatte. Damit ich den Überblick nicht verliere.«

Offenbar war Brandon weniger amüsiert. Er runzelte die Stirn.

»Könnte ein solches Gerücht zu Problemen mit deiner zukünftigen Frau führen? Ich streite natürlich alles ab.«

»Ich glaube nicht, dass man in Seattle den ›Examiner‹ liest, aber unter den gegebenen Umständen wäre es denkbar ungünstig, wenn bekannt würde, dass ich eine uneheliche Tochter habe.«

Sie nickte langsam. »Dann solltest du zu uns kommen, um Anne zu sehen. Und wir sollten uns nicht mehr öffentlich treffen. Wo kann ich dich erreichen?«

»Ich habe ein Zimmer im Windsor Hotel.« Er winkte dem Kellner und verlangte die Rechnung.

Es war bereits nach Mitternacht, als Sarah ihr Haus betrat. Sie ging durch den Salon auf die Terrasse und blickte in den Himmel. Er war bewölkt, sie konnte den Nordstern nicht sehen.

*

Ein paar Tage später hielt eine Droschke vor ihrer Haustür und Brandon stieg aus.

Den Kragen seines Mantels hochgeschlagen, den Hut tief in die Stirn gezogen, eilte er die Stufen zum Eingang hinauf. Sarah öffnete ihm selbst, sie hatte Emily für diesen Tag freigegeben.

Anne wartete im Salon. Sie war schon den ganzen Morgen nervös gewesen. Jetzt, kurz vor dem Treffen, stellte sie alle Fragen, die Sarah eigentlich zu dem Zeitpunkt erwartet hatte, als sie ihrer Tochter gebeichtet hatte, dass nicht

Arthur Tanner ihr Vater sei, sondern ein einfacher Hafenarbeiter.

Nun ja, wie ein Hafenarbeiter sah er nicht mehr aus, das verriet auch Annes Gesicht, als Sarah Brandon in den Salon geleitete und die beiden einander vorstellte.

Sie betrachteten einander mit unverhohlener Neugier. Jeder schien darauf zu warten, dass der andere zuerst das Wort ergriff.

Schließlich brach Brandon das Schweigen. »Du bist also Anne.«

Anne warf ihm einen herausfordernden Blick zu. »Und wer bist du?«

Sarah unterdrückte ein Kichern, als sie Johns verblüffte Miene sah. Das versprach, ein interessantes Treffen zu werden. Was würde er antworten?

»Jemand, der dich kennenlernen möchte«, sagte er.

Sarah zog sich zurück und schloss leise die Tür hinter sich.

John blieb mehr als zwei Stunden, bis Anne ihn an die Haustür geleitete, wo die beiden sich herzlich umarmten. Sarah folgte ihm die Stufen nach unten zur Straße.

»Ich hoffe, reich zu sein, gefällt dir so, wie du es erwartest«, sagte sie, als sie unten angelangt waren.

»Das wird es. Ich war lange genug arm.« Lächelnd streckte er ihr die Hand hin. »Leb wohl.«

Ihr wurde die Kehle eng. Plötzlich bedauerte sie, dass er aus ihrem und Annes Leben verschwinden würde. Sie griff nach seiner Hand. »Leb wohl, und alles Gute. Vielleicht kannst du irgendwann wieder an die Liebe glauben.«

Er gab keine Antwort.

»Nun?«, fragte Sarah, als sie wieder im Haus war. Anne stand noch in der Eingangshalle. »Was hältst du von ihm?«

»Ich mag ihn«, sagte Anne, und ihre Stimme klang, als wäre sie über sich selbst erstaunt. »Ich wollte ihn eigentlich nicht mögen. Weil er dich hat sitzen lassen, weil er sich nie darum geschert hat, welche Folgen eure Affäre hatte. Aber ich mag ihn. Er hat gesagt, er sei stolz auf mich.« Anne wirkte immer noch verwundert.

»Das sollte er auch sein«, sagte Sarah, hakte sich bei ihr unter und zusammen gingen sie zurück in den Salon.

Der November kam trüb und grau. Ein Jahr war Peer jetzt fort. Die Lücke, die er in Sarahs Alltag hinterlassen hatte, konnte anderweitig gefüllt werden, die in ihrem Herzen nicht.

Immer noch suchte sie in klaren Nächten den Nordstern und schickte einen Gruß auf die andere Seite der Erde. Sie schrieb ihm regelmäßig, doch allmählich ging ihr der Stoff aus. Worüber sollte sie berichten? Das Alltägliche schien ihr zu banal, von der Oper hatte sie ihm bereits geschrieben, und er hatte sich auch über ihren Erfolg gefreut, doch seine Welt war eine andere.

Ihm schien es ähnlich zu gehen. Hatte er am Anfang noch viel über die Navigationsschule berichtet, so wurden seine Briefe nun kürzer.

Uns fehlt das Gespräch, dachte Sarah, als sie eines Morgens seinen letzten Brief zusammenfaltete und zurück in den Umschlag steckte. Sie sah die restliche Post durch, Rechnungen, ein Brief von ihrem Bruder, er lebte inzwischen mit seiner Familie in Boston.

Mechanisch griff sie nach dem letzten Umschlag und öffnete ihn.

Es war kein Brief, nur ein Blatt Papier, auf dem stand:

Ich kenne dein Geheimnis.

Verwirrt drehte Sarah das Blatt in den Händen. Keine

Anrede, keine Unterschrift. Der Satz war mit Schreibmaschine geschrieben.

Sie nahm den Umschlag zur Hand. Er war ebenfalls mit Schreibmaschine geschrieben und an Sarah Tanner adressiert, aufgegeben in San Francisco. Ein Absender stand nicht darauf.

Was sollte das heißen? *Ich kenne dein Geheimnis*. Dass sie Emilia Rossi war? Das dürfte sich seit ihrem Schiffbruch und ihrem monatelangem Verschwinden herumgesprochen haben.

Aus ihrer Liebe zu Peer hatte sie nie ein Geheimnis gemacht.

War vielleicht Brandons Besuch in ihrer Garderobe gemeint? Sie glaubte es nicht. Er war von vielen Leuten gesehen worden, damit konnte man sie nicht erschrecken. Sie hatte keine Geheimnisse.

Bis auf eines.

Angst kroch ihren Rücken hinauf und ließ ihre Kopfhaut prickeln. Sie starrte auf den Umschlag und wieder auf das Blatt. Dann schüttelte sie den Kopf.

Wahrscheinlich sah sie Gespenster. Sicher erlaubte sich da jemand einen Scherz. Es war nicht das erste Mal, dass sie merkwürdige Briefe bekam. Verehrer, die sich nicht abweisen lassen wollten, machten manchmal die merkwürdigsten Dinge.

Sie verstaute den Brief in ihrem Sekretär. Wenn diesem weitere folgten, würde sie zur Polizei gehen. Doch die Tage vergingen, und es kam keine zweite Nachricht dieser Art. Ihre Angst legte sich.

21. KAPITEL

Die Wiederaufnahme der »La Traviata« ging recht unspektakulär über die Bühne. Es gab weder überschwängliche Lobeshymnen noch beißende Kritik.

Die Boulevardpresse interessierte sich zurzeit mehr für den Schriftsteller Jack London, der ein paar Tage nach seiner Scheidung Charmian Kittredge geheiratet hatte. Gerüchten zufolge solle die Hochzeit illegal sein, da er das Trennungsjahr nicht eingehalten habe. Je nach Empfinden des Berichterstatters wurde Jack London als Ehebrecher und Charmian als ruchlose Verführerin dargestellt oder beide als liebendes Paar, deren tiefe Zuneigung alle Hindernisse überwand. Auch Georgina Astor hatte ihre Arbeit inzwischen wieder aufgenommen und ließ es sich nicht nehmen, die Beziehung der beiden ausgiebig zu kommentieren. Aus ihren Artikeln sprach ein solcher Hass, dass man glauben konnte, sie wäre persönlich betroffen.

Sarah bedauerte Jack und Charmian von Herzen und war gleichzeitig erleichtert, dass die Presse sich im Moment nicht für Emilia Rossis angebliche Affären interessierte und John es offensichtlich gelungen war, Georgina davon abzubringen, sie zu verfolgen.

Kurz vor Weihnachten stürmte Alice an der verblüfften Emily vorbei in Sarahs Salon.

»Ich werde Großmutter!« Sie schwenkte einen Briefumschlag über ihrem Kopf. »Maud hat mir aus London geschrieben. Sie bekommt ein Kind.«

»Ach Alice, wie schön!« Sarah umarmte ihre Tante. Zwei Kinder hatte Alice mit Eugene Freeman bekommen. Ihr Sohn lebte in Los Angeles, ihre Tochter Maud hatte vor drei

Jahren geheiratet und war mit ihrem Mann nach London gezogen.

»Das Kind soll Mitte Juni kommen«, sagte Alice später beim Tee. »Ich fahre natürlich hin. Ich wollte Maud schon lange besuchen, es kam nur immer etwas dazwischen.«

Insgeheim bedauerte Sarah den Ehemann ihrer Cousine ein wenig. Sie liebte Alice, doch als Schwiegermutter war ihre resolute Tante nicht ganz einfach.

»Wie lange willst du bleiben?«

»Solange Maud mich braucht. Und anschließend werde ich noch ein bisschen herumreisen. Ich war vor fünfzehn Jahren das letzte Mal in Europa. Hach, Paris wiedersehen und Wien. Endlich habe ich Zeit dafür, und hier vermisst mich niemand.«

»Doch, mir wirst du fehlen.«

»Ach, Herzchen.« Alice tätschelte Sarahs Hand, dann beugte sie sich vor und musterte sie eingehend. »Du siehst sehr abgespannt aus. Gibt es Ärger? Mit deinem Schweden?«

Sarah schüttelte den Kopf. »Nein.«

»Aber du vermisst ihn. Wann wollte er wiederkommen?«

»Irgendwann nächsten Herbst.«

»Das ist noch lange hin …« Sie hielt inne, ihre Augen begannen zu funkeln. »Warum begleitest du mich nicht nach Europa? Du warst noch nie dort und eine Abwechslung würde dir guttun.«

»Ich kann Anne doch nicht schon wieder alleine lassen.«

»Warum nehmen wir sie nicht mit? Sie ist mit der Schule fertig. Ich finde es ohnehin besser, wenn sie ein bisschen was von der Welt sieht, bevor sie sich in ihren Studien vergräbt. Wer weiß, wann sie sonst dazu kommt. Frag sie.«

Sarah lachte. »Maud und ihr Mann werden nicht begeistert sein, wenn sich gleich drei Leute bei ihnen einquartieren.«

»Das wäre kein Problem, sie haben Platz genug. Aber ich dachte auch nicht, dass du in London bleiben sollst«, erwiderte Alice und zwinkerte ihr zu. »Du könntest einen Abstecher nach Schweden machen, solange Anne und ich in London sind.«

»Nach Schweden?« Ihre Gedanken überschlugen sich. Von London kam man sicher schnell nach Göteborg – und von da aus war es ein Katzensprung nach Mollösund.

»Du besuchst deinen Peer, und anschließend machen Anne, du und ich eine lange Europarundreise«, spann Alice den Faden weiter. »Zu dritt macht es viel mehr Freude. Wir könnten nach Mailand fahren und in die Scala gehen. Was meinst du?«

Der Gedanke war verlockend. Eine Reise mit Anne und Alice. Sie würde London sehen und Paris, vielleicht nach Italien reisen und die Heimat ihrer Großeltern kennenlernen.

Und sie könnte Peer treffen. Bei dieser Vorstellung begann ihr Herz heftig zu klopfen.

Natürlich musste sie dann eine Saison an der Oper aussetzen, aber das sollte möglich sein.

Andere Mitglieder des Ensembles hatten auch schon ausgesetzt. Sei es, weil sie eine Konzertreise gemacht hatten oder wegen eines Gastengagements an einem anderen Theater.

»Wann willst du denn fahren?«, wandte sie sich an Alice.

»In der letzten Aprilwoche, damit ich spätestens Mitte Mai da bin.«

Sarah sank der Mut. »Da kann ich noch nicht weg.«

»Warum nicht? Ich dachte, du hast im April keine Engagements mehr.«

»Nicht direkt, aber das Ensemble der MET kommt, und Ende April und Anfang Mai soll es einige Aufführungen geben, an denen Sänger der Grand Opera teilnehmen. Ich soll dabei sein. Stell dir vor, ich stehe vielleicht mit Caruso auf der Bühne.«

»Vielleicht! Vielleicht auch nicht.« Alice legte den Kopf schief und kniff die Augen zusammen.

»Soll ich dir was sagen? Du opferst zu viel für die Oper. Ich glaube nicht, dass es deiner Reputation schadet, wenn du ein paar Monate aussetzt. Im Gegenteil. Dir täte etwas Abstand zu dem ganzen Rummel gut.«

Sarah nagte an ihrer Unterlippe. »Ich denke darüber nach.«

Und wie sie nachdachte. Die halbe Nacht lag sie wach und wälzte sich von einer Seite auf die andere. Starrte die Wand an, die Decke und wieder die Wand.

Sie musste sich die Frage stellen, was ihr wichtiger war. Ein Auftritt mit Enrico Caruso, dem größten Opernsänger der Welt, eine Gelegenheit, die sich ihr wohl kein zweites Mal bieten würde – oder den Mann, den sie liebte, einige Monate früher als geplant wiederzusehen.

Nicht nur das, korrigierte sie sich. Sie würde Gelegenheit haben, seine Heimat kennenzulernen, zu sehen, wie er lebte, seine Familie zu treffen. Sie erinnerte sich an den sehnsuchtsvollen Ausdruck in seinen Augen, als er ihr die Schären geschildert und gesagt hatte, er wolle mit ihr dort segeln.

Wenn er im Mai schon sein Steuermannspatent in den Händen hielt, konnte sie ihn vielleicht überreden, mit ihr zusammen auf einem Passagierschiff zurückzufahren. Dann konnte er die gefährliche Reise um Kap Hoorn vermeiden. Je länger sie nachdachte, desto besser gefiel ihr die Idee.

Gegen fünf Uhr morgens stand sie auf und ging auf die Terrasse.

Es war ungewöhnlich kalt, fröstelnd rieb sie ihre Arme. Der Himmel war klar, der Nordstern leuchtete hell.

Am nächsten Abend sprach sie nach der Aufführung mit Dave. Ihm traute sie noch am ehesten zu, ihr einen unvoreingenommenen Rat zu geben.

Sie hatte ihn zum Essen ins »Huber's Orchestra« eingeladen und erzählte ihm von Alices Plänen.

»Ich weiß nicht, was ich tun soll«, klagte sie am Ende ihrer Schilderung.

Dave kratzte sich am Kinn. »Sehe ich das richtig, dir geht es nur um den Auftritt mit Caruso? Die Sommersaison würdest du ausfallen lassen?«

Sarah nickte.

»Was versprichst du dir von dem Auftritt? Dass etwas von Carusos Ruhm auf dich abfärbt?«

Sie dachte nach. War es das? Wollte sie noch mehr Ruhm?

»Nein, das ist es nicht. Es ist die Ehre, mit ihm singen zu dürfen.«

»Also nicht Ruhm, sondern eine halbe Stunde Ehre.« Er griff über den Tisch nach ihrer Hand.

»Ich kann dir nur sagen, was ich an deiner Stelle täte. Wenn am anderen Ende der Welt jemand auf mich wartete, den ich so liebte wie du deinen Peer, wäre mir eine halbe Stunde Ehre gleichgültig. Ihr hattet so wenig Zeit miteinander. Und keiner weiß, wie viel Zeit euch in Zukunft bleibt. Wenn ich die Wahl hätte, ich würde die Liebe wählen und nicht Ruhm und Ehre.«

Tiefe Trauer sprach aus seiner Stimme. Bei seinem Freund José, dem Tänzer, war vor einiger Zeit Lungentuberkulose festgestellt worden. Dave hatte die besten Ärzte konsultiert, doch sie machten ihm keine Hoffnung. Die Krankheit war unheilbar.

»Geht es José schlechter?«

»Der Arzt sagt, ihm bleiben nur noch ein paar Monate. Ich werde die Sommersaison ebenfalls nicht hier sein, ich fahre mit ihm zum Lake Tahoe.«

»Und ich gehe nach Schweden. Du hast recht, Zeit ist kostbar.«

Einige Tage später sprach sie mit Anne über eine mögliche Europareise. Wie Alice vorausgesagt hatte, redete Anne ihr zu und erklärte sich bereit mitzufahren, vorausgesetzt, sie wären zum Semesterbeginn im Oktober wieder zu Hause.

Alice war begeistert und stürzte sich sofort in die Planung.

»Wir fahren mit der Central Pacific bis New York, und ich buche uns eine Passage nach Southampton. Wir besuchen Maud, und du schaust nach einem Schiff nach Göteborg.«

Sie strahlte Sarah an. »Was hältst du davon, wenn wir am vierundzwanzigsten April fahren? Dann kannst du sogar noch deinen Caruso singen hören. Die Premiere ist doch am siebzehnten, oder?«

Noch am gleichen Tag suchte Sarah Horatio Stoll auf und teilte ihm ihren Entschluss mit. Er reagierte entsetzt. »Weißt du, auf was du da verzichtest? Dein Name neben Carusos auf den Plakaten. Du mit ihm auf der Bühne. Du bist verrückt, wenn du das nicht machst.« Er stand auf und ging in seinem Büro auf und ab. »Und außerdem hatte ich dich für die Cho-Cho-San in ›Madame Butterfly‹ vorgesehen.«

Sarah starrte ihn ungläubig an. »Du willst allen Ernstes ›Madame Butterfly‹ aufführen? Puccini ist bei der Uraufführung ausgelacht worden!«

Die Premiere in der Scala vor zwei Jahren war ein Desaster gewesen. Aus dem Publikum waren hämische Zwischenrufe zu einzelnen Szenen gekommen, man hatte die Sänger ausgelacht. Die Presse hatte das Stück zerrissen. Das war nun nicht die Art von Ruhm, die sie sich vorstellte.

»Puccini hat die Oper gekürzt und umgeschrieben. Bei der Aufführung in Brescia waren die Leute begeistert, und inzwischen ist sie sehr beliebt.«

»Dann gib doch Rosalia die Hauptrolle.«

Stoll unterbrach seine Wanderung durch sein Büro und warf ihr einen langen Blick zu. »Liebste Emilia, ich schätze Madame Lombardi sehr, aber sie ist so groß wie ein Mann und ...« Er räusperte sich. »Sie wiegt ebenso viel wie David Cameron. Sie wird großartig als ›Walküre‹ sein, doch für eine Geisha ist sie keine gute Besetzung.«

»Was ist mit Aimee? Sie ist sehr jung, aber das passt zu der Rolle.«

»Du bist sehr großherzig, aber das kommt nicht infrage. Aimee ist nicht gut genug. Sie kann Pinkertons Gattin spielen.«

Neben ihr in der Hauptrolle. Was für eine Demütigung für die junge Sängerin mit den großen Plänen.

»Es tut mir leid, Horatio. Ich werde erst zur Wintersaison wieder hier sein.« Sie erhob sich und beendete damit das Gespräch. Stoll begleitete sie hinaus. Sein geistesabwesender Gesichtsausdruck ließ darauf schließen, dass er in Gedanken bereits nach einem Ersatz für sie suchte.

Sollte er doch. Auf dem Weg nach Hause ergriff sie eine merkwürdige Leichtigkeit. Sie hatte den richtigen Entschluss getroffen. Sie würde Peer wiedersehen. Gleich morgen würde sie ihm schreiben. Lächelnd stellte sie sich sein Gesicht vor, wenn er die Zeilen las, in denen sie ihren Besuch ankündigte. Zu schade, dass sie es nicht sehen würde.

Es sei denn ...

Nein, der Gedanke war zu verwegen. Einfach in seinem Dorf aufzutauchen und ihn zu überraschen. Andererseits, warum nicht? Je länger sie darüber nachdachte, desto besser gefiel ihr die Idee.

22. KAPITEL

Als Peer in der Woche vor Weihnachten das Postschiff nach Hause nahm, war er überrascht, wie schnell die letzten Monate verflogen waren.

Zum Schulbeginn im August war er nach Göteborg zu Anders und seiner Familie gezogen.

Die Schule war eine Überraschung für ihn gewesen. Der Unterricht war nicht einfach, doch er stellte fest, dass es ihm Spaß machte, sich in die Aufgaben zu vertiefen. Es war eine neue Welt. Noch nie hatte er gelernt, ohne sofort einen praktischen Nutzen davon zu haben, und es gefiel ihm. Was Navigation und Geographie anging, so lernte er nicht viel Neues, doch er konnte stundenlang über Kursberechnungen sitzen. Begeistert vertiefte er sich in Fächer wie Physik oder Mathematik. Er fand wissenschaftliche Erklärungen für Dinge, die er instinktiv immer gewusst hatte, aber bisher nicht begründen konnte. Schiffsbaukunde faszinierte ihn. Wie auf den Dörfern üblich, hatte er die Volksschule besucht, bis er vierzehn Jahre alt war. Das Lernen war ihm leicht gefallen. Er erinnerte sich an einen Streit zwischen seinem Vater und seiner Großmutter, den er zufällig mitgehört hatte. Linnea hatte die Ansicht vertreten, er solle länger zur Schule gehen, aber sein Vater war strikt dagegen gewesen. Zu Peers großer Erleichterung hatte sein Vater sich durchgesetzt. Noch ein paar Jahre die Schulbank zu drücken, war das Letzte gewesen, was Peer damals gereizt hatte. Der Schulunterricht mit den vielen

Übungen und Wiederholungen hatte ihn gelangweilt. Lieber hatte er mit den Männern hinausfahren wollen. Hinaus auf den Atlantik und hoch ins Eismeer.

Zu seiner eigenen Überraschung freute er sich auf Weihnachten und auf seine Familie.

Es war viele Jahre her, dass er die Feiertage zu Hause verbracht hatte.

Lars hatte angefangen, Schiffsmodelle zu bauen und zeigte sich sehr geschickt darin. Peer hatte Balsa- und Kiefernholz gekauft, gemeinsam wollten sie versuchen, ein Modell der Victory nachzubauen, die Peer immer noch für eines der schönsten Schiffe hielt, die er je gesehen hatte.

Für seine Mutter hatte er Orangen von einem Frachter aus Spanien besorgt. Es ging ihr nicht gut in diesem Winter. Über Rheuma und Schmerzen in der Hüfte klagte sie schon länger, und in den letzten Monaten war sie häufig müde und fröstelte ständig. Vielleicht würde frisches Obst helfen. Über ein Geschenk für Livia hatte er sich am längsten den Kopf zerbrochen. Das, was sie sich am meisten wünschte, konnte er ihr nicht geben, doch er wollte ihr eine besondere Freude machen. Über das Seidentuch aus New York hatte sie sich gefreut, trotzdem trug sie es nur selten, es war zu fein für den Alltag. Pragmatisch, wie sie war, würde sie sich eher über etwas Nützliches freuen. Sie nähte gerne, den Gedanken an eine der neumodischen Nähmaschinen hatte er jedoch schnell wieder verworfen, sie waren unerschwinglich. Aber dann hatte Anders ein günstiges Modell aus einer Haushaltsauflösung erstehen können. Peer war gespannt auf Livias Gesicht, wenn sie die Maschine sehen würde.

Am Weihnachtstag gingen sie gegen Mittag zu Marit. Ihr Haus war das größte, und sie hatte die gesamte Familie eingeladen. Livia und Elsa hatten die Tage vorher geholfen, alles für das üppige Julbord, das Weihnachtsessen, vorzubereiten. Natürlich würde es auch Lutfisk geben, aus getrocknetem, wieder eingeweichtem Leng. Und wie jedes Jahr würden alle sagen, dass der Fisch dieses Jahr ganz besonders gut schmeckte, besser als in den letzten Jahren.

Fast überall in Skandinavien aß man am Julfest Lutfisk, und Mollösund war einer der Hauptlieferanten. Deshalb waren alle stolz, wenn der Fisch gut war.

In Marits guter Stube herrschte gemütliche Enge. Außer Peers Familie war Nils mit seiner Frau Britta und ihren Kindern gekommen, ebenso eine Schwester von Marits Mann Carl. Senta. Sie trug Schwarz.

»Ihr Mann war auf demselben Schiff wie Vater«, flüsterte Marit Peer zu. »Ihre Tochter ist ein Jahr jünger als Lars.«

Der Tisch bog sich unter dem Essen. Weihnachtsschinken, eingelegter Hering, Wurst, Kartoffeln und natürlich Lutfisk. Dazu ein sahnig weißer Reisauflauf, der Nachtisch.

»Du lieber Himmel, Marit, wie viele Tage sollen wir hierbleiben? Das reicht für eine Woche«, sagte Nils lachend.

»Das kommt schon weg. Ihr Kinder setzt euch da unten hin, ans Tischende. Ihr anderen sucht euch einen Platz.«

Eine Zeitlang hörte man nur Stühle rücken, bis endlich alle saßen. Carl schenkte Glühwein für die Erwachsenen aus, Marits älteste Tochter Josefina verteilte Kräuterlimonade an die Kinder.

»God Jul!« Carl hob seinen Becher. »Greift zu.«

»Ich brauche eine Pause, sonst platze ich«, erklärte Peer, bevor der Nachtisch gereicht wurde. »Ich mache einen Spaziergang.«

»Ich komme mit.« Livia sprang auf und griff nach ihrem Mantel.

»Ist es nicht schön, Weihnachten zu Hause zu sein?«, fragte sie, während sie in Richtung Galgeberget schlenderten. Es schneite leicht, aber der Schnee blieb nicht liegen. Noch nicht. In den nächsten Tagen würde mehr Schnee kommen, Peer glaubte, ihn in der Luft riechen zu können. Er schob die Hände in die Taschen seiner Jacke.

»Ich habe beinahe vergessen, wie schön es ist. Ich war bestimmt über zehn Jahre nicht hier an Weihnachten.«

»Und nächstes Jahr wirst du auch nicht hier sein, nicht wahr?« Der Vorwurf in ihrer Stimme war nicht zu überhören.

Peer verlangsamte seinen Schritt. »Wahrscheinlich bin ich nächstes Jahr über Weihnachten auf See.«

»Oder bei ihr. Du denkst immer noch an sie.«

Er schwieg. Was sollte er dazu sagen? Livia hatte recht, es verging kein Tag, an dem er nicht an Sarah dachte. Ob er allerdings nächste Weihnachten bei ihr sein würde, hing davon ab, wie sie es aufnahm, wenn er ihr die Wahrheit sagte.

»Warum sagst du nichts?«

»Was soll ich denn sagen? Möchtest du, dass ich es abstreite? Dich anlüge? Ja, ich denke noch an sie.«

»Du könntest mir sagen, was sie hat und ich nicht. Warum du mich vergessen konntest, während du dich die ganze Zeit nach ihr sehnst. Glaubst du, ich merke nicht, wie oft du nachts aufstehst und dich hinausschleichst?«

Das hatte er tatsächlich geglaubt. Jetzt fragte er sich, wie oft sie nachts wach lag und grübelte.

»Was ist es? Ist sie jünger als ich, hübscher als ich?« Inzwischen war ihre Stimme schwer von Tränen.

»Nein, sie ist nicht jünger. Und viele würden sagen, dass sie nicht hübscher ist als du.«

»Aber warum kannst du mich dann nicht lieben?«

Weil er das, was er für Sarah empfand, noch nie zuvor gefühlt hatte. Weil sich ihre Seelen berührten, wenn sie einander liebten, nicht nur ihre Körper. Weil er ihr sein Herz geschenkt hatte.

»Weil ich ein Narr bin, Livia, ein Narr, der nichts gegen sein Herz tun kann. Du hast einen Besseren verdient als mich. Ich mache dich nur unglücklich.«

Sie widersprach ihm nicht. Ihre Schultern zuckten, während sie stumm neben ihm ging.

Peer legte den Arm um sie. »Ich habe es dir vor unserer Hochzeit gesagt.«

»Ja, aber da dachte ich, wenn du erst länger hier bist …«

»… würde ich sie vergessen?« Er blieb stehen. »Jetzt, wo du weißt, dass es nicht so ist, bereust du es vielleicht, dass du keinen anderen genommen hast?« Er drehte sie an den Schultern zu sich. »Hör mir zu, Livia, wenn du einen Mann triffst, den du lieben kannst, dann sag es mir. Wir könnten – wir könnten uns scheiden lassen. Ich würde die Schuld auf mich nehmen.«

Entsetzt sah sie ihn an. »Du denkst an Scheidung?«

»Nein, nur wenn du es willst. Du bist erst dreißig, es ist noch nicht zu spät für eine neue Liebe.«

Sie schüttelte den Kopf. »Ich bin genauso ein Narr wie du. Ich kann auch nichts gegen mein Herz tun.«

»Dann müssen wir damit leben, so gut es eben geht. Wollen wir zurückgehen?«

Nach dem Essen wurden die Geschenke ausgepackt.

Lars freute sich über das Holz und noch mehr, als Peer ihm versprach, ihm beim Modellbau zu helfen.

Mit einem schüchternen Lächeln überreichte Livia Peer sein Geschenk. »Ich hoffe, er passt.«

Sie hatte ihm einen Pullover aus dicker, überraschend weicher Wolle gestrickt. »Sie ist mit Lanolin behandelt, deshalb kratzt sie nicht so arg.«

»Er ist wunderbar.«

Er stand auf und holte die Kiste mit der Maschine aus dem Nebenzimmer. »Der Tisch dazu steht zu Hause. Ich wollte nicht alles hierhertragen.«

Livia öffnete die Kiste und stieß heftig die Luft aus. »Eine Nähmaschine?!«

»Was?« Britta und Senta drängten sich an den Tisch und starrten in die Kiste.

»Du bist verrückt, Peer!«, sagte Livia, doch ihre Augen strahlten mit den Kerzen am Weihnachtsbaum um die Wette. »Die war bestimmt sehr teuer.«

»Ich habe sie ein bisschen günstiger bekommen. Ich dachte, wenn du vielleicht Auftragsarbeiten annehmen magst, musst du nicht mehr so oft in der Salzerei arbeiten.«

»Ach!« Sie blickte auf ihre Hände, die vom Ausnehmen und Einsalzen der Heringe rot und rissig waren. Er wusste aus eigener Erfahrung, wie sehr das Salz in den kleinen Hautrissen brannte, die beim Arbeiten immer entstanden. Vor allem in den kalten Monaten. Und er hatte oft gesehen, wie sie nach der Arbeit die Hände mit Wasser aus dem Brunnen kühlte.

»Das ist eine gute Idee«, sagte sie nur, aber das Beben in ihrer Stimme verriet ihre Rührung.

In der Woche nach Neujahr wurde es klirrend kalt. Peer hatte eigentlich bis zum 13. Januar, dem St.-Knuts-Tag, bleiben wollen, doch nun beschloss er, das nächste Postschiff nach Göteborg zu nehmen, bevor der Sund zufror und keine Schiffe mehr fuhren.

In der letzten Nacht vor seiner Abreise schlüpfte Livia zu

ihm unter die Decke und schmiegte sich an ihn. Sie sprach kein Wort, sondern streichelte ihn zaghaft. Er brachte es nicht übers Herz, sie abzuweisen. Als er in sie eindrang, bog sie sich ihm entgegen, zog seinen Kopf zu sich und küsste ihn wild. Er schmeckte Tränen in ihrem Kuss.

Am nächsten Tag begleitete sie ihn zur Anlegestelle des Postschiffes.

Er küsste sie auf die Wange. »Ich komme wieder, sobald das Eis geschmolzen ist.«

23. KAPITEL

Nach Weihnachten bekam Sarah erneut einen anonymen Brief. Wieder war er in San Francisco aufgegeben und wieder mit Schreibmaschine geschrieben.

Ich kenne dein Geheimnis. Ob ich es bewahre, liegt an dir.

Nichts weiter. Immer noch kein Hinweis, welches Geheimnis gemeint war. Keine Forderung, nur diese Drohung. Einen schrecklichen Augenblick lang dachte Sarah, Brandon könnte hinter den Briefen stecken, doch dann verwarf sie die Idee. Er hatte seit über einem Jahr die Gelegenheit gehabt, sie zu erpressen. Warum sollte er jetzt damit anfangen?

Außerdem passte so etwas nicht zu seinem Charakter. Er mochte rücksichtlos und zynisch sein, hinterhältig war er nicht. Er hatte immer zu seinen Taten gestanden.

Aber wenn nicht er, wer dann?

Sie wollte Anne nicht beunruhigen, deshalb erzählte sie ihr nichts von den Briefen. Doch in den nächsten Tagen gingen ihr die Worte auf dem weißen Blatt nicht aus dem Sinn.

Sie beschloss, mit Alice darüber zu sprechen. Vielleicht wusste sie Rat.

»Damit kannst du nicht zur Polizei gehen«, sagte Alice, nachdem Sarah ihr die beiden Briefe gezeigt hatte. »Da steht nichts Konkretes drin. Jemandem zu schreiben, dass man sein Geheimnis kennt, ist noch keine strafbare Handlung.«

Sarah nickte. »Also bleibt mir nichts anderes übrig, als zu warten, ob noch mehr Briefe kommen. Hast du eine Idee, wer es sein könnte?«

»Jemand, der etwas gegen dich hat und dich erschrecken möchte. Jemand aus der Grand Opera?«

»Aimee Pascal hätte einen Grund. Aber sie weiß nichts über mein Privatleben.«

»Warte ab. Vielleicht ist es nur ein schlechter Scherz.«

Doch drei Wochen später lag wieder ein Brief ohne Absender auf ihrem Tisch. Sarah überflog den Inhalt und sprang auf. »Ich muss kurz weg«, rief sie Emily zu und schlüpfte in ihren Mantel. Es waren nur zwei Blocks zu Alices Haus. Zu Fuß ging es schneller, als wenn sie das Auto angekurbelt hätte.

Auf ihr stürmisches Klopfen öffnete Alices Mädchen. »Guten Morgen Ma'am. Mrs. Freeman ist noch nicht salonfähig.«

»Das macht nichts«, gab Sarah knapp zurück. »Melde mich einfach an und sag ihr, es sei dringend.«

Das Mädchen knickste und lief die Treppe hinauf. Kurze Zeit später betrat Alice, in ein exotisch gemustertes Hauskleid gehüllt, den Salon. »Was gibt es denn? Du bist ganz blass.«

Wortlos überreichte Sarah ihr den Umschlag. »Das kam vorhin.«

Alice las laut. »Ich kenne dein Geheimnis. Ob ich es bewahre, liegt an dir. Denn die Öffentlichkeit fände es bestimmt interessant, zu erfahren, dass Anne nicht Arthur Tanners Tochter ist.«

»O mein Gott.« Alices Hand zitterte, als sie den Brief sinken ließ. »Ein Erpresser.«

Sarah hob die Schultern. »Er stellt keine Forderung. Er teilt mir nur mit, dass er es weiß.«

»Aber woher?«

»Wenn ich das wüsste.«

»Komm in den Salon. Ich lasse uns Tee bringen.«

»Könnte es Annes leiblicher Vater sein?«, fragte Alice später. »Vielleicht hat er herausbekommen, dass du damals ein Kind erwartet hast, und will jetzt Geld aus der Sache schlagen.«

Entschieden schüttelte Sarah den Kopf. »Nein, auf keinen Fall.«

»Was macht dich so sicher?«

Einen Moment zögerte sie, dann erzählte sie Alice, wer John Brandon wirklich war.

»Du siehst, er kann kein Interesse daran haben, diese Sache an die Öffentlichkeit zu bringen«, schloss sie.

»Dann könnte nur jemand der Familie Tanner dahinterstecken. Vielleicht weiß derjenige gar nichts Genaues und versucht nur, dich ins Bockshorn zu jagen, damit du es zugibst. Das könnte auch erklären, warum er kein Geld verlangt.«

»Das wäre eine Möglichkeit«, sagte Sarah langsam. »Doch warum meldet derjenige sich erst jetzt? Arthur ist seit zwölf Jahren tot. Wäre es nicht sinnvoller gewesen, mir gleich nach seinem Tod zu drohen oder zu versuchen, mich zu erpressen?«

»Aber damals warst du noch nicht berühmt. Natürlich hätte es deinen Ruf ruiniert, aber der Skandal wäre lange nicht so groß gewesen wie jetzt. Du hast inzwischen mehr zu verlieren.«

»Oder derjenige hat jetzt erst herausgefunden, dass ich vor meiner Hochzeit eine Affäre hatte.«

»Wie denn? Es ist zwanzig Jahre her. Und warum droht er dir? Im Grunde hast du außer einem saftigen Skandal nichts zu befürchten. Es gibt keine Beweise dafür. Arthur hat die Vaterschaft niemals angezweifelt.«

Sarah rieb sich über die Stirn. »Aber wenn es Beweise gäbe, könnte Anne um ihr Erbe gebracht werden. Das ist schlimmer als ein Skandal. Mir bleibt nichts anderes übrig, als abzuwarten, ob er sich wieder meldet.«

24. KAPITEL

Ende Februar beschloss Peer, die nächsten drei Wochen in Göteborg zu bleiben. Die Termine für die Abschlussprüfungen standen fest, außerdem hatte er bei Anders mehr Ruhe zum Lernen. Livia war in den letzten Wochen zunehmend gereizt und schwermütig geworden. Es schien, als könne er ihr nichts recht machen. Wenn er mit ihr sprach, antwortete sie knapp und abweisend, zog er sich zurück und ließ sie in Ruhe, weinte sie. Er schob es auf die lange Dunkelheit im Winter, die jedem zu schaffen machte, doch im Grunde wusste er, dass er selbst die Ursache dafür war.

Am Ende seiner zweiten Woche in Göteborg kam Anders kreidebleich in sein Zimmer. »Mutter hat angerufen. Du musst sofort nach Hause kommen. Livia hatte einen Unfall.«

Peer sprang auf. »Ist es schlimm?«

»Sie wollte nichts Genaues sagen, aber ich glaube schon.«

Es musste schlimm sein, wenn seine Mutter extra zur Post ging, um hier anzurufen. Ohne Gepäck lief Peer zum Hafen.

Er hatte Glück. Ein Kapitän eines Dampfers, der nach Strömstad fuhr, erklärte sich dazu bereit, Mollösund für ihn anzulaufen.

Das verweinte Gesicht seiner Mutter sagte ihm, dass er zu spät kam. Er drängte sich an ihr vorbei. In der Wohnstube standen Leute. Seine Schwester, der Pastor, eine Frau, die ihm bekannt vorkam, an deren Namen er sich aber nicht erinnerte. Alle starrten ihn an.

Livia lag auf der Bank an der Wand. Ihr Gesicht war weiß. So weiß, wie er es noch nie bei einem Menschen gesehen hatte.

Er beugte sich über sie. »Liv …«

Ihre Augen waren geschlossen, ihr Haar zurückgekämmt, die Hände über der Brust gefaltet.

Er legte seine Hände auf ihre. Sie waren kalt.

»Was ist passiert? Ein Unfall?«

Seine Mutter nickte. »Wir haben sie oben auf den Klockeberget gefunden. Sie ist wohl gestürzt.«

Peer runzelte die Stirn. »Gestürzt?«

Das konnte nicht sein. Livia war jung und gesund. Alte Leute fielen hin und verletzten sich. Seeleute stürzten aus der Takelage und starben.

Elsa schlug die Hände vors Gesicht und schluchzte.

Die Frau trat vor. Verwirrt starrte Peer sie an. Es war Anna, die Hebamme. Wieso war sie da?

»Sie ist nicht an dem Sturz gestorben. Livia hatte eine Fehlgeburt.«

»Was? Sie war schwanger?«

Wozu hatte er aufgepasst? »Sie hat mir nichts gesagt.«

»Sie war sich wohl nicht sicher, wie du es aufnehmen würdest.«

Täuschte er sich oder stand ein deutlicher Vorwurf in

ihren Augen? Er sank auf den Stuhl neben der Bank und starrte auf den Leichnam seiner Frau. Ein Körper ohne Seele. Ihr Wesen, ihre Lebendigkeit, ihre Fürsorge, ihre Beharrlichkeit, nichts von dem, was sie ausgemacht hatte, war noch da.

»Warum?« Er wusste nicht genau, wonach er fragte. Warum sie? Warum gerade jetzt? Warum hatte sie so wenig Zeit zum Leben gehabt?

»Sie war auf dem Klockeberget. Auf dem Rückweg ist sie wahrscheinlich ausgerutscht und …«

Annas Stimme wurde von dem Rauschen in seinen Ohren übertönt.

Nein. Das konnte nicht sein. Dass sie starb, weil sie auf diesen verdammten Berg gestiegen war. Um zu sehen, ob ein Schiff ankam, das ihn nach Hause brachte.

Er hatte ihr doch gesagt, er würde dieses Wochenende nicht kommen. Wieso war sie denn trotzdem gegangen? Die Antwort konnte er sich selbst geben. Weil sie gehofft hatte.

So, wie sie sieben Jahre lang auf seine Rückkehr gehofft hatte. So, wie sie gehofft hatte, er würde Sarah irgendwann vergessen.

»Sie ist gefallen und hat das Kind verloren?«

Die Hebamme hob die Schultern. »Das vermute ich. Sie war allein dort oben. Keiner hat gesehen, was passiert ist.«

Seine Mutter schaltete sich ein. »Als sie nicht zurückkam, habe ich Lars geschickt, um sie zu suchen.«

»Lars?« Suchend sah er sich im Raum um und entdeckte seinen Sohn in der Ecke neben dem Ofen. Er saß auf der Bank, hatte die Knie an den Körper gezogen und schaukelte langsam vor und zurück. Sein Blick ging ins Leere.

Rasch trat Peer auf ihn zu und hockte sich vor ihn. »Lasse …«

Der Junge blinzelte. »Papa?«

»Ich bin da.« Peer schluckte.

»Ich weiß nicht, was passiert ist«, sagte Lars mit bebender Stimme. »Mama lag auf dem Boden und alles war voll Blut …« Dann ließ er sich nach vorne gegen die Brust seines Vaters fallen und begann zu schluchzen.

Mit seinem Kind in den Armen stand er auf und suchte den Blick der Hebamme. Sie nickte langsam. »Wir wissen nicht, wann es passiert ist und wie lange sie dort lag. Sie ist wahrscheinlich verblutet.«

Das Weinen seiner Mutter wurde lauter.

Marit übernahm das Kommando. »Wir müssen alles für die Beerdigung vorbereiten. Ich denke, es ist das Beste, wenn ich mich darum kümmere.« Sie warf einen kurzen Blick auf ihre Mutter und wandte sich dann an den Pastor. »Ich komme nachher zu Ihnen, und wir besprechen alles Weitere.«

»Weiß es ihr Vater schon?«, fragte Peer. Johan würde außer sich sein.

»Er weiß es«, sagte Marit. »Wir haben ihn geholt, als wir sie gefunden haben.«

Trotzdem würde er mit ihm reden müssen, sich seinem Zorn stellen. Das war das Mindeste, was er tun konnte.

Peer nickte stumm. Er konnte die Augen nicht von seiner toten Frau abwenden. Nicht nur, dass er sie unglücklich gemacht hatte, er trug auch die Schuld an ihrem Tod. Wäre sie nicht auf den Berg gestiegen …

Plötzlich schien ihm der Raum unerträglich heiß, die Luft zu dick zum Atmen. Er setzte Lars ab. »Ich bin gleich wieder da.«

Krachend fiel die Haustür hinter ihm ins Schloss.

Er lehnte sich mit der Stirn an die Hauswand und drosch mit der Faust auf das Holz ein. Immer wieder, bis seine Knöchel schmerzten.

Trotzdem sah er Livia vor sich, an jenem Tag, an dem er widerwillig seinen Antrag gemacht hatte, sah wieder und wieder, wie das Leuchten in ihren Augen erlosch. So wie jetzt ihr Leben erloschen war.

Die Haustür knarrte. Schritte auf dem Weg.

»Es ist nicht deine Schuld«, sagte der Pastor. »Es war Go…«

Ruckartig wandte Peer den Kopf. »Erzähl mir nichts von Gottes Willen«, fuhr er Dahlberg an. »Wenn ich sie nicht geschwängert hätte, würde sie noch leben.«

»Sie wollte noch ein Kind.«

»Ich rede nicht von diesem Kind. Ich rede von damals, von Lars. Ich wusste, dass ich nicht bleiben würde, ich hätte mich niemals mit ihr einlassen dürfen.«

Dahlberg sah ihn ernst an. »Das war ein Fehler, ja. Aber zu diesem Fehler gehörten zwei. Du wirst sie nicht gezwungen haben. Sie liebte dich wohl sehr.«

»Wenn Lars nicht gewesen wäre, hätte sie mich vergessen und irgendeinen braven Burschen aus dem Dorf geheiratet.«

»Aber so hat sie den Mann geheiratet, den sie liebte, und war wenigstens fast ein Jahr glücklich.«

»Nein, sie war nicht glücklich. Ich war kein guter Ehemann.«

»Du weißt ja nicht, was du da redest. Ich habe selten einen Mann gesehen, der sich so liebevoll um seine Frau gekümmert hat wie du. Verständlich, dass du jetzt ganz außer dir bist. Komm wieder ins Haus.«

»Gleich. Ich brauch noch ein paar Minuten.«

Als der Pastor fort war, trat Peer auf die Straße und sah in den Himmel nach Norden.

Etliche Stunden später lag er in seinem Bett und starrte an die Decke. Neben sich hörte er das leise Atmen von Lars. Er hatte sich in den Schlaf geweint und lag nun, den Kopf tief in das Kissen gedrückt, auf Livias Seite des Ehebetts.

Wie er den Tag hinter sich gebracht hatte, wusste er nicht. Die Nachbarn hatten sich die Klinke in die Hand gegeben. Wie es Brauch war, brachten sie Essen, damit die betroffene Familie sich um nichts kümmern musste, sondern Zeit zum Trauern hatte. Alle bedauerten den Tod der hübschen jungen Frau und ihn, den Witwer, der nun für ein mutterloses Kind sorgen musste.

Erst da war ihm klar geworden, was Livias Tod für ihn bedeutete: Er saß hier fest.

Seine Mutter kränkelte, und jung war sie auch nicht mehr, keinesfalls konnte er Lars für zwei oder gar drei Jahre in ihrer Obhut lassen. Ihn zu seinem Großvater zurückzuschicken, kam nicht infrage.

Seit Stunden kreisten seine Gedanken um diesen einen Punkt. Er konnte nicht fort. Er konnte nicht zu Sarah. Wie er es auch drehte und wendete, er fand keine Lösung. Bis Lars vierzehn Jahre alt war und eventuell mit ihm zusammen anheuern konnte, musste er hier bleiben. Den Gedanken, eine Passage für sich und Lars auf einem der Schnelldampfer zu buchen, verwarf er wieder. Zwar konnte er das Geld dafür als Überarbeiter verdienen, aber wenn er nicht als Seemann in New York ankam, sondern als normaler Passagier, alleinstehend, mit Kind, war es durchaus möglich, dass man ihm die Einreise verweigerte.

Es gab nur eine Möglichkeit. Er musste Sarah schreiben, ihr die ganze Wahrheit gestehen und sie um Verzeihung bitten. Vielleicht würde sie es verstehen. Vielleicht würde sie hierher kommen, wenn er sie darum bat.

Er wälzte sich herum und betrachtete das schlafende Kind. Ob Sarah seinen Sohn mögen würde? Oder wäre sie eifersüchtig? Sie hatte ihm einmal erzählt, dass sie gerne noch weitere Kinder gehabt hätte.

Leise stand er auf, schlich aus dem Schlafzimmer und

stieg die Treppe hinunter ins Erdgeschoss. Livias Leichnam war inzwischen in der Kirche aufgebahrt worden, die Wohnstube war leer. Aus dem Zimmer seiner Mutter drang leises Schnarchen. Vorsichtig öffnete er die Tür zu seinem Arbeitszimmer. Er würde in Zukunft hier schlafen. In dem Bett, das er mit Livia geteilt hatte, würde er keine Ruhe mehr finden. Lars und die Mutter konnten das Schlafzimmer benutzen.

Er schloss die Tür hinter sich, zündete die Lampe an und setzte sich an den Schreibtisch.

Aus der Schublade holte er das Foto von Sarah, einen Bogen Papier und einen Stift. Dann begann er zu schreiben.

Dieses Mal machte er sich keine Gedanken, wie er es ihr beibringen wollte. Die Worte flossen wie von selbst. Er begann mit seiner Ankunft hier und erzählte es so, als säße er ihr gegenüber, immer ihr Bild im Blick.

Am Ende bat er sie darum, zu kommen, wenn es ihr möglich war, und unterschrieb mit: *Ich liebe dich, jetzt und für immer. Dein Peer.*

Ohne sich den Brief noch mal durchzulesen, faltete er das Papier und steckte es in einen Umschlag. Er würde ihn gleich morgen zur Post bringen, bevor ihn der Mut verließ.

Und dann musste er warten. Bisher hatten ihn Sarahs Antworten auf seine Briefe innerhalb von zwei bis drei Monaten erreicht.

Vielleicht würde sie dieses Mal nicht sofort schreiben. Er kannte ihr Temperament, es war gut möglich, dass sie Zeit brauchte, um ihren Zorn über seine Lügen zu überwinden und ihm zu verzeihen. Wenn sie es denn tat.

Livia wurde auf dem Friedhof gegenüber der Kirche beigesetzt. Unterhalb des Klockeberget, der ihr zum Verhängnis geworden war.

Peer stand an ihrem Grab, seinen weinenden Sohn an der Hand, und ließ teilnahmslos die Beileidsbekundungen seiner Freunde und Verwandten über sich ergehen. Er fühlte sich wie eine Puppe, aus der jemand die Sägespäne herausgelassen hatte. Hohl und schlapp.

Als Letzter baute sich Livias Vater vor ihm auf. Er steckte seine Hände demonstrativ in die Hosentaschen und fixierte ihn. »Ich wusste immer, dass du nicht gut genug für sie bist. Du solltest von hier verschwinden«, zischte er. Danach wandte er sich um und folgte der Trauergemeinde in Richtung Dorfmitte.

Peer sah ihm nach. Wenn der Alte wüsste, wie gerne er von hier verschwinden würde.

Weg, weit weg. Oder nur ein paar Dörfer weiter. Dorthin, wo ihn keiner kannte.

Fort von den mitleidigen Blicken, fort von seinen wohlmeinenden Verwandten, besonders von der weiblichen Hälfte, die schon jetzt überlegte, mit wem sie ihn am besten verkuppeln könnten.

Es gab viele Witwen in den Fischerdörfern. Hier blieb kein Mann lange alleine. Meistens hatten diese zweiten Ehen pragmatische Gründe. Kinder, die versorgt werden mussten, Frauen, die einen Ernährer brauchten.

Lars zupfte an Peers Hand. »Papa, müssen wir wirklich von hier weggehen, weil Opa Johan das sagt?«

Er blickte seinem Sohn ins Gesicht. »Nein, müssen wir nicht. Aber vielleicht würdest du gerne woanders leben?«

Lars senkte den Kopf. »Ich weiß nicht. Vielleicht.« Er biss sich auf die Unterlippe und fügte kaum hörbar hinzu: »Ich möchte nicht zu Opa Johan zurück.«

»Natürlich musst du nicht zu Johan zurück. Du bleibst bei deiner Großmutter.«

»Und du gehst fort? So, wie du es Mama gesagt hast?«

»Nein. Jedenfalls nicht so, wie ich es gesagt habe. Wenn ich das Steuermannspatent habe, werde ich auf einem der Kutter anheuern.«

Das würde aus ihm werden. Nicht Steuermann auf einem Blauwassersegler oder auf einem Schoner wie der Victory, sondern auf einem Fischkutter. Er würde nicht die Ozeane befahren, sondern hier vor der Küste Heringe fischen.

»Gehst du dann auch auf Leng-Fang? Du hast noch Opas Langleine.«

Peer lächelte über den Eifer in Lars' Stimme. Die Leng-Fischer waren Helden. So war es schon immer gewesen.

»Dann wäre ich aber lange unterwegs.«

»Ach, das macht nichts. Ich bin ja dann bei Oma. Ich passe schon auf sie auf.«

»Da kann sie ja froh sein.«

Vielleicht konnte er zumindest dieses und nächstes Jahr die Fahrten in den Norden mitmachen. Nicht alle fuhren bis nach Grönland, es gab auch Schiffe, die bei den Shetland Inseln fischten. Diese Fahrten dauerten nur ein paar Monate.

Er warf einen letzten Blick auf Livias Grab. Was für ein grausamer Witz des Schicksals, dass er jetzt genau das tat, was sie sich immer gewünscht hatte.

Die Trauerfeier war eine Tortur. Solange alle noch in Erinnerungen von Livias Kindheit schwelgten, war es zu ertragen, doch als sich die Gespräche den letzten Jahren zuwendeten, wollte er am liebsten schreien. Die Frauen meinten, ihm einen Gefallen zu tun, wenn sie davon sprachen, wie sehr Livia ihn geliebt habe und wie glücklich sie über seine Heimkehr gewesen sei.

Wenn die wüssten, dachte er. Wie oft hatte er Livia nachts in ihr Kissen schluchzen gehört, wenn sie geglaubt hatte, er schliefe.

Ihr Vater hatte recht, er war nicht gut für sie gewesen. Sie hätte einen Mann verdient gehabt, der sie liebte, sie auf Händen trug und der sich über jedes Kind, das sie ihm schenkte, gefreut hätte. Er ekelte sich vor sich selbst, wenn er sich vorstellte, wie seine Reaktion ausgefallen wäre, hätte sie ihm von ihrer Schwangerschaft erzählt.

»Peer?« Die Frau ihm gegenüber schob ihm den Kuchenteller hin. »Iss doch was.«

»Danke, ich habe keinen Hunger.«

Sie nickte und schenkte ihm einen verständnisvollen Blick. »Ich weiß, es ist furchtbar für dich, deine geliebte Frau so früh zu verlieren. Aber glaub mir, der Schmerz geht vorbei.«

Er senkte den Kopf, um ihr nicht in die Augen sehen zu müssen. Was er fühlte, war kein Schmerz. Trauer, ja – und ein tiefes Bedauern darüber, Livia schon so jung sterben zu sehen.

Es war der Gedanke an Sarah, der schmerzte, das Wissen, dass er hier für die nächsten Jahre festsaß, das wie ein Messer in seinen Eingeweiden wühlte. Was war aus seinen Träumen geworden? Man hatte dem Albatros die Flügel gestutzt, und seine Partnerin wartete am anderen Ende der Welt vergeblich auf ihn.

Endlich war die Feier zu Ende. Nach dem Kuchen hatte es Schnaps gegeben, die Hälfte der Gäste war betrunken. Wieder gab es Trostworte, die nicht trösteten, und Umarmungen, aus denen er sich am liebsten herausgewunden hätte, weil sie ihn zu ersticken drohten.

Heute Abend würde er sich eine Flasche Schnaps besorgen, sich in sein Arbeitszimmer einschließen und sich betrinken.

Vielleicht half es ja gegen die Schuldgefühle.

25. KAPITEL

Ich kenne dein Geheimnis. Ob ich es bewahre, liegt an dir. Denn die Öffentlichkeit fände es bestimmt interessant, zu erfahren, dass Anne nicht Arthur Tanners Tochter ist. Wenn du das verhindern willst, komm am Freitag, den 16. März, um 14.00 Uhr ins Cliffhouse Café. Alleine!
Und kein Wort über unser Treffen zu irgendjemandem.

Sarah presste die Hand vor den Mund. Vier Wochen lang hatte sie nichts von dem Unbekannten gehört und gehofft, es möge vorbei sein. Und jetzt das.

Freitag, das war übermorgen. Offenbar wollte man ihr keine Zeit zum Nachdenken geben.

Sarah parkte den Cadillac vor dem Cliffhouse. Ihre Hände zitterten leicht, sie steckte sie in die Taschen ihres Mantels und atmete durch. Wer erwartete sie dort drinnen? Und welche Beweise hatte er? Nun, sie würde es gleich erfahren. Alles war besser als diese Ungewissheit. Sie straffte die Schultern und betrat das Café.

Ein Kellner eile herbei und nahm ihr den Mantel ab. »Möchten Sie einen Tisch am Fenster, Ma'am?«

Unentschlossen blickte Sarah sich um. Nur wenige Tische waren besetzt. Einige Paare saßen an den Fenstern. Am Tisch neben dem Eingang vertiefte sich ein Mann in eine Zeitung. In der Mitte des Gastraums rührte ein anderer in seinem Kaffee. Er blickte sie an, zeigte aber keinerlei Reaktion.

In einer Ecke saß eine Frau und machte sich Notizen. Sarah wurde heiß. Georgina Astor. Was hatte ausgerechnet sie hier zu suchen? War sie schon wieder auf der Jagd nach einem Skandal?

Wenn die Reporterin sie entdeckte, würde sie nicht locker

lassen, bis sie den Grund für ihre Anwesenheit wusste. Vielleicht konnte sie sich zurückziehen, bevor Georgina sie sah.

»Nein, lieber dort«, sagte sie zu dem Kellner und deutete auf einen Tisch hinter einer Säule.

Doch zu spät. In diesem Moment blickte die Reporterin auf und winkte ihr zu. »Oh, hallo Sarah, setz dich doch zu mir.«

Der Kellner zog sich zurück.

Sarah trat an ihren Tisch. »Es tut mir leid, Georgina, aber ich habe keine Zeit. Ich bin verabredet …« Wieder sah sie suchend durch den Raum. Inzwischen musste ihre Ankunft dem Erpresser aufgefallen sein. Aber keiner der Anwesenden gab irgendein Zeichen.

»Verabredet!« Georginas Augen glitzerten. Wahrscheinlich witterte sie die nächste Skandalgeschichte für ihr Schmierenblatt. »Vielleicht mit Annes Vater? Aber nein, er ist ja nicht mehr in der Stadt.«

Ihre Worte trafen Sarah wie Ohrfeigen. Kein Erpresser, eine Erpresserin!

Sie schnappte nach Luft. »Du?!«

Georgina lächelte süffisant. »Setz dich, meine Liebe.«

Zorn umhüllte Sarah wie eine Schicht aus Eis, dämpfte die Geräusche, dämpfte Georginas schrille Stimme, dämpfte ihre Angst.

Sie beugte sich vor und fixierte die Reporterin. »Ich werde mich nicht setzen. Ich gehe jetzt und rufe Randolph Hearst an. Mal hören, was er dazu sagt, dass seine Journalisten kriminell sind. Er wird diese Geschichte nicht drucken.«

Randolph Hearst und Arthur waren Freunde gewesen. Auch wenn es Hearst egal war, was über Emilia Rossi geschrieben wurde, er würde nicht zulassen, dass man das Andenken seines Freundes in den Schmutz zog.

Georgina blieb gelassen. »An deiner Stelle würde ich mich

nicht auf Hearsts Loyalität verlassen. Aber es gibt noch andere Interessenten. Arthurs Familie war sehr enttäuscht, als er doch noch eine Erbin gezeugt hat. Zweifel an der ehelichen Geburt deiner Tochter kämen ihnen sehr gelegen. Es gab bereits einmal Gerüchte, weil sie ein bisschen früh zur Welt kam.«

Sieben Wochen zu früh, um genau zu sein. Ihre Mutter hatte es auf Sarahs »schwache Gesundheit« geschoben, und die Hebamme, eine gute Freundin von Sarahs italienischer Großmutter, hatte bezeugt, dass Anne eine Frühgeburt war.

Georgina deutete auf einen Stuhl. »Vielleicht solltest du dich doch setzen.«

Der Kellner kam an den Tisch und schob ihr den Stuhl zurecht. »Ist alles in Ordnung, Ma'am? Was kann ich Ihnen bringen?«

Sarah setzte sich. »Bringen Sie mir bitte eine heiße Schokolade.«

»Und mir ein Glas Champagner«, warf Georgina ein.

Sarah wartete, bis er gegangen war. »Gut, was also willst du? Geld?«

»Natürlich. Was dachtest du denn?«

»Bisher hatte ich das Gefühl, es ginge dir darum, meine Laufbahn als Sängerin zu zerstören. Leider hat die kleine Pascal deine Erwartungen nicht erfüllt.«

»Ja, sie hatte unglücklicherweise keine guten Nerven, das arme Ding.«

Kurz darauf kam der Kellner mit der Schokolade und dem Champagner. »Bitte sehr, die Damen.«

Georgina hob ihr Glas und prostete Sarah zu.

Sarah nippte an ihrer Schokolade. Die warme Süße weckte eine Erinnerung. Yokohama. Dort hatte sie mit Brandon auf der Terrasse des Grand Hotels gesessen und mit ihm über Peers Zukunft verhandelt. Er war ein äußerst zäher

Verhandlungspartner gewesen, aber sie hatte es geschafft. Sie würde auch mit Georgina fertig werden. Sie durfte nur keine Angst zeigen.

»Sag mir, warum ich dir Geld geben soll. Bisher hast du nur Behauptungen aufgestellt. Wie du gerade sagtest, Gerüchte gab es schon einmal. Warum sollte sie jetzt jemand glauben?«

»Nun, was würdest du zu einem Brief sagen, in dem Arthur die Vaterschaft anzweifelt?«

»Wenn es so einen Brief gäbe, wäre er schon längst bekannt.«

»Wenn meine Mutter nicht so verdammt sentimental und naiv gewesen wäre, ja.«

»Was hat deine Mutter damit zu tun?«

»Helen Astor. Sagt dir der Name gar nichts?«

Ihre Mutter hatte den Namen mal erwähnt, aber sie wusste nicht mehr, in welchem Zusammenhang.

»Nicht viel.«

»Tja, die Ehefrauen erfahren es immer zuletzt. Sie war Arthurs Geliebte.«

»Er hatte eine Geliebte?!« Gab es tatsächlich eine Frau, die freiwillig mit Arthur ins Bett gegangen war? Die es vielleicht sogar genossen hatte? Ihr schauderte, wenn sie nur daran dachte. Seine Leidenschaft hatte sich darin erschöpft, sich im Dunkeln auf sie zu legen und nach ein paar Minuten wieder aufzustehen. Aber vielleicht war ihr prüder Ehemann als Liebhaber einfühlsamer und phantasievoller gewesen.

»Und was hat das mit Anne zu tun?«

Georgina seufzte theatralisch. »Ach, das ist eine lange und traurige Geschichte. Möchtest du sie hören?«

»Nur, wenn sie etwas zur Sache tut. Und erzähle sie kurz!«

Georgina setzte sich umständlich in ihrem Stuhl zurecht. »Du weißt ja, dass Arthurs erste Frau Ardella nicht gesund war. Sie hatte ein schwaches Herz, die Ärmste. Am Anfang ihrer Ehe war das wohl noch nicht so schlimm, aber als sie älter wurde, verließ sie ihr Zimmer oft tagelang nicht und hatte nervöse Zustände ...«

»Komm zur Sache.« Wenn sie dieses Geschwätz noch länger ertragen musste, würde sie ebenfalls nervöse Zustände bekommen.

Georgina funkelte sie zornig an. »Er lernte meine Mutter sieben Jahre vor Ardellas Tod kennen. Sie war Schneiderin. Ardella ließ sich von ihr ein Abendkleid für irgendeinen Anlass maßarbeiten. Sie traf Arthur nach einer der Anproben in seinem Haus und wurde bald darauf seine Geliebte. Die ärmste Ardella konnte ihren ehelichen Pflichten ja nicht mehr nachkommen.«

Wahrscheinlich war sie darüber sehr glücklich gewesen, dachte Sarah, doch sie schwieg.

»Er hat meiner Mutter eine Wohnung eingerichtet. Ein Liebesnest. Es gefiel ihr zwar nicht, dass sie sich nur heimlich treffen konnten, aber sie akzeptierte es. Doch nach einem Jahr wurde sie schwanger. Da Ardella keine Kinder bekommen konnte, glaubte sie wohl, Arthur würde die Scheidung einreichen. Nun, er tat es nicht. Stattdessen sagte er ihr, seine Frau habe nicht mehr lange zu leben, und versprach, sie nach Ardellas Tod zu heiraten und ihr Kind als ehelich anzuerkennen.«

»Dieser Mistkerl«, entfuhr es Sarah.

Georgina lächelte anerkennend. »Ja, das denke ich auch! Doch meine Mutter glaubte ihm. Du kennst die weitere Geschichte. Ardella starb, und Arthur heiratete ein Jahr später wieder. Aber nicht Helen Astor, sondern die achtzehnjährige Tochter eines Geschäftsfreundes.«

»Wie hat sie das aufgenommen?« Trotz ihres Widerwillens begann die Geschichte, Sarah zu fesseln.

»Ach, du kennst die Männer. Er hat das Blaue vom Himmel gelogen, dass er nur sie liebt und diese Ehe nur aus wirtschaftlichen Gründen und allein auf dem Papier existiert. Sie hat seinen Liebesschwüren geglaubt. Ihre Affäre ging bis zu seinem Tod.«

»Sie hat ihm geglaubt? Hat sie ihn denn so sehr geliebt?«

»Sie war blind vor Liebe. Warum glaubst du, habe ich diesen bescheuerten Vornamen? Er hatte ihr gesagt, wenn es ein Sohn würde, soll sie ihn nach seinem Vater nennen.«

George. Das Gleiche hatte er zu ihr gesagt, als sie ihm eröffnet hatte, dass sie ein Kind erwartete. Mistkerl genügte nicht annähernd, um seine Niedertracht zu beschreiben. Er hatte seine kranke Frau betrogen, er hatte sie, Sarah, geheiratet und sich nebenher eine Geliebte gehalten. Und Georginas Mutter hatte er ebenfalls betrogen. Denn zumindest am Anfang hatte ihre Ehe keineswegs nur auf dem Papier bestanden. Erst als klar war, dass sie nach ihrer Fehlgeburt keine Kinder mehr bekommen konnte, hatte Arthur ihr Bett nicht mehr regelmäßig heimgesucht.

»Aber sie hat doch gewusst, dass ich ein Kind von ihm habe. Wie konnte sie da glauben, er hätte nicht …«

»Tja. Das ist der Punkt. Er hat ihr geschrieben, Anne könne nicht von ihm sein, er habe dich niemals berührt.«

»Nicht zu fassen.«

Eigentlich konnte diese naive Helen ihr leidtun, sie hätte ihr Arthur mit Freuden überlassen. »Warum kommst du erst jetzt damit? Arthur ist seit zwölf Jahren tot.«

Sie habe bis zum Tod ihrer Mutter vor drei Monaten nicht gewusst, dass Arthur Tanner ihr Vater sei, erzählte Georgina. Ihre Mutter hatte behauptet, ihr Vater sei vor ihrer Geburt gestorben. Erst nach Helens Tod hatte sie die Wahrheit erfahren.

»Sie hat mir einen Brief geschrieben. Stell dir das mal vor.

Die ganze Zeit habe ich geglaubt, mein Vater sei ein schneidiger Marineoffizier gewesen, ein Held, und dann erfahre ich, dass der Kerl mit dem Bauchansatz und der Halbglatze, der einmal im Monat zu Besuch kam, mein Vater gewesen sein soll. Ich meine, sie hätte es mir sagen können! Hast du es deiner Tochter gesagt? Oder erfährt sie auch erst irgendwann nach deinem Tod, wer ihr Vater ist?«

Ihre Verzweiflung wirkte echt, und Sarahs Entsetzen und ihr Mitleid hätte sie beinahe in die Falle tappen lassen. Aber nur beinahe. Denn in Georginas Augen stand der blanke Hass.

»Lass Anne aus dem Spiel. Arthur ist ihr Vater!«

»Aber natürlich, und ihre Größe hat sie von – dir? Oder eher von dem schönen Mann, mit dem du im November im St. Francis Café warst. Es ist schon seltsam, was sich so vererbt. Es müssen nicht unbedingt die Gesichtszüge oder die Augen sein, manchmal vererbt sich auch die Art, wie jemand sich bewegt.«

»Mach dich nicht lächerlich. Anne hatte Tanzunterricht, da lernt man so etwas.«

Georginas Lächeln zeigte alle ihre Zähne. »Gib dir keine Mühe. Es ist mir schon bei deiner Cocktailparty aufgefallen. Anne bewegt sich nicht wie eine Tänzerin, sie bewegt sich wie ein Panther, genau wie er. Ist dir aufgefallen, dass ihre Hände sich ähneln?« Sie rieb sich den Arm, an dem Brandon sie gepackt hatte.

»Ich bin sicher, Hearst wird deine Geschichte und deine Beweisführung sehr überzeugend finden. Vor allem die Sache mit dem Panther.« Sarah beugte sich vor. »Glaubst du wirklich, er wird das drucken? Und riskieren, dass ich ihn – und dich – wegen Verleumdung verklage? Wenn du keine Beweise hast, können wir das Gespräch beenden.«

»Ich habe Beweise!«

»Welcher Art?«

»Der Brief, von dem ich sprach. In dem er schrieb, er habe dich nie berührt.«

»Das ist kein Beweis, das ist lächerlich.«

»Aber es wird deinem Ruf sehr schaden, wenn zeitgleich mit einem entsprechenden Zeitungsartikel ein solcher Brief an die Öffentlichkeit kommt. Und selbst wenn du alles abstreitest, wird ein Makel bleiben. Du weißt, wie gewisse Kreise auf so etwas reagieren. Wäre doch schade für Anne.«

Georgina hatte recht. Selbst wenn sie alles abstritt und mögliche Beweise entkräften konnte, die feine Gesellschaft würde trotzdem die Nase rümpfen und hinter vorgehaltener Hand tuscheln.

Sie konnte es sich lebhaft vorstellen. Die Seitenblicke auf Anne, die Bemerkungen. Das musste sie verhindern. »Also gut. Wie viel willst du?«

Georgina richtete sich in ihrem Stuhl auf. »Zehntausend Dollar.«

»Zehntausend?« Das war viel Geld, doch wenn sie damit einen Skandal abwenden konnte, würde sie bezahlen.

»Im Jahr!«

Ruckartig hob Sarah den Kopf. »Bist du verrückt geworden?«

»Keineswegs. Ich bin Arthur Tanners einziges Kind. Ich habe ein Recht auf sein Erbe, nicht dieser Kuckuck, den du ihm ins Nest gelegt hast«, zischte Georgina. In ihren Augen loderte ein fanatisches Feuer. »Indem er dich geheiratet hat, hat er meine Mutter zur Hure gemacht und mich zu einem Hurenkind! Du schuldest mir etwas.«

»Ich schulde dir gar nichts. Deine Mutter hat sich mit ihm eingelassen, obwohl er ein verheirateter Mann war. Sie hat seine kranke Frau mit ihm betrogen. Das war lange, bevor er mich kannte.«

»Aber er hätte sie geheiratet, wenn du nicht gewesen wärst!«

»Ach wirklich? Warum hat er es dann nicht gleich nach dem Tod seiner Frau getan? Du machst dir etwas vor, Georgina. Arthur hatte niemals die Absicht, deine Mutter zu heiraten und dich anzuerkennen. Eine einfache Schneiderin war nicht standesgemäß. Eine solche Mesalliance hätte seinem Ruf und seinen Geschäften geschadet. Arthur war immer nur auf seinen wirtschaftlichen Vorteil aus. Mein Vater und er hatten ein geschäftliches Abkommen, ich war nur die Zugabe.«

Sarah ließ das Cliff House hinter sich und bog den Great Highway ein, der am Pazifik entlangführte. Nach ein paar Meilen stoppte sie und stieg aus. Sie brauchte Bewegung. Jetzt, wo sie das Gespräch hinter sich hatte, erfasste sie eine Angst. Sie hatte geblufft. Georgina konnte ihr durchaus schaden. Die Öffentlichkeit brauchte keine Beweise für einen handfesten Skandal. Selbst wenn sie vor Gericht ging und recht bekam, ihr Ruf wäre ruiniert.

Langsam ging sie auf das Ufer zu. Der Wind kühlte ihr Gesicht, die salzige Luft tat gut.

In Gedanken ging sie ihre Möglichkeiten durch. Wer garantierte ihr, dass Georgina sich mit den zehntausend Dollar zufriedengab und nicht immer mehr verlangte. Sie hasste Sarah und Anne, das hatte sie deutlich gezeigt. Jetzt passten auch die Hetzartikel ins Bild, die sie über Emilia Rossi geschrieben hatte. Sarah war sicher, sie wollte nicht nur Geld, sie wollte Rache.

Wenn sie zahlte, brauchte sie eine Sicherheit. Doch Georgina würde ihre keine geben.

Angenommen sie zahlte nicht? Sie könnte sich einen Rechtsanwalt nehmen, der Hearst mit einer Klage drohte, sollte er Ms Astors Artikel veröffentlichen. Würde Hearst es trotzdem riskieren, um die Auflage des *Examiners* zu steigern?

Vielleicht könnte sie Georgina zuvorkommen? Einen Artikel lancieren über den Rachefeldzug der angeblichen Tochter von Arthur Tanner, hinter dem natürlich nur Habgier steckte.

Arthurs Familie hatte sicherlich mehr Interesse daran, Arthurs Ruf zu schützen, als seiner unehelichen Tochter zu ihrem Recht zu verhelfen.

Aber das wollte sie nicht. Trotz all ihrem Hass und Fanatismus konnte sie Georgina verstehen. Sie hatte ein Recht auf einen Teil von Arthurs Geld. Sarah wäre ihr sogar entgegengekommen, was das anging. Aber konnte sie ihr trauen?

Wie würde Peer mit einer solchen Situation umgehen?

Wahrscheinlich würde er einen angemessenen Teil auszahlen und ihr dann sagen, sie solle sich zum Teufel scheren. Was die Leute über ihn redeten, war ihm gleichgültig. Taten zählen, hatte er ihr einmal gesagt. Wenn er doch nur hier wäre. Mit ihm an ihrer Seite würde sie sich stärker fühlen, sicherer. Mit brennenden Augen sah sie hinaus aufs Meer. Er fehlte ihr.

Zumindest hatte sie etwas Zeit zum Nachdenken gewonnen. Sie hatte Georgina deutlich gemacht, dass sie Arthurs Handlungsweise verabscheuungswürdig fand und sie durchaus der Meinung war, Georgina habe ein Anrecht auf einen Teil des Erbes ihres Vaters. Sie hatten sich für die nächste Woche erneut im Cliffhouse verabredet.

26. KAPITEL

Ein paar Tage nach Livias Beerdigung kehrte Peer nach Göteborg zurück. In vier Wochen war die Abschlussprüfung. Dann war er Steuermann.

Bis dahin würden die Leng-Fischer zu ihrer ersten Fahrt in diesem Jahr aufgebrochen sein. Aber das machte nichts, dann würde er eben einen Fischkutter auf Heringsfang steuern.

Und später im August, wenn die Fischer zu ihrer zweiten Fahrt zu den Shetland Inseln aufbrachen, wäre er dabei. Olsson, der Steuermann der Matilda, hatte genug vom Lengfang und den Stürmen im Norden. Schon vor einiger Zeit hatte er Peer gefragt, ob er nicht den Posten übernehmen wolle. Damals hatte er abgelehnt. Damals glaubte er noch, im Sommer mit der Emma Rodge auf dem Weg nach San Francisco zu sein.

Anders und seine Frau bekundeten zwar ihr Beileid, doch zu seiner Erleichterung bedauerten sie ihn nicht. Seine Großmutter Linnea musterte ihn ernst und bat ihn in ihr Zimmer.

»Setz dich, ich mache uns einen Kaffee.«

Vorsichtig ließ sich Peer in einen der Sessel sinken. Was sie wohl von ihm wollte? Ein bisschen fühlte er sich wie damals, wenn er als Kind seine Hausaufgaben nicht gemacht oder seine Englisch-Vokabeln nicht gelernt hatte.

Linnea hatte im Gegensatz zu seinen Eltern allergrößten Wert auf Bildung gelegt und darauf bestanden, dass alle ihre Enkel Englisch lernten, um ihnen den Weg in die Welt zu öffnen. Nachsicht und Geduld waren niemals ihre Stärke gewesen, und das Alter hatte sie nicht milder gemacht.

Mit zwei dampfenden Tassen in der Hand betrat sie das

Zimmer und setzte sich ihm gegenüber. »Wie geht es dir? Und mach mir nichts vor.«

Er öffnete den Mund und schloss ihn wieder. Linnea war wahrscheinlich der einzige Mensch, der nicht von ihm erwartete, in Trauer zu versinken. Der einzige Mensch, mit dem er offen reden konnte.

»Es geht«, sagte er vorsichtig.

»Gut. Es ist furchtbar, dass Livia so jung sterben musste, aber solche Dinge passieren. Was wirst du jetzt tun?«

»Ich bin nicht sicher. Mutter geht es nicht gut, ihre Hüfte macht ihr sehr zu schaffen. Sie kann nicht mehr gut laufen. Noch kann sie sich um Lars kümmern, wenn ich unterwegs bin, doch lange Fahrten kann ich nicht machen. Ich werde wohl die nächsten Jahre in Mollösund bleiben.«

»Was ist mit der Frau, die du liebst?«

»Was?« Woher wusste sie das? Außer mit Livia hatte er mit niemandem über Sarah gesprochen. Seine Mutter hatte zwar vermutet, dass es eine andere gab, diesen Umstand aber nach ihrem Gespräch am Tag seiner Ankunft niemals wieder erwähnt.

Linneas Stimme verriet ihre Ungeduld. »Halte mich nicht für senil, nur weil ich alt bin. Sie haben dich zu dieser Ehe gezwungen. Es war richtig, was du getan hast, aber erzähl mir nicht, dass du Livia geliebt hast. Ich habe den Ring gesehen, den du ihr angesteckt hast. Es gibt eine andere Frau. Warum gehst du nicht zu ihr?«

Sie lehnte sich in ihrem Sessel zurück und sah ihn herausfordernd an.

»Sie lebt in Amerika.«

»Das ist kein Grund.«

Einen Augenblick zögerte er noch, dann erzählte er ihr die ganze Geschichte, angefangen von der ersten Begegnung mit Sarah an Bord der Victory bis hin zu seinem Entschluss, San

Francisco zu verlassen und wieder zur See zu fahren. Und er verschwieg auch die Tatsache nicht, dass er ihr nichts von Livia und seinem Sohn geschrieben hatte.

»Und jetzt kann ich hier nicht fort. Wenn sie mir verzeiht, wenn sie bereit ist, Lars zu akzeptieren, dann vielleicht. Im Moment kann ich nur warten und hoffen.«

»So, wie du sie schilderst, wird sie dir verzeihen. Sie wird es dir nicht einfach machen, das nicht, aber wenn sie dich liebt, wird sie kommen.«

Ein Teil des Gewichtes auf seinem Herzen verschwand. »Hoffentlich.«

»Aber bis dahin pass auf, dass du nicht noch einmal in diese Falle tappst. Sie werden versuchen, dich so schnell wie möglich wieder zu verkuppeln. Damit dein Sohn eine Mutter hat, damit irgendeine der vielen Witwen wieder einen Mann hat.« Sie musterte ihn, Nachsicht im Blick. »Du dürftest jetzt zu den meistbegehrten Männern im Dorf gehören. Und die Frauen machen es dir allzu leicht.«

Er schüttelte den Kopf. »Darauf lasse ich mich nicht ein.«

Linnea zog die Augenbrauen hoch. »Unterschätze deine Schwester nicht, ich traue Marit zu, dir ein Weib ins Bett zu schmuggeln, damit du in Mollösund bleibst. Du warst schon immer ihr Lieblingsbruder.«

»Du magst Marit nicht besonders.«

»Ich habe nichts gegen sie, aber für meinen Geschmack mischt sie sich zu sehr in das Leben anderer ein.«

Jetzt lächelte er. »Da hast du recht, sie ist die größte Kupplerin am Ort. Ich werde aufpassen.«

»Tu das.« Linnea erhob sich und beendete damit das Gespräch.

Immer noch lächelnd ging er die Treppe hinunter. Wenigstens Linnea musste er nichts vortäuschen. Sie hatte ihn schon immer verstanden. Ob sie Sarah mögen würde?

Zwei Wochen vergingen. Sonntags nahm er das Schiff nach Göteborg, freitags fuhr er zurück nach Mollösund. An den Wochenenden lernte er oder ging mit Lars segeln. Zu den Menschen in seinem Dorf hatte er wenig Kontakt, und er suchte ihn auch nicht. Immer noch quälten ihn Schuldgefühle beim Anblick des Klockeberget. Nach Livias Tod war er nur einmal hinaufgestiegen, um die Stelle zu sehen, an der sie gestürzt war. Seitdem mied er den Berg. Es reichte, dass er sie ab und zu in seinen Träumen sah, wie sie in ihrem Blut lag, die Augen anklagend auf ihn gerichtet.

Kurz vor der Abschlussprüfung der Schule tauchte an einem Samstag Marit im Haus seiner Mutter auf. Peer hatte sich mit seinen Büchern an den Tisch in der Wohnstube gesetzt. Dort war das Licht heller, und er hatte mehr Platz.

Schwungvoll stellte sie ihren Korb auf den Tisch, auf das Buch über Navigation. »Mach eine Pause! Du bist schon ganz blass vom vielen Lernen«, sagte sie und zog unwillig die Augenbrauen zusammen. »Probier die Zimtschnecken. Senta hat sie gebacken, und sie schmecken ganz hervorragend.«

Aus dem Korb stieg ein köstlicher Duft nach Zimt und warmem Kuchen. Marit griff über den Tisch und räumte die Bücher zur Seite. Noch etwas widerwillig klappte Peer sein Mathematikbuch zu und zog das Navigationsbuch unter dem Korb vor. Seine Schwester würde keine Ruhe geben, also konnte er genauso gut jetzt eine Pause machen.

Suchend sah Marit sich um. »Wo sind Mutter und Lars?«

»Mutter ist auf dem Markt einkaufen, und Lars treibt sich irgendwo am Hafen rum.«

»Sehr gut.« Marit holte einen Teller aus dem Schrank, packte zwei Zimtschnecken darauf und platzierte ihn vor Peer. »Ich wollte schon länger mal mit dir reden.« Sie rückte sich einen Stuhl zurecht, setzte sich ihm gegenüber und betrachtete ihn eingehend.

Herzhaft biss er in eine der Schnecken. Sie war wirklich köstlich. Er wischte sich die Krümel aus dem Mundwinkel. »Was hast du auf dem Herzen?«

»Dich. Seit Wochen vergräbst du dich hier. Nie gehst du aus, du kommst zu keiner Feier.«

»Ich habe zu lernen.« Er deutete auf den Bücherstapel auf dem Fensterbrett. »In zwei Wochen sind Abschlussprüfungen.«

»Du lernst die ganze Woche über. Anders hat mir das erzählt. Auch in Göteborg verkriechst du dich nur in deinem Zimmer. Ich verstehe ja deine Trauer um Livia, aber das Leben geht doch weiter.«

Ganz ähnliche Worte hatte er die Woche zuvor von seiner Mutter gehört und davor von Nils' Frau Britta. Alle drängten ihn dazu, sich wieder am Dorfleben zu beteiligen und versicherten ihm gleichzeitig, wie gut sie ihn verstünden.

Was sie wohl denken würden, wenn sie wüssten, was wirklich in ihm vorging. Es quälte ihn, dass alle in ihm den trauernden Witwer sahen. Wenn es ihn wenigstens vor den Verkuppelungsversuchen seiner weiblichen Verwandtschaft schützen würde. Aber das tat es nicht. Britta hatte ihm selbstgebackenes Brot von Janne mitgebracht und ihm in den höchsten Tönen von ihren hausfraulichen Qualitäten vorgeschwärmt. Und natürlich nicht vergessen, ihn darauf hinzuweisen, dass Lasse unbedingt eine Mutter brauche und Jannes drei Kinder einen Vater.

Seine Mutter hatte ihm von der Witwe Österberg erzählt, die zwar schon etwas älter sei, aber durchaus keine schlechte Partie und bestimmt eine gute Mutter für Lars abgeben würde.

Allmählich konnte er nur zu gut verstehen, wie Sarah sich bei den Versuchen ihrer Mutter, sie wieder »unter die Haube« zu bringen, gefühlt haben musste.

»Und schmeckt es dir?«, fragte Marit.

Er nickte und wusste im gleichen Moment, dass er einen Fehler begangen hatte. Was hatte sie gesagt? Von wem waren die Zimtschnecken? Von Senta. Natürlich. Noch eine Witwe und die Schwester von Marits Mann. Sie hatte Weihnachten mit ihnen gefeiert.

»Senta wird sich freuen, wenn ich ihr das sage. Sie ist so eine hübsche Frau, und ihre kleine Tochter ist ganz entzückend. Es ist so schade, dass sie ihr Kind nun alleine aufziehen muss. Dabei hätte sie gerne noch einen Sohn gehabt. Erst kürzlich sagte sie zu mir, so einen Jungen wie deinen Lars hätte sie auch gerne ...«

Marit ließ ihre Stimme verklingen und sah Peer auffordernd an.

»Richte Senta meinen herzlichen Dank aus. Sie kann wirklich gut backen. Ich weiß auch, dass sie sehr hübsch ist und zu jung, um alleine zu bleiben ...«

Marits Augen begannen erwartungsvoll zu leuchten.

»Aber », fuhr Peer fort, »ich werde sie nicht heiraten. Ich werde überhaupt nicht mehr heiraten, also gib dir keine Mühe, dich nach weiteren Kandidatinnen umzusehen.«

»Aber Lars braucht eine Mutter. Wer weiß, wie lange seine Großmutter es noch schafft, sich um ihn kümmern, solange du da draußen bist.« Sie wies mit dem Kinn auf das Fenster. »Und außerdem ist es nicht gesund für einen Mann in deinem Alter, allein zu sein.«

»Wenn ich monatelang auf See bin, habe ich auch keine Frau, also kann ich es hier ebenfalls aushalten. Außerdem kann ich für mich selbst sorgen.«

Amüsiert und verblüfft zugleich stellte er fest, dass seine

Schwester bei seinen Worten errötete. »Also wirklich, Peer …«

»Du hast mit diesem Thema angefangen. Und was Lars angeht, bisher kommen wir sehr gut alleine zurecht.«

»Peer, sei doch vernünftig. Was ist, wenn dir etwas zustößt? Wenn du keine Frau hast, wäre Lars eine Waise. Möchtest du wirklich, dass er ins Waisenhaus muss?«

Sie schreckte wirklich vor nichts zurück, um ihn zu überreden.

Solange es Geschwister der Eltern gab, ging kein Kind aus Mollösund ins Waisenhaus. Irgendeiner aus der Familie fand sich immer, der sich um die verwaisten Kinder kümmerte.

»Ich denke, Nils und seine Frau oder Anders würden sich in diesem Fall seiner annehmen.«

Er erwähnte Marit absichtlich nicht.

»Ach Peer, natürlich würde ich das arme Kind bei mir aufnehmen, aber ich verstehe nicht, warum du dich so sträubst, wieder zu heiraten. Du weißt, es war hier immer so üblich. Martin Jonasson hat die Witwe seines Bruders geheiratet, damit sie versorgt ist. Und als Josefina im Kindbett gestorben ist, hat Bernhard die Witwe Gustafsson zur Frau genommen, damit der arme Wurm nicht ohne Mutter aufwachsen muss.«

Ihre Worte machten ihm wieder einmal deutlich, warum er niemals hier hatte leben wollen. So viele Dinge, die schon immer so waren, die man tat, ohne darüber nachzudenken, einfach weil die Eltern, die Großeltern und die Urgroßeltern sie ebenso getan hatten.

»Marit, wenn ich jemals wieder heirate, werde ich es aus Liebe tun. Nicht, weil irgendjemand einen Mann braucht. Ist das jetzt klar?«

»Ja, ich verstehe, dass es schwierig ist, so, wie du Livia geliebt hast.«

Er presste die Lippen zusammen, um sie nicht anzuschreien. Gar nichts verstand sie.

»Aber wie willst du dich denn neu verlieben«, fuhr sie fort, »wenn du dich in deiner Arbeit vergräbst und nicht aus dem Haus gehst?«

Auch seine Schwester besaß die Sturheit der Svenssons. Wenn sie sich etwas in den Kopf gesetzt hatten, ließen sie nicht locker. Aber er war nicht minder stur, und so schüttelte er nur den Kopf und wechselte das Thema.

27. KAPITEL

Eine Woche nach ihrem ersten Treffen parkte Sarah ihren Wagen vor dem Cliffhouse und hastete durch den Nieselregen zum Café.

Dieses Mal war Georgina noch nicht anwesend, als sie den Gastraum betrat. Sarah bedankte sich bei dem Kellner, der ihr den Mantel abnahm, setzte sich an einen Tisch vor einem der Fenster und sah hinaus.

Tiefhängende Wolken zogen vom Meer heran, die See war dunkelgrün, und die Wellen trugen Schaumkronen. Selbst hier konnte sie die Brandung gegen die Felsen donnern hören.

Ein paar Pelikane zogen ihre Kreise, der Wind schien sie nicht zu stören. Immer wieder legte einer der Vögel die Flügel an, stieß im Sturzflug in die Wellen und tauchte mit vollem Schnabel wieder auf.

»Ein grandioser Ausblick, nicht wahr? Man kommt sich so klein und unbedeutend vor.«

Sarah drehte sich nach der Stimme um. Georgina stand

neben ihrem Tisch und sah ebenfalls aus dem Fenster. Obwohl Sarah bezweifelte, dass die Reporterin sich in diesem Moment klein und unbedeutend vorkam, nickte sie.

Georgina winkte den Kellner herbei und übergab ihm Hut und Mantel. »Bringen Sie mir ein Glas Champagner.«

»Sehr wohl.« Der Mann verneigte sich kurz. »Und Ihnen Ma'am?«

»Mir bitte eine heiße Schokolade.«

»Wie geht es dir, liebe Sarah? Und was macht deine reizende Tochter? Ich habe sie vor ein paar Tagen getroffen ...«

»Was hast du?«

»Ich habe sie getroffen, sie geht doch ab und zu mit ihren Freundinnen ins Garden Court. Und zufällig war ich auch da.«

Niemals war das ein Zufall. Sie hatte Anne nachspioniert. Sarah ballte die Fäuste. »Hör mir gut zu! Wenn du das Geld haben willst, dann halte dich von Anne fern.« Ihre Stimme bebte vor unterdrückter Wut.

Georgina fiel das süffisante Lächeln aus dem Gesicht. »Natürlich, das Prinzesschen muss ja vor dem Hurenkind geschützt werden. Nun gut, ich habe mir da etwas überlegt.«

»Und zwar?«

»Wenn ich dir Arthurs Briefe übergebe, wer garantiert mir dann, dass du wirklich jedes Jahr bezahlst?«

»Noch habe ich nicht gesagt, dass ich bezahle.«

»Aber du wirst es tun. Anne zuliebe. Du bist eine gute Mutter, das weiß ich. Meine Mutter war das auch. Sie hätte alles für mich getan. Mütter sind so.«

»Hör auf, um den heißen Brei zu reden. Was willst du?«

Georgina kramte eine Schachtel Zigaretten aus ihrer Handtasche. »Hast du Streichhölzer? Ach nein, du rauchst ja nicht. Wegen deiner Stimme.« Suchend sah sie sich um. Einer der Kellner eilte herbei und gab ihr Feuer. Sie lehnte sich zurück, inhalierte und blies den Rauch in Sarahs Richtung.

Sarah erwiderte stumm ihren Blick, bemüht, keine Miene zu verziehen.

Schließlich bequemte Georgina sich dazu, weiterzusprechen. »Die Sache ist die: Ich kann dir die Briefe nicht geben, weil ich dann nichts mehr in der Hand habe. Deshalb habe ich mir überlegt, dass jährliche Zahlungen vielleicht doch keine so gute Idee sind. Ich meine, du könntest nächstes Jahr sterben, und dann?« Sie machte eine Pause und hob herausfordernd das Kinn. Sarah schwieg weiterhin.

»Kurz und gut, wir einigen uns auf einen Kompromiss. Du gibst mir statt jährlich zehntausend Dollar einmalig hunderttausend, und du bekommst die Briefe.«

Sarah verschluckte sich und rang nach Luft. »Hunderttausend? Das ist absurd.«

»Damit kommst du noch gut weg. Stell dir vor, du lebst noch dreißig Jahre, dann müsstest du mir dreihunderttausend zahlen.«

»Wenn *du* solange lebst …«, gab Sarah erbost zurück. »Ich habe keine hunderttausend Dollar.«

»Mach dich nicht lächerlich. Tanners Vermögen ist sehr viel größer. Spätestens in einem Monat will ich das Geld haben.«

»Tanners Vermögen besteht nicht aus Bargeld. Es sind Eisenbahnanteile, Grundstücke, Häuser. Ich kann unmöglich in vier Wochen so viel Bargeld aufbringen.«

Georgina erhob sich. »Du findest bestimmt einen Weg. Verkauf dein Haus! So eine hübsche Villa bringt sicher einiges an Geld. Wir sehen uns in vier Wochen hier. Der Champagner geht auf deine Rechnung.«

Sie erhob sich und legte einen Umschlag auf den Tisch, dann rauschte sie hinaus.

Sarah griff nach dem Brief, öffnete ihn und zog zwei Blätter heraus. Das erste war wieder mit Schreibmaschine geschrieben: *Ein kleiner Vorgeschmack.*

Das Papier des zweiten war schon etwas vergilbt, und er war mit Tinte geschrieben.

Es war Arthurs Handschrift.

Hastig überflog sie ihn. Es war nicht der Brief, in dem er die Vaterschaft anzweifelte, natürlich nicht. So dumm war Georgina nicht, ihre Beweise einfach so wegzugeben.

Es war ein Liebesbrief. Arthur versicherte Helen, dass er sie mehr liebe als alles in der Welt und dass er es kaum erwarten könne, wieder seinen »Liebesspeer« in ihrer »Lustgrotte« zu versenken.

Sarah entfuhr ein Grunzlaut, den sie rasch in ein Hüsteln verwandelte. Sie schloss die Augen und öffnete sie wieder. Die Worte standen immer noch da.

»Liebesspeer«, murmelte sie und schüttelte den Kopf. »Lustgrotte.«

Nicht zu fassen. Arthur, der sich immer so moralisch gegeben hatte, hatte eine Seite gehabt, von der sie nie etwas geahnt hatte. Wie hatte er sich über die Scheidung eines befreundeten Paares aufgeregt. Die Ehe sei ein heiliges Sakrament und unauflöslich, die Frau eine »Gefallene«.

Wie alt war er gewesen, als er dieses schwülstige Machwerk verfasst hatte? Sie suchte nach dem Datum im Briefkopf und erstarrte. Er war am 27. September 1887 geschrieben.

Leichte Übelkeit erfasste sie. Ende September 1887 hatte sie nach einer Fehlgeburt im Krankenhaus gelegen und mit dem Tode gerungen. Währenddessen hatte Arthur mit seiner Geliebten geschlafen und ihr schlüpfrige Briefe geschrieben. Dieses verdammte Schwein. Sie murmelte einige der italienischen Flüche, die ihre Großmutter nur bei besonderen Gelegenheiten benutzt hatte, und steckte den Brief ein.

An ihrer Schokolade nippend, beobachtete sie die Pelikane, die immer noch auf der Jagd waren.

Wie sollte sie in vier Wochen so viel Bargeld herbeischaffen? Sie würde Anleihen unter Wert verkaufen müssen, was hieß, sie würde im Grunde noch mehr bezahlen als hunderttausend Dollar. Und sie hatte bisher weder Arthurs Briefe noch einen Beweis, dass Georgina wirklich seine Tochter war.

Am nächsten Tag ging sie zur Bank und sprach mit dem Direktor. Sie erzählte ihm von einem wunderbaren Haus, das sie kaufen wolle, um das sich aber noch jemand anderes bemühe, weshalb sie schnell Bargeld brauche. Wie erwartet, war es nicht möglich, innerhalb von vier Wochen eine derartige Summe abzuheben, ohne große Verluste zu machen. »Ihr Geld ist fest angelegt. Wenn sie es vorzeitig abheben, kostet sie das Gebühren.«

Er könne ihr zunächst fünfundzwanzigtausend Dollar zur Verfügung stellen. »Dann können Sie eine Anzahlung leisten.«

»Das ist eine gute Idee.«

Auf dem Weg nach Hause fasste sie einen Entschluss. Sie musste noch einmal mit Georgina reden. Da sie keine Ahnung hatte, wo sie wohnte, rief sie beim *Examiner* an und bat darum, dass Miss Astor zurückrufe.

Georgina meldete sich beinahe umgehend. »Liebe Mrs. Tanner, wie geht es Ihnen?«, säuselte sie ins Telefon.

»Ich muss mit dir reden.«

»Oh, ich habe leider sehr wenig Zeit. Ich muss heute noch Horatio Stoll interviewen, wir bringen am Wochenende einen großen Artikel über die Grand Opera und ihre Stars.«

Sarah umklammerte den Hörer. »Wir treffen uns morgen um zwölf Uhr im Garden Court.«

Ohne auf Antwort zu warten, legte sie auf. Georgina würde kommen.

Die Reporterin wartete bereits auf Sarah, als sie das Garden Court betrat.

»Ich habe nicht viel Zeit«, sagte sie anstelle einer Begrüßung. »Was gibt es?«

Einen Augenblick spielte Sarah mit dem Gedanken, sich erst einmal umständlich nach Georginas Befinden zu erkundigen, so wie die Reporterin es sonst bei ihr zu tun pflegte, doch dann setzte sie sich und kam direkt zur Sache. »Ich war bei der Bank. Ich bekomme das Geld nicht innerhalb von vier Wochen.«

Georgina grinste süffisant. »Wie schade.«

»Ich biete dir Folgendes an: vier Raten à fünfundzwanzigtausend Dollar. Die erste Rate bekommst du in vier Wochen, die zweite, wenn ich aus Europa zurückkehre, die dritte an Weihnachten und die letzte im Februar nächsten Jahres. Nach der zweiten Rate möchte ich sämtliche Briefe, die dieser Mistkerl geschrieben hat. Nach Zahlung der vierten Rate wirst du nie wieder etwas über mich oder meine Tochter schreiben. Auch nichts über Emilia Rossi.

Das ist mein einziges Angebot. Wenn du es nicht annimmst und Annes Ruf in den Dreck ziehst, bringe ich dich und Hearst wegen Rufmord vor Gericht. Ich habe dann hunderttausend Dollar, um Anwälte zu bezahlen. Entscheide dich!«

Georginas Grinsen war während Sarahs Rede aus ihrem Gesicht gewichen. »Du fährst nach Europa? Das wusste ich ja gar nicht.«

»Ich bin nicht der Ansicht, dass dich meine Reisepläne etwas angehen.«

»Ich denke über dein Angebot nach.« Georgina rückte ihren Stuhl zurück.

»Nein!« Sarahs Stimme war so scharf, dass die Leute am Nachbartisch die Köpfe wandten.

Sie fuhr leiser fort. »Mein Angebot gilt nur jetzt und hier. Wenn du gehst, werde ich mit dem Geld Anwälte engagieren.«

Langsam ließ Georgina sich in ihren Stuhl zurücksinken und musterte Sarah.

»Ich nehme an. Wir treffen uns am Freitag, den 20. April, im Cliffhouse. Ich will Bargeld, keinen Scheck. Und glaube nicht, du könntest dich nach Europa absetzen, damit du um die anderen Raten herumkommst.«

»Keine Sorge. Ich komme wieder.« Sie ließ es wie eine Drohung klingen.

28. KAPITEL

Wie nicht anders zu erwarten gewesen war, war der erste Auftritt des MET-Ensembles ein voller Erfolg.

Sarah hatte zusammen mit Alice und Anne die Vorstellung besucht. Sie fühlte sich wie berauscht, als sie die Oper verließ. Enrico Caruso war wahrhaftig kein Adonis, seine Statur war untersetzt, sein Mund wirkte ein wenig verkniffen und sein Haar lichtete sich bereits, doch wenn er sang, war er der schönste Mann der Welt. Seine Stimme hatte ein Timbre, das sie verzauberte.

Aber auch Olive Fremsted als Carmen war großartig gewesen, ebenso wie Emma Abbott.

Sie war zu aufgewühlt, um sofort einzuschlafen, so setzte sie sich noch in den Salon, trank ein Glas Wein und dachte nach.

Vor einigen Tagen war das Foto, das im November von ihr und Brandon beim Verlassen der Oper gemacht worden war, im Examiner erschienen. Zusammen mit einem Artikel, natürlich aus Georginas Feder. Sarah hatte den Text nur überflogen, er glich den vielen anderen Artikeln, die schon über sie erscheinen waren.

Nun ja, in zwei Tagen würde sie sich mit der Reporterin im Cliffhouse treffen und ihr die erste Rate überreichen und kurz danach nach Europa aufbrechen. Sie freute sich auf die Reise und darüber, Georgina und Hearsts Klatschpresse den Rücken zu kehren.

Inzwischen hatte sie Peer geschrieben, dass sie Mitte Mai kommen würde. Die Idee, ihn zu überraschen, hatte sie verworfen. Das Risiko, ihn nicht anzutreffen, weil er sich nicht in Mollösund, sondern in Göteborg aufhielt, wo er die Schule besuchte, war zu groß.

Sie erwachte, weil ihr Bett schwankte. Im ersten Moment wähnte sie sich in einem Traum. Es fühlte sich beinahe so an wie auf einem Schiff bei starkem Seegang. Doch dann hörte sie ein Rumpeln, ein tiefes drohendes Grollen, und schlug die Augen auf. Ihr Bett bebte und begann zu bocken wie ein Pferd. Von draußen drang das Klirren von Glas, ein Krachen, als irgendwo im Haus ein Schrank umfiel. Dann zerbarst die Fensterscheibe. Sie versuchte aufzustehen, aber das Zimmer bebte so stark, dass sie zu Boden fiel. Auf allen Vieren kroch sie zur Tür und zog sich am Türrahmen hoch.

Der nächste Stoß ließ sie auf den Flur taumeln. Die Vitrine war umgefallen, überall lagen Glasscherben.

»Anne!« Ihre Stimme gellte durchs Haus. Sie mussten hier raus. Sofort! Immer noch bebte die Erde.

»Hier bin ich.« Anne riss die Tür ihres Schlafzimmers auf und klammerte sich am Türrahmen fest. »Was ist das?«

»Ein Erdbeben. Komm.«

Sie stützten sich an den Wänden ab, bis sie die Treppe erreichten. Die Stöße ließen nach. An das Geländer geklammert, tasteten sie sich die Treppe hinunter. Es dämmerte bereits, es musste früh am Morgen sein. War Emily im Haus, oder hatte sie heute bei ihrer Mutter übernachtet? Sarah wusste es nicht mehr.

»Emily! Wo bist du?«

In der Eingangshalle kauerte jemand auf dem Boden. Anne lief zu ihr. »Emily, steh auf.«

Das Hausmädchen hob den Kopf. Ihre Augen wirkten leer. Gemeinsam zogen sie das Mädchen auf die Beine. Anne wollte zur Haustür laufen, doch Sarah hielt sie zurück.

»Nicht auf die Straße, in den Garten.« Auf der Straße war die Gefahr zu groß, dass sie von herabfallenden Steinen anderer Häuser getroffen wurden.

Ein neuer Erdstoß erschütterte das Haus. Zu dritt stolperten sie durch den Salon. Auch hier waren Möbel umgefallen, die große Glastür zur Terrasse war aufgesprungen, allerdings nicht zerbrochen. Sie hasteten über die Terrasse in den Garten.

Emily wollte stehen bleiben, doch Sarah zog sie mit sich. »Weiter.«

Der Kräutergarten schien Sarah weit genug vom Haus entfernt, um sicher zu sein. Dort ließ sie Emily los und sah sich um. Die Erde hatte aufgehört zu beben. Ihr Haus stand noch, die Nachbarhäuser ebenfalls. Zitternd rieb sie sich die Arme. Anne stand neben ihr. »Hört nur«, sagte sie.

Von der Straße drangen Schreie, das schrille Wiehern von Pferden, dumpfes Rumpeln und dann ein Krachen. Eine Staubwolke stieg auf, anscheinend war eines der Häuser in der Nähe eingestürzt.

»Wir sollten erst einmal hierbleiben«, murmelte Sarah.

Sie setzten sich in Gras – Sarah in der Mitte, die beiden

jungen Frauen rechts und links von ihr – und hielten sich aneinander fest. Immer wieder krachte und rumpelte es, von ferne hörten sie die Glocken der Feuerwehrwagen.

Emily schluchzte leise.

»Das Beben scheint vorbei zu sein«, sagte Anne einige Zeit später. »Lasst uns nachsehen, wie groß die Schäden sind.«

Schniefend wischte sich Emily über die Nase. »Ich muss zu meiner Mutter. Sie ist bestimmt außer sich vor Angst.«

»Geh nur, aber sei vorsichtig. Es können immer noch Steine herabfallen«, sagte Sarah und stand auf. Anne klopfte sich den Rock ab. »Wir sollten nachsehen, ob jemand von den Nachbarn Hilfe braucht.«

Die Schäden in Sarahs Haus waren nur gering … Ein paar umgefallene Schränke, und die Fensterscheiben zur Straße waren zersprungen. Sarah kramte ihre Hosen aus dem Schrank – wer wusste, was sie dort draußen erwartete – es war sicher besser, wenn sie sich frei bewegen konnte. Sie band ihr Haar zu einem Zopf und lief dann die Treppe hinunter. Anne wartete bereits auf sie. Auch sie hatte sich für Hosen entschieden. Inzwischen mochte eine Stunde seit dem Beben vergangen sein. Hoffentlich war es vorbei.

Die Eingangstür klemmte ein wenig, doch nach einigem Rütteln gab sie nach. Sarah und Anne liefen hinaus auf die Straße. Überall standen Leute, manche komplett angekleidet, andere hatten nur einen Mantel über ihr Nachtgewand geworfen. Fast alle blickten die Straße hinunter in Richtung der Bay. Von dort stiegen dicke schwarze Rauchwolken in den Morgenhimmel, am Hafen schimmerte es rötlich.

Anne keuchte entsetzt auf. »Es brennt! San Francisco brennt!«

Mr. Kerrigan, der mit seiner Familie zwei Häuser weiter wohnte, tätschelte ihr tröstend die Schulter. »Machen Sie sich keine Sorgen Miss, wir haben die beste und schnellste Feuerwehr, die es gibt. Fünfhundertfünfundachtzig Männer sind unterwegs. Sie werden das Feuer löschen. Wie sieht es bei Ihnen im Haus aus?«, wandte er sich an Sarah.

»Ganz gut, ich glaube, wir sind glimpflich davongekommen.«

»Weiter unten sieht es nicht so gut aus«, sagte einer der Männer neben Sarah. »Da sind wohl einige Häuser eingestürzt.«

»Da!« Mrs. Kerrigan zeigte auf einen Kirchturm in der Nähe, er neigte sich zur Seite. Sarah konnte die Glocken dröhnen hören, dann kippte der Turm und verschwand in einer Staubwolke.

Die Leute blieben auf der Straße, redeten miteinander oder schwiegen. Auch Sarah empfand eine eigenartige Scheu, in ihr Haus zurückzukehren. Vielleicht gab es noch mehr Nachbeben. Hier draußen, unter Menschen, fühlte sie sich sicherer. Sie hatte keine Ahnung, wie viel Zeit vergangen war, als zwei Reiter die Straße entlangkamen. Soldaten der Army. Sie forderten die Leute auf, ihre Häuser zu verlassen und sich zum Presidio zu begeben, im Militärstützpunkt sei es sicherer, dann ritten sie weiter. »Es muss schlimmer sein, als wir dachten«, stellte Sarahs Nachbar fest.

Obwohl es längst Tag sein musste, wurde es nicht wirklich hell. Dichte Rauchwolken hingen über der Stadt, immer wieder hörte man das Bimmeln der Löschwagen und das Krachen einstürzender Häuser.

Und dann kamen die Menschen. Pferdefuhrwerke zogen vorbei, Leute mit Handkarren, Menschen, die Koffer hinter sich herzerrten. Männer, Frauen und Kinder mit erstarrten Gesichtern. Sie berichteten von zerstörten Gebäuden, von ganzen Straßenzügen, in denen kein Stein mehr auf dem anderen stand, von den Feuern, die überall wüteten.

»Die Gasleitungen sind gebrochen«, sagte einer. »South of Market brennt, der Finanz Distrikt brennt, Nob Hill brennt.«

»Aber unsere Jungs, unsere Feuerwehr?«, stammelte Kerrigan.

Der Mann schüttelte den Kopf. »Die Wasserleitungen sind ebenfalls zerstört, sie haben nichts zum Löschen.«

Sarah rannte ins Haus und griff zum Telefon. Die Leitung war tot. Langsam legte sie den Hörer zurück. Was war mit ihrer Mutter und mit Mary, die ebenfalls in Nob Hill wohnten?

Wie betäubt ging sie wieder nach draußen.

Inzwischen sah man nicht nur Rauch über den Gebäuden, sondern auch Flammen, die in den Himmel schlugen.

»Vielleicht sollte ich zu Mutter und Mary fahren und nachsehen«, sagte Sarah zu Anne.

»Nein, du hast doch gehört, dass es dort brennt. Sie hat sicher gleich das Haus verlassen und ist schon auf dem Weg hierher.«

»Ich weiß nicht. Hoffentlich!«

Sie kamen zu fünft. Alice, Elizabeth und Mary mit ihren beiden Kindern.

»Gott sei Dank!« Zutiefst dankbar umarmte Sarah erst Alice, dann ihre Mutter.

»Sie sind vor einer Stunde zu mir gekommen«, sagte Alice. »Ich dachte erst, wir könnten bleiben, doch dann kam die Army und meinte, wir sollten zum Presidio laufen.« Sie zuckte die Schultern. »Ich dachte, wir gehen erst mal zu dir.«

Elizabeth setzte sich auf die Stufen, die zu Sarahs Haustür führten, und schlug die Hände vors Gesicht. »Mein Haus ist fort.«

Anne wandte sich an Mary. »Was ist mit eurem Haus?«

Marys Gesicht war ebenso erstarrt wie die Gesichter der Menschen, die aus der Innenstadt nach oben zogen. »Eingestürzt. Abgebrannt«, sagte sie tonlos.

Sarahs Brust wurde eng. »Und Frank, was ist mit Frank?«

»Er war noch im Haus, als es eingestürzt ist.« Mit leerem Blick starrte sie die Straße hinunter.

Ihre kleine Tochter klammerte sich an ihren Rock, aber Mary schien es nicht zu spüren.

Gegen Mittag erschütterten Detonationen die Stadt.

Die Feuerwehr versuche mittels Sprengungen, Brandschneisen zu schaffen, um die Feuer einzudämmen, erzählte ihnen eine Frau, die ein weinendes Kind hinter sich herzog.

Der Wind brachte Brandgeruch und Hitze mit sich. Noch mehr Menschen passierten Sarahs Haus, und mit ihnen kamen neue Schreckensmeldungen. In der Stadt tobe ein Feuersturm. Die Luft sei so heiß, dass man nicht atmen könne und Menschen sich einfach so entzündeten.

Das Call Building sei von innen ausgebrannt und drohe einzustürzen. In den oberen Stockwerken waren noch Leute eingeschlossen.

Schweigend standen sie auf der Straße, zusammen mit hunderten anderer Menschen und sahen zu, wie die Stadt brannte.

Wieder kamen berittene Soldaten vorbei und forderten sie auf, ihre Häuser zu verlassen.

Diesmal folgten Sarah und Anne der Aufforderung. Sie gingen ins Haus, um das Nötigste zusammenzupacken.

Warme Sachen, Geld. Aus der Küche holte sie Brot und Käse und stopfte beides in eine große Tasche. Sie hätte gerne Wasser abgefüllt, doch aus der Leitung kamen nur ein paar Tropfen und dann nichts mehr. Zum Schluss lief sie ins Musikzimmer, wo sie Peers Briefe aufbewahrte, und packte sie ein. Sie strich über ihren Flügel, spielte ein paar Töne. Es war lächerlich, um ein Musikinstrument zu weinen, wo da draußen Menschen starben, aber sie tat es trotzdem.

Seit über dreißig Jahren hatte er sie musikalisch begleitet. Auf ihm hatte ihre Mutter die Kinderlieder begleitet, die sie gesungen hatte, und später die Privatlehrerinnen ihre ersten Arien.

»Mama!« Anne stand an der Tür. »Komm endlich.«

Mit einem Knall schlug Sarah die Klappe über der Tastatur zu. »Ich komme.«

Zu siebt schlossen sie sich dem Zug der Menschen zum Presidio an. Alice stützte Elizabeth, Sarah nahm Marys Kinder bei der Hand, und Anne legte Mary den Arm um die Schultern, während sie gingen.

Im Park wimmelte es von Flüchtlingen. Alice war so geistesgegenwärtig gewesen und hatte eine Decke eingepackt. Sie breitete sie unter einem Baum aus. Und dann warteten sie.

Als die Nacht hereinbrach, rückten sie enger zusammen, um sich gegenseitig zu wärmen. Annes Kopf sank auf Sarahs Schulter, sie schlief ein. Sarah fand keine Ruhe.

Stunde um Stunde saß sie an den Stamm des Baumes gelehnt und starrte in den Himmel. Die Feuer verliehen den Rauchschleiern einen Rosaschimmer, der von Lavendeltönen durchzogen war. Ab und flammte es rot auf, dann wieder zeigten sich Schattierungen von blau und sogar grün. Etwas Derartiges hatte sie nie gesehen. Peer hatte ihr einmal von Nordlichtern erzählt. Sie fragte sich, ob sie so ähnlich aussahen.

29. KAPITEL

Peer bestand die Prüfungen zum Steuermann mit Leichtigkeit. Lediglich mit der Algebra hatte er einige Probleme.

Eigentlich hätten ihm jetzt alle Wege offen gestanden, aber so? Er hatte sich die Sache selbst eingebrockt, es nützte nichts, jetzt noch darüber zu grübeln. Vielleicht wartete bereits Post aus San Francisco auf ihn, wenn er nach Hause kam. Doch es war noch zu früh für eine Antwort. Dafür bekam er einen Brief von Alex. Er war inzwischen in Rotterdam, und es gefiel ihm sehr gut dort, was wohl hauptsächlich an einer gewissen Grietje lag, von deren üppigen Formen und heller Haut er schwärmte. Peer lächelte, als er den Brief las. Sein bester Freund hatte sich nicht verändert.

Marit hatte eine kleine Feier für ihn organisiert und natürlich auch Senta eingeladen. Offensichtlich hatte seine Schwester die Hoffnung immer noch nicht aufgegeben.

Ebenso wenig wie Senta selbst, die immer mal wieder vorbeikam, angeblich um seiner Mutter ein wenig zur Hand zu gehen. Elsa war natürlich dankbar dafür, dass die junge Frau ihr so manchen Gang ersparte, sei es zum wöchentlichen Markt am Hafen oder zum Postamt.

Peer dagegen versuchte, Senta mit dieser gewissen unverbindlichen Freundlichkeit zu begegnen, die die Menschen aus Sarahs Kreisen so hervorragend beherrschten. Nächste Woche würde er mit der *Snowdrop* hinausfahren. Ein wenig freute er sich darauf. So konnte er sich die Wartezeit auf Sarahs Antwort zumindest etwas verkürzen.

Am Freitag hatte Senta seine Mutter zum Markt begleitet, um ihr beim Tragen der Einkäufe zu helfen. Peer war in seinem Zimmer und rasierte sich, als sie wiederkamen.

»Peer, du hast Post!«, rief Senta, als sie mit Elsa das Haus betrat.

Das Rasiermesser fiel ihm aus der Hand. Hastig sprang er auf und riss die Tür auf.

Das musste die Antwort von Sarah sein.

»Post?«

»Hier.« Senta hielt ihm einen dicken Umschlag entgegen. »Er ist aus Göteborg. Von deiner Großmutter.«

»Von Linnea?« Die Enttäuschung war so heftig, dass der Boden unter ihm zu schwanken schien. Warum schickte Linnea ihm einen Brief?

Er riss den Umschlag auf. Darin war kein Brief, sondern eine Zeitung. Der Göteborger Stadtanzeiger. Auf der ersten Seite sprang ihm die Schlagzeile ins Auge: *Schweres Erdbeben und Feuer in San Francisco.*

Er zwinkerte. Las nochmal.

»Was ist los? Du bist ganz blass …« Sentas Stimme schien aus weiter Ferne zu kommen.

Er beachtete sie nicht weiter, sondern setzte sich an den Tisch, glättete die Seite und begann zu lesen:

San Francisco, die Hauptstadt Kaliforniens und bedeutendste Stadt an der Westküste, ist am 18. April von einem Erdbeben großflächig zerstört worden.

Gegen fünf Uhr morgens wurde die Stadt von einem Erdstoß erschüttert, der etwa drei Minuten dauerte und tausende von Gebäuden völlig zerstörte oder schwer beschädigte. Der plötzliche Erdstoß ließ die Häuser einstürzen und zahllose Einwohner wurden unter den Trümmern begraben. Ein zweites Beben folgte drei Stunden später, richtete jedoch nicht mehr viel Schaden an. Durch den ersten Erdstoß waren an vielen Stellen der Stadt, wahrscheinlich durch das Platzen der Gasrohre, Feuer ausgebrochen, die nicht gelöscht werden konnten, da die Wasserleitungen geborsten waren. Die Feuersbrunst hat bereits das ganze Geschäftsviertel verwüstet und wütet nach den letzten Nachrichten immer noch. Der Verlust an Menschenleben ist noch nicht abzuschätzen, die neusten Angaben sprechen von 2000–5000 Toten. Da auch die Telegraphenlinien vielfach vernichtet wurden, liegen uns verlässliche Mitteilungen über die Größe des angerichteten Schadens nicht vor.

Erdstöße, Feuersbrünste und tausende von Toten. Gehörte Sarah zu ihnen? Seine quirlige, lebenssprühende Sarah? Sie konnte nicht tot sein, durfte nicht tot sein.

Senta beugte sich über seine Schulter. »Warum schickt dir deine Großmutter eine Zeitung?« Sie stockte. »Oh, wie furchtbar. Die armen Menschen. Kennst du jemanden in San Francisco?«

Peer sah auf und begegnete dem Blick seiner Mutter. Sie hatte die Brauen zusammengezogen, und er konnte in ihrem Gesicht lesen, dass sie ahnte, um wen es ging.

»Ja«, beantwortete er Sentas Frage. Er schob seinen Stuhl zurück und verließ das Haus. Keine Fragen, nicht jetzt. Er musste alleine sein. Er ging am Hafen vorbei Richtung Leuchtturm. Am Ende des Ortes führte ein Weg hinauf auf das Felsplateau des Galgeberget. Es war nicht so hoch wie der Klockeberget, doch von hier konnte man ebenfalls über das Meer sehen. Und es kamen kaum Leute hierher. Er verließ den Weg und stieg über die Felsen. Heidekraut rauschte und knisterte unter seinen Füßen. Mechanisch wich er Spalten und sumpfigen Stellen aus.

Als er glaubte, weit genug gegangen zu sein, ließ er sich in eine der moosbewachsenen Mulden fallen, drehte sich auf den Rücken und starrte in den Himmel.

Sie war nicht tot. Er würde es spüren, irgendwie, wenn sie nicht mehr leben würde.

Er war mit Geschichten aufgewachsen, die sich die Frauen in den Winternächten erzählten und die davon handelten, wie sie nachts aus dem Schlaf gerissen wurden, weil sie ihre Männer oder ihre Söhne nach ihnen rufen gehört hatten.

Doch wenn sie die Tür öffneten, war da niemand. Und irgendwann später kam die Nachricht, dass die Männer oder Söhne tot waren, gestorben in jener Nacht, als die Frauen und Mütter glaubten, ihre Stimmen gehört zu haben.

Er hatte es immer als Aberglauben abgetan, aber jetzt hoffte er auf ein Fünkchen Wahrheit.

Denn er hatte keine Möglichkeit, herauszufinden, ob sie noch lebte. Selbst wenn jetzt ein Brief von ihr kam, war der lange vor dem Erdbeben geschrieben worden.

Er konnte ihr noch nicht einmal ein Telegramm schicken. Die Telegraphenleitungen waren zerstört, und in der Stadt gab es derzeit wohl drängendere Probleme als die Reparatur derselben.

Ob irgendeiner ihrer Verwandten daran dachte, ihn zu informieren, wenn ihr etwas zugestoßen sein sollte, wagte er zu bezweifeln. Anne vielleicht. Wenn sie nicht ebenfalls unter den Opfern war.

Zeitungen. Das konnte eine Lösung sein. Sarah war als Emilia Rossi eine Berühmtheit. Sicher würde es in der Zeitung stehen, wenn sie beim Erdbeben ums Leben gekommen war.

Rasch stand er auf und lief zurück zum Dorf. Aus seinem Zimmer holte er den Zettel mit Anders' Telefonnummer, danach rannte er zur Poststation.

Matthias wollte gerade abschließen, es musste Mittag sein.

»Warte einen Moment, ich muss telefonieren!«, rief Peer ihm zu.

Langsam wandte Matthias sich um und runzelte unwillig die Stirn. »Sofort? Ich hab jetzt Pause.«

»Bitte, es ist dringend.«

»Dringend«, brummte Matthias. »Dringend. Bei euch jungen Leuten ist es doch immer dringend. Aber bitte schön.« Er stieß die Tür wieder auf. »Wohin?«

»Nach Göteborg. Hier ist die Nummer.«

Matthias steckte die Verbindungen und wies dann auf den Telefonapparat an der Wand.

»Da ist das Gespräch.«

Peer hob den Hörer ab. Er hatte Glück, Anders war gleich selbst am Telefon. Seine Stimme klang hörbar erschrocken. »Peer! Ist was passiert? Etwas mit Mutter?«

»Nein, es geht ihr gut. Anders, kannst du mir amerikanische Zeitungen besorgen? Ich brauche welche aus San Francisco, die über das Erdbeben berichten.«

»Das sollte gehen. Die Schnelldampfer haben immer Zeitungen dabei, allerdings nicht unbedingt aus Kalifornien. Aber es wird sicher in allen Zeitungen darüber berichtet.«

»Das ist gut, aber ich brauche unbedingt welche aus San Francisco.«

Anders zögerte. »Ich könnte sie bei unserem Partner in Los Angeles bestellen. Es dauert natürlich eine Zeit, bis sie hier sind, und billig wird es auch nicht.«

»Das macht in diesem Fall nichts.« Peer dachte nach. Das Erdbeben war vor zwei Tagen gewesen. Namen würde es frühestens nächste Woche geben. »Besorg mir die Zeitungen für nächste, nein, für die nächsten zwei Wochen ab Montag.«

»Ich sehe, was ich tun kann. Das Beste wird sein, ich lasse sie sammeln und dann als Paket herschicken.«

Peer dankte ihm und legte auf.

Matthias starrte ihn neugierig an. »Was brauchst du Zeitungen aus San Francisco?«

»Es gab ein Erdbeben, und ich kenne einige Leute dort«, antwortete Peer vage. Das fehlte noch. Der Alte würde es seiner Tochter erzählen und was die wusste, das wusste das ganze Dorf.

Jetzt hieß es wieder warten für ihn. Inzwischen war er sehr froh, dass er die nächste Woche mit der Snowdrop hinausfahren würde. Auf See hatte er weniger Zeit zum Grübeln.

Ein fast vergessenes Glücksgefühl durchflutete ihn, als er seinen Fuß auf die Planken der Snowdrop setzte. Sie war ein schönes, schlankes Schiff, einer der englischen Trawler, die nach Schweden verkauft worden waren, als die Engländer begonnen hatten, mit Dampfschiffen auf Fischfang zu gehen.

Etwa zehn Tage sollte diese Fahrt dauern. Die Küste entlang nach Norden und dann nach Westen in die Nordsee. Es war das erste Mal seit einem Jahr, dass er länger auf See sein würde als ein oder zwei Tage.

Der Schiffsjunge kam ihm eifrig entgegen. »Guten Morgen, Herr Svensson. Ich bringe Ihre Sachen in Ihre Kabine.«

Peer lächelte ihn an. »Danke, Magnus.«

Er kannte den Jungen noch von früher, er war der Sohn von Emil Nordström, einem guten Freund, der vor zwei Jahren in Victoria ums Leben gekommen war.

»Hej, Peer.« Der Kapitän, Bernhard Larsson, klopfte ihm auf die Schulter. »Jetzt warten wir nur noch auf Ole, dann legen wir ab. Der Wind steht gut, wir sollten flott vorankommen.«

»Wahrscheinlich kann Ole sich mal wieder nicht von seiner Frau losreißen«, spöttelte Arne, einer der Fischer, und erntete damit grölendes Gelächter bei seinen Kameraden.

»Kein Wunder, sie ist ja auch ein Prachtweib«, gab ein anderer zurück und zeichnete mit den Händen üppige Formen in die Luft.

»Lass das bloß nicht deine Helga hören. Die gibt dir sonst was hinter die Ohren.«

Peer lachte mit den anderen.

Schließlich hastete Ole den Steg entlang, warf seinen Seesack an Bord und sprang hinterher.

Für sein spätes Erscheinen musste er sich ein paar zotige Bemerkungen anhören, bis der Kapitän die Männer zur Ordnung rief.

Auf Larssons Nicken hin gab Peer Befehl, die Segel zu setzen. Die Leinen wurden losgeworfen, und die Snowdrop legte sich in den Wind. Peer steuerte sie selbst durch den Sund.

Nicht, dass es nötig gewesen wäre, jeder an Bord wäre dazu fähig gewesen, schließlich kannten die Männer die Schären hier wie ihre Westentasche. Es war sein Wunsch gewesen.

Als sie den Sund hinter sich gelassen hatten, wurde die See rauer. Der Wind blies nun ungehindert über die See, füllte die Segel. Die Planken knarrten, und in der Takelage rauschte es, als die Snowdrop sich nach Norden wandte.

Peer überprüfte den Kurs und übergab das Ruder an Arne. Er trat an die Reling und sah zurück auf das rasch kleiner werdende Dorf.

Ihm wurde leicht ums Herz, fast, als hätte er einen Teil seiner Sorgen an Land zurückgelassen.

Zum ersten Mal seit der Nacht nach Livias Tod, in der er den verzweifelten Brief an Sarah geschrieben hatte, konnte er glauben, dass sich vielleicht noch alles zum Guten wenden könnte. Dass Sarah in Sicherheit war und ihm verzeihen würde. Und sie sich wiedersehen würden.

Er warf einen letzten Blick auf Mollösund, dann wandte er sich ab und ging zum Bug. Es wartete Arbeit auf ihn.

30. KAPITEL

Die Stadt brannte drei Tage. »San Francisco ist tot und wird nicht mehr auferstehen«, schrieb eine Zeitung.

Zwei Tage harrten Sarah und die anderen im Presidio aus, dann kehrten sie in Sarahs Haus zurück. Dank der Präsenz der Soldaten war nichts zerstört, nichts geplündert worden. Sarahs Onkel kam mit dem Automobil von der Villa Antonella gefahren und bot ihnen allen Unterkunft auf dem Weingut an. Elizabeth und Mary nahmen das Angebot dankbar an.

Sarah und Anne beschlossen, in San Francisco zu bleiben.

Alices Heim hatte die Katastrophe ebenfalls überstanden. Sie zog es trotzdem vor, bis zu ihrer Abreise nach Europa bei Sarah zu wohnen. Gemeinsam räumten die drei Frauen auf, so gut sie es vermochten.

In der ersten Woche nach dem Beben taten sie jedoch vor allem eines: anstehen.

Anstehen für Wasser, anstehen für Suppe, anstehen für Brot.

Nahrungsmittel und Wasser waren knapp, doch Hilfe kam schnell. Das Militär baute Suppenküchen auf, und Randolph Hearst organisierte zwölf Züge mit Hilfsgütern. Eine Woche nach dem Beben staunte Sarah über tausende von Notunterkünften, die in aller Eile errichtet worden waren. Obwohl es nur einfache Holzhütten waren, erfüllten sie ihren Zweck. Im Presidio standen außerdem hunderte von Zelten.

Anne meldete sich beim Roten Kreuz, um zu helfen, und auch Sarah ging zu einer der Garküchen und bot ihre Hilfe an.

Der Mann hinter dem Herd musterte sie kritisch. »Keine gute Idee. Wir kochen hier keine feinen Menüs, sondern haben nur die einfachsten Zutaten und müssen große Mengen kochen.«

»Ich habe vier Monate lang auf einem Schiff für die Mannschaft gekocht. Die Zutaten waren nicht besonders erlesen, wie Sie sich bestimmt vorstellen können. Ich kann das.«

»Können Sie Kartoffeln schälen?«

»Ja.«

Die Miene des Mannes hellte sich auf. »Na dann! Wir können jede Hilfe brauchen. Wie heißen Sie, Ma'am?«

»Sarah.«

Er streckte ihr die Hand hin. »Ich bin Jim!«

So begann sie, wieder als Küchenhilfe zu arbeiten. Und sie war nicht die Einzige. Angesichts der Katastrophe verwischten soziale Unterschiede. An den Herden arbeiteten junge Frauen mit Abschluss der Universität Stanford neben Arbeiterinnen aus den Fabriken. In den Straßen sammelten Bankangestellte gemeinsam mit Hafenarbeitern die noch warmen Ziegel aus den Trümmern, um Baumaterial für neue Häuser zu gewinnen.

Und in den Schlangen vor den Essensausgaben standen Menschen aus allen Schichten, und keiner drängelte sich vor.

San Francisco war noch lange nicht tot. Es erfand sich neu.

*

Zehn Tage nach dem Beben reiste Alice nach Europa ab. Sarah und Anne hatten sich entschlossen, vorerst in San Francisco zu bleiben.

»Wir kommen nach«, versicherte Sarah ihrer Tante. »Sobald das Schlimmste vorbei ist.«

Täglich wurden neue Listen mit dem Namen der Vermissten und Toten veröffentlicht. Fast jeder aus Sarahs Bekanntschaft hatte Verluste zu beklagen.

Emilys Mutter war in den Trümmern ihres Hauses gestorben, genauso wie Marys Mann Frank.

Genaue Zahlen gab es nicht, die Zeitungen berichteten von mehr als dreitausend Toten, von offizieller Seite waren es dreihundertsechsundsiebzig.

Auf einer der Listen für Vermisste entdeckte Sarah den Namen Georgina Astor.

Ob vermisst oder nicht, kein Mensch würde sich in den nächsten Wochen oder Monaten für Georginas Skandalgeschichten interessieren. Ihr Erpressungsversuch war gescheitert.

Vielleicht waren auch die leidigen Briefe ein Opfer der Flammen geworden. Sie hoffte es und spendete die fünfundzwanzigtausend Dollar, die für die erste Rate bestimmt waren, den Erdbebenopfern.

Die Postämter öffneten wieder. Zwar waren die Telegraphenleitungen immer noch zerstört, doch Briefe wurden wieder befördert. Die Beamten nahmen alles an, Briefe ohne Briefmarken, ja sogar ohne Umschläge.

Sarah hatte Peer zunächst nur eine kurze Nachricht gesandt, dass sie das Beben überlebt habe und es ihr gut gehe. Jetzt schrieb sie einen langen Brief. Sie schilderte die Verhältnisse und warum sie noch blieb. Wie wichtig es ihr war, zu helfen. Er würde es verstehen.

Anne und sie hatten besprochen, in etwa sechs Wochen abzureisen. Dann könnten sie beide Anfang Juli bei Maud in London sein, und sie selbst wäre Mitte Juli in Schweden.

31. KAPITEL

Nach vier Wochen kam das Paket mit den Zeitungen an. Peer riss es auf und überflog zunächst die ersten Seiten. Nirgends wurde Sarah erwähnt.

Danach ging er systematischer vor. In einer Ausgabe vom 24. April fand er eine Liste mit Namen der vermissten Personen. Hastig fuhr er mit dem Finger die Spalten entlang. Weder unter Rossi noch unter Tanner fand sich ein Eintrag. Dafür blieb sein Blick bei einem anderen Namen hängen: Astor, Georgina – vermisst.

Die aufdringliche Reporterin, über die Sarah sich damals so geärgert hatte.

Noch einmal suchte er die Seite ab, aber er fand keinen Namen mehr, der ihm vertraut war.

Stattdessen las er die Beschreibung der Katastrophe.

Viele Straßenzüge waren völlig zerstört. Was das Erdbeben nicht geschafft hatte, hatten die Brände erledigt, die wohl tagelang gewütet hatten. Nob Hill war ein Trümmerfeld, in dem kein Stein mehr auf dem anderen stand. Sarahs Mutter hatte dort gewohnt und ihre Schwester mit ihrer Familie. Ob sie es überstanden hatten?

Dann, endlich, stieß er in einem Bericht auf die Meldung, Pacific Heights gehöre zu den Gebieten, in denen wenig Schaden angerichtet worden sei. Vor Erleichterung seufzte er so tief auf, dass seine Mutter ihn erstaunt ansah. Er beachtete sie nicht, sondern las weiter.

Es waren Notunterkünfte im Presidio und im Golden Gate Park geschaffen worden, in denen die Reichen und die Armen zusammenlebten und sich gegenseitig halfen. Er legte die Zeitungen zusammen. Ein paar ältere Exemplare von Anfang April waren dabei. Wahrscheinlich welche, die Passagiere der Schnelldampfer mitgebracht hatten und die Anders einfach so dazugepackt hatte.

In einer Ausgabe des *Examiners* wurde auf der ersten Seite ein Bericht über die Grand Opera und ihre Stars angekündigt. Er schlug die entsprechende Seite auf.

In der Mitte prangte eine Photographie, keine Zeichnung wie sonst üblich. Sie zeigte Sarah und einen Mann, Arm in Arm. Er überragte sie um gut einen Kopf.

Sarahs Augen waren aufgerissen. Der Mann sah eher verwundert aus. Er sah aus wie Brandon. Peer zwinkerte und betrachtete das Bild genauer.

Es war eindeutig Brandon. Und Sarah wirkte erschrocken, beinahe schuldbewusst.

Die Schlagzeile unter dem Bild lautete:

IST ER DER GRUND?

Von G. A.

Wie letzte Woche bekannt wurde, wird die Primadonna der Grand Opera, Emilia »La Rossi«, im April nicht mit Enrico Caruso gemeinsam auf der Bühne stehen, sondern die Gastrolle der Micalea in »Carmen« Madame Lombardi überlassen.

Das ist sehr erstaunlich, ist doch die Diva für ihren Ehrgeiz ebenso bekannt wie dafür, keine Andere neben sich zu dulden, wie die junge, talentierte Aimee Pascal in der letzten Saison schmerzlich erfahren musste.

Angeblich plant »La Rossi« eine Reise durch Europa, aber wir hegen berechtigte Zweifel, dass dies der wahre Grund ist. Denn in der letzten Zeit hat man sie einige Male mit diesem Mann in sehr intimen Situationen gesehen.

Wie unsere Reporterin G. A. herausfand, handelt es sich bei dem gut aussehenden Unbekannten um Mr. John Brandon, einen Schiffskapitän. Wie wir aus zuverlässiger Quelle wissen, ist Madame Rossi schon länger mit Mr. Brandon bekannt. Es gibt sogar Gerüchte über eine Liaison und einen geplanten Liebesurlaub auf Hawaii.

Sein Gesicht fühlte sich an, als wäre es aus Eis.

Wenn Sarah wirklich eine Reise nach Europa plante, warum hatte sie ihm nichts davon geschrieben?

Es gab nur zwei Möglichkeiten: Sie kam nach Europa, aber sie wollte ihn nicht sehen, oder es war nur ein Vorwand, wie der Artikel behauptete.

Er ballte die Fäuste. Hatte er tatsächlich geglaubt, dass eine Frau wie sie zwei Jahre auf ihn warten würde? Aber warum musste es ausgerechnet Brandon sein?

Er konnte sich die Antwort selbst geben.

Kapitän Brandon passte sicher gut in ihr Leben und zu ihren Freunden. Er war Annes Vater. Sarah hatte ihn vor zwanzig Jahren geliebt, vielleicht hatte sie nie wirklich aufgehört, ihn zu lieben.

Er sah gut aus auf dem Foto. Ein Mann, der etwas darstellte, ein passender Begleiter für die »Primadonna« der Grand Opera.

Peer packte die Zeitung zu ihren Briefen in seinen Schreibtisch. Irgendwann, wenn er dazu fähig war, würde er alles verbrennen.

Es war die Mittsommernacht. Alle hatten sich auf dem Dorfplatz getroffen, um zu feiern.

Selbst Peer hatte getrunken und getanzt, doch nun verließ er den Platz. Im Schatten, abseits der Festlichkeiten, lehnte er sich an eine Hauswand und sah in den Himmel, suchte den Nordstern.

Ob sie noch ab und zu in den Himmel blickte und an ihn dachte?

Er hätte es so gerne geglaubt, jedoch sagte ihm sein Verstand, dass er träumte.

Mit den Fingern strich er über den tätowierten Stern auf seinem Arm. Nautical Star, der Nordstern, sein Leitstern.

Er blickte auf den leuchtenden Punkt am Himmel und schickte einen stummen Gruß durch die Nacht auf die andere Seite der Erde, wie er es so oft getan hatte.

Jemand löste sich von der Gruppe der Tanzenden auf dem Dorfplatz und kam auf ihn zu. Senta.

»Hier bist du«, sagte sie.

Peer betrachtete sie. Hübsch sah sie heute aus. Ihr dichtes, goldbraunes Haar war zu zwei Zöpfen geflochten, und sie trug keine Trauer mehr, sondern die traditionelle Tracht: einen roten Rock, weiße Bluse und ein dunkles Mieder.

»Du siehst einsam aus«, sagte sie leise.

»Sind wir das nicht alle? Einsam?«

Sie trat näher. »Wie lange willst du noch um sie trauern?«

Noch lange, dachte er.

Senta fuhr fort: »Seit ihrem Tod hast du keine Frau auch nur angesehen.«

Der altvertraute Schmerz schnürte ihm die Kehle zu, als ihm klar wurde, dass sie von Livia sprach.

Peer warf einen letzten Blick zum Himmel. Mehr als drei Monate ohne ein Wort von ihr. Sie war nicht mehr seine Sarah, es war an der Zeit, das zu akzeptieren. Er verdiente es nicht besser.

»Peer …« Senta stand jetzt sehr dicht vor ihm. Ihr Gesicht glühte. Sie schlang die Arme um seinen Hals, presste ihre Lippen auf seine, drängte sich gegen ihn. Er roch den Duft ihres Haars, spürte, wie sie ihren Körper an ihn drückte. Er konnte sie haben, jetzt. Der Gedanke war verlockend, auf diese Weise Vergessen zu suchen. Sarah hatte er ohnehin verloren.

Nein! Schon einmal hatte er an Midsommar einen Fehler gemacht. Ein zweites Mal würde ihm das nicht passieren.

Sanft, aber entschlossen packte er Senta an den Schultern und schob sie fort. »Wir sollten zurückgehen. Die anderen warten sicher schon auf uns.«

Die Enttäuschung in ihrem Gesicht war nicht zu übersehen, doch sie schwieg.

Marit warf ihnen einen kurzen Blick zu, als sie zum Tanzplatz zurückkehrten, und wandte dann lächelnd den Kopf ab. Nils grinste ihn ganz offen an. Peer war klar, was sie dachten.

Senta und er waren nicht die Einzigen, die vorübergehend in einer dunklen Ecke verschwunden waren. Er seufzte. Morgen würde das ganze Dorf darüber spekulieren, wann die nächste Hochzeit stattfände.

TEIL IV

Stark wie der Tod ist die Liebe

32. KAPITEL

Anfang Juni packten Sarah und Anne ihre Koffer.

Die zerbrochenen Fensterscheiben in ihrem Haus waren ersetzt worden, die Schäden repariert. Sarah hatte Emily gebeten, in den nächsten Monaten dort zu wohnen, und zahlte ihr weiterhin das Gehalt. Das Mädchen hatte ohnehin ein Zimmer im Haus gehabt und war nur am Wochenende bei ihrer Mutter gewesen.

Elizabeth, Mary und ihre Kinder waren vom Weingut der Familie in das Haus am Lake Tahoe gezogen und wollten dort bleiben, bis sie in die Stadt zurückkehren konnten.

War die Fahrt nach New York im Erste-Klasse-Waggon der transpazifischen Eisenbahn schon eine Erholung nach dem Leben in der zerstörten Stadt gewesen, so war die Überfahrt mit der *Amerika* nach Southampton der reinste Luxus.

Wenn Sarah und Anne nicht schliefen, saßen sie auf dem Promenadendeck und redeten oder lasen. Und sie genossen das exzellente Essen. Fast bedauerte Sarah, dass die Fahrt nur sechs Tage dauerte.

Zwei Wochen blieb Sarah in London und bewunderte Mauds neugeborenen Sohn. Dann machte sie sich mit einem flauen Gefühl in der Magengrube auf den Weg nach Schweden.

Sie konnte kaum glauben, dass sie Peer bald gegenüberstehen würde. Wie würde er reagieren?

Auf ihre letzten Briefe hatte sie keine Antwort erhalten. Sicher war seine Post in dem Durcheinander nach dem

Erdbeben verloren gegangen. Hoffentlich. Denn sonst konnte der Grund nur sein, dass er nicht mehr in Mollösund war, sondern bereits auf See.

Sie verbrachte eine Nacht in einem Hotel in Göteborg. Die Stadt war ausgesprochen hübsch, doch Sarah hatte keinen Sinn für ihre Schönheit. Jetzt wo sie endlich in Schweden war, wollte sie so schnell wie möglich zu Peer.

Am nächsten Morgen erkundigte sie sich nach einer Passage nach Mollösund und fand einen Dampfer, der dort anlegte. Der nette Mann, der die Tickets verkaufte, empfahl ihr, dort im Wärdshus zu übernachten.

Während der Fahrt stand Sarah an Deck und betrachtete fasziniert die vielen kleinen und großen Inseln. Etwas Ähnliches hatte sie noch nicht gesehen. Die kleineren Inseln schienen hauptsächlich aus nacktem Fels zu bestehen, auf den größeren wuchsen niedrige Büsche und Bäume. Ihre Form war eigenartig. Sehr glatt und rund. Ganz anders als die zerklüfteten Felsen, die Sarah von zu Hause kannte. Das mussten die Schären sein, von denen Peer gesprochen hatte. Auf manchen standen kleine rot gestrichene Holzhäuser mit weißen Giebeln und Fensterrahmen.

Die Sonne trat gerade durch die Wolken, als der kleine Dampfer durch eine Meerenge tuckerte. Rechts lag eine große Insel, auf der nur wenige Häuser und viele merkwürdige Holzgestelle standen, links lag ein größeres Dorf. Hier standen die roten Häuser dicht an dicht. Von fast allen führte ein Steg ins Meer. Der Dampfer nahm Kurs auf einen der breiteren Stege.

»Mollösund«, sagte einer der Männer an Deck zu Sarah und zeigte auf das Dorf.

Sie atmete auf. Nun war sie also in Peers Heimat. Es war zauberhaft. Das dunkle Rot und die weißen Giebel der Häuser leuchteten im Sonnenlicht, bildeten einen lebhaften

Kontrast zum intensiven Blau des Himmels. Sie hatte noch niemals so kräftige, klare Farben gesehen.

Der Dampfer legte an und einer der Männer der Besatzung brachte ihre Koffer an Land und half ihr über die Gangway. Sie fragte ihn nach dem Weg zum Hotel. Er zuckte zunächst ratlos die Schultern, erst als sie nach dem Wärdshus fragte, nickte er und deutete in Richtung Dorfmitte. Dankbar dachte Sarah an Alice, die ihr geraten hatte, einen kleinen Koffer zu nehmen und nur das Allernötigste einzupacken, denn so, wie es aussah, würde sie ihr Gepäck selbst zum Hotel schleppen müssen. Doch als sie sich bückte, um den Koffer aufzunehmen, kam ihr der Mann zuvor. Er lächelte sie an, sagte etwas Unverständliches und marschierte los. Sarah folgte ihm. Es war nicht sehr weit. Das Haus war größer als die am Meer und gelblich-weiß gestrichen, mit roten Schindeln auf dem Dach. Sarah dankte dem Mann und gab ihm ein Trinkgeld.

Sie trat durch die Eingangstür und fand sich in einer Wirtsstube wieder. Noch war keiner der Tische besetzt, nur hinter der Theke stand eine üppige Frau mittleren Alters und polierte Gläser. Ihr hellblondes Haar war streng zurückgebunden, einzelne Löckchen hatten sich aus ihrer Frisur gelöst und ringelten sich um ihr Gesicht. Ihr Blick wanderte von Sarahs Hut über ihr Kostüm bis hinunter zu ihrem Koffer. Sie stellte das Glas ab, wischte sich die Hände am Handtuch trocken und kam um den Tresen herum.

»Välkommen.« Aus ihrem runden Gesicht leuchteten kleine Augen in intensivem Blau.

Sarah lächelte sie an und sagte die wenigen Sätze, die sie auf Schwedisch gelernt hatte: »Ich bräuchte bitte ein Zimmer« und »Sprechen Sie Englisch?«

Die Frau hob die Augenbrauen. »Ein bisschen. Eine oder zwei Personen?« Sie sah suchend zur Tür, als erwartete sie dort noch jemanden. Einen Mann, dachte Sarah. Eine alleinreisende Frau war hier sicher eine Seltenheit.

»Eine Person.«

Die Augenbrauen der Frau rutschten noch ein wenig höher, jedoch blieb ihr Lächeln unvermindert freundlich. »Ich bin die Frau des Wirts. Pernilla Viklund. Nennen Sie mich Pernilla.«

»Angenehm, Sarah Tanner.«

Ob Pernilla wohl Peer kannte? Sicherlich, Peer hatte ihr erzählt, dass hier jeder jeden kannte.

Sie beschloss, zu fragen. »Kennen Sie Mr. Svensson?«

Pernilla lachte. »Nils oder Peer oder den alten Axel?«

Wie viele Svenssons gab es hier?

»Peer«, sagte Sarah, zog einen seiner Briefe aus ihrer Tasche und zeigte Pernilla die Adresse. Lilla Gatan hieß die Straße. »Können Sie mir sagen, wie ich dorthin komme?«

»Ja, nur Peer ist im Moment nicht zu Hause.«

Sarahs Herz sank. »Nicht? Wo ist er?«

Pernilla machte eine vage Handbewegung in Richtung Meer. »Draußen, auf Heringsfang.«

Peer fuhr auf einem Küstenfischer? Leichte Beunruhigung mischte sich unter ihre Vorfreude.

»Und wann kommt er wieder?«

»In ein paar Tagen.« Pernillas Blick war nun ausgesprochen neugierig.

Ein paar Tage. Dann würde sie eben warten. Vielleicht konnte sie nochmal nach Göteborg fahren und die Stadt besichtigen.

Sie bedankte sich und ließ sich ihr Zimmer zeigen. Pernilla führte sie in den ersten Stock des Hauses. Das Zimmer war klein, aber gemütlich eingerichtet, mit Möbeln aus hellem Holz und einem Bett, wie Sarah es noch nie zuvor gesehen hatte. Es hatte einen Rahmen mit Vorhängen zum Zuziehen.

»Ich rufe meinen Sohn, er soll Ihr Gepäck nach oben bringen«, sagte Pernilla.

Sie musste mehrmals rufen, bis ein schlaksiger, etwa vierzehnjähriger Junge eintrat.

Er hatte wohl gerade etwas Besseres vorgehabt, denn seine Miene war finster, und er reagierte ausgesprochen unwirsch. Pernillas Stimme klang scharf, als sie ihm antwortete.

Der Junge schob die Unterlippe vor, aber er nickte.

Die Wirtin wandte sich an Sarah. »Sie haben Glück. Mats hat gesagt, die Snowdrop ist eben eingelaufen.«

»Das Schiff, auf dem Mr. Svensson ist?«

»Ja.«

»Können Sie mir sagen, wo es anlegt?«

Pernilla trat mit ihr ans Fenster und zeigte in Richtung Meer. »An der Anlegestelle am Galgeberget. Immer geradeaus und dann links. Sie können es nicht verfehlen, fast alle dürften dort sein.«

Sarah bedankte sich und lief los. Pernilla hatte recht, das halbe Dorf schien auf den Beinen zu sein, ältere Männer, Frauen und Kinder. An einem der Stege lag ein Fischkutter, der offensichtlich gerade entladen wurde. Das musste das Schiff sein.

Zögernd trat sie näher. Wie sollte sie ihn unter diesen vielen Menschen finden?

Sie strich sich das Haar aus der Stirn und versuchte, jemanden auf dem Schiff zu erkennen, doch sie vermochte es nicht. Vielleicht war es besser, sie wartete ab, bis er zu Hause war, hier würde sie ihn nur stören. Sie wandte sich ab.

»Sarah!«

Seine Stimme. Sie fuhr herum. Er sprang über die Reling, rannte über den Steg auf sie zu und blieb atemlos vor ihr stehen.

»Sarah«, sagte er nochmal.

Ihr Herz schlug bis zum Hals. Er war unrasiert und schmutzig, sein Haar war kürzer als früher, aber ansonsten wirkte er unverändert.

Er strahlte über das ganze Gesicht, während er sie mit Blicken verschlang. »Du bist es wirklich!«

Sein Akzent war stärker geworden, anscheinend hatte er wenig Englisch gesprochen.

Sie konnte den Blick nicht von ihm wenden. »Peer!«

Er ergriff ihre Hände und drückte sie so fest, dass es fast schmerzte. Dann sah er an sich herunter. »Ich komme eben vom Fang zurück. Ich bin schmutzig, und ich stinke nach Fisch. Gib mir ein paar Minuten. Ich muss nur Bescheid sagen, dass sie ohne mich weitermachen sollen.« Er holte tief Luft. »Warte hier, ja?«

Sie nickte stumm.

Während er zurückging, bemerkte sie, dass sie ziemlich viel Aufmerksamkeit erregt hatte. Die Männer auf dem Schiff wandten sich wieder ihrer Arbeit zu, aber die Leute auf dem Steg starrten sie weiterhin an.

Von der Seite näherte sich mit schnellen Schritten eine junge Frau. Sie war groß, ein ganzes Stückchen größer als Sarah. Ihr Haar war sehr straff aus dem Gesicht gebunden, sie hatte die Ärmel ihrer Bluse hochgekrempelt, ihre Hände waren schmutzig. Wahrscheinlich gehörte sie zu den Frauen, die Heringe ausnahmen.

Mit ihr kam ein Junge, er mochte sechs oder sieben Jahre alt sein.

Die Frau sprach sie an. Anders als Pernilla wirkte sie recht unfreundlich, und ihre Stimme klang gereizt. Sarahs paar Brocken Schwedisch reichten nicht aus, um zu verstehen, was sie sagte. Sie lächelte entschuldigend und hob die Hände. »Ich verstehe Sie nicht.«

Die Augen der anderen verengten sich, sie musterte Sarah, als wäre sie ein giftiges Insekt. Dann redete sie mit dem Jungen. Er trat vor. »Ich soll Sie fragen, wer Sie sind und woher Sie meinen Vater kennen.«, sagte er in holprigem Englisch.

Im ersten Augenblick glaubte sie, sie habe sich verhört. Sie schloss kurz die Augen.

Seinen Vater?

Ihr Herz setzte einen Schlag aus, es war, als hätte sie jemand in den Magen geboxt.

»Deinen Vater? Pe... Mr. Svensson?« Ihre Stimme klang dünn.

Der Junge nickte.

Sie fasste ihn genauer ins Auge, und ihre Knie begannen zu zittern. Er sah aus wie Peer.

Zwar waren seine Züge noch kindlich und weich, aber die Ähnlichkeit war verblüffend.

Die Luft um sie herum schien dünn zu werden, sie rang nach Atem. Ihr Blick irrte zu dem Schiff, auf dem Peer verschwunden war, und wieder zurück zu dem Jungen.

Er sah sie aufmerksam an. Seine Augen waren grün.

Sie schluckte zweimal, dann erst war sie fähig, zu sprechen.

»Ich bin Sarah Tanner. Ich kenne ihn aus San Francisco.«

Der Junge wandte sich an die Frau. Anscheinend übersetzte er ihre Antwort, denn die andere Frau musterte Sarah scharf und überschüttete sie mit zornigen Worten. Dabei deutete sie auf den Jungen, auf das Schiff, auf dem Peer verschwunden war, und dann auf sich. Sarah verstand kein Wort, aber Gestik und Mimik der anderen waren deutlich genug. Hier meldete jemand Ansprüche an. Wenn der Junge sein Sohn war, war sie dann seine Frau?

Aber er hatte ihr gesagt, er habe keine Familie. Ein bitteres Lachen entfuhr ihr. Er hatte sie angelogen! Warum überraschte sie das, hatte sie trotz Georginas Geschichte immer noch nicht genug über Männer gelernt?

Wortlos drehte sie sich um und ging. Erst langsam, dann begann sie zu laufen. Ihr Herz hämmerte, das Blut rauschte in ihren Ohren. Sie hörte nichts, sah auch nicht viel, als liefe sie durch einen Tunnel,

Sie musste fort von hier! Möglichst schnell und möglichst weit!

Die Straße endete, sie hielt inne und blickte sich verwirrt um. Vor ihr waren nur noch Felsen und Meer. Sie war in die falsche Richtung gelaufen.

»Sarah, warte!« Peers Stimme. Er kam ihr nach. Panisch suchte sie nach einem Weg. Sie wollte keine Erklärungen, keine Entschuldigungen hören. Es wäre ohnehin alles Lüge.

Er hatte sie fast erreicht. Kurzentschlossen wagte sie sich auf die Felsen.

»Nicht, dort ist es glatt!«, rief er.

Sie achtete nicht auf ihn, sondern lief weiter. Doch dann glitt sie auf den Steinen aus und fiel ins Wasser. Die Kälte versetzte ihr einen Schock. Es war nicht tief, und sie versuchte, auf die Beine zu kommen, aber die Steine waren glitschig, und sie rutschte immer wieder aus.

Sofort war Peer bei ihr. »Gib mir deine Hand.«

Sarah ignorierte ihn und mühte sich weiter. Als sie erneut zurückrutschte, griff er nach ihrem Handgelenk und zog sie zu sich auf die Felsen.

Schwer atmend saßen sie einander gegenüber. Er streifte sich das Haar aus der Stirn. Die vertraute Geste ließ ihr Herz rascher schlagen.

»Verflucht, was sollte das?«

Sie schüttelte den Kopf. »Nichts. Es war eine dumme Idee, hierherzukommen.« Sie kämpfte sich auf die Beine, was bei ihrem nassen, schweren Kleid kein einfaches Unterfangen war. »Ich gehe.«

Er bewegte sich auf den Felsen viel schneller als sie. Im Nu war er neben ihr und hielt sie am Arm fest. Seine Berührung jagte einen Schauer durch ihren Körper, und sie hasste ihn dafür.

»Wo willst du hin? Du bist völlig durchnässt.«

Mit einer unwilligen Bewegung schüttelte sie seine Hand ab. »Egal, Hauptsache, weg von hier.«

Sie lief weiter, doch er hielt mühelos mit ihr Schritt. »Was ist los?«

Atemlos fuhr sie zu ihm herum. »Was los ist? Das fragst du!«

Seine Augen begannen zu glimmen. »Ja, das frage ich! Warum rennst du weg?«

Sie warf einen Blick auf die Gruppe von Leuten, die aus einiger Entfernung neugierig zusahen. Die Frau stand bei ihnen und der Junge. Seine Frau, sein Sohn.

Sie ballte die Fäuste. »Ich glaubte, du seiest der ehrlichste Mensch, den ich kenne!« Ihre Stimme klang jetzt heiser vor Wut und Erschöpfung. »Du hast mich angelogen.«

In seinen Augen sah sie nun, dass er begriff. Er öffnete den Mund und schloss ihn wieder, eine tiefe Röte breitete sich über sein Gesicht aus.

Sarah machte eine Kopfbewegung in Richtung des Jungen. »Dein Sohn?«

Er folgte ihrem Blick.

»Ja«, erwiderte er schlicht, und das unbewusste Lächeln auf seinen Lippen weckte in ihr das dringende Bedürfnis, ihm mit den Fingernägeln ins Gesicht zu fahren. Entschlossen raffte sie ihren Rock und stakste über die Felsen in Richtung der Straße. Er verstellte ihr den Weg. »Warte. Da stimmt etwas nicht.«

»Da stimmt einiges nicht. Du hast mich von Anfang an belogen.«

»Nein. So ist es nicht. Hör mir zu.«

»Ich will nichts hören«, erwiderte sie kühl. Wenigstens hatte sie ihre Stimme wieder unter Kontrolle.

Der Wind war stärker geworden, sie zitterte in ihren durchnässten Kleidern.

»Das ist lächerlich«, murmelte sie und unternahm einen Versuch, sich an ihm vorbeizudrängen, doch er hielt sie auf.

»Das ist es allerdings«, knurrte er, griff nach ihr und zog sie an sich. Für einen Augenblick ließ sie sich fallen. Ihr Körper reagierte auf seine Umarmung, sie wollte ihn so sehr, dass es fast weh tat. Dann wehrte sie sich, trat ihm mit aller Kraft gegen das Schienbein. Als er sie losließ, kämpfte sie um ihr Gleichgewicht.

Grüne Augen funkelten sie an. »Du gehst nirgendwohin, bevor du mich nicht angehört hast. Und jetzt komm mit ins Warme, bevor du dir den Tod holst!«

Er nahm ihre Hand, legte den Arm um ihre Schultern und zog sie mit sich.

»Lass mich!« Sie versuchte, sich loszureißen.

»Ich kann dich auch tragen, wenn es sein muss!«

Das fehlte noch, sie erregten bereits so genug Aufsehen. Widerwillig folgte sie ihm durch eine schmale Straße, in der die Häuser dicht an dicht standen.

Schließlich erreichten sie ein hübsches Haus aus weißem Holz mit blauem Giebel.

Er öffnete die Tür und schob sie vor sich durch einen kleinen Vorraum in eine große Stube. Sarah wollte sich umsehen, aber er ließ ihr keine Zeit, sondern zog sie weiter in das nächste Zimmer.

»Ich hole dir etwas Trockenes zum Anziehen.«

Er ging und zog die Tür hinter sich zu. Draußen hörte sie

ihn zu jemandem sprechen, zu einer Frau. Kurze Zeit später kam er mit trockenen Kleidern und einem Handtuch wieder.

»Zieh die nassen Sachen aus.«

Sie schob störrisch das Kinn vor. Wenn er glaubte, dass sie sich in seiner Gegenwart auszog, so hatte er sich geirrt.

Seufzend legte er die Kleider auf einen Stuhl. »Ich warte draußen.«

Einen Augenblick lang war sie versucht, durchs Fenster zu klettern und zu fliehen, aber dann siegte die Neugier, und sie sah sich in dem kleinen Raum um.

Ein schmales Bett, ein Schrank, ein Schreibtisch. In einem Regal standen Bücher über Navigation und Seefahrt.

Ein Raum zum Arbeiten und zum Schlafen. Keine Blumen, kein Nippes, keine Bilder an den Wänden. Hier lebte eindeutig keine Frau. Sarah warf einen nachdenklichen Blick auf die Tür. Sie kämpfte kurz mit ihrem Gewissen, dann öffnete sie leise die Schublade des Schreibtisches. Ihre Briefe an ihn und das Foto, das sie ihm zum Abschied geschenkt hatte.

Auch hier fand sich kein Hinweis auf eine andere Frau. Das passte doch alles nicht zusammen.

Langsam zog sie ihr Kleid und die Wäsche aus und trocknete sich ab.

Peer hatte ihr einen blauen Rock mit schwarzen Streifen und eine helle Leinenbluse gebracht. Die Sachen waren sauber und von guter Qualität.

Sie löste ihre Frisur und schüttelte die Locken aus, damit sie besser trocknen konnten.

Nachdem sie sich einigermaßen hergerichtet hatte, öffnete sie zögernd die Tür. Ihr Blick fiel in einen großen Raum. An der Wand links von ihr befand sich ein großer gemauerter Herd, an dem eine dunkelgekleidete Frau stand. Als Sarah eintrat, drehte sie sich um und nickte ihr lächelnd zu. Sarah schätzte ihr Alter auf etwa sechzig Jahre.

Peer saß an einem Tisch vor dem Fenster. Sein Anblick raubte ihr den Atem. Er hatte die Zeit genutzt und sich gewaschen und umgezogen. Durch seine sonnengebräunte Haut wirkten seine Augen noch grüner als sonst. Sie hatte ihn immer gut aussehend gefunden, und nun, da sie ihn so lange nicht gesehen hatte, war er attraktiver denn je.

Die Frau am Herd sprach sie auf Schwedisch an. Verlegen zuckte Sarah die Schultern.

»Meine Mutter sagte: ›Willkommen in unserem Haus‹«, übersetzte Peer.

Sarah lächelte sie an. »Danke, Tack.«

Peer erhob sich und deutete auf einen Stuhl. »Setz dich.«

Sie ignorierte die Aufforderung. »Du lebst bei deiner Mutter?«

»Wie du siehst«, erwiderte er knapp. Weicher fuhr er fort: »Komm, Sarah, setz dich. Wir müssen reden.«

»Ich wüsste nicht, worüber.«

»Verdammt!«, entfuhr es ihm. »Sag du noch einmal, ich sei stur!«

Schmerzhaft wurde ihr bewusst, wie sehr sie ihn immer noch liebte. Tränen stiegen ihr in die Augen. Sie schluckte. Nun gut, sie würde sich anhören, was er zu sagen hatte. Sie wollte sich gerade setzen, da öffnete sich die Haustür, und der Junge betrat den Vorraum. Als sein Blick auf sie fiel, wollte er wieder gehen, aber Peer rief ihn herein.

Scheu kam er in den Raum und musterte sie skeptisch. Peer stellte sich hinter ihn und schob ihn näher zu Sarah.

Es folgte ein schneller Wortwechsel auf Schwedisch, dann wandte sich Peer an sie.

»Mein Sohn. Lars.«

Er wirkte weder verlegen noch in irgendeiner Weise schuldbewusst. Was ging hier vor?

Etwas zögernd streckte sie dem Jungen die Hand entgegen. »Hej, Lars!«

Der Junge trat verlegen von einem Fuß auf den anderen, dann ergriff er ihre Hand und schüttelte sie.

Peer wandte sich an seine Mutter. Offensichtlich bat er sie um etwas, was ihr nicht behagte, denn sie schüttelte den Kopf. Seine Stimme wurde drängender. Schließlich nickte sie Sarah zu, nahm das Kind an die Hand und verließ den Raum.

Sarah sah Peer fragend an.

»Sie lässt uns alleine«, erklärte er. »Bitte ...« Er wies auf einen Stuhl.

Sie setzte sich, er nahm ihr gegenüber Platz und schob ihr eine Tasse hin. Kaffeeduft stieg ihr in die Nase. Einen Augenblick sahen sie sich schweigend in die Augen, und es war, als hätten sie sich nie getrennt. Dann verflog die Illusion.

»Ich wusste es nicht«, begann er. Sarah hielt sich an ihrer Kaffeetasse fest und schwieg.

»Ich erfuhr erst, dass ich einen Sohn habe, als ich hier wieder ankam. Ich habe dir nie verschwiegen, dass es Frauen in meinem Leben gab. Ich habe dich nicht belogen ...« Er verstummte.

Sie nickte und trank einen Schluck. Selbst wenn er die Wahrheit sagte, wenn er es nicht gewusst hatte, was änderte es? Er hatte ein Kind, und das Kind hatte eine Mutter. Er war gebunden.

»Sobald meine Sachen trocken sind, fahre ich zurück nach Göteborg.« Sie mied seinen Blick.

»Du glaubst mir nicht.«

»Doch«, antwortete sie. »Ich glaube dir. Aber das ändert nichts an der Tatsache, dass du Familie hast und ich hier überflüssig bin.« Sie schluckte schwer. »Du hättest es mir schreiben können, dann wäre ich hier nicht aufgetaucht.«

»Aber ich habe es dir geschrieben. Hast du meinen letzten Brief nicht bekommen?«

»Deinen letzten? Der letzte Brief, den ich von dir bekommen habe, war vom Januar.

Und darin stand nichts von einer Frau und einem Kind. Und in denen davor auch nicht! Also lüg mich nicht schon wieder an.«

»Ich lüge dich nicht an. Ich wollte es dir früher schreiben, aber ich wusste nicht, wie ich es dir erklären sollte.«

»Und so hast du gehofft, ich erfahre es nicht?«

»Ich weiß nicht, was ich gehoffte habe«, sagte er leise.

»War die Frau am Hafen … seine Mutter?«

Seine Augen wurden eine Spur dunkler. »Nein, das war Senta. Eine Freundin der Familie. Seine Mutter lebt nicht mehr.«

Sie schämte sich, doch sie konnte nichts gegen die Erleichterung tun, die sie bei seinen Worten empfand. »Das tut mir leid.«

Lügnerin, sagte sein Blick.

»Hast du sie geliebt?«

Herausfordernd hob er das Kinn. »Ja, ich habe sie geliebt, aber das ist sieben Jahre her.«

Sie erwiderte seinen Blick nicht minder herausfordernd. »Und weiter?«

»Ihr Name war Livia«, fuhr er ruhiger fort. »Ich war damals wieder zu Hause, nach ungefähr vier Jahren auf See. Ich blieb vier Monate, und es war das erste Mal nach dieser Fahrt, dass ich einer Frau wieder nahekam, nicht nur um …« Er stockte. »Ich war in sie verliebt. Aber ich wollte niemals hier leben. Und sie wollte niemals von hier fort. Als ich gegangen bin, sollte es zwischen uns zu Ende sein. Ich habe ihr gesagt, sie solle nicht auf mich warten. Das war fünf Jahre vor der Victory. Ich habe von dem Kind erst erfahren, als ich zurückkam.«

Sarah sah ihn lange an. »Also hat sie doch auf dich gewartet. Und dann?«

Er schluckte und wich ihrem Blick aus. »Ich habe sie geheiratet.«

»Du hast …« Ihre Stimme brach, fassungslos schüttelte sie den Kopf. »Du hast sie geheiratet?«

Bitterkeit stieg in ihr auf und Verzweiflung.

»Verflucht, was hätte ich denn tun sollen? Sie hatte ein Kind von mir!«

Sie starrte ihn an. Sein Gesicht mit dem markanten Kinn und dem schönen Mund, seine grünen Augen unter den halb gesenkten Lidern, die hohen Wangenknochen.

Sie hatte ihm geglaubt, sie hatte ihm alles geglaubt. War sie tatsächlich so naiv gewesen, oder hatte sie sich etwas vorgemacht?

»Du kamst hierher zurück und hast deine Jugendliebe geheiratet, während ich in San Francisco darauf gewartet habe, dass du wiederkommst?«

»So war das nicht!«, fuhr er auf. »Hast du mir überhaupt zugehört? Ich hatte keine Wahl.«

Das Tischtuch war blau-weiß gemustert, und auf dem Tisch stand ein Krug mit Margeriten.

Ihre Augen brannten, sie hielt den Blick starr auf die Blumen gerichtet.

Er hatte geheiratet. Während sie in einsamen Nächten schlaflos im Bett gelegen hatte, war er zu einer Frau ins Bett gestiegen, hatte sie geküsst, mit ihr geschlafen …

Sie schlug die Hände vors Gesicht.

»Was wirfst du mir eigentlich vor?«, drang seine Stimme durch das Rauschen in ihren Ohren. »Dass ich nicht wie ein Mönch gelebt habe, bevor ich dir begegnet bin? Verdammt nochmal, sei nicht so selbstgerecht!«

Empört hob sie den Kopf. »Ich bin selbstgerecht?«

»Du tust gerade so, als hätte es keine anderen Männer in deinem Leben gegeben!«

Brandon. Er sprach es nicht aus, aber sie konnte in seinem Gesicht sehen, an wen er dachte.

»Aber das war vorher«, widersprach sie.

»Das mit Livia war auch vorher«, gab er zurück.

»Ach, und sicherlich hast du sie während eurer Ehe nicht angerührt!«, fauchte sie ihn an.

Peer öffnete den Mund – und schloss ihn wieder, ohne etwas zu sagen.

Sarah wartete, verblüfft über den Schmerz in seinem Gesicht.

»Es tut mir leid«, sagte er schließlich.

»Es tut dir leid? Das ist alles?« Ihre Stimme brach vor Empörung.

»Was willst du denn hören?«

»Du könntest mir erklären, warum du mich in dem Glauben gelassen hast, du kämest zurück.«

»Weil ich zurückkommen wollte.«

»Um deine Frau mit mir betrügen, so wie du mich mit ihr betrogen hast?«, fragte sie bissig.

Sein Gesicht lief rot an. »Ich wollte dich nicht betrügen, zum Teufel«, brüllte er. »Ich habe sie nicht aus Liebe geheiratet.«

»Das macht es nicht besser«, keifte sie zurück. »Eine Frau zu heiraten, die man nicht liebt, und sie bei der nächsten Gelegenheit zu hintergehen.«

Er schlug mit der Faust auf den Tisch, dass die Tassen klirrten.

»Verdammtes Weib! Erst wirfst du mir vor, ich hätte meine ›Jugendliebe‹ geheiratet, und im nächsten Augenblick bin ich der Schuft, weil es keine Liebesheirat war und ich zu dir zurückkommen wollte. Ich kann sagen, was ich will, es ist falsch.«

Schwer atmend saß er vor ihr, sie konnte sehen, wie er sich zur Ruhe zwang.

»Und wann, dachtest du, wolltest du mir von deiner Frau erzählen? Oder wolltest du es verschweigen?«

»Nein«, antwortete er kühl. »Ich hatte nicht vor, es zu verschweigen. Und wenn du weiterhin in diesem Ton ›deine Frau‹ sagst …«

»Was soll ich sonst sagen, sie war nun mal deine Frau«, unterbrach Sarah ihn gereizt. Ihr war nicht bewusst gewesen, dass sie die Worte derart betont hatte.

Seine Augen verdunkelten sich. »Für etwas mehr als ein Jahr. Und du hast recht, ich war kein guter Ehemann.«

Wieder lag dieser schmerzliche Ausdruck auf seinem Gesicht.

»Aber …«, begann sie.

Er schüttelte den Kopf. »Ich will nicht darüber reden.«

Die Härte in seiner Stimme ließ sie verstummen. Sein Gesicht war verschlossen, undurchdringlich. Ein paar Minuten schwiegen sie, dann sah er auf. »Sie ist tot, Sarah, können wir es nicht dabei lassen?«

Und ewig mit ihrem Schatten leben?

»Nein, das können wir nicht!«, widersprach sie entschieden. »Weißt du, wie oft ich in den letzten Jahren nachts diesen verfluchten Nordstern angestarrt und mir gewünscht habe, du wärst da? Dabei hattest du schon längst eine andere Frau in deinem Bett!«

Tränen der Wut standen in ihren Augen.

Seine Gesichtszüge wurden weicher. »Du bist eifersüchtig«, sagte er leise.

Sarah wischte mit einer unwilligen Bewegung die Tränen weg. War es das? War ihre Empörung, ihr Wüten gegen ihn schlichte Eifersucht?

Sie schnaubte. »Ja, bin ich! Überrascht dich das?«

»Ich weiß nicht. Ich dachte … Verdammt, ich kann nicht mehr klar denken, seit ich dich am Hafen gesehen habe. Wenn du meinen Brief nicht bekommen hast, warum bist du dann hier?«

»Warum? Fragst du mich das im Ernst?« Heftig schob sie ihren Stuhl zurück und wollte aufstehen. Wenn er so etwas fragte, erübrigte sich jedes weitere Gespräch.

»Bitte warte!« Peer hob die Hände. »Ich dachte, du bist hier, weil ich dich darum gebeten habe. Aber davon wusstest du nichts. Also bist du einfach so hierhergekommen?«

»Ja, ich bin einfach so um die halbe Welt gereist, um dich zu sehen. Dumm von mir, nicht wahr?«

Krachend fiel sein Stuhl um. Er stand vor ihr und zog sie hoch, umfasste ihr Gesicht, seine Lippen fanden ihren Mund. Der Kuss schmeckte nach Salz. Ihre Tränen, oder seine?

»Meine Sarah«, flüsterte er.

Sie versuchte, sich ihm zu entziehen. »Peer, ich …«

»Sch, du redest zu viel.« Er hielt sie fest und küsste sie wieder. Und wieder.

Ihr Widerstand schmolz unter seinen Küssen. Sie ließ es zu, dass er sie hochhob und in sein Zimmer trug. Er verriegelte die Tür. Hastig streifte er ihre Bluse über den Kopf, der Rock fiel raschelnd zu Boden. Ihr Gesicht an seiner nackten Brust, sein Herzschlag in ihrem Ohr; sie erkannte seinen Geruch, nach frischem Holz, nach Salz, nach Meer.

Sie versuchte, ihn fortzuschieben, schließlich konnte sie doch jetzt nicht mit ihm schlafen. Doch ihr Körper verriet, dass sie ihn mehr denn je begehrte – trotz oder vielleicht gerade wegen ihrer Wut – und er wusste es. Er kannte sie zu gut.

Sein Griff war fest, nicht grob, aber unnachgiebig. »Ich lass dich nie wieder los.«

Schließlich ergab sie sich – ihm, ihrem Herzen, ihrer Sehnsucht.

Er streichelte sie, nicht nur mit seinen Händen, sondern mit seinem ganzen Körper, rieb sich sachte an ihr, bedeckte jeden Zentimeter ihrer Haut mit seiner, bis sie nicht mehr wusste, wo sie aufhörte und er anfing.

»Es hat niemals aufgehört«, sagte er später. Er lag neben ihr und hielt sie fest. »Dieses Verlangen nach dir. Es war immer da.«

Sarah sah ihm ins Gesicht. »Warum …«, begann sie, aber er unterbrach sie mit einem Kuss.

»Du hast mir so gefehlt«, murmelte er an ihrem Mund.

Sie schob ihn ein Stück weg. »Sag mir …« Wieder kam sie nicht weiter, weil er sie küsste.

Als sie wieder zu Atem kam, setzte sie sich auf und legte zwei Finger auf seine Lippen.

»Peer, so geht das nicht. Wir müssen reden.«

Er küsste ihre Fingerspitzen. »Ich weiß, ich schulde dir Erklärungen. Ich werde dir jede Frage beantworten und dir alles sagen, was du wissen willst. Aber bitte nicht jetzt.« Sein Lächeln wirkte traurig. »Lass uns einfach nur zusammen sein. Wenigstens für ein paar Stunden.«

Wenigstens für ein paar Stunden? Wie meinte er das?

»Das klingt nicht gut«, sagte sie langsam.

»Ich würde dir liebend gerne sagen, dass alles gut wird. Aber ich weiß es nicht. Im Moment weiß ich gar nichts. Nur, dass ich dich liebe.« Er warf einen Blick zur Tür. »Wir sollten uns anziehen, meine Mutter und Lasse können jeden Augenblick zurückkommen.«

Sarah nickte und stand auf.

Lächelnd sah er ihr zu, wie sie sich anzog. Die Weste war zu weit für sie und der Rock zu lang. Die Frau, die sie getragen hatte, war größer und kräftiger als sie. Plötzlich wurde ihr kalt. »Peer, diese Sachen, gehörten sie deiner Frau?«

»Nein, meiner Schwester.«

Erleichtert atmete sie auf und trat ans Fenster. Wie sollte es nun weitergehen mit ihnen? Solange sie unterwegs gewesen war, hatte sie sich keinerlei Gedanken darüber gemacht. Sie hatte nur zu ihm gewollt, blind vor Sehnsucht.

Das Bett knarrte, dann spürte sie ihn hinter sich. Er hob ihr Haar hoch und presste seine Lippen auf ihren Nacken, knabberte an ihrer Haut.

»Hör auf, ich kann nicht denken, wenn du das tust.« Sie zog die Schultern hoch und versuchte, ihm auszuweichen.

»Will ich denn, dass du denkst?«, brummte er in ihr Genick und drückte sich enger an sie. Als er ihre Brust umfasste, schob sie energisch seine Hand fort und drehte sich zu ihm um. »Peer, du hast selbst gesagt, sie können jeden Augenblick zurückkommen.«

Er seufzte und ließ die Arme sinken. »Richtig, wo habe ich nur meinen Verstand?«

»Zwischen den Beinen«, murmelte sie mehr zu sich selbst.

»Du, das habe ich gehört. Das war frech.«

Lachend hob er sie hoch, drehte sich mit ihr durch das Zimmer, ohne auf ihr Kreischen und Strampeln zu achten.

»Lass mich runter!«

Er drehte sich weiter, bis sie atemlos aufs Bett plumpsten. Sein Gesicht war ganz nah, und er lächelte. »Ist es schlimm, dass ich dich so sehr will, dass ich nicht mehr klar denken kann?«

Wie sollte sie ihm widerstehen, wenn er sie so anlächelte? Sie hatte ihren Verstand wohl ebenfalls zwischen den Beinen.

Das Klappen der Haustür ließ sie auffahren. Sarah sprang auf und versuchte hastig, ihre Haare zu entwirren.

»Warte«, sagte Peer, fuhr mit den Fingern durch ihre Locken und zupfte die Bluse zurecht. »Ich möchte dich andauernd küssen. Warum bist du nur so verflucht hübsch?«

Sie konnte gar nicht mehr aufhören zu lächeln.

33. KAPITEL

»Wie lange kannst du bleiben?«, fragte er später.

Sie saßen auf einem der Felsen, die das Dorf umgaben. Die Sonne wärmte Sarahs Schultern. Ein leichter Wind brachte den Geruch nach Tang und Meer zu ihnen.

Nach dem Gespräch im Hause seiner Mutter war Sarah zum Wärdshus zurückgekehrt und hatte Pernilla gesagt, dass sie das Zimmer für ein paar Tage länger mieten wolle. Wie lange sie tatsächlich bleiben würde, wusste sie nicht. Sie war hin- und hergerissen. Einerseits fühlte sie ein himmelhochjauchzendes Glück, ihn wiedergefunden zu haben. Immer noch vibrierte der Nachhall ihrer stürmischen Vereinigung durch ihre Adern, spürte sie seine Haut auf ihrer. Ihre Körper hatten sich sofort gefunden, aber die Nähe und das Vertrauen zueinander hatten sich noch nicht wieder eingestellt.

Denn es war auch Unglauben in ihr aufgekeimt, Enttäuschung darüber, dass er ihr etwas vorgemacht, ihr nicht die Wahrheit geschrieben hatte. Sie hatte ihm bedingungslos vertraut. Die Erkenntnis, dass er das ausgenutzt hatte, schmeckte wie Galle.

»Ich weiß es nicht genau«, beantwortete sie seine Frage. »Zwei, drei Wochen ließen sich einrichten.«

»Das ist gut. Ich muss gleich noch mal auf die Snowdrop, wir laufen morgen früh mit der Flut aus. In drei Tagen bin ich zurück, und dann …«

Ruckartig hob sie den Kopf. »Wie bitte?!«

Er biss sich auf die Unterlippe. »Es ist Heringszeit. Vor der Küste ist gerade ein großer Schwarm. Wir fahren raus zum Fischen.«

»Das ist nicht dein Ernst!« Es konnte nicht wahr sein. Eben hatte er ihr noch seine Liebe beteuert, und jetzt eröffnete er ihr, dass er lieber zum Fischen wolle, als bei ihr zu bleiben? Deshalb also hatte er vorhin von »wenigstens ein paar Stunden« gesprochen.

Bittend sah er sie an. »Es sind nur drei Tage.«

»Und was ist mit uns? Kann nicht jemand anderes an deiner Stelle fahren?«

Stumm schüttelte er den Kopf.

Er wollte fort. Fast zwei Jahre hatten sie sich nicht gesehen, und immer noch war das Meer wichtiger als sie. Sie sprang auf. »Ich hätte es wissen müssen. Du wirst dich immer für das Schiff entscheiden, wenn du zwischen einem Schiff und einer Frau wählen musst, nicht wahr?«

»Käresta!«

»Nenn mich nicht so! Deine Geliebte ist die See.«

»Das stimmt nicht. Ich bin der Steuermann, ohne mich können sie nicht los.« Mit langsamen Bewegungen, als wären seine Glieder aus Blei, erhob er sich ebenfalls. »Bitte sei doch vernünftig.«

»Vernünftig?! Wenn ich vernünftig wäre, wäre ich nicht hier.« Tränen der Wut stiegen ihr in ihre Augen. »Ich reise um die halbe Welt, und du kannst noch nicht mal drei Tage lang bleiben?«

»Sarah, ich komme doch wieder.«

»Ach ja? Wann habe ich das schon mal gehört? Wer weiß, was dir dieses Mal dazwischenkommt.«

Sein Gesicht wurde blass. »Das ist ungerecht.«

»Ist es das?«, versetzte sie. »Du hast mich monatelang hingehalten; wenn ich nicht hierhergekommen wäre, würde ich immer noch auf dich warten. Und jetzt haust du schon wieder ab!«

Sie schluckte heftig. Zwei Männer hatte sie in ihrem Leben wirklich geliebt, und beiden war ihre Liebe nicht genug gewesen. Dem einen war das Geld wichtiger gewesen als sie, dem anderen ... Sie mochte nicht darüber nachdenken. Seinetwegen hatte sie auf einen Auftritt mit Enrico Caruso verzichtet. Wie hatte sie so dumm sein können? Reichte es nicht, dass er eine andere geheiratet hatte, ihr seinen Sohn verschwiegen hatte? Was musste noch passieren, damit sie merkte, dass sie nie die Hauptrolle in seinem Leben spielen würde?

Er schob das Kinn vor, ein störrischer Zug lag um seinen Mund. »Zum Teufel, ich haue nicht ab, ich tue nur meine Arbeit. Ich wusste doch nicht, dass du kommst.«

Sie ballte die Fäuste. Doch unter ihrem schwelenden Zorn regte sich der Gedanke, dass sie ihm Unrecht tat. Sie hatte sich auf ihren Besuch vorbereitet, ihre Verpflichtungen abgesagt; er dagegen hatte keine Gelegenheit gehabt, etwas zu planen. Wie hätte sie an seiner Stelle reagiert? Hätte sie einen Auftritt für ihn abgesagt, wenn er überraschend vor ihrer Tür gestanden hätte?

Peer griff nach ihrer Hand. »Hör mir bitte zu: Die Menschen hier leben vom Fischfang. Ich kann sie nicht im Stich lassen. Kannst du das nicht verstehen?«

Doch, sie verstand es. Es war Peer, wie sie ihn kannte und liebte. Seine Verlässlichkeit, sein Einstehen für die Dinge, die er für richtig hielt, seine Loyalität. Natürlich musste er seinen Verpflichtungen nachkommen.

Sie nickte. »Ich verstehe. Wann lauft ihr aus?«

»Morgen gegen vier Uhr früh. Wir warten auf die nächste Flut. Wenn wir nicht so viel gefangen hätten, wären wir erst Freitag zurückgekommen. Aber unsere Laderäume waren voll.« Er hielt immer noch ihre Hand. »Ich muss zurück zum Schiff, es gibt noch einiges vorzubereiten.«

»Natürlich«, sagte sie knapp.

»Bist du immer noch wütend?«

»Ich weiß es nicht«, antwortete sie ehrlich. »Ich hatte mir unser Wiedersehen anders vorgestellt. Ich brauche Zeit zum Nachdenken.«

Seit Stunden lag sie im Bett und starrte an die Decke. Es musste kurz vor Mitternacht sein, aber in diesem verfluchten Land wurde es erst spät dunkel. Ihre Augen brannten vor Müdigkeit, ihr Kopf schmerzte, doch sie konnte nicht schlafen. Ihre Gedanken drehten sich im Kreis.

Tausende von Meilen war sie gereist, um zu erfahren, dass er sie in seinen Briefen belogen hatte. Seine Gründe hatte er erklärt, und sie glaubte ihm. Doch nun ließ er sie schon wieder allein. Auch dafür hatte er Gründe, gute sogar, und doch kränkte es sie, dass sie schon wieder auf ihn warten sollte.

Sie dachte an die Frau am Hafen, an Pernillas neugierigen Blick, als sie nach dem Treffen mit Peer zum Wärdshus zurückgekehrt war. Wahrscheinlich hatte sich die Geschichte von der Ausländerin, die Peer Svensson hinterherlief, schon herumgesprochen.

Ein leises Klackern am Fenster ließ sie aufmerken. Wahrscheinlich war es der Wind, der die Zweige der Eberesche gegen den Rahmen schlug. Da, schon wieder. Aber es klang nicht nach Zweigen, sondern eher, als würde jemand Steinchen gegen die Scheibe werfen.

Vorsichtig trat sie ans Fenster und spähte hinaus. Im Dämmerlicht konnte sie eine Gestalt erkennen, die zu ihr hinaufsah. Peer. Er wartete einen Moment, dann holte er aus, und kurz darauf prallten die nächsten Kiesel an die Scheibe.

Schnell öffnete sie das Fenster, und ehe sie begriff, was geschah, war er auch schon heraufgeklettert und schwang sich hinein. Wortlos umfing er sie, drückte ihren Körper an seinen, vergrub sein Gesicht in ihrem Haar. Offensichtlich kam er von Bord, er roch nach Schweiß, nach Holz und Teer.

»Das Schiff ist fertig zum Auslaufen«, sagte er. »Die Männer sind daheim bei ihren Familien.« Langsam ließ er seine Hände auf ihre Schultern gleiten. »Kann ich bleiben?«

Vernünftig wäre es, ihn wegzuschicken und so lange auf Abstand zu halten, bis sie sich ausgesprochen hatten und alle Unstimmigkeiten ausgeräumt waren.

»Ja«, flüsterte sie.

Doch als er sie küssen wollte, presste sie die Lippen zusammen und wandte den Kopf ab. War er deshalb gekommen? Ein paar Stunden für die Liebe, bevor der Seemann aufs weite Meer hinausfuhr?

Er ließ sie los und setzte sich aufs Bett. Ein flüchtiges Lächeln huschte über sein Gesicht, als sie einen Schritt zurücktrat und die Arme vor der Brust verschränkte.

»Du kannst dich ruhig zu mir setzen. Ich weiß, ich habe dich heute Morgen überrumpelt. Ich tue es nicht wieder.«

Ihre Wangen wurden heiß bei der Erinnerung. Er mochte sie überrumpelt haben, aber er hatte sie wahrhaftig nicht genötigt.

»Braucht deine Schwester ihre Sachen nicht wieder?«, fragte sie, nur um etwas zu sagen, und wies auf den Stuhl, auf den sie die Kleider gelegt hatte.

»Ach nein. Das hat Zeit.«

»Ich wusste nicht, dass du eine Schwester hast. Bisher hast du nur über deinen Bruder gesprochen. Hast du noch mehr Geschwister?«

Reden, über irgendetwas. Das Reden hielt sie davon ab,

darüber nachzudenken, dass sie im Grunde nichts mehr wollte, als in seinen Armen zu liegen.

»Drei, die noch leben. Mein jüngster Bruder ist mit neunzehn Jahren auf See verschollen. Marit ist die Älteste von uns. Sie ist mit dem Hafenmeister verheiratet und eine wichtige Persönlichkeit hier im Dorf. Dann sind da noch Nils und Anders. Nils ist vier Jahre jünger als ich, er lebt mit seiner Familie hier und fährt als Fischer auf der Snowdrop. Anders ist ein Jahr jünger, er lebt in Göteborg. Er ist Kaufmann.«

Ein ungläubiges Lachen entfuhr ihr. »Es gibt tatsächlich jemanden in dieser Familie, der nicht zur See fährt?«

Peer nickte. »Er ist gegen den Willen meines Vaters bei einem Kaufmann in die Lehre gegangen, und jetzt ist er Partner im Handelskontor seines Schwiegervaters. – Willst du denn die ganze Zeit dort stehen bleiben?«

Er hatte recht, es war zu albern. Sie setzte sich ans Fußende des Bettes, weit genug von ihm entfernt, um eine zufällige Berührung zu vermeiden. »Dein Vater wollte, dass er Seemann wird?«

»Natürlich. Nur Schwächlinge werden Kaufleute. Ein richtiger Mann fährt zur See.« Er lachte, als er ihren Blick bemerkte. »Jedenfalls denken alle Alten hier so.«

»Und du?«

»Früher dachte ich ähnlich, aber inzwischen nicht mehr.« Der ungewohnt herbe Zug um seinen Mund verstärkte sich. »Die Zeit der Segler geht zu Ende, die Dampfschiffe sind die Zukunft. Aber die Arbeit dort ist anders. Sie hat nichts mehr mit der Seefahrt zu tun, wie ich sie kenne.«

»Aber Dampfschiffe sind sicherer.«

»Das ist nicht wahr. Ich habe auf einer ganz normalen Reise auf einem Schnelldampfer mehr Männer sterben gesehen als auf einem Segler.«

»Du warst auf einem Dampfer?«

Ausgerechnet Peer, der die Segler liebte, dessen Lieblingsplatz auf der Saling des Fockmastes gewesen war, fuhr auf einem Schnelldampfer?

Sein Lächeln war gezwungen. »Ich sagte ja, ich habe dir viel zu erzählen.«

»Peer.« Sie hielt es nicht mehr aus, ihn nicht zu berühren. Als sie nach seiner Hand griff, packte er so fest zu, dass es schmerzte.

»Ich weiß nicht, ob du mir verzeihen kannst, wenn du die ganze Wahrheit kennst. Aber ich verspreche dir, dass ich dir Rede und Antwort stehen werde, wenn ich wieder hier bin. Bitte bleib.«

Zum ersten Mal bemerkte sie die Veränderungen in seinem Gesicht. Die Linien von der Nase zum Mund waren tiefer geworden, seine Lippen schienen schmaler und strenger als früher, sein Kinn kantiger. Spuren von Kampf und Resignation?

»Ich bleibe, doch lass mich nicht zu lange warten.«

»In drei Tagen bin ich zurück. Versprochen.« Er strich über den Ring an ihrem Mittelfinger. »Du trägst ihn noch.«

»Ja, warum sollte ich nicht?« Sie hatte ihn nicht abgelegt, seit Peer ihn ihr in Yokohama angesteckt hatte.

Er hob die Schultern. »Ich dachte … Darüber reden wir später. Linnea wird sich jedenfalls freuen, dass sie recht hatte.«

»Linnea?« Noch eine Frau?

»Meine Großmutter.«

»Von der du den Ring geerbt hast?«

»Nicht geerbt. Sie hat ihn mir gegeben.«

»Deine Großmutter lebt noch? Wie alt ist sie?«

»Sie müsste jetzt vierundachtzig Jahre alt sein. Sie lebt bei Anders und seiner Familie in Göteborg. Als ihr dritter Mann starb, war es ihr hier zu öde«.

»Deine Großmutter war drei Mal verheiratet?« Was für eine ungewöhnliche Frau musste sie sein.

Jetzt lachte er. »Ja. Und das in diesem Dorf, wo es wesentlich mehr Frauen als Männer gibt. Meine Großmutter galt hier als eine sehr schöne, aber auch sehr eigenwillige und schwierige Frau. Ursprünglich kam sie aus einem vornehmen Haus, doch als sie vierzehn Jahre alt war, starb ihre ganze Familie bei der Choleraepidemie von 1834. Sie musste als Dienstmädchen arbeiten und wurde jung verheiratet, und wie bei dir war es keine Liebesheirat. Mein Großvater war Küstenfischer, wie alle hier. Sie dagegen kam aus einer Familie, die viel Wert auf Bildung legte. Sie konnte lesen und schreiben, und sie konnte sogar Latein. Deshalb war sie den Leuten hier nicht geheuer. Später erzählte sie mir, dass sie hier nie glücklich gewesen sei. Es war ihr zu eng, zu klein. Sie wollte mehr vom Leben als Kinder kriegen und einen Mann versorgen. Sie passte nicht hierher.«

Fasziniert sah Sarah ihn an. Es schien ihr, als würde er ihre Geschichte erzählen. Auch sie hatte immer mehr vom Leben gewollt als einen Mann und Kinder.

»Aber sie bekam drei Kinder«, fuhr Peer fort. »Und sie sorgte dafür, dass alle ihre Kinder lesen und schreiben konnten, zu einer Zeit, als es hier noch keine Schulpflicht gab. Zwanzig Jahre nach ihrer Hochzeit starb mein Großvater. Zu der Zeit war ihr jüngstes Kind dreizehn Jahre alt, und sie muss um die siebenundreißig Jahre alt gewesen sein.«

So alt wie sie selbst auf der Victory, dachte Sarah.

»Sie spielte gar nicht erst die trauernde Witwe. Ob sie zu dieser Zeit Affären hatte, weiß ich nicht, aber es wurde viel geredet über sie. Zwei Jahre später verschlug es den Kapitän eines englischen Handelsschiffes hierher. Meine Großmutter und er verliebten sich auf Anhieb ineinander. Es muss eine sehr leidenschaftliche Liebe gewesen sein. Ihre Kinder verstanden es nicht. Keiner hier am Ort verstand es, aber sie ließ sich nicht beirren. Kurze Zeit später heirateten sie.«

»Waren sie glücklich?«, fragte Sarah.

»Ich glaube schon. Mutter erzählte mir, sie hätten sich zwar oft gestritten, aber immer wieder versöhnt. Beide hatten wohl einen starken Willen. Als Kapitän auf einem großen Schiff konnte er sie auf einige Reisen mitnehmen. Als ich klein war, war sie oft mit ihm unterwegs. Wenn sie wiederkam, brachte sie Geschenke mit. Nichts Kostbares, eher Kuriositäten. Fremdartige Gewürze, Bücher, Stoffe, Muscheln, Gebisse von Haifischen und Geschichten von fernen Ländern.«

Er lächelte in sich hinein. »Ich war etwa so alt wie Lasse jetzt.«

Und Sarah konnte ihn vor sich sehen, einen kleinen Jungen, der wie verzaubert den Geschichten lauschte, die seine Großmutter von ihren Reisen mitbrachte, und davon träumte, selbst in ferne Länder zu reisen.

»Ihr Mann starb fünfzehn Jahre nach ihrer Hochzeit an irgendeiner Krankheit, die er sich in den Tropen geholt hatte.«

Malaria, mutmaßte Sarah.

»Zunächst war sie untröstlich, aber drei Jahre später heiratete sie ein drittes Mal. Einen Witwer aus Ellös. Er war acht Jahre jünger als sie. Du kannst dir nicht vorstellen, wie sich die Leute das Maul über sie zerrissen haben!«

Sarah lachte. »Doch, das kann ich schon. Wie alt war sie?«

»Als sie das dritte Mal geheiratet hat? Siebenundfünfzig Jahre, glaube ich.«

»Sie muss eine phantastische Frau sein.«

»Das ist sie. Wir Kinder hatten einen höllischen Respekt vor ihr. Sie war keine Großmutter, die ihre Enkel verwöhnte. Sie verlangte von uns, dass wir Englisch lernten. Auf ihren

Reisen hatte sie gelernt, wie wichtig die Sprache für den Handel ist. Sie sagte, wenn wir nicht hier versauern wollten, müssten wir mehrere Sprachen können. Sie fragte uns regelmäßig ab, nicht nur Englisch, auch den Schulstoff. Und wehe, jemand hatte nicht gelernt!«

»Daher sprichst du so gut Englisch.«

Er nickte und fuhr fort. »Ich glaube, sie war ein wenig enttäuscht, dass es keines ihrer Kinder hier fortzog. Sie waren alle zufrieden mit dem Leben hier.«

»Aber du nicht.«

»Nein, ich nicht. Als ich mit sechzehn fort wollte, war sie es, die mich unterstützt hat.

Sie hat sich mit meinen Eltern auseinandergesetzt und dafür gesorgt, dass ich nach Göteborg gehen konnte, wo die Hochseesegler anlegen.«

Er warf einen Blick aus dem Fenster. »Ich muss los.«

Sarah schluckte. »Pass auf dich auf.«

»Bis später, Liebste.«

Dieses Mal öffnete sie ihm ihre Lippen, als er sie küsste.

34. KAPITEL

Im Laufschritt rannte Peer zur Anlegestelle der Snowdrop am Fuße des Galgeberget. Sein Herz schlug heftig, aber nicht, weil er lief, sondern vor Freude. Sie war gekommen, und sie würde bleiben, bis er zurück wäre.

Alles andere konnte warten. Ihr Verhältnis zu Brandon, seine Ehe mit Livia, darüber würden sie später sprechen. Und er würde sie lieben, wieder und wieder und wieder. Es hatte ihn all seine Beherrschung gekostet, es bei einem Kuss zum

Abschied zu belassen, sie nicht zu bedrängen wie am Morgen in seinem Haus.

Sein Bruder Nils begrüßte ihn breit grinsend, als er an Bord kam. »Du kommst spät. Gibt es einen Grund? Vielleicht die schöne Unbekannte von heute Morgen? Wer ist sie?«

»Eine alte Freundin.«

»Na, alt sah sie nicht aus. Sie hat hier für ziemlichen Wirbel gesorgt. Senta schäumt vor Wut, hat mir Marit erzählt.«

Peer zuckte die Schultern. »Ich habe Senta niemals irgendetwas versprochen. Und Marit soll endlich aufhören, nach einer Frau für mich zu suchen.«

»So, wie du strahlst, hast du ohnehin schon eine gefunden. Wie lange kennst du sie?«

»Mehr als zwei Jahre. Ich wollte im letzten Frühjahr eigentlich nur einen kurzen Besuch zu Hause machen und gleich wieder zu ihr zurückfahren.«

Das Grinsen wich aus Nils' Gesicht. »Und dann hast du Livia mit einem Kind von dir vorgefunden. Ich hatte immer das Gefühl, du bist hier nicht glücklich. Was wirst du jetzt tun?«

»Ehrlich, Nils, ich weiß es nicht. Es kommt ganz auf Sarah an. Ob sie mir verzeiht.«

»Sarah heißt sie also. Engländerin?«

»Amerikanerin. Aus San Francisco.«

»Sie ist aus San Francisco hierher in dieses Dorf gereist? Alleine? Sie hat Mut.«

Peer nickte. »Oh ja, den hat sie. Sehr viel Mut.«

Kapitän Larsson, der zu ihnen trat, unterbrach ihr Gespräch. »Auf geht's, wir müssen los.«

Peer gab Befehl, die Segel zu setzen und die Leinen loszuwerfen. Sie würden nach Westen segeln, an Käringön vorbei und sich dann nach Norden wenden.

Am Nachmittag holten sie die ersten Netze ein. Sie waren schwer von Heringen, es würde eine erfolgreiche Fahrt werden.

Peer sah besorgt in den Himmel. Die Wolken hatten sich verdichtet. Ein Blick auf das Barometer bestätigte seinen Verdacht. Es würde stürmisch werden.

Einige Zeit später gab Kapitän Larsson den Befehl, die Segel zu reffen und die Ladung zu sichern. Der Wind hatte zugenommen, jagte die Wolken über den Himmel und peitschte die See auf. Sie holten die Netze ein, verstauten den Fang in den Laderäumen und verzurrten alles, was an Deck rutschen konnte.

»Warum kehren wir nicht um?«, rief Magnus Peer zu.

»Zu spät. Bei diesem Sturm können wir in den Schären nicht navigieren, wir würden auflaufen. Wir müssen das Unwetter hier draußen ausreiten.«

Ein paar Stunden später tobte der Sturm mit voller Kraft. Die Wogen türmten sich hoch über dem Schiff, immer wieder ging Wasser über, füllte schäumend das Deck.

Arne stand am Ruder, bisher hatte er sich gut gehalten, doch jetzt rief er nach Hilfe.

Peer löste seinen Zeising vom Strecktau.

»Ich muss zu Arne«, schrie er Larsson entgegen. Der Wind blies so stark, dass er seine eigenen Worte nicht hörte. Er deutete nach achtern zum Ruder.

»Er kann sie nicht mehr alleine halten.«

Larsson nickte und rief etwas zurück. Wahrscheinlich sagte er ihm, er solle aufpassen.

Peer schlitterte über das schwankende Deck, hangelte sich am Strecktau nach hinten. Die nächste Welle rollte an, erfasste das Schiff. Das Heck hob sich, hing einen Augenblick in der Luft und rutschte dann ins Wellental. Arne konnte die Snowdrop nicht mehr halten, sie schlug quer. Der nächste

Brecher kam schräg von achtern, eine grünlich schimmernde Wand von beängstigender Höhe. Peer griff ins Rad. Ein gewaltiger Schlag traf ihn, riss das Ruder aus seinen Händen, presste die Luft aus seinen Lungen. Er wurde herumgewirbelt, prallte gegen etwas. Ein sengender Schmerz fuhr durch seinen rechten Arm. Er wollte schreien, doch um ihn herum war nur Wasser, brausend und brodelnd zerrte es an ihm.

Das war das Ende.

Er hatte immer gewusst, dass es auf See kommen würde. Aber gerade jetzt? Für einen Augenblick sah er Sarah vor sich, sie saß auf der Back und lächelte ihm zu.

Er wollte nach ihr rufen, doch statt Luft drang Wasser in seine Lungen. Sein letzter Gedanke galt ihr.

35. KAPITEL

Keuchend fuhr Sarah aus dem Schlaf, setzte sich auf und blickte sich um. Wo war sie? Langsam schälten sich fahle Konturen aus der Dämmerung, die sie umgab. Dachbalken, ein Schrank, in der Ecke ein kleiner Tisch, davor ein Stuhl. Ein Fenster. Ihr Zimmer im Wärdshus. Sie hatte geträumt. Von einem Sturm, von Wellen, die über sie hereinbrachen, ihr die Luft zum Atmen nahmen. Von Peer, der nach ihr rief. Seine Stimme war es gewesen, die sie geweckt hatte.

Sie lauschte, aber außer dem Toben des Windes war nichts zu hören. Langsam ließ sie sich zurück in die Kissen sinken. Es war ein Albtraum gewesen, eine Erinnerung an den Untergang der Kalani, den sie nur knapp überlebt hatte. Wahrscheinlich ausgelöst durch das Rauschen des Sturmes, der um die Häuser pfiff, die Zweige der Eberesche gegen die

Hauswand peitschte und dort draußen auf dem Meer die Wellen zu immer höheren Bergen auftürmte. Hoffentlich war Peers Schiff in Sicherheit.

Sie stand auf und trank einen Schluck Wasser. Danach ging sie zum Fenster und sah hinaus.

Es war dämmrig, aber das war es hier die halbe Nacht lang. Wolkenfetzen trieben über den Himmel, gaben immer wieder den Blick auf den Mond frei.

Sie warf einen Blick auf die Uhr. Erst kurz nach zehn. Da sie die letzte Nacht kaum geschlafen hatte, war sie früh zu Bett gegangen.

Unschlüssig ging sie im Zimmer auf und ab. Sie war viel zu aufgewühlt, um gleich wieder einzuschlafen. Vielleicht würde frische Luft helfen, die Beunruhigung, die der Traum hinterlassen hatte, zu verscheuchen.

Sie griff nach ihrem Mantel und verließ leise das Haus. Wohin sollte sie gehen? Sie kannte sich in dem Gewirr der engstehenden Häuser nicht aus. Schließlich folgte sie dem Weg, den sie zwei Tage zuvor entlanggelaufen war. Zwischen den Häusern war es beinahe windstill, doch als sie das Ende des Wegs erreichte, blies ihr der Sturm heftig ins Gesicht.

Nicht weit entfernt konnte sie das Feuer des Leuchtturms sehen. Ein schmaler Pfad führte über die Felsen dorthin.

Sie sah sich um. Keine Menschenseele war unterwegs. Wahrscheinlich saßen sie bei diesem Wetter alle zu Hause. Ob sie es wagen konnte, bis zum Leuchtturm zu gehen? Der Vollmond schien immer wieder durch die Wolken, sodass sie den Weg gut erkennen konnte. Der Weg bis dorthin war nicht weit, außerdem führte er nicht direkt am Ufer entlang, sodass sie wohl kaum Gefahr lief, noch einmal ins Wasser zu fallen. Sie entschied sich, es zu wagen, schließlich konnte sie jederzeit umkehren.

Kaum hatte sie den Pfad eingeschlagen, pfiff ihr der Wind noch stärker um die Ohren. Selbst hier im geschützten Sund trugen die Wellen Schaumkronen.

In der Nähe einer der Schären entdeckte sie die Positionslampen eines Schiffes. Ihr Herz machte einen Satz. Vielleicht kam Peer ja schon zurück? Sie blieb stehen und kniff die Augen zusammen, um besser sehen zu können. Die Lampen schienen nicht näher zu kommen, sondern blieben, wo sie waren.

Nun verließ sie doch den Weg und tastete sich vorsichtig über die Felsen näher zum Ufer. Tatsächlich, das Schiff veränderte seine Position nicht. Der Wind trug Rufe zu ihr und das Krachen von Holz.

Der Mast neigte sich zur Seite – und dann war er plötzlich verschwunden. Das konnte nur eines bedeuten.

Das Schiff war auf Grund gelaufen.

Gänsehaut kroch über ihren Rücken. Was sollte sie tun? Zurück zum Hafen laufen und Hilfe holen? Aber wo? Und wie sollte sie sich verständlich machen?

Die Besatzung konnte sich hoffentlich auf die Schäre retten, an der sie gestrandet waren.

Minuten vergingen. Immer noch brannten die Positionslampen des Schiffes, und sie konnte noch ein Licht ausmachen, das sich auf die Insel zubewegte. Vielleicht ein Rettungsboot?

Plötzlich entdeckte sie zwei Gestalten vor sich am Ufer. Erleichtert atmete sie auf, es kümmerte sich also jemand um die Schiffbrüchigen.

Doch die beiden Männer benahmen sich seltsam. Sie bewegten sich geduckt, verstohlen, als wollten sie nicht gesehen werden. Außerdem hatten sie keine Lampe dabei, dafür aber lange Stangen.

Kurze Zeit später trieben Holzteile auf das Ufer zu, bald

darauf ein paar Kisten. Mit den Stangen zogen die Männer sie näher und zerrten sie auf die Felsen.

Strandräuber. Das mussten Strandräuber sein, die es auf die Ladung des Schiffes abgesehen hatten! Kein Wunder, dass sie keine Hilfe holten.

So leise wie möglich wich Sarah zurück. Sie musste den Pfad erreichen und zurück zum Dorf laufen, bevor die Männer sie entdeckten. Noch verdeckte eine Wolke den Mond. Vielleicht hatte sie Glück und konnte ungesehen davonkommen.

Aber dann packte einer der beiden eine Kiste und kam direkt auf sie zu. Sarah erstarrte. Wahrscheinlich wollten die Männer ihre Beute zwischen den Wacholderbüschen verstecken, hinter denen sie sich rasch duckte.

Er war schon fast an ihr vorbei, als die Wolken den Mond freigaben. Entsetzt sog sie die Luft ein. Der Mann starrte sie kurz an, ließ die Kiste fallen und rief seinem Kumpan etwas zu.

Sarah raffte die Röcke und rannte über die Felsen in Richtung Dorf. Sie kam nicht weit, denn jemand packte sie am Ärmel. Sie stolperte und fiel zu Boden. Der Stoff ihrer Bluse riss. Der Mann zerrte sie auf die Füße, hob die Faust – und ließ sie wieder sinken. Seine Augen weiteten sich.

»Ha, en kvinna!« Er griff ihr grob ins Haar, zog ihren Kopf zurück, sein Blick wanderte über ihr Gesicht nach unten. Bei ihrem Sturz waren die Knöpfe der Bluse abgerissen, sie stand offen und gab den Blick auf ihren Busen frei. Sein Gesichtsausdruck veränderte sich, er leckte sich über die Lippen. Ohne seinen Griff zu lockern, wandte er den Kopf und rief dem anderen Mann etwas zu.

Sarah musste die Worte nicht verstehen, um zu wissen, was er gesagt hatte. Ohne Hilfe würde sie hier nicht lebend herauskommen. Sie schrie aus Leibeskräften. Der Schlag traf sie völlig unerwartet. Ihr Kopf kippte zur Seite und rote Funken tanzten vor ihren Augen.

Trotzdem schrie sie ein zweites Mal.

Der Mann verdrehte ihr den Arm und presste ihr seine große Hand auf Mund und Nase. Sie versuchte, nach ihm zu treten, doch er stand inzwischen hinter ihr und hielt sie an sich gedrückt. Der zweite Mann war dazugekommen. Er warf nur einen kurzen Blick auf sie und zog sein Messer.

Sarah zappelte, um sich aus dem Griff des Mannes hinter ihr zu winden, aber er lachte nur und sagte etwas zu seinem Kumpan. Der zögerte, doch dann steckte er das Messer weg, griff zu und riss ihr die Bluse vollständig herunter. Beim Anblick ihrer Brüste nickte er anerkennend und begann, sich die Hose aufzuknöpfen.

Keuchend vor Angst und Anstrengung versuchte sie, den Kopf zu drehen und ihren Mund freizubekommen. Der Mann vor ihr trat dicht an sie heran, sie konnte seinen Atem riechen.

Er griff nach ihren Brüsten und brachte seinen Mund an ihr Ohr.

»Du bist doch die Engländerin, die hinter Svensson hergelaufen ist«, sagte er in gebrochenem Englisch. »Zier dich nicht so, es wird dir auch mit uns gefallen.«

»Hä?«, fragte der andere Mann und lockerte für einen Moment seinen Griff. Sarah drehte den Kopf, bekam seinen Mittelfinger mit den Zähnen zu fassen und biss zu.

Er heulte auf und wollte seine Hand wegziehen, doch sie grub ihre Zähne tiefer in sein Fleisch, schmeckte den metallischen Geschmack von Blut. Der Mann ließ ihren Arm fahren, legte seine Hand unter ihr Kinn und versuchte, ihren Kiefer aufzuzwingen, derweil der andere sie mit aufgerissenen Augen anstarrte.

Sarah trat ihm zwischen die Beine.

Er zuckte zusammen, richtete sich jedoch gleich wieder auf. Sie hatte ihn nicht richtig getroffen. Jetzt stand die blanke Wut in seinen Augen. Er griff ihr ins Haar und stieß ihr seine Faust ins Gesicht. Glühender Schmerz rauschte von ihrem Wangenknochen durch ihren Kopf. Unwillkürlich öffnete sie den Kiefer und gab den Finger des anderen frei. Würgend sank sie zu Boden.

Sie war verloren. Peer! Sie wollte nach ihm rufen, doch es kam kein Laut über ihre Lippen.

Jemand riss sie auf die Füße, schlug ein zweites Mal zu. Sie würden ihr das Gesicht zerschlagen. Tränen traten in ihre Augen. ›Bitte, nicht mein Gesicht‹, wollte sie sagen und wusste doch, wie albern das war. Diese Männer würden sie umbringen, und es war völlig gleichgültig, wie ihr Gesicht aussah, wenn sie tot war.

Eine Hand legte sich um ihre Kehle, drückte zu. Sie sah Lichter, wie Laternen tanzten sie auf den Felsen, während das Rauschen in ihren Ohren lauter wurde und fast wie Stimmen klang, die etwas brüllten.

Und dann war die Hand verschwunden. Röchelnd rang sie nach Atem. Jemand kniete neben ihr, sprach auf sie ein, aber sie verstand kein Wort. Sie lag auf den Knien, zitterte und schluchzte. Schließlich ließ das Rauschen in ihren Ohren nach.

Vorsichtig richtete sie sich auf. Neben ihr hockte ein junger Mann.

Immer noch weinend, versuchte sie, die Reste ihrer Bluse zusammenzuraffen, um ihre Brüste zu verdecken. Es gelang ihr nicht. Der Junge erhob sich rasch, zog seine Jacke aus und hängte sie ihr um die Schultern.

»Tack«, sagte sie leise.

Er nickte und fragte sie etwas. Sarah hob die Schultern. »Ich verstehe dich nicht.«

Wieder drängte ein Schluchzen in ihre Kehle.

Sie war allein. Allein in einem fremden Land, dessen Sprache und dessen Sitten sie nicht verstand. Wenn doch nur Peer hier wäre.

Schließlich erkannte sie die Lichter von Lampen, die sich auf sie zubewegten, Stimmen, die lauter wurden. Sarah zog die Jacke enger um die Schultern. Kurz darauf beugte sich ein Mann zu ihr herunter, leuchtete ihr mit der Lampe ins Gesicht und stieß einen leisen Pfiff aus. »Die haben dich übel zugerichtet. Kannst du aufstehen? Ich bringe dich zu meiner Frau, sie kann sich um dich kümmern.«

Sarah schüttelte den Kopf. Sie wollte niemanden, der sich um sie kümmerte. Sie wollte sich unter ihre Bettdecke verkriechen und nichts mehr hören und nichts mehr sehen.

»Ich möchte zum Wärdshus, da habe ich ein Zimmer«, sagte sie. Ihre Stimme klang verwaschen und undeutlich, als wäre sie betrunken.

Der Mann schüttelte den Kopf. »Marit würde mir den Kopf abreißen, wenn ich dich jetzt alleine ließe.«

Sein Gesicht verriet, dass er glaubte, die Kerle hätten sie vergewaltigt.

»Mir ist nichts passiert. Ihr seid gerade rechtzeitig gekommen.«

»Trotzdem.« Er gab nicht nach. »Jemand muss nach deinem Gesicht sehen. Du blutest.«

Mit einem Tuch tupfte er ihre Unterlippe ab.

»Das ist nicht mein Blut. Ich habe einen von ihnen gebissen.«

»Tapferes Mädchen.« Er griff nach ihrem Ellbogen und half ihr auf die Beine. Sarah gab ihren Widerstand auf und ließ sich von ihm führen.

»Wer waren diese Männer?«

»Strandräuber. Verdammte Kerle. Sie machen seit Monaten die Küste unsicher, stehlen alles, was von havarierten Schiffen hier angetrieben wird. Wahrscheinlich kommen sie aus Hällevikstrand, aber es könnten auch welche aus Mollösund dabei sein.«

Einer war bestimmt von hier, er hatte sie erkannt. ›Du bist die Engländerin, die hinter Svensson hergelaufen ist‹, hatte er gesagt.

Der Mann brachte sie zu einem der größeren Häuser direkt am Hafen. Die Tür stand offen, anscheinend hatte jemand ihr Kommen angekündigt.

»Marit wird sich um dich kümmern«, sagte er an der Haustür. »Wir suchen noch einmal nach den Kerlen.«

Sarah lehnte sich gegen den Türrahmen und nickte.

»Komm rein.« Wieder griff jemand nach ihrem Arm. Eine große, mütterlich wirkende Frau, die sie in die Wohnstube führte. Kurz wunderte sich Sarah darüber, dass sie ebenfalls Englisch sprach, wie so viele der Männer hier, und irgendwie meinte sie auch, ihren Namen schon mal gehört zu haben, aber sie war zu erschöpft, um den Gedanken weiter zu verfolgen.

Die Frau half ihr, sich auf einen Stuhl zu setzen. Aus einer Schale auf dem Tisch nahm sie einen weichen Schwamm und tupfte Sarahs Gesicht ab. Dabei schüttelte sie immer wieder den Kopf und murmelte vor sich hin. »Diese verfluchten Kerle … einer Frau so etwas anzutun … einsperren muss man die … Josefina!« Sarah zuckte zusammen, als die Frau plötzlich die Stimme hob. »Bring ein frisches Nachtgewand aus meinem Schrank!«

Ihre Stimme wurde wieder leiser. »Musst nicht erschrecken, hier tut dir keiner was. Nimm das, damit kühlst du dein Gesicht. Hast Glück gehabt, es ist keine Platzwunde.« Sie reichte Sarah ein nasses Tuch. »Wie heißt du überhaupt?«

»Sarah. Sarah Tanner.«

»Ich bin Marit. Mein Mann ist der Hafenmeister hier. Du hattest Glück, dass er noch mal mit dem Hund raus ist, um nach dem Rechten zu sehen.«

Marit. Die Frau des Hafenmeisters. Plötzlich wusste Sarah, warum ihr der Name bekannt vorgekommen war. Sie war Peers Schwester. Ob sie wohl über Peer und sie Bescheid wusste?

»Danke für Ihre Hilfe.« Sarah versuchte, sich zu erheben. Irgendwie musste sie zum Wärdshus und in ihr Bett kommen. Ob es unhöflich war, wenn sie darum bat, dass sie jemand begleitete?

Ein junges Mädchen kam herein und legte ein zusammengefaltetes Kleidungsstück auf den Tisch.

»Tack«, sagte Marit zu ihr, und zu Sarah gewandt: »Du bleibst heute Nacht hier. Da hast du ein Nachtgewand. Ich helfe dir beim Umziehen.«

Ihr Ton ließ keinen Widerspruch zu. Ganz offensichtlich war sie gewohnt, dass alle in ihrer Umgebung ihren Anordnungen Folge leisteten. Aber vielleicht war es wirklich besser, wenn sie blieb.

Sie griff nach dem Nachthemd. »Ich schaffe das alleine. Danke.«

Marit musterte sie skeptisch, dann nickte sie. »Komm mit, ich zeige dir dein Zimmer.«

Sarah folgte ihr in einen winzigen Raum. An einer Wand stand ein Bett, daneben ein Stuhl, an der anderen ein Waschtisch.

»Hätten Sie vielleicht noch etwas zu trinken für mich?«

Marit nickte und verließ den Raum. Mit zitternden Händen streifte Sarah die letzten Fetzen ihrer Bluse ab und schlüpfte aus Rock und Unterwäsche. Sie hatte gerade das Nachthemd angezogen, da kam Marit wieder und reichte ihr eine große Tasse. »Vorsicht, heiß. Danach solltest du schlafen können.«

Sarah wartete, bis sie die Tür hinter sich geschlossen hatte, dann setzte sie sich aufs Bett und roch an der Tasse. Der Alkoholdunst nahm ihr fast den Atem. Peers Schwester hatte ihr einen Grog gebracht, der es in sich hatte.

Am Morgen fühlte sich die rechte Hälfte ihres Gesichtes taub an, und ihr Kopf schmerzte. Vorsichtig stand sie auf, ging zum Waschtisch und blickte in den Spiegel. Ihr Gesicht wirkte verquollen, aber Marit hatte recht behalten, es war keine Platzwunde. An ihrem Hals zeichneten sich blutunterlaufene Stellen ab. Sie nahm das Tuch, das neben dem Krug lag, feuchtete es an und kühlte die geschwollenen Stellen. Dann trat sie ans Fenster und sah hinaus. Der Wind hatte sich gelegt, der Himmel war strahlend blau. Nur das Rauschen der Wellen deutete noch auf den Sturm hin, der hier gewütet hatte.

Was wohl aus der Besatzung des gestrandeten Schiffes geworden war? Hatten sie die Nacht auf der Schäre verbracht?

Ein leises Klopfen an der Tür lenkte sie ab. »Herein.«

»God morgon.« Ein etwa dreizehnjähriges Mädchen betrat das Zimmer, wohl eines von Marits Kindern, die Ähnlichkeit war unverkennbar. Die Svenssons schienen einander alle zu ähneln, sie erkannte auch Züge von Peer in dem jungen Gesicht. Den Schwung der Mundwinkel, die ausgeprägten Wangenknochen. Das Mädchen würde einmal eine Schönheit werden. Jetzt blickte sie verlegen zu Boden. Über dem Arm trug sie Kleider, ähnlich denen, die Peer ihr vorgestern geliehen hatte.

»Meine Mutter sagt, ich soll Ihnen das bringen und Ihnen sagen, das Frühstück ist fertig.«

Ihr Englisch hatte einen starken Akzent. Aber offenbar wirkte selbst hier noch der Einfluss seiner Großmutter, die darauf bestanden hatte, dass ihre Kinder und Enkel Englisch lernten.

Sie bedankte sich bei dem Mädchen, das schüchtern knickste und sie allein ließ.

Immer noch etwas zittrig auf den Beinen, zog Sarah sich an und ging hinunter in die Wohnstube. Alles hier zeugte von Wohlstand. Teppiche bedeckten die Dielen, die Möbel waren aus dunklem Holz, an den Wänden hingen Bilder von der typischen Landschaft Bohusläns und von Schiffen.

Marit nickte ihr zu und stellte eine Tasse mit schwarzem Kaffee auf den Tisch. »Setz dich. Geht es dir besser?«

»Ja, danke.«

Der Kaffee war heiß und süß und so stark, wie sie noch keinen getrunken hatte. In der vergangenen Nacht hatte sie Peers Schwester nicht wirklich wahrgenommen, umso interessierter musterte sie die Frau jetzt. Sie war groß und üppig, mit wogendem Busen. Ihr Haar hatte die Farbe von dunklem Bernstein und war streng aus dem Gesicht geflochten, ihre Augen strahlten in intensivem Blau. So wie sie hatte Sarah sich immer die Walküren in den Opern von Wagner vorgestellt.

»Hast du Hunger?«

Nein, sie hatte keinen Hunger. Sie fühlte sich elend und wollte alleine sein. Außerdem hatte Peers Schwester schon genug für sie getan. »Machen Sie sich bitte keine Umstände. Ich bin nicht hungrig.«

»Das macht keine Umstände. Ich muss ohnehin mit dir reden. Da kannst du solange frühstücken.«

Marit schnitt dicke Scheiben von einem Laib weißem Brot, holte Butter und ein Glas Konfitüre aus dem Schrank sowie Gebäckstücke, die nach Zimt dufteten, und stellte alles auf den Tisch. »Bedien dich!«

Notgedrungen griff Sarah nach einem Stück Gebäck. Marit sah ihr eine Weile schweigend beim Essen zu.

»Du bist die Frau, die gestern bei meinem Bruder war«, sagte sie dann.

Verblüfft hörte Sarah auf zu kauen. Sie hatte erwartet, dass Marit mit ihr über die beiden Angreifer reden wollte. »Ja?«

»Was wolltest du von ihm?«

Nicht nur die Gesichtszüge, auch die unverblümte Art schien sich in dieser Familie vererbt zu haben.

Was sollte sie jetzt sagen? Dass sie hierhergekommen war, weil sie ihn liebte? Keiner hier schien von ihr zu wissen. Seine Mutter nicht, seine Schwester nicht. Hatte er tatsächlich niemals über sie gesprochen? Sie brachte kein Wort heraus.

Marit nickte. »Ich kann es mir denken. Du bist wahrscheinlich eine der Frauen, die er auf seinen Reisen kennengelernt hat.«

Eine der Frauen. Sie war nicht eine der Frauen, sie war *die* Frau. Zumindest hatte sie das bis vor Kurzem geglaubt. Sie richtete sich in ihrem Stuhl auf. Haltung bewahren. »Und wenn es so ist?«

»Nun ja ...« Marit musterte sie demonstrativ, und Sarah fühlte sich plötzlich zwanzig Jahre in die Vergangenheit versetzt. Johns Schwester hatte sie ebenfalls so angesehen. Misstrauisch mit einer Spur Verachtung.

»Ich frage mich, was eine Großstädterin wie du hier will. Du passt doch überhaupt nicht hierher.«

»Es war nicht meine Absicht, mich hier niederzulassen«, gab Sarah spitz zurück.

»Du wolltest ihn nur besuchen?«

»So könnte man es sagen.«

Deutliche Erleichterung zeigte sich in Marits Gesicht. »Versteh mich nicht falsch. Ich mache mir nur Sorgen um Peer. Er hatte es sehr schwer in der letzten Zeit. Seine Frau ist vor vier Monaten bei einer Fehlgeburt gestorben. Ich habe noch niemals einen Mann so trauern sehen. Er hat sich von allem zurückgezogen.«

Nach und nach sickerten die Worte in Sarahs Bewusstsein. Eine Fehlgeburt? Warum schockierte sie das? Weil sie insgeheim immer noch gehofft hatte, dass er Livia nur aus Pflichtgefühl geheiratet und die Ehe nur auf dem Papier existiert hatte. Aber offensichtlich war es nicht so. Sie erinnerte sich an den Schmerz in seinem Gesicht, als er von Livias Tod gesprochen hatte. Schweigend blickte sie Marit an.

»Inzwischen geht es ihm besser«, sprach diese weiter. »Es gibt hier eine junge Witwe, Senta, der er sehr zugetan ist. Wir hoffen auf eine baldige Hochzeit.«

Senta. Die Frau am Hafen. Eine Freundin der Familie, hatte er sie genannt. Ihr Herz schlug so heftig, dass es schmerzte. Sie biss sich auf die Unterlippe. Sehr zugetan war er ihr also.

»Er will wieder heiraten?« Ihre Stimme klang erstaunlich fest. Höher als sonst, aber sie zitterte nicht.

»Warum überrascht dich das?« gab Marit zurück. »Es ist nicht gut für einen Mann, wenn er alleine ist. Senta hat selbst ein Kind, und Lars braucht eine Mutter.«

Eine Vernunftehe?

Nein. Nicht Peer. Nicht der Mann, den sie kannte. Der für seine Überzeugungen einstand, sich eher prügeln ließ, statt anderen nach dem Mund zu reden. Als hätte sie ihre Gedanken gelesen, sprach Marit weiter. »Peer liebt seinen Sohn sehr, und Senta ist jung, sie kann ihm noch viele Kinder schenken.«

Der Peer, den sie kannte, hatte sich keine Kinder gewünscht. Aber vielleicht war nun alles anders. Menschen änderten sich. Vielleicht hatte ihm das Leben als Ehemann und Vater so gut gefallen, dass er sich hier niederlassen wollte.

War es das, was er ihr hatte sagen wollen? Die Wahrheit, von der er nicht wusste, ob sie ihm diese verzeihen würde? Nur wie hatte er sie so lieben können wie gestern, wenn er eine andere heiraten wollte?

Sie hob den Kopf und begegnete Marits forschendem Blick. Sie schien eine Reaktion von ihr zu erwarten, doch da täuschte sie sich. Nicht umsonst stand sie als Emilia Rossi seit Jahren auf der Bühne. Sie war nicht nur Sängerin, sondern auch Schauspielerin. Freundlich lächelnd erhob sie sich. »Es ist schon spät, du hast sicher noch viel zu tun. Vielen Dank für das Frühstück und vor allem für eure Hilfe in der Nacht. Ich lasse dir die Kleider nachher bringen.«

Marit stand ebenfalls auf. »Wie lange wirst du hier bleiben?«

»Ich weiß es noch nicht.«

Enttäuschung spiegelte sich in Marits Miene.

Sarah ging durch das Dorf, bemerkte die Blicke, die ihr folgten.

Du passt nicht hierher, sagten sie.

Sie war eine Fremde, ein Störenfried. Dabei hatte sie sich darauf gefreut, Peers Familie kennenzulernen. Niemals hätte sie mit der Möglichkeit gerechnet, dass man sie ablehnen würde. Warum eigentlich nicht? Ihre eigene Mutter hatte Peer vom ersten Augenblick an missbilligt. Wieso hatte sie geglaubt, Peers Familie würde sie mit offenen Armen empfangen? Hielt sie sich schon wieder für etwas Besseres?

Marit hatte es deutlich gesagt. Hier war sie nur eine von Peers vielen Frauenbekanntschaften.

Und noch etwas kam ihr in den Sinn. Sie war immer davon ausgegangen, Peer käme als Sohn eines Fischers aus einer armen, ungebildeten Familie. Aber das Haus seiner Mutter war keineswegs die winzige Fischerhütte, die sie sich vorgestellt hatte, und auch Marits Haus gehörte zu den größten im Ort. Sein Bruder war Mitinhaber eines Handelskontors und seine Großmutter offenbar eine sehr gebildete Frau.

Nichts war so, wie sie es sich vorgestellt hatte. Obwohl sie es ihm wohl nie erzählen würde, hätte Brandon sicher eine helle Freude daran, sie jetzt zu erleben. Sie konnte seinen Spott in ihrem Kopf hören: Da kommt die reiche Dame aus Amerika und glaubt, man rollt ihr den roten Teppich aus. Und nun, Prinzessin, wie fühlt man sich, wenn das hohe Ross sich als Maultier entpuppt?

Eine Frau kam ihr entgegen, an der einen Hand ein kleines Mädchen, in der anderen einen Korb. Sie nickte ihr lächelnd zu, und Sarahs Augen begannen zu brennen ob dieser unerwarteten Freundlichkeit. Wo war ihr Stolz, dass sie heulte, nur weil sie jemand freundlich ansah? Verdammt, sie war nicht irgendeine von Peers Frauenbekanntschaften. Er liebte sie, er hatte es oft genug gesagt.

Andererseits, was bedeutete das schon? Arthur hatte Helen Astor versichert, er liebe sie, hatte sie glauben lassen, sie sei die einzig wichtige Frau in seinem Leben, und das so überzeugend, dass die arme, törichte Helen es auch noch geglaubt hatte, als er längst wieder verheiratet war.

War sie am Ende genauso dumm wie Helen? Machte ihre Liebe sie blind?

Endlich erreichte sie das Wärdshus. Zum Glück war Pernilla nicht da, und die Schankstube war ebenfalls leer. Sich jetzt weiteren Fragen auszusetzen, hätte sie nicht ertragen. Sie wollte alleine sein, sich die Wunden lecken wie ein kranker Hund.

Schnell und leise stieg sie die Treppe zu ihrem Zimmer hinauf und verriegelte die Tür hinter sich. Dann zog sie Marits Sachen aus und holte einen Rock und eine Bluse aus dem Schrank. Schon wieder flossen die Tränen, als sie die Kleider seiner Schwester zusammenlegte und in ihre eigenen schlüpfte. Es musste der Schock von gestern Nacht sein, der sie ständig zum Weinen brachte. Noch niemals hatte ihr jemand mit Absicht wehgetan.

Sie setzte sich aufs Bett und dachte darüber nach, was Marit gesagt hatte. Ihre Worte mischten sich mit Peers in der Nacht zuvor und gaben den seinen eine neue Bedeutung.

Jetzt ahnte sie, was er ihr sagen würde, und sie wusste auch, warum er dieses Gespräch erst führen wollte, wenn er wieder hier war. Wie er es ihr wohl beibringen wollte? So, wie Marit es getan hatte? Würde er wieder sagen, dass es ihm leidtue?

Das hatte sie inzwischen oft genug gehört.

Sie hatte zu lange geträumt. Nun war es an der Zeit, aufzuwachen. Zeit, zurückzukehren in ihr wirkliches Leben, die Reste ihrer Würde und ihres Stolzes aufzusammeln und zu gehen. Ohne Tränen.

Er sollte sie nicht noch einmal weinen sehen, nicht so, wie damals in San Francisco, als er ihr eröffnet hatte, dass er nach Hause fahren würde, und sie in seinen Armen vor Zorn und Verzweiflung geschluchzt hatte. Sie würde heute noch ihre Sachen packen, nach Göteborg fahren und von dort ein Schiff nach London nehmen. Sie würde mit Anne und Alice Europa bereisen. Und im Herbst würde sie heimkehren. Nach San Francisco, wo sie keine Fremde war, keine lästige ›Engländerin‹, die den Dorffrieden störte.

Im nächsten März würde sie die Cho-Cho-San in Madame Butterfly singen und so gut sein wie nie zuvor. Sie würde die Liebe wieder dahin verbannen, wo sie hingehörte, auf die Bühne. Und keinen Gedanken mehr an den Mann verschwenden, der für einige Zeit ihr Herz zum Singen gebracht hatte.

36. KAPITEL

Es waren die Schmerzen in seinem Arm, die ihn ins Bewusstsein zurückholten. Er öffnete die Augen. Nils hatte ihn unter den Achseln gepackt und Arne an den Beinen. So bugsierten sie ihn den Niedergang hinunter in seine Kabine, wo sie ihn auf die Koje legten.

»Bleib liegen«, sagte Nils. »Du hast dir den Arm gebrochen. Larsson wird nach dir sehen, sobald er kann.«

Peer nickte. Das Schiff stampfte schwer, der Sturm tobte mit unverminderter Wucht. Er musste die Füße gegen die Pfosten stemmen und sich an einem Seil festhalten, um nicht aus der Koje geschleudert zu werden.

Was war passiert? Der Brecher hatte ihn erwischt, bevor er sich festlaschen konnte, und musste ihn erst gegen die Kajütwand und dann an die Verschanzung geschleudert haben. Vorsichtig versuchte er, den rechten Arm zu heben, um sich die Bescherung anzusehen, aber die Bewegung jagte den Schmerz wie glühende Nadeln in sein Fleisch.

Es blieb ihm nichts anderes übrig, als abzuwarten, bis der Sturm sich ausgetobt und jemand Zeit hatte, sich um ihn zu kümmern.

Es dauerte Stunden. Zuerst verebbte das Heulen des Windes, dann ließ auch das Stampfen und Schlingern der Snowdrop nach.

Angestrengt lauschte er auf die Stimmen, die vom Deck in die Kabine drangen. Gab es Verluste? War das Schiff beschädigt, wenn ja, wie sehr? Er verstand nicht, was gerufen wurde, aber die Stimmen der Männer klangen nicht besorgt.

Endlich hörte er, wie jemand den Niedergang herunterkam. Die Kabinentür öffnete sich, Kapitän Larsson und Nils traten ein. Ihre Gesichter wirkten erleichtert, also gab es wohl keine Verluste.

»Ist das Schiff in Ordnung?«

Larsson nickte. »Ich denke schon. Die Masten haben gehalten, ein paar Segel sind zerfetzt, aber wir haben Ersatz.«

»Verletzte?«

»Nichts Ernstes. Nur Schürfwunden, Prellungen, das Übliche halt. Dich hat es am Schlimmsten erwischt.«

»Es gibt Bedenklicheres als einen gebrochenen Arm. Hansen kriegt das wieder hin.«

Larsson runzelte die Stirn. »Ich weiß nicht, ob Bertil Hansen der richtige Mann dazu ist. Er ist nur Feldscher. Das sieht nach einem komplizierten Bruch aus. Ich würde dich lieber nach Göteborg ins Krankenhaus bringen. Es ist zwar ein Umweg, aber mit etwas Glück wären wir nur mit zwei Tagen Verspätung in Mollösund. So lange sollte das Eis im Frachtraum die Ladung kühl halten. Hoffe ich.«

»Und wenn nicht?« Dann wäre der Fisch verdorben, und alles wäre umsonst gewesen. Diese Fahrt, sein Streit mit Sarah.

Er hatte ihr versprochen, in drei Tagen zurück zu sein. Wenn sie tatsächlich am Freitag oder Samstag abreiste, wäre die Snowdrop noch nicht in Mollösund – und Sarah würde nicht wissen, warum er sein Versprechen brach. Und wenn er im Krankenhaus lag, konnte er ihr nicht folgen.

»Welchen Tag haben wir?« Er hatte kein Zeitgefühl. Der Sturm hatte sie Mittwoch gegen Abend erwischt, aber er war bewusstlos gewesen.

»Donnerstagvormittag. Wenn wir uns gleich auf den Weg machen, könnten wir Freitag gegen Abend in Göteborg sein.«

Oder Freitagmorgen in Mollösund.

»Lass uns erst Mollösund anlaufen. Da könnt ihr die Ladung löschen, und ich gehe zu Hansen. Wenn er nichts machen kann, reicht die Zeit vielleicht noch für das Postschiff nach Göteborg. Dann bin ich auch Freitagabend dort.«

Zweifelnd wiegte Larsson den Kopf. »Ich weiß nicht.«

»Komm schon, das ist ein guter Plan. Willst du, dass dir die Ladung verdirbt?«

»Na gut. Ganz wohl ist mir nicht dabei, diese Wunde will mir nicht gefallen, aber wenn du meinst …«

»Welche Wunde?« Peer versuchte sich aufzurichten, doch die Bewegung schmerzte so, dass er sich stöhnend zurücksinken ließ.

»An deinem Arm. Ich fürchte, da kommt der Knochen raus. Ich werde es verbinden, damit kein Dreck reinkommt. Nils, hol doch mal die Bordapotheke aus meiner Kabine.«

Nils ging und kam kurz darauf mit einer Kiste wieder. Notdürftig wickelte Larsson eine Binde um Peers Arm. Obwohl er so behutsam wie möglich vorging, knirschte Peer mit den Zähnen, um nicht laut zu jammern. Warum tat das so verdammt weh?

Larsson gab ihm einen leichten Klaps auf die Schulter. »Fertig. Schlaf einfach, was anderes kannst du ja ohnehin nicht machen.«

Er verließ die Kabine, und kurze Zeit später hörte Peer ihn an Deck den Befehl zum Segelsetzen geben. Erleichtert schloss er die Augen. Morgen würde er zu Hause sein. Und bei Sarah.

Er schlief unruhig und träumte wirres Zeug. Als er erwachte, hämmerte es in seinem Kopf, als hätte er die Nacht durchgesoffen, und er fror so sehr, dass seine Zähne klapperten. Sein Arm in der improvisierten Schlinge sandte Schmerzwellen in Richtung Ellbogen und Handgelenk.

Er war durstig, doch wegen des Sturms befand sich kein Wasserkrug in der Kabine. Er würde zur Kombüse gehen müssen. Er brauchte einige Anläufe, bis er es schaffte, sich aufzusetzen.

Ihm schwindelte von der Anstrengung, sein Arm pochte unerträglich. Was war los mit ihm? Ein Bruch war schmerzhaft, das wusste er. Er hatte es öfter erlebt, dass sich jemand auf See etwas brach, aber dieses starke Schwächegefühl war ungewöhnlich. Und warum fror er, wo ihm gleichzeitig der Schweiß den Rücken hinunterlief?

Sein Blick fiel auf seine rechte Hand. Sie war geschwollen. Die Haut glänzte unnatürlich.

»Oh verflucht!« Die Wunde, von der Larsson gesprochen hatte, musste sich entzündet haben.

Wie spät mochte es sein? Durch das Oberlicht fiel kein Licht. Wahrscheinlich war es noch mit Holz gegen den Sturm geschützt.

Er stützte sich an der Wand ab und stemmte sich hoch. Die Snowdrop stampfte nur noch leicht, die See musste sich beruhigt haben. Schwankend ging er die paar Schritte zur Tür, wo er schwer atmend stehenblieb. Schon ewig hatte er sich nicht mehr so elend gefühlt.

Er öffnete die Tür und fiel beinahe gegen Larsson, der offensichtlich gerade nach ihm sehen wollte.

»Wie siehst du denn aus? Leg dich sofort wieder hin. Du hast Fieber.« Der Kapitän nahm ihn am Arm und bugsierte ihn zurück zu seiner Koje. »Wo wolltest du in diesem Zustand hin?«

»Ich habe Durst.« Selbst das Sprechen tat weh.

»Ich schicke Magnus. Bleib liegen.« Er stieg die Stufen zum Deck hoch und rief nach dem Schiffsjungen. Kurze Zeit später erschien Magnus mit einer Kanne Wasser und einem Becher. Peer saß auf seiner Koje und trank, als Larsson mit der Schiffsapotheke kam.

»Lass mich mal sehen.« Vorsichtig wickelte er den

Verband ab. Peer schnappte nach Luft. Der Arm war geschwollen, trotzdem konnte man den Knochen sehen, der die Haut durchstoßen hatte. Die Wundränder waren rot und eitrig.

Larsson wühlte in der Bordapotheke und zog eine Flasche heraus. »Am besten, wir kippen ordentlich Jod drauf.«

Peer sog zischend die Luft ein, als die rote Flüssigkeit über die Wunde lief. Nach kurzer Zeit ließ das Brennen nach. Larsson wickelte den Verband wieder drum.

»Wir sollten in ein paar Stunden zu Hause sein, dann bringen wir dich direkt zu Hansen«, sagte er.

»In ein paar Stunden schon?«

»Es ist Freitag, kurz nach Mitternacht. Du hast lange geschlafen.«

37. KAPITEL

Sarah hatte Glück, das Postschiff *Bohus* legte am späten Nachmittag in Mollösund an. Es hatte den Sturm in einer geschützten Bucht bei Lysekil abgewartet und war jetzt auf dem Weg nach Göteborg. Sie stand an der Reling, während die Bohus mit rauchendem Schornstein das Dorf verließ. Vorbei an Stegen, auf denen Frauen Fische ausnahmen und mit Holzstäben aufspannten. Vorbei an den roten Fischerhäusern. Etwas abseits entdeckte sie Marits Haus. Es war nicht rot, sondern weiß mit geschnitzten Verzierungen an den Fenstern und Dachgiebeln. Das Haus, in dem Peer lebte, konnte sie vom Schiff aus nicht sehen.

Lieblich wirkte das Dorf, jetzt, wo die See wieder ruhig war und die Sonne auf die Häuser schien. Sie erhaschte einen

Blick auf die Kirche und entdeckte sogar eine Windmühle. Dabei wuchs hier nirgendwo Getreide.

Peer würde sicher wissen, warum es hier eine Mühle gab. Er hatte ihr seine Heimat zeigen wollen, mit ihr durch die Schären segeln. Aber das war vorher gewesen. Bevor er hierher zurückgekommen war.

Nicht träumen, nicht der Vergangenheit nachtrauern. So schön die Geschichte von den Albatrossen war, die er ihr einst erzählt hatte, es war nur eine Geschichte.

Die Bohus ließ den Sund hinter sich und legte an Tempo zu. In drei Stunden würde sie in Göteborg sein. Und morgen würde sie zur Reederei gehen und sich nach einer Passage nach England erkundigen.

Sie ballte die Fäuste. Dabei fiel ihr Blick auf den blauen Stein. Der Ring. Sie hatte ihn ganz vergessen. Zum ersten Mal seit Peer ihn ihr in Yokohama angesteckt hatte, zog sie ihn ab.

Er hatte sich gewundert, dass sie ihn noch trug, und gesagt, seine Großmutter würde sich darüber freuen. Seine Großmutter, nicht er. Sie hätte ihm besser zuhören sollen, dann hätte sie vielleicht eher bemerkt, dass etwas ganz und gar nicht stimmte.

Sie schloss die Finger über dem Ring. Was sollte sie damit tun? Sie wollte ihn nicht mehr haben. Ins Meer damit. Eine Gabe an die See, die Peer so sehr liebte. Schon hielt sie die Hand über die Reling, da bemerkte sie, dass sie schon wieder weinte und das Paar neben ihr sie neugierig anstarrte. Sie zog die Hand zurück und setzte sich auf eine der Bänke.

Wie dumm von ihr, dass sie nicht daran gedacht hatte, den Ring zurückzulassen. Sie hätte Pernilla bitten können, ihn zu Peers Haus zu bringen. Sie öffnete ihre Hand. Ein Sonnenstrahl traf den Stein, ließ ihn blau aufblitzen. Sie betrachtete die verschlungenen Muster. Er war wunderschön. Ob er wirklich aus Gold war? Das Gewicht ließ darauf schließen. Sie konnte ihn nicht fortwerfen, irgendwie musste sie eine Möglichkeit finden, ihn Peer zurückzugeben.

Oder seiner Großmutter. Das war die Idee! Seine Großmutter lebte in Göteborg bei seinem Bruder, und der war Mitinhaber eines Handelskontors. Peer hatte in seinen Briefen aus Göteborg die Adresse seines Bruders als Absender angegeben. Damit musste es möglich sein, ihn ausfindig zu machen. Dann könnte sie den Ring übergeben. Nachdenklich drehte sie ihn zwischen den Fingern. Auch auf der Innenseite hatte er feine Muster. Sie sah genauer hin. Es war kein Muster, sondern eine Gravur. Ein Schriftzug, der sich um die gesamte Innenseite zog. Sie versuchte, die Worte zu entziffern, aber sie kannte die Sprache nicht. Vermutlich Schwedisch.

Unter Umständen konnte sie Linnea fragen, sie musste ja wissen, was die Worte bedeuteten.

Doch dann schüttelte sie den Kopf. Es war völlig gleichgültig, was da stand. Was immer es war, es galt nicht mehr für sie.

Sie steckte den Ring wieder an. An ihrer Hand war er sicherer als in ihrem Gepäck.

Dank der Hilfe eines Schalterbeamten im Hafen fand sie das Haus, in dem Peers Bruder lebte, ohne Probleme.

Auf ihr Klopfen öffnete ein Mann, den sie nach Peers Beschreibung sofort als Anders erkannte. Er war etwas kleiner und fülliger als Peer, sein Haar nicht so leuchtend blond, aber die energischen Gesichtszüge besaß er ebenfalls. Peer hatte gesagt, dass alle seine Geschwister Englisch sprachen, also versuchte sie ihr Glück und fragte nach Linnea.

Anders sah sie verwundert an, nickte dann und bat sie, ihm zu folgen. Er führte sie eine Treppe hinauf, durch einen langen Flur und klopfte an eine Tür. »Mormor, här är någon som vill träffa dig.«

»Jag kommer.« Der Antwort von drinnen folgte der Klang schneller Schritte, bevor sich die Tür auch schon öffnete.

Vor Aufregung waren ihre Hände feucht geworden. Sarah wischte sie hastig an ihrem Rock ab. Vierundachtzig Jahre alt sei seine Großmutter, hatte Peer erzählt. Sie hatte mit einem langsamen, schlurfenden Gang gerechnet. Mit einer gebeugten Gestalt, die am Stock ging.

Die Frau, die vor ihr stand, war groß und schlank und hielt sich kerzengerade. Und sie war schön.

Zwar hatte das Leben Spuren in ihre ebenmäßigen Züge gemeißelt, tiefe Falten durchzogen ihr Gesicht, erzählten von Leidenschaft, von Verlust und von der Liebe zum Leben, jedoch lag keine Spur von Bitterkeit und Zorn in ihnen. Ihre Mundwinkel zeigten den gleichen Schwung nach oben wie Peers. Sie ließ den Blick ihrer klaren, grünen Augen über Sarah gleiten, schienen jede Einzelheit ihrer Gestalt zu erfassen. Trotz ihres Alters war Linnea eine der schönsten Frauen, die Sarah je gesehen hatte. Sie musste an sich halten, um nicht vor der alten Dame zu knicksen wie ein kleines Mädchen.

»Bitte sehr?«

Sarah räusperte sich. »Ich habe etwas, das Ihnen gehört.« Sie zog den Ring vom Finger und legte ihn auf die ausgestreckte Handfläche.

Linnea warf nur einen kurzen Blick darauf, dann musterte sie Sarah noch eingehender. »Also du bist es? Komm bitte herein. – Danke, Anders.«

Anders nickte ihr kurz zu und ging. Sarah folgte Linnea ins Zimmer. Was hatte sie gemeint, was sollte sie sein?

»Setz dich bitte.« Die alte Dame wies auf einen Sessel und nahm ihr gegenüber Platz.

Sarah legte den Ring auf den Tisch. Linnea griff nach ihm und drehte ihn zwischen den Fingern. »Warum willst du ihn zurückgeben?«

»Ich ...« Lieber Himmel, was für eine Frage. Wie sollte sie einer Fremden das ganze Dilemma in ein paar Sätzen erklären. »Ich möchte nicht darüber reden.«

»Aber natürlich möchtest du das. Warum bist du sonst hier? Den Ring hättest du auch Anders geben können.«

Verblüfft starrte Sarah Peers Großmutter an. Es stimmte, was sie sagte. Wenn sie ehrlich war, war sie genau deswegen hierhergekommen. Um über Peer zu reden.

»Es ist eine lange Geschichte.«

»Dann bitte ich Helga, uns einen Kaffee zu machen.« Linnea erhob sich, öffnete die Tür und rief etwas auf Schwedisch über den Gang.

»Erzähl mir, woher du Peer kennst«, sagte sie, als sie sich wieder gesetzt hatte. Und so erzählte Sarah. Von ihrer Zeit auf der Victory, von Peer, der als Einziger mutig genug war, dem Steuermann die Stirn zu bieten, davon, wie ihr klargeworden war, dass sie ihn liebte.

»Gut. Ich fürchtete schon, du willst den Ring zurückgeben, weil du ihn nicht mehr liebst. Aber das ist nicht so.«

Dieses Gespräch verlief völlig anders, als Sarah erwartet hatte. Linnea stellte keine Fragen, stattdessen stellte sie höchst merkwürdige Behauptungen auf. Vielleicht war sie nicht mehr ganz bei sich? Doch sie machte keinen verwirrten Eindruck, im Gegenteil.

»Woher wollen Sie das wissen?«

»Keine Frau redet so über einen Mann, wenn sie ihn nicht liebt.«

»Und warum soll das eine Rolle spielen? Vielleicht liebt er mich nicht.«

Linnea lachte. »Nun, er hat dir diesen Ring gegeben, nicht?«

Sie war doch wirr im Kopf. Dass Peer ihr vor Jahren einen Ring geschenkt hatte, bewies überhaupt nichts. Immerhin hatte er eine andere geheiratet und offensichtlich auch sehr geliebt.

Linneas Lachen versiegte. »Er hat es dir nicht gesagt.«

Allmählich verlor Sarah die Geduld. »Was hat er mir nicht gesagt? Dass hier ein Mädchen auf ihn wartete? Das hat er mir allerdings nicht gesagt.«

»Darüber reden wir später.«

Eine Frau trat ein und stellte ein Tablett mit Gebäck und Kaffee auf den Tisch. Das musste Helga sein, Anders' Frau. Sie lächelte Sarah freundlich und sehr neugierig an.

Linnea wartete, bis Helga gegangen war, dann beugte sie sich vor und hielt den Ring hoch.

»Das ist ein Trauring. Mein zweiter Mann hat ihn mir bei unserer Hochzeit angesteckt.«

Sarah schnappte nach Luft. »Ein Trauring? Sie meinen, ein Ehering?«

Lächelnd nickte Linnea.

Ihr zweiter Mann, ihre große Liebe, hatte Peer erzählt.

»Wieso haben Sie ihn Peer gegeben?«

»Wir hatten einen kleinen Disput über die Liebe. Er war einundzwanzig und schwer enttäuscht von einem Mädchen, wollte mit der Liebe nichts mehr zu tun haben. Ich habe ihm gesagt, dass er irgendwann die Frau seines Lebens finden würde. Für diese Frau habe ich ihm den Ring gegeben. Wie junge Leute nun mal sind, wollte er mir nicht glauben. Er hat mich ausgelacht. Aber offensichtlich hat er diese Frau noch gefunden. Hast du die Gravur gesehen?«

»Erst vor Kurzem. Was bedeutet sie?«

»Leg mich wie ein Siegel auf dein Herz«, zitierte Linnea. »Es ist aus dem Hohelied Salomos: *Leg mich wie ein Siegel auf dein Herz, wie ein Siegel an deinen Arm! Stark wie der Tod ist die Liebe, die Leidenschaft ist hart wie die Unterwelt. Ihre Gluten sind Feuergluten, gewaltige Flammen. Auch mächtige Wasser können die Liebe nicht löschen; auch Ströme schwemmen sie nicht weg.*«

In Linneas Augen schimmerte es feucht.

Sarah schluckte hart. »Aber Gefühle können sich ändern, nicht wahr? Und vielleicht bereut er es inzwischen, dass er mir diesen Ring gegeben hat?«

»Was uns zu dem Grund bringt, aus dem du ihn zurückgeben willst. Was ist geschehen?«

»Er hat eine andere geheiratet.«

»Er hatte keine Wahl.«

»Aber er hat es mir verschwiegen. Er schrieb, er müsse wegen familiärer Angelegenheiten länger bleiben.«

Ein feines Lächeln glitt über das Gesicht der alten Dame. »Familiäre Angelegenheiten waren es durchaus. Aber du hast recht. Er hätte es dir schreiben sollen. Was hättest du dann getan?«

Sie hatte keine Ahnung. Immer wieder hatte sie sich diese Frage gestellt, seit sie von Livia wusste. »Ich weiß es nicht, aber darum geht es auch nicht.«

Linnea zog die fein geschwungenen Brauen zusammen. »Ah, und worum dann?«

Sarah rang nach Worten. »Er hat mich verraten, nicht nur einmal, sondern zweimal«, stieß sie schließlich hervor. »Er hat mir gesagt, dass er mich immer noch liebt, aber das stimmt nicht. Er wird wieder heiraten. Eine andere aus dem Dorf.«

Linnea lachte. Ungläubig starrte Sarah sie an. Was gab es da zu lachen? Dieser Kerl brach ihr das Herz, und die alte Dame fand das lustig. Wahrscheinlich war sie doch senil. Es war ein Fehler gewesen, hierherzukommen. Entschlossen schob sie den Sessel zurück und stand auf. »Vielen

Dank für den Kaffee. Ich glaube, es ist besser, wenn ich jetzt gehe.«

»Warte!« Die Eindringlichkeit in Linneas Stimme hielt sie auf, als sie die Türklinke schon in der Hand hatte. »Es tut mir leid, ich wollte dich wirklich nicht auslachen. Aber das ist ganz und gar unmöglich. Peer hat Livia geheiratet, weil er keine andere Möglichkeit gesehen hat, aber er wird sich ganz bestimmt nicht noch mal an eine Frau binden, die er nicht liebt.«

Langsam wandte Sarah sich um. »Aber vielleicht liebt er sie ja.«

»Hat er das gesagt?«

»Nein. Ich meine – ich habe ihn nicht gefragt.«

»Und warum nicht?«

»Weil er nicht da war. Er ist unterwegs, fischen.«

»Und woher weißt du es dann?«

Mit ihren grünen Augen, die Peers so ähnlich waren, blickte Linnea ihr forschend ins Gesicht.

»Seine Schwester hat es mir gesagt.«

»Ah, Marit. Und lass mich raten, die Frau ist Senta.«

Der Schmerz war immer noch so stark wie am Tag zuvor. Senta. »Also ist es wahr.«

Die alte Dame schüttelte den Kopf. »Setz dich«, sagte sie in einem Ton, der keinen Widerspruch erlaubte.

Sarah ging zurück und nahm wieder Platz. Wie ein Schulmädchen vor einer strengen Lehrerin saß sie aufrecht vor Peers Großmutter.

»Du überraschst mich. Ich hätte dich für kämpferischer gehalten. Stattdessen versinkst du in Selbstmitleid.«

»Ich – was?!«

»Du bemitleidest dich. Nur weil eine fremde Frau dir sagt, Peer würde dich nicht lieben, läufst du fort.«

»Es war seine Schwester.«

»Die nichts lieber möchte, als ihren Bruder in Mollösund zu halten. Genauso wie seine Mutter.«

Und wahrscheinlich ein halbes Dutzend anderer Frauen, dachte Sarah.

»Wieso glaubst du ihr? Warum bist du nicht in Mollösund und fragst ihn selbst?«

»Woher weiß ich, dass er mir dir Wahrheit sagt? Er hat mich wegen Livia belogen.«

»Ein Fehler. Aber nach ihrem Tod hat er dir die Wahrheit geschrieben und dich gebeten, zu kommen. Und das hast du ja auch getan.«

»Ich habe diesen Brief nie bekommen.«

»Aber du weißt von ihm?«

»Peer hat es mir gesagt.« Doch reden konnte man viel. Woher sollte sie wissen, wer die Wahrheit sprach. Peer und seine Großmutter oder Marit und Senta?

Sie schüttelte den Kopf. »Er hat niemals über mich gesprochen. Keiner weiß von mir. Marit hält mich für irgendeine Hafendirne, die ihm nachläuft.«

»Er hat mir von dir erzählt«, sagte Linnea. »Und ich bin sicher, dass er Livia vor ihrer Hochzeit auch von dir erzählt hat. Ich habe es ihr angesehen.«

»Und warum trauerte er so sehr wegen Livia, wenn er sie nicht geliebt hat?« Endlich wagte sie, die Frage zu stellen, die sie am meisten beschäftigte.

»Weißt du das von Marit?«

»Ja, aber das ist es nicht. Ich habe sein Gesicht gesehen, als er von ihrem Tod sprach.«

Die tiefe Trauer in seinen Zügen, seine Weigerung, über Livia zu reden.

Linnea zögerte. »Das soll er dir besser selbst erzählen. Nur so viel: Er gibt sich die Schuld an ihrem Tod. Er quält sich mit Selbstvorwürfen. Sie halten es alle für Trauer, weil die

Leute nur das sehen, was sie sehen wollen.« Sie betonte den letzten Satz und warf Sarah einen herausfordernden Blick zu. Siehst du ebenfalls nur, was du sehen willst?, schien er zu fragen.

Sarah erwiderte den Blick offen. »Ich weiß nicht, ob ich ihm je wieder vertrauen kann.«

»Das kannst du nur herausfinden, indem du mit ihm sprichst.« Sie beugte sich vor, nahm den Ring vom Tisch und reichte ihn Sarah. »Er gehört mir nicht mehr, ich habe ihn Peer geschenkt. Wenn du ihn nicht willst, musst du ihn Peer zurückgeben.«

Damit erhob sie sich. Sarah folgte ihr zur Tür. Sie dachte an Peers Erzählungen über seine Großmutter, daran, wie sehr er sie mochte. Ob Linnea ihm sagen würde, dass sie bei ihr gewesen war? Und dann? Was konnte er tun? Seinen Sohn alleine lassen und ihr nachreisen? Das würde er nicht machen. Die Entscheidung lag bei ihr, und sie würde jetzt fallen. Wenn sie ging, würde sie ihn niemals wiedersehen. Und niemals die Wahrheit erfahren.

Linnea hatte recht, sie lief davon. Weil sie sich vor der Wahrheit fürchtete.

Sie fasste einen Entschluss. Egal, wie die Sache ausging, sie würde besser damit zurechtkommen, wenn sie mit Peer gesprochen hatte. Sonst lief sie Gefahr, ihre eigene Geschichte zu wiederholen. Wie damals, als John spurlos verschwunden war und sie nicht wusste, warum er sie verlassen hatte und was aus ihm geworden war. Sie hatte sich verboten, je wieder an ihn zu denken. Und doch hatte sie ihn erst vergessen können, als sie sich zwanzig Jahre später zufällig begegneten und sie die Wahrheit über sein Verschwinden erfahren hatte.

»Wann …« Ihre Stimme versagte, sie räusperte sich. »Wann geht das nächste Schiff nach Mollösund?«

Linneas Lächeln ließ sie um Jahre jünger aussehen. »Morgen früh. Ich werde dich begleiten. Ich muss ein paar ernste Worte mit Marit reden. Und außerdem wollte ich Lars schon lange wiedersehen. Er kommt sehr nach seinem Vater.«

38. KAPITEL

Wind und Strömung standen gegen die Snowdrop, und so erreichten sie Mollösund erst gegen Mittag.

Mühsam richtete Peer sich in seiner Koje auf. Die letzten Stunden hatte er im Dämmerschlaf verbracht. Plötzlich riss Nils die Tür auf und stürmte herein. »Wir sind da! Endlich.«

Er reichte Peer die Hand, um ihm aufzuhelfen, und starrte ihn erschrocken an. »Mann! Du glühst ja.«

Peer räusperte sich. »Ich glaube, die Wunde hat sich entzündet.«

»Das ist nicht gut. Komm, ich helf dir hoch.«

Mit Nils Hilfe kletterte er die Treppe hinauf an Deck.

Die Sonne blendete ihn, seine Augen schmerzten von der Helligkeit. Er griff nach den Wanten und lehnte sich mit geschlossenen Augen dagegen. Alles tat ihm weh, selbst das Atmen.

Hinter ihm flüsterte Nils mit Larsson.

»Wir bringen dich direkt zum Feldscher«, wandte sich Larsson an ihn. »Arne, Nils, kommt her und helft ihm!«

Die Gedanken fuhren Karussell in seinem Kopf. Da war etwas anderes, Wichtigeres, etwas, das er zuerst tun musste.

Sarah, er musste zu Sarah. Er hatte es versprochen.

»Nein.« Er schüttelte den Kopf. »Nicht zu Hansen, erst zum Wärdshus.«

»Du bist verrückt, Mann. Was willst du denn da?«, gab Larsson zurück. »Er phantasiert. Ihr bringt ihn sofort zu Hansen.«

»Nein! Lasst mich.« Er versuchte, die Hände wegzuschieben, die nach ihm griffen. »Ich muss ins Wärdshus.«

»Es geht um die Kleine, nicht wahr?«, sagte Nils leise neben ihm. »Deine Sarah. Ich schicke Magnus hin, er soll sie holen.«

»Danke.« Erleichtert ließ Peer sich von den beiden Männern auf den Steg helfen. Der Weg zu Hansens Haus wurde zur Qual. Obwohl er sich auf Nils stützte, stolperte er immer wieder. Kurz bevor sie das Haus erreichten, kam ihnen Magnus entgegen. »Pernilla sagt, die Dame sei gestern abgereist.«

»Was?«, stieß Peer mit letzter Kraft hervor. Das konnte nicht sein, sie hatte versprochen zu warten. »Das glaube ich nicht.«

»Doch.« Magnus nickte eifrig. »Sie ist ganz plötzlich fortgegangen. Hat das Schiff nach Göteborg genommen.«

Vielleicht war etwas passiert? Ein Telegramm aus San Francisco mit einer schlechten Nachricht.

»Hat sie etwas für mich dagelassen? Einen Brief?«

»Nein.«

Das konnte nur eines bedeuten: Sie hatte es sich anders überlegt. Wusste er denn, wer in San Francisco auf sie wartete? Er ahnte es. Seine Beine wollten nachgeben.

Aber du hast es versprochen. Warum konntest du nicht noch einen Tag länger bleiben?

»... überfallen worden. Auf dem Galgeberget.« Wie aus weiter Ferne hörte er Magnus sprechen. Er erzählte etwas von einem gestrandeten Schiff im Sund, von Strandräubern. Es war ihm gleichgültig.

Alles war gleichgültig, wenn sie nicht mehr da war.

»Wir müssen weiter«, drängte Nils.

Peers Augen brannten. Mühsam setzte er einen Fuß vor den anderen, bis er endlich vor Hansens Tür stand. Der Feldscher wartete bereits auf ihn.

*

Beschwingt betrat Sarah am nächsten Morgen den kleinen Dampfer, der sie nach Mollösund zurückbringen würde. Sie war sehr dankbar für Linneas Begleitung. An ihrer Seite würde sie sich in Mollösund weniger als Fremde fühlen.

Der Dampfer legte an einem der Stege an. Nicht weit entfernt entdeckte Sarah einen großen Kutter, der ihr bekannt vorkam.

Linnea folgte ihrem Blick und nickte. »Die Snowdrop. Peer ist wieder da.«

Zielstrebig ging Linnea den Steg entlang und durch die schmale Gasse, die vom Hafen fortführte.

Sarah musste sich beeilen, um mit der alten Dame Schritt zu halten. Nicht zum ersten Mal sandte sie ein heimliches Gebet zum Himmel, sie selbst möge in diesem hohen Alter ebenso gesund und ebenso schön sein. Ihr Herz schlug heftig, als Linnea vor Peers Haus stehenblieb, kräftig an die Tür klopfte und, ohne auf Antwort zu warten, eintrat.

Wie würde er reagieren? Da er vor ihr angekommen war, wusste er wohl, dass sie Mollösund verlassen hatte, ohne auf ihn zu warten. Vielleicht hatte er schon mit Marit gesprochen.

Sie atmete tief durch, bevor sie über die Schwelle trat.

Peers Mutter saß an dem Tisch vor dem Fenster, die Hände vors Gesicht geschlagen. Als die Tür ins Schloss fiel, sah sie auf. »Linnea?!«

Rasch erhob sie sich und umarmte die ältere Frau. Tränenspuren zogen sich über ihr Gesicht, und ihre Stimme klang halb erstickt, als sie auf Linnea einredete.

Ein Prickeln wie von kaltem Regen breitete sich von Sarahs Kopfhaut über ihren Rücken aus. Warum weinte Elsa?

Linnea schüttelte den Kopf und antwortete schnell und mit scharfer Stimme.

Was ging hier vor? Auf der Bank neben dem Ofen saß Lars. Sein Gesicht war blass, er schien seine Umgebung gar nicht wahrzunehmen.

Immer noch sprachen Linnea und Peers Mutter. Je länger das Gespräch dauerte, desto besorgter blickte Linnea drein. Sarah biss die Zähne zusammen, um nicht dazwischenzuschreien. Endlich drehte Linnea sich zu ihr um. »Peer hatte einen Unfall.«

Sarahs Lippen wurden taub, sie versuchte zu sprechen, doch sie brachte keinen Ton heraus.

»Elsa sagt, er hat sich den Arm gebrochen.«

Erleichtert seufzte sie auf. Das hörte sich nicht dramatisch an. Doch dann sprach Linnea weiter. »Es heißt, der Arm muss ab, er ist brandig.«

»Nein!« Sarah schüttelte den Kopf. Das würde er nicht überleben. Peer, der nie wieder die Wanten hinaufklettern sollte. Ein Albatros, der niemals mehr fliegen würde. Genauso gut konnten sie ihn gleich umbringen. »Wo ist er?«

Elsa starrte sie verständnislos an.

Sarah wandte sich an Lars. »Wo haben sie deinen Vater hingebracht?«

Der Junge warf ihr einen bösen Blick zu und schwieg.

»Sag es ihr!«, fuhr Linnea ihn an.

»Zu Bertil Hansen.«

Beim Klang des Namens schluchzte Elsa laut auf.

»Zum Feldscher?« Linneas Fluch hätte jedem Seemann die Schamesröte ins Gesicht getrieben.

Die Luft wich aus Sarahs Lungen. »Ein Feldscher? Gibt es keinen gelernten Arzt?«

»Nicht hier«, antwortete Linnea und griff nach ihrem Schultertuch. »Der nächste ist in Ellös.« Sie wandte sich an Lars. Ihr Gesicht wirkte schmal und entschlossen. »Weißt du, ob Kapitän Holm noch sein Automobil hat?«

»Ja«, antwortete Lars gehorsam auf Englisch. »Aber er ist auf See.«

»Dann haben wir niemanden, der fahren kann.«

»Ich kann fahren«, sagte Sarah schnell.

Linnea drehte sich zu ihr um. »Tatsächlich? Sehr gut. – Ich gehe zum Postamt und rufe den Arzt an. Elsa wird zu Holms gehen und sagen, dass wir das Auto brauchen, und du, Lars, bringst Sarah zu Hansen. Halte sie auf!«, sagte sie zu Sarah. »Lauft! Ich komme nach.«

Wie ein Blitz schoss Lars zur Tür hinaus und lief die Straße entlang. Sarah raffte ihren Rock und folgte ihm. Seit ihrer Kindheit war sie nicht mehr so gerannt. Ihre Lungen brannten, ihr Herz schlug, als wollte es durch ihre Rippen brechen, aber sie hielt mit dem Jungen Schritt. Sie lief gegen den Tod.

Das Haus des Feldschers lag in der Nähe der Mühle. Zwei Männer standen davor und blickten überrascht auf, als Sarah und Lars angelaufen kamen. Sarah wollte an ihnen vorbei zur Tür, doch einer der Männer verstellte ihr den Weg. »Nej«, sagte er und schüttelte den Kopf.

Sie setzte zu einer Erklärung an, als ein erstickter Schrei sie unterbrach. Peers Stimme. Mit zwei Schritten drängte sie sich an den Männern vorbei und stieß die Tür auf.

Ein großer Raum, in der Mitte ein Tisch, lang genug, dass ein Mann darauf liegen konnte. Ein grauhaariger Mann stand davor und breitete auf einem Beistelltisch chirurgische Instrumente aus. Eine Aderpresse, eine Knochensäge.

Peer saß zusammengesunken in einer Ecke und hielt mit der linken Hand den rechten Arm an den Körper gepresst. Neben ihm hockte ein anderer Mann, der eindringlich auf ihn einsprach, doch Peer schüttelte den Kopf.

»Nej!«, sagte er immer wieder. Nein.

Der Mann richtete sich auf und gab einem anderen einen Wink. Zu zweit versuchten sie, Peer auf die Beine zu ziehen.

Sarah füllte ihre Lungen mit Luft: »Aufhören! Lasst ihn in Ruhe!« Ihre Bühnenstimme ließ die Männer erschrocken zusammenfahren.

Peer sah auf. Sein Atem ging keuchend und viel zu schnell, sein Blick irrte durch den Raum. Sie sank neben ihm auf die Knie. Er versuchte, sie fortzustoßen.

»Peer, ich bin es Sarah. Sieh mich an, sieh mich an!«

Sein Atem wurde ein wenig ruhiger, er blickte auf. Seine Augen waren weit offen, und er blickte gehetzt. »Sarah! Du bist wieder da.«

Behutsam legte sie ihre Hände an seine Wangen. Sie glühten. »Ganz ruhig«, flüsterte sie.

»Sie dürfen nicht ... ich lasse sie nicht ...« Seine Stimme war heiser, er schluchzte.

Eine Hand legte sich schwer auf ihre Schulter. Sarah wandte sich um. Der Grauhaarige stand hinter ihr. Er stellte eine Frage, doch sie verstand ihn nicht.

Immer noch nach Atem ringend, schüttelte sie den Kopf. Der Mann brummte etwas, griff nach ihrem Handgelenk und versuchte, sie auf die Beine zu ziehen.

»Nein!« Sie versuchte, sich loszureißen. Wie sollte sie sich nur verständlich machen? »Ihr dürft das nicht tun.«

Einer der anderen Männer trat hinzu. »Es geht nicht anders. Helfen Sie uns, bringen Sie ihn zur Vernunft. Er wird sterben, wenn der Arm nicht amputiert wird.«

»Nein! Es muss eine andere Möglichkeit geben.« Sie drehte sich zu Peer. »Lass mich deinen Arm sehen.«

Er fuhr zurück und schüttelte den Kopf.

»Bitte Peer, ich will dir helfen.«

Stöhnend ließ er den verletzten Arm sinken. Galle stieg in Sarahs Kehle. Es war ein offener Bruch. Der Knochen hatte die Haut durchstoßen, um die Wunde herum war das Gewebe rot geschwollen, Blut und Eiter suppten heraus. Sie schluckte. »Wir bringen dich nach Ellös zum Arzt. Alles wird gut.«

»Nichts wird gut«, flüsterte er. »Dieses Mal kannst du mich nicht retten, meine Sarah.«

Sie hob den Kopf und durchbohrte ihn mit dem Blick. »Und ob ich das kann, Svensson. Ich gebe dich nicht auf. Du hast es auf der Victory geschafft, du wirst es wieder schaffen. Und außerdem hast du mir versprochen, mit mir in den Schären zu segeln. Glaub nicht, dass du dich davor drücken kannst.«

Er schüttelte stumm den Kopf, dann schlang er den gesunden Arm um sie und zog sie an sich. »Bleibst du bei mir, bis es vorbei ist?«

Der Kloß in ihrer Kehle drohte, sie zu ersticken. »Ich bleibe, aber es wird nicht vorbei sein. Du wirst leben.«

Ein Luftzug ging durch den Raum, als die Tür sich wieder öffnete. Ein Mann fluchte laut, doch dann stockte er. »Linnea?«

Sarah wandte sich um. Linnea nickte ihr zu und redete mit dem Feldscher. Anschließend sprach sie den Mann an, der sich vorhin bereits eingemischt hatte: »Nils, wir brauchen deine Hilfe. Bring Sarah zu Holms. Wir brauchen das Automobil, aber sie wird es nicht alleine starten können.«

Der Mann nickte, trat vor und nahm Sarah am Arm. »Kommen Sie.«

Während er sie zum Hafen zurückführte, betrachtete sie

ihn verstohlen von der Seite. Sein Profil glich Peers, ebenso seine Statur. Linnea hatte ihn Nils genannt.

»Sie sind Peers Bruder.«

Er lächelte sie flüchtig an. »Ja. Und du bist seine Sarah.«

Seine Sarah. Also hatte er doch über sie gesprochen.

»Wie lange ist er schon wieder hier?«

»Seit heute Morgen. Er wollte unbedingt hierher zurück. Kapitän Larsson wollte ihn direkt nach Göteborg ins Krankenhaus bringen, aber dieser Dickschädel hat nicht mit sich reden lassen.«

»Oh, mein Gott ...«

Es war ihre Schuld. Ihretwegen hatte er sich nicht nach Göteborg bringen lassen. Sie hatte ihm gesagt, er solle sie nicht zu lange warten lassen. Und nun drohte ihm der Verlust seines Arms.

»Hier sind wir«, sagte Nils und deutete auf ein Haus.

Obwohl es rot gestrichen war wie die Häuser der Fischer, unterschied es sich sehr von ihnen. Es war zwei Stockwerke hoch, im ersten Stock war ein großer Balkon mit einem kunstvoll geschnitzten Holzgeländer, und auch die Fensterrahmen waren mit Holzschnitzereien verziert. Vor dem Schuppen stand eine Frau, die ihnen freundlich zunickte und dann auf Nils einredete.

»Sie hofft, es springt an«, übersetzte Nils ihre Worte. »Es ist lange nicht gefahren worden.«

Sarah stieg ein und setzte sich hinters Steuer, Nils griff nach der Kurbel. Beim vierten Versuch sprang der Motor endlich knatternd an.

Vorsichtig lenkte Sarah das Fahrzeug aus dem Schuppen. »Steigen Sie ein, Mr. Svensson.«

»Sag einfach Nils zu mir. Bei Mr. Svensson habe ich immer das Gefühl, ich muss mich umdrehen, um zu gucken, ob einer hinter mir steht.«

Sie nickte und gab Gas. So schnell es der Weg zuließ, fuhr sie zurück zum Haus des Feldschers.

Als er ausstieg, war Nils ziemlich blass. »Ich glaube, Autofahren ist nichts für mich. Ich bleibe lieber auf einem Schiff.«

Peer und Linnea warteten bereits auf sie. Peers Arm lag in einer Schlinge. Nils und Linnea halfen ihm auf den Beifahrersitz. Sein Gesicht war schmerzverzerrt, und Schweißperlen standen auf seiner Stirn. Sarah spürte die Hitze, die von ihm ausging. Er musste hohes Fieber haben. Gerade legte sie den Gang ein, um loszufahren, als ein Schrei sie aufhielt.

»Papa!« Lars stand neben dem Auto und wehrte sich aus Leibeskräften gegen Elsa, die ihn am Arm gepackt hielt und versuchte, ihn fortzuzerren. Panik stand in seinen Augen, er schien Bärenkräfte zu entwickeln. »Papa!«

Sarah begriff. Es war noch nicht einmal ein halbes Jahr her, dass er die Mutter verloren hatte, und jetzt fürchtete er um das Leben seines Vaters.

Sie stieg aus. »Du kannst mitfahren«, sagte sie zu dem Jungen. Elsa starrte sie verständnislos an, doch schon hatte Lars sich losgerissen und kletterte ins Auto auf den Notsitz.

Sarah setzte sich wieder hinter das Lenkrad. »Alles wird gut.«

Sie war nicht sicher, wen sie damit beruhigen wollte. Peer, Lars oder sich selbst.

»Wie weit ist es?«, fragte sie Linnea.

»Nicht weit. In einer halben Stunde solltest du dort sein. Fahr in Richtung Kirche. Danach gibt es nur einen Weg, und der führt direkt nach Ellös. Du kannst nichts falsch machen.«

»Danke«, sagte Sarah. »Für alles.«

Sie fuhr los. An der Kirche vorbei führte der Weg in sanften Kurven zwischen den typischen rundgeschliffenen Felsen hindurch. Nach ein paar Kilometern änderte sich die Landschaft, nur noch vereinzelt ragten Felsen aus der Erde. Sarah entdeckte einige große Häuser, umgeben von Wiesen, dazwischen wuchsen Heidekraut, Birken und kleine Kiefern.

Als sie eine Kurve etwas schneller nahm, rutschte Peer gegen die Beifahrertür und stöhnte leise auf. Sarah verlangsamte das Tempo und schaute kurz zu Peer. Seine Augen waren gerötet, vom Fieber oder vor Schmerzen.

»Entschuldige. Soll ich langsamer fahren?«

»Nein, es geht schon.« Mühsam richtete er sich wieder auf. »Rede mit mir, bitte.«

»Wie bitte? Worüber?«

Er wollte reden? In dieser Situation? Ganz bestimmt würde sie jetzt nicht mit ihm über Livia oder Senta sprechen.

»Egal. Erzähl mir irgendwas. Solange du redest, muss ich nicht nachdenken.« Er fuhr sich mit der gesunden Hand über das Gesicht. »Ich habe Angst, Sarah. Wenn sie mir den Arm abnehmen, werde ich nie wieder am Ruder stehen, nie wieder die Wanten hochklettern können. Ich werde so enden wie Mullins. Als mürrischer, alter Mann, der zu nichts taugt.«

»Das wirst du nicht. Ich lasse es nicht zu. Davon abgesehen hatte Mullins keine Frau, die ihn liebte.«

Erst als sie zu Ende gesprochen hatte, wurde ihr klar, was sie gesagt hatte. Dass sie ihn immer noch liebte, dass sie ihn nicht verlassen würde. Und es war die Wahrheit. Vorausgesetzt, er wollte sie noch.

»Vielleicht hatte er ja eine, als er noch gesund war. Und danach …« Seine Worte kamen undeutlich, verwaschen. Er atmete schnell und flach. Offenbar ging es ihm schlechter.

Sarah drückte aufs Gaspedal. Wie weit war es noch?

Reden, hatte er gesagt. »Wir müssten bald da sein. Weißt du, wo der Arzt wohnt?«

»Ja, direkt am Gullbergsvägen. Glaubst du wirklich, er kann mir helfen?«

Sie nickte. »Besser als dieser Metzger bestimmt.«

»Hansen ist schon in Ordnung, er macht das seit Jahren.«

»Was, Arme abschneiden?«

»Wunden versorgen, Brüche richten.«

Sarah schnaubte unwillig. »In einem Schuppen ohne jede Hygiene. Geht denn keiner von euch zum Arzt, wenn er krank ist?«

»Nur, wenn es nicht anders geht. Sarah?«

Sie spürte seinen Blick auf sich. »Ja?«

»Wo warst du? Pernilla sagte, du wärst Hals über Kopf abgereist. Was ist passiert?«

»Es ist ein bisschen kompliziert zu erklären. Wir reden später, wenn wir Zeit haben.«

»Werden wir Zeit haben?« Zweifel lag in seiner Stimme.

»Ja, werden wir.«

Endlich tauchten die ersten Häuser des Dorfes auf.

»Da vorne ist es.« Peer deutete auf ein großes Haus am Straßenrand.

Der Arzt erwartete sie bereits.

Er begrüßte Peer auf Schwedisch, wechselte aber sofort ins Englische, als Sarah sich vorstellte.

»Ich bin Dr. Norberg. Sie sind Herr Svensson? Folgen Sie mir bitte ins Sprechzimmer und zeigen Sie mir Ihren Arm.«

Er warf einen fragenden Blick auf Lars, der aus dem Auto kletterte.

»Wer bist du denn?«

Peer wandte sich um. »Warte im Auto, Lasse.«

Doch Lars schüttelte stumm den Kopf.

»Ihr Sohn?« Der Arzt lächelte. »Macht sich Sorgen um seinen Vater, wie? Meine Haushälterin kann sich um ihn kümmern.« Er ging ins Haus, wo eine ältere Frau sie freundlich begrüßte.

»Komm mit in die Küche, mein Junge. Ich mach dir eine heiße Schokolade.«

Lars schaute sie misstrauisch an, aber er folgte der Frau durch den Flur.

Dr. Norberg stützte Peer auf dem Weg ins Behandlungszimmer, half ihm, sich zu setzen und den Arm auf den Tisch zu legen.

Erleichtert stellte Sarah fest, dass er gegen ihre Anwesenheit nichts einzuwenden hatte.

Vorsichtig nahm der Arzt die Schlinge ab und schnitt den Hemdärmel auf.

Der Arm war geschwollen, aber man konnte den Bruch sehen. Ein Knochenstück hatte die Haut durchstoßen. Durch seine Gegenwehr beim Feldscher hatte die Stelle wieder angefangen zu bluten.

»Ich taste die Bruchstelle ab. Es wird wahrscheinlich ziemlich weh tun.«

Ein Schauder überlief Peer, er streckte die linke Hand nach Sarah aus. Sofort trat sie an seine Seite und ergriff seine Hand.

»Es ist ein doppelter Bruch«, erklärte der Arzt. »Elle und Speiche. Aber nicht sehr kompliziert.«

Er drückte fester und Peer stöhnte auf.

»Ein oder zwei Absplitterungen vielleicht. Und dort«, er zeigte auf die Stelle, wo der Knochen zu sehen war, »haben wir ein beginnendes Gangrän.« Er tastete weiter. »Wann ist das passiert?«

Sarah hob die Schultern, sie wusste es nicht.

»Vor zwei Tagen«, sagte Peer. Sarah stieß einen schockierten Laut aus.

»Wir sind sofort umgekehrt«, fügte er hinzu.

Der Arzt nickte und untersuchte den Arm oberhalb des Bruches.

»Ich werde das nekrotische Gewebe chirurgisch entfernen.

Wenn wir es schaffen, die Blutvergiftung aufzuhalten, werden Sie Ihren Arm nicht verlieren. Haben Sie Schmerzmittel genommen?«

»Laudanum, aber das ist schon ein paar Stunden her.«

»Gut. Ich bereite die Narkose vor.« Er ging zu einem der Schränke.

»Nein, keine Narkose!«

Langsam drehte sich der Arzt um. »Wie bitte?«

»Ich sagte, ich will keine Narkose.«

Sarah ließ seine Hand los und beugte sich vor. »Aber warum nicht? Ohne Betäubung hältst du das nicht aus.«

»Ohne Betäubung kann ich den Bruch nicht richten«, schaltete sich der Arzt ein. »Ihre Muskulatur ist inzwischen zu verspannt. Außerdem wird es äußerst schmerzhaft.«

Störrisch schüttelte Peer den Kopf. »Nein. Ich kenne das. Einem Freund von mir ist es in New York passiert. Der Arzt wollte nur einen Bruch richten. Als er wieder aufgewacht ist, war sein Bein weg.«

»Ich gebe Ihnen mein Wort, dass ich Ihren Arm nicht abnehmen werde. Ich richte die Knochen und entferne das nekrotische Gewebe. Nichts anderes. Amputieren können wir später noch, falls meine Behandlung nicht anschlägt.«

»Peer, bitte. Wenn du nichts tust, stirbst du.«

»Sie hat recht. Wenn wir nichts unternehmen, wird die Infektion auf das gesunde Gewebe übergreifen, und Sie werden an einer Blutvergiftung sterben.«

Peer nickte langsam. »Ich habe Ihr Wort?«

»Ja.«

39. KAPITEL

Seit zwei Stunden saß Sarah auf einem Stuhl im Wartezimmer und lauschte auf die Geräusche hinter der Tür, doch außer leisen Gesprächen war nichts zu hören. Dr. Norberg hatte einen Assistenten hinzugebeten, der ihm bei der Operation half.

Auf einer Bank ihr gegenüber saß Lars und starrte auf den Boden. Sie hatte versucht, ein Gespräch mit ihm anzufangen, um ihm seine Angst zu nehmen, aber er hatte sie nur finster angesehen und nicht geantwortet. Sie wusste, dass er sie verstand, doch aus irgendeinem Grund wollte er nicht mit ihr reden.

Endlich öffnete Dr. Norberg die Tür und kam heraus. An seinem Kittel waren Blutspuren, aber er lächelte ihr zu. »Ich konnte den Bruch richten und auch das brandige Gewebe entfernen. Er schläft noch, aber Sie dürfen zu ihm.«

Lars hob den Kopf, Tränen standen in seinen Augen. »Vad?«

Sarah ging zu dem Jungen hinüber. »Dein Vater wird wieder gesund. Möchtest du mit reinkommen?«

Sie streckte ihm die Hand entgegen. Einen Augenblick lang starrte der Junge darauf, und sie erwartete, dass er ablehnen würde, doch dann schob er seine Hand in ihre und stand auf.

Peer lag auf dem OP-Tisch, die Augen geschlossen. Sein rechter Arm lag bandagiert über seinem Bauch, nur die Finger schauten heraus.

Lars ließ Sarahs Hand los, lief hinüber und zupfte an Peers gesundem Arm. »Papa?«

Leise stöhnend wandte Peer den Kopf, schlug die Augen

auf. Er starrte seinen Sohn an, dann irrte sein Blick durch den Raum. »Was, wo …?«

Der Arzt trat an den Tisch. »Sie sind bei mir, bei Dr. Norberg. Ich habe Ihren Arm operiert.«

Panik trat in Peers Augen, er versuchte, sich aufzurichten. Der Arzt packte ihn an den Schultern und drückte ihn zurück. »Bleiben Sie liegen. Sonst wird Ihnen übel.«

»Was ist mit meinem Arm?« Er tastete mit der linken Hand nach der rechten. »Er tut nicht weh?!« Die Angst lag jetzt auch in seiner Stimme.

»Das wird er noch«, erwiderte Dr. Norberg ruhig. »Mehr als Ihnen lieb sein wird. Noch wirkt das Chloroform.« Er beugte sich vor und hob vorsichtig Peers rechten Arm an. »Sehen Sie, alles noch dran.«

Sarah hatte sich bisher im Hintergrund gehalten, jetzt trat sie vor und lächelte Peer zu.

Er verzog die Lippen, es sollte wohl ebenfalls ein Lächeln werden. Dann fielen ihm die Augen zu.

»Es wird ein bisschen dauern, bis er richtig zu sich kommt.« Dr. Norberg winkte Sarah ins Nebenzimmer und schloss die Tür hinter ihnen. Sein Gesicht war ernst. »Es ist noch nicht vorbei. Alles hängt jetzt davon ab, ob wir die Infektion stoppen können. Deshalb möchte ich ihn heute Nacht zur Beobachtung hier behalten. Ich habe ein Krankenzimmer für solche Fälle. Leider kann ich Ihnen keinen extra Raum zum Übernachten anbieten. Vielleicht möchten Sie zurück nach Mollösund fahren und morgen früh wiederkommen?«

»Nein, ich bleibe bei ihm.«

Auf keinen Fall würde sie ihn alleine lassen. Sie wollte bei ihm sein, wenn er wieder aufwachte. Außerdem bezweifelte sie, dass sie Lars vom Krankenbett seines Vaters wegzerren konnte.

Der Arzt nickte. »Gut. Ich fürchte, es wird eine schwere Nacht für ihn werden. Er wird noch höheres Fieber bekommen und starke Schmerzen. Ich kann nicht die ganze Zeit bei ihm bleiben, aber sie können mich jederzeit holen.«

»Danke. Und gleich eine Bitte: Könnte ich Ihr Telefon benutzen? Ich möchte in Mollösund anrufen und seiner Familie Bescheid sagen, dass es ihm soweit gut geht.«

»Gerne.«

*

Hitze. Und Schmerzen. Er war wieder auf der Erland, stand vor den tosenden Feuern in den Kesseln und schaufelte Kohlen. Lindqvist stand hinter ihm und schrie ihn an, schneller zu machen. Sein rechter Arm schmerzte, als würde ihn jemand mit einem Messer aufschlitzen. Er hatte Durst, aber der Wassertank stand am anderen Ende des Heizraums. Solange Lindqvist ihn festhielt, konnte er nichts tun. Irgendwie musste er dorthin kommen. Sonst würde er an Hitzschlag sterben wie Hans, der Junge aus Sachsen. Die Hitze nahm zu, steigerte sich ins Unerträgliche. Er stolperte und fiel gegen den Kessel. Mühsam riss er sich los. Er sah seine Haut am Kessel kleben, sein Arm brannte, die Flammen leckten bis zu seiner Schulter hinauf. Er musste von diesem Ofen weg. In einer letzten, verzweifelten Anstrengung versuchte er, sich fortzurollen – als ihn Hände an der Schulter packten, jemand ihn festhielt. »Liegenbleiben.«

»Heiß. Wasser.« War das seine Stimme, die da krächzte?

»Ich hole Wasser, aber bleib um Himmels willen liegen.«

Eine Frauenstimme aus einer anderen Zeit. Er lag an Deck der Victory, Sarah beugte sich über ihn. »Wir kriegen das schon wieder hin. Alles wird gut«, sagte sie und hielt seine Hände fest.

Er riss die Augen auf. Er war nicht im Heizraum der Erland und auch nicht auf der Victory, er lag in einem Bett, aber die Hitze und die Schmerzen waren unverändert.

Sarah war da. Und noch jemand, ein Mann. Er half ihm, sich aufzurichten.

Eine Tasse berührte seine Lippen. Dankbar schloss er die Augen und trank. Jemand stopfte ihm ein Kissen in den Rücken. Erneut schlug die Hitze über ihm zusammen. Jetzt verstand er, warum manche Heizer über Bord sprangen. Um dieser Hitze zu entgehen, dem Feuer.

Er wollte es auch tun. Wieder versuchte er, aufzustehen, wehrte sich gegen die Hände, die ihn zurückdrückten. »Lasst mich, ich kann nicht mehr.«

»Er phantasiert«, sagte die Männerstimme.

Sein Kopf wollte platzen. Dann war da plötzlich Kühle auf seiner Stirn. Jemand wischte ihm sacht den Schweiß aus dem Gesicht, fuhr mit einem nassen Tuch über seine Schultern, seine Brust, seine Beine. Immer wieder. Langsam wich die Hitze, zog sich nach innen zurück. Er drehte den Kopf, sah nach seinem Arm. Er war nicht verbrannt, er war bandagiert.

»Besser?« Sarahs Stimme. Sie wickelte nasse Tücher um seine Beine und deckte ein feuchtes Laken über ihn. Ihre Hände waren kühl. Sie legte sie an seine Wangen. So wohltuend, so tröstlich.

»Willst du nochmal Wasser?«

Er nickte. Sie nahm ihr Hände fort und ein Gefühl von Einsamkeit überkam ihn. Sie sollte bei ihm bleiben, ihn festhalten. Solange sie da war, hatte er keine Albträume.

Sie kam zurück, hielt ihm die Tasse hin. Er trank langsam, in kleinen Schlucken.

»Sarah?« Er hatte ihr etwas Wichtiges sagen wollen, doch er wusste nicht mehr, was. Der Raum verschwamm vor seinen Augen, er ließ sich in die Kissen zurücksinken. »Sarah …«

»Ich bin hier, Peer.« Er liebte es, wie sie seinen Namen sagte. Anders als die Schweden, die den Namen kurz und hart aussprachen, dehnte sie die Silbe. Als sie sich zu ihm setzte, gab die Matratze nach. Er legte den gesunden Arm um sie, und zog sie an sich. »Geh nicht fort.«

»Ich gehe nicht.«

Er schloss die Augen.

Als er sie wieder aufschlug, war es dunkel. Sarah lag gegen ihn gelehnt, ihren Kopf an seiner Schulter. Ihr Atem ging ruhig und gleichmäßig. Sie schlief.

In seinem rechten Arm pochte es. Offenbar war der Arm eingeschlafen, mit dem er Sarah hielt, also rutschte er vorsichtig tiefer, um eine bequemere Stellung zu finden, ohne sie zu wecken. Die Bewegung jagte einen scharfen Schmerz durch seinen Arm, sodass er ein Stöhnen nicht unterdrücken konnte.

»Papa.« Eine kleine Gestalt erhob sich von dem zweiten Bett im Raum.

»Lasse?« Warum war der Junge hier? Dann erinnerte er sich, dass Sarah gesagt hatte, er könne mitfahren.

Lars' verstrubbelter Schopf tauchte neben Sarahs dunklen Locken auf. »Wird dein Arm wieder heil?«

Peer konzentrierte sich auf das Pochen in seinem Arm, spürte den schneidenden Schmerz, der sich bis zu seiner Schulter hinaufzog.

»Ich weiß es nicht. Versuch, wieder zu schlafen.«

»Ich kann nicht«, lautete die klägliche Antwort.

Sarah regte sich, hob den Kopf und blinzelte. »Ich muss eingenickt sein. Wie geht es dir?«

»Besser, glaube ich.« Sein Arm schmerzte immer noch fürchterlich, und ihm war heiß und kalt zugleich. Aber es war nicht mehr so schlimm wie es noch vor ein paar Stunden gewesen war.

Sarah stand auf und streckte sich. »Der Arzt war vorhin da und hat dir eine Morphiumspritze gegeben.«

Deshalb hatte er also so gut geschlafen.

Sie brachte ihm Wasser und half ihm beim Trinken. Ihr Gesicht war sehr blass, unter ihren Augen lagen tiefe Schatten.

»Du solltest auch versuchen, ein wenig zu schlafen«, sagte er.

»Habe ich doch. Eben.«

»Ich meinte, du sollst richtig schlafen. In dem Bett da drüben.«

Sie sah hinüber zum Bett und dann zu Lars.

»Lasse kann bei mir liegen«, kam er ihrem Einwand zuvor. Sofort kletterte Lars aufs Bett und streckte sich vorsichtig neben ihm aus.

Sarah nickte. »Gut, eine Stunde.«

40. KAPITEL

Am nächsten Morgen wechselte Dr. Norberg den Verband. »Wer wird die Wunde versorgen, wenn er zu Hause ist?«

»Ich«, sagte Sarah.

»Dann sehen Sie gut zu.« Er zeigte ihr, wie sie die Wunde spülen sollte. »Absolute Hygiene ist das Wichtigste. Hier ist ein Desinfektionsmittel. Verdünnen Sie es mit abgekochtem Wasser. Berühren Sie die Wunde nicht, sondern spülen Sie sie direkt aus der Flasche. Kochen Sie die Verbände aus, bevor Sie sie wieder verwenden.« Er beugte sich über Peers Arm. »Die Nekrose habe ich entfernt, aber die Infektion ist noch da. Sehen Sie die roten Streifen? Wenn sie weiterwandern, müssen Sie sofort zu mir kommen. Kontrollieren Sie den Arm alle zwei Stunden. Ich gebe Ihnen ein Fieberthermometer mit. Wenn das Fieber wieder steigt, versuchen Sie es mit Wadenwickeln und kalten Tüchern.«

Sarah machte sich im Geist Notizen. Sie würde bei Peer im Haus seiner Mutter bleiben müssen, um allen Anweisungen zu folgen, und sie hatte keine Ahnung, ob das nun schicklich war oder nicht.

Der Arzt zog eine Spritze auf. »Ich geben Ihnen noch einmal Morphium gegen die Schmerzen«, sagte er zu Peer. »Zuhause können Sie Laudanum nehmen, aber nur dreimal am Tag und nicht länger als die nächsten zwei Tage. Ich komme übermorgen vorbei und sehe nach Ihnen.«

Während Sarah Peer half, Hosen und Schuhe anzuziehen, packte der Arzt alles für sie zusammen. Noch unsicher auf den Beinen ging Peer schließlich zum Wagen, gestützt von Dr. Norberg und seiner Haushälterin. Lars kletterte wieder auf den Rücksitz.

Sarah reichte dem Arzt die Hand. »Vielen Dank für alles. Schicken Sie die Rechnung zu mir nach Mollösund. Ich habe ein Zimmer im Wärdshus. Sarah Tanner ist mein Name.«

Sie ließ sich Zeit für den Rückweg. Peers Haltung war nicht mehr so verkrampft, anscheinend wirkte das Morphium.

»Wie schön es hier ist«, sagte Sarah.

Doch Peer achtete nicht auf die Landschaft, er sah sie an. »Was ist mit deinem Gesicht los? Du siehst aus, als hätte dich jemand geschlagen.«

Unwillkürlich berührte sie die schmerzende Stelle an ihrem Wangenknochen. Sie schimmerte immer noch bläulich, das hatte sie am Morgen im Spiegel gesehen.

»Ich hatte vor zwei Abenden eine Begegnung mit zwei

Strandräubern. Ich konnte nicht schlafen und war so dumm, alleine spazieren zu gehen. Dein Schwager, Marits Mann, kam gerade noch rechtzeitig.«

»Strandräuber!« Entsetzen lag in Peers Stimme. »Sie haben dich geschlagen?«

»Ja, der eine, weil ich versucht habe, ihm ins Gemächt zu treten. Leider habe ich schlecht gezielt. Aber dafür habe ich dem anderen heftig in den Finger gebissen.«

»Du hast ihm in den Finger gebissen?«

»Er hat mir den Mund zugehalten.« Ihre Kehle zog sich zusammen. Wieder schmeckte sie das Blut auf der Zunge, roch den Schweiß- und Fischgeruch, der von den Männern ausgegangen war. Sah den Mann vor sich, der sich grinsend die Hose aufknöpfte.

Unwillkürlich umklammerte sie das Lenkrad fester und versuchte, sich auf die Straße zu konzentrieren.

»Du hast Glück, dass du noch lebst. Sie töten Seeleute.«

»Was tun sie?«

»Sie töten die Seeleute, die sich von havarierten Schiffen ans Ufer retten können. Schneiden ihnen die Kehle durch oder erschlagen sie, damit sie keine Zeugen haben. Mein Gott, Sarah. Und ich war nicht da.« Seine Stimme war so leise, dass sie ihn kaum verstand. »Haben Carl und seine Männer sie erwischt? Wissen sie, wer es war?«

»Nein. Aber er meinte, sie wären vielleicht aus Hällevikstrand.«

Er presste die Lippen zusammen. »Wenn ich herausfinde, wer das getan hat …«

Sarah ließ Peer und Lars an der Abzweigung vom Lilla Gatan aussteigen und fuhr das Automobil zu Holms Haus zurück. Mit Dr. Norbergs Verbandstasche machte sie sich anschließend auf den Weg zu Peers Elternhaus. Sie hoffte sehr, dass

Linnea noch dort war, denn ihre Unterstützung konnte sie dringend gebrauchen.

Die alte Dame erwartete sie an der Haustür. »Peer sagt, du wirst dich um ihn kümmern?«

»Ja, und ich müsste zumindest die nächsten beiden Nächte hier bleiben. Wird das ein Problem?«

Linnea machte eine wegwerfende Handbewegung. »Die Leute werden tratschen, aber das tun sie ohnehin schon. Komm rein.«

Sie wandte sich an Peers Mutter, vermutlich um ihr die Sachlage zu erklären.

Mit skeptischer Miene beobachtete Elsa, wie Sarah das Verbandszeug in das Zimmer trug, in das Peer sie ein paar Tage zuvor geführt hatte. Peer lag bereits im Bett und war eingeschlafen.

Als Sarah wieder in die Wohnstube trat, nickte Peers Mutter ihr höflich zu und deutete auf den Tisch vor dem Fenster. Sarah dankte ihr, nahm auf einem der Stühle Platz und schaute sich um. Die Stube schien der größte Raum im Haus zu sein. Auf dem großen Herd, der ihr bereits bei ihrem ersten Besuch aufgefallen war, simmerte Wasser in einem Kessel. Über dem Herd und an den Wänden hingen Regale, auf denen Dosen, Töpfe und Backformen standen. Links vom Herd konnte sie durch eine Tür in ein weiteres Zimmer sehen. Ein großer gusseiserner Ofen stand darin, auf dem Boden lag ein Teppich, und in der Mitte des Raums stand ein Tisch mit einer Spitzendecke. Die gute Stube.

Gegen Abend bekam Peer Schüttelfrost, und das Fieber stieg wieder. Sarah wich nicht von seiner Seite, machte Wadenwickel, kühlte seine Stirn und hielt seine Hände, wenn er phantasierte.

Immer wieder flößte sie ihm Wasser ein. Irgendwann in den Morgenstunden betrug seine Temperatur knapp über 40°. Er zitterte heftig. Das hieß, das Fieber würde noch weiter steigen, wenn sie nichts unternahm.

Am Abend zuvor hatte sie seine Mutter um ein zweites Laken gebeten, aber das Wasser in der Schüssel würde nicht reichen, um es vollständig zu benetzen. Irgendwo draußen, zwischen den Häusern, gab es eine Pumpe, nur wo?

Sie nahm das Laken und sah sich in der Wohnstube um. Auf dem Herd stand ein Kessel, aber auch dessen Inhalt würde nicht genügen.

An der Wand neben dem Herd lag Lars zusammengerollt auf einer Bank. Er hatte seinen Platz im Bett für Linnea geräumt. Als Sarah die Wohnstube durchquerte, hob er den Kopf und blickte sie fragend an.

»Kannst du mir sagen, wo die Wasserpumpe ist?«, flüsterte sie.

Lars nickte und rutschte von der Bank. »Komm mit.«

Er führte sie durch den Garten des Nachbarhauses vorbei in einen anderen Garten. Zäune schienen hier unbekannt, manche Häuser erreichte man nur über die Gärten anderer Häuser.

Es dämmerte bereits. Vom Meer her hörte sie die Möwen schreien, dabei war es erst vier Uhr morgens.

An der Pumpe hielt Sarah das Laken unter den Hahn, während Lars den Hebel betätigte.

Dann hasteten sie zu dem Haus der Svenssons zurück. Lars folgte ihr in Peers Zimmer.

Sarah zog die Decke weg und wickelte das nasse Laken um seinen Körper.

»Setz dich dort hin und halt seine Hand fest«, sagte sie zu Lars. Der Junge zuckte zusammen, als er Peers Hand ergriff. »So heiß.«

»Ja, deshalb das nasse Laken, es hilft, das Fieber zu senken.«

Vorsichtig rollte sie den Verband von Peers Arm, entfernte die Tücher. Die Wunde war immer noch rot und geschwollen, aber sie eiterte nicht mehr, und auch die roten Streifen waren nicht weitergewandert.

Sie holte die Flasche mit dem Desinfektionsmittel und spülte die Wunde aus. Dann legte sie den Verband wieder an. Jetzt konnte sie nichts mehr tun als warten. Lars hielt immer noch die Hand seines Vaters. Sarah überließ ihm den Platz an Peers Seite, setzte sich auf den Stuhl, schloss die Augen und lauschte auf Peers flachen, schnellen Atem, auf die Rufe der Möwen. Nach einer halben Stunde wendete sie das Laken. Peer fühlte sich weniger heiß an.

Sie schob ihm das Fieberthermometer unter die Achselhöhle. 39,7°.

»Schon besser«, murmelte sie, mehr zu sich selbst.

»Wirklich?«, fragte Lars und sah mit angsterfüllten Augen zu ihr auf.

»Wirklich.« Sie unterdrückte den Impuls, dem Jungen übers Haar zu streichen. Dabei hätte sie ihn gerne in den Arm genommen und ihn getröstet. »Willst du dich nicht wieder hinlegen?«

Lars schüttelte den Kopf. So saßen sie beide an Peers Bett, bis Lars irgendwann die Augen zufielen. Mit etwas Mühe nahm Sarah ihn in die Arme und trug ihn zu seiner Bank in der Wohnstube. Dort deckte sie ihn zu und strich ihm sachte über die Wange.

Wie lange war es her, seit sie Anne auf diese Weise zu Bett gebracht hatte. Elf, zwölf Jahre? Sie hatte es oft bedauert, dass sie nach Anne keine Kinder mehr bekommen hatte.

Jetzt sah sie auf den Siebenjährigen vor sich und wünschte sich, er wäre ihr Sohn. Nicht nur, weil sie seinen Vater liebte.

Er war ein liebenswertes Kind, und er musste über ähnliche innere Stärke verfügen wie Peer, wenn man bedachte, was er bisher schon erlebt hatte. Bestimmt war es nicht leicht gewesen, als uneheliches Kind in diesem Dorf aufzuwachsen.

Und dann, als sein Vater endlich nach Hause gekommen war, hatte er bald darauf die Mutter verloren. Und jetzt kam sie, eine fremde Frau, und drängte sich in das Leben seines Vaters, zu dem er gerade erst Vertrauen gefasst hatte.

Kein Wunder, dass er sie nicht mochte.

Leise kehrte sie zu Peer zurück. Sein Atem war merklich ruhiger geworden, die Röte aus seinem Gesicht verschwunden. Das Fieberthermometer zeigte 39°.

»Ich glaube, du hast es geschafft, Svensson«, flüsterte sie ihm ins Ohr. Ein leichtes Lächeln spielte um seine Mundwinkel, als hätte er sie gehört.

Sie warf das feuchte Laken in die Ecke und deckte ihn wieder mit der Bettdecke zu.

Dann zog sie den Stuhl ans Bett.

41. KAPITEL

In der Wohnstube klapperte Geschirr. Sarah schlug die Augen auf. Sie saß immer noch auf dem Stuhl, doch ihr Oberkörper lag auf Peers Brust.

Schnell setzte sie sich auf.

Ein Blick aus klaren grünen Augen traf sie. »Gut geschlafen, Käresta?«

»Es tut mir leid, hast du überhaupt Luft bekommen? Warum hast du mich nicht geweckt?«

»So schwer bist du nicht.«

Es musste ihm viel besser gehen. Ein Griff nach seinem Handgelenk bestätigte das. Sein Puls ging gleichmäßig, wenn auch noch ein bisschen schnell, und seine Haut fühlte sich nicht mehr so heiß an.

»Lass mich nach deinem Arm sehen.«

Die roten Streifen waren zurückgegangen.

»Was ist das?« Peer deutete auf die Tintenstriche an seinem Arm.

»Ach das. Da habe ich markiert, wie weit diese Streifen waren. Damit ich gleich sehe, ob sie weiterwandern.«

Sie nahm frisches Verbandszeug aus der Tasche und machte sich an die Arbeit. »Hast du Hunger?«

»Nein, nur Durst. Und müde bin ich.«

Das sah man ihm an. Sein Gesicht wirkte eingefallen, seine Nase trat noch stärker hervor als sonst.

»Ich hole dir etwas zu trinken.«

Sie öffnete die Tür zur Wohnstube. Elsa machte sich am Herd zu schaffen, Linnea saß auf dem Stuhl, die Kaffeemühle zwischen den Knien.

»Es geht ihm besser.«

Linneas wunderbares Lächeln glitt über ihr Gesicht, Elsa faltete die Hände und murmelte etwas, das wie ein Gebet klang, und eilte dann in Peers Zimmer.

Lars lag noch auf der Bank, auf die Sarah ihn in den Morgenstunden hingelegt hatte, und schlief.

»Willst du einen Kaffee?«, fragte Linnea.

»Kaffee wäre wunderbar. Und habt ihr Tee? Er hat Durst.«

Linnea deutete auf ein Regal, auf dem mehrere Dosen standen. »Bedien dich. Heißes Wasser steht auf dem Herd.«

Eine Viertelstunde später reichte sie Peer eine große Tasse Tee. Er schnupperte an dem aufsteigenden Dampf. »Riecht gut. Du solltest öfter Tee kochen, nicht nur wenn ich gerade mal wieder verletzt bin.«

Sie setzte zu einer Antwort an, als die Haustür knarrte und jemand in die Wohnstube trat. »Hej, hej.« Eine weibliche Stimme. Bei ihrem Klang erstarrte Peers Gesicht zu einer Maske.

Dann hörte sie Lars' begeisterten Ausruf. »Senta!«

Senta! Anscheinend ging sie hier ein und aus; wie sonst war es zu erklären, dass sie noch nicht einmal anklopfte, sondern einfach so hereinkam? Die Frauen draußen wechselten ein paar Worte, bevor Senta auch schon im Türrahmen stand und ins Zimmer blickte.

»Hej Peer!« Ihre Wangen waren gerötet, ihr Haar sorgfältig geflochten, sie sah frisch und ausgeruht und bezaubernd jung aus.

Ganz im Gegensatz zu ihr. Sarah blickte an sich herab. Seit drei Tagen trug sie dieselben Sachen, Rock und Bluse waren zerknittert und mit Blutspritzern befleckt. Ihr Haar war zerzaust, sie hatte sich nicht darum gekümmert. Und sie wirkte wahrscheinlich ebenso übernächtigt und bleich wie Peer.

Als ihr Blick auf Sarah fiel, verschwand die Freundlichkeit aus Sentas Gesicht, ihre Augen funkelten zornig. Doch dann hob sie die Brauen, und um ihre Mundwinkel zuckte ein spöttisches Lächeln. Es war der Blick einer Frau, die eine Rivalin abschätzt und feststellt, dass sie keine ernsthafte Konkurrentin ist.

Sarah presste die Lippen zusammen. Solange sie um Peers Leben gekämpft hatte, hatte sie nicht mehr an Marits Worte über Senta gedacht. Eine junge Witwe, der er sehr zugetan war. Die ihm Kinder schenken konnte.

Sie schätzte Senta zehn Jahre jünger als sich selbst. Und so wie Lars an Peer hing, war er ein guter Vater. Vielleicht wollte er tatsächlich noch mehr Kinder.

Nun gut, es war soweit. Sie straffte die Schultern und erhob sich. Wenn er das Bedürfnis danach hatte, würde sie ihn nicht davon abhalten, mit Senta zu sprechen. Sie würde sich anschließend anhören, was er ihr zu sagen hatte.

Ohne Senta zu beachten, wandte sie sich an Peer. »Ich gehe hinüber zum Wärdshus und mache mich frisch. Du hast ja jetzt Gesellschaft.«

Irgendetwas in ihrem Ton musste ihm aufgefallen sein, denn er runzelte die Stirn und sah sie scharf an. »Wann kommst du wieder?«

Sarah zuckte die Schultern. »Bald.«

»Wenn du in einer halben Stunde nicht zurück bist, gehe ich dich suchen.«

»Ich werde da sein.«

»Wirklich? So wie vor drei Tagen?«

Das Blut schoss ihr in den Kopf. »Ich laufe nicht wieder weg.«

»Hoffentlich.« Seine Stimme glich einem Knurren.

Senta, die von dem Wortwechsel nichts verstanden hatte, blickte verständnislos von ihr zu Peer.

Linnea trat dazu und grinste Sarah an. »Er meint es ernst«, sagte sie. »Besser, du beeilst dich.«

Sarah hastete durch die Straßen zum Wärdhus. Auf ihr Klopfen meldete sich niemand, doch die Tür war nicht verschlossen. Sie drückte sie auf und trat ein. Linnea hatte ihr Gepäck nach ihrer Ankunft hierherbringen lassen, wahrscheinlich befand es sich in ihrem alten Zimmer. Immer zwei Stufen auf einmal nehmend, lief sie die Treppe hinauf.

Ihr Koffer stand neben dem Bett, der Krug auf dem Waschtisch war frisch gefüllt worden, daneben lagen Seife und ein Handtuch. Im Stillen dankte Sarah ihrer Wirtin Pernilla für ihre Fürsorglichkeit.

Sie verriegelte die Tür, zog sich aus und wusch sich. Anschließend spritzte sie sich solange kaltes Wasser ins Gesicht, bis ihre Haut rosig schimmerte. Schon besser. Sie bearbeitete ihr Haar mit einer Bürste, dann steckte sie es hoch.

Was sollte sie tragen? Eine Großstädterin, die nicht hierher passte, hatte Marit sie genannt. Nun gut, sie würde nicht vortäuschen, etwas anderes zu sein.

Aus ihrem Koffer zerrte sie ein Ensemble in taubenblau von Worth, dass ihre Formen vorteilhaft betonte. Zum Glück besaß sie Mieder, die vorn geschnürt wurden, sodass sie sich ohne Hilfe ankleiden konnte. Peer war es wahrscheinlich völlig gleichgültig, ob sie Marits abgelegte Kleider oder Worth trug, aber ihr verlieh es in diesem Augenblick Sicherheit. Rouge, Puder und Lippenstift überdeckten auch die letzten Spuren von Müdigkeit in ihrem Gesicht.

Egal, was er ihr zu sagen hatte, sie würde ihm nicht wie eine schwindsüchtige Violetta gegenübertreten, die um Liebe bettelte, sondern als Tosca. Stolz.

Sie warf einen letzten Blick in den Spiegel und machte sich auf den Weg.

Die Luft war noch kühl, aber der Himmel blau und die Sonne schien bereits. Es würde ein schöner Tag werden. Vor einer der Hütten standen zwei Männer an einen Zaun gelehnt und starrten sie an. Beide trugen Baumwollhosen und Seestiefel. Fischer. Sarah schenkte ihnen ein strahlendes Lächeln, woraufhin die Männer ihre Mützen zogen und eine Verbeugung andeuteten.

Schließlich stand sie vor der Haustür. Sie atmete tief ein und klopfte.

»Komm rein«, rief Linnea. Sie stand am Herd und schälte Kartoffeln, Elsa saß am Tisch.

Die Tür zu Peers Zimmer war geschlossen. War Senta noch bei ihm?

»Sie ist schon gegangen«, erklärte Linnea auf ihren fragenden Blick hin und wies mit dem Kinn auf die Tür zu Peers Zimmer. »Er wartet auf dich.«

Sarah nickte und öffnete die Tür. Peer saß im Bett, sein Gesicht wirkte erhitzt und fiebrig.

»Da bin ich wieder«, erklärte sie überflüssigerweise.

»Mach die Tür zu.«

Sie versuchte, in seiner Miene zu lesen, doch sein Gesicht war verschlossen.

Als sie sich auf den Stuhl setzen wollte, schüttelte er den Kopf und klopfte aufs Bett. »Setz dich zu mir.«

Zögernd folgte sie seinem Wunsch. Als er nach ihrer Hand griff, erschrak sie. »Du hast wieder Fieber!«

»Lenk nicht ab. Wo warst du, als ich wiederkam. Warum warst du nicht hier?«

Sie starrte ihn an. Wieso fing er jetzt damit an? Hatte er nichts über Senta zu sagen?

»Wird das ein Verhör?«

»Du hast mir versprochen, zu warten.«

Wut stieg in ihr auf. Sie sollte sich rechtfertigen? »Da wusste ich noch nichts von deinen Heiratsplänen mit Senta«, fuhr sie ihn an.

»Was?« Er wirkte ehrlich verblüfft.

»Das war es doch, was du mir erst sagen wolltest, wenn du wieder hier bist. Dass du sie heiraten wirst.«

»Wie zum Teufel kommst du darauf? Hat Senta das behauptet?«

»Nein ...«

Schon wieder klappte die Haustür, ertönten Stimmen.

Elsa öffnete die Tür zu Peers Zimmer. Aus ihrem Redeschwall hörte Sarah nur die Namen Nils und Marit heraus, dann standen beide in der Tür. Nils lächelte, doch Marit warf Sarah einen bösen Blick zu.

Sarah erwiderte ihn kühl und stand auf, um Peers Geschwistern Platz zu machen.

Sie ging hinüber in die Stube, wo Linnea ihr eine Tasse Kaffee reichte.

Dankbar ließ Sarah sich auf einen Stuhl sinken und lauschte auf die leisen Stimmen aus Peers Zimmer. Ihre Gedanken schweiften ab. Worüber hatte er wohl mit Senta gesprochen. Seine Überraschung eben schien echt gewesen zu sein. Hatte Linnea also doch recht mit ihrer Behauptung, dass alles eine Erfindung seiner Schwester war, um ihren Bruder hierzubehalten?

Nach kurzer Zeit verabschiedeten sich Nils und Marit.

»Er braucht Ruhe«, verkündete Peers Schwester an der Tür mit einem Seitenblick auf Sarah.

»Keine Sorge, die bekommt er auch. Für heute waren es genug Besuche.« Linneas Stimme klang genauso kühl wie Marits. Sie erhob sich und griff nach ihrem Schultertuch. »Ich begleite dich. Ich habe mit dir zu reden.«

Marits Miene zeigte deutlich ihr Missfallen, als Linnea an ihre Seite trat und sie gemeinsam das Haus verließen.

Sarah kehrte in Peers Zimmer zurück. Ein Blick auf sein Gesicht verriet ihr, das Marit recht hatte. Er wirkte angestrengt und erschöpft. »Du brauchst wirklich Ruhe. Wir können später weiterreden.«

Es war sinnlos. Der störrische Zug um seinen Mund war ihr allzu vertraut. Er würde sich nicht vertrösten lassen.

»Nein, wir reden jetzt. Wer hat behauptet, dass ich Senta heiraten will?«

Sie seufzte. »Marit, sie hat …«

»Marit?!« Er schlug die Decke zurück. »Verdammt!«

Entgeistert sah sie ihm zu, wie er sich aufsetzte und

versuchte, auf die Beine zu kommen. »Peer, was machst du?«

»Meiner Schwester den Hals umdrehen«, keuchte er.

Sarah versuchte, ihn aufs Bett zurückzudrücken. »Sie ist schon fort. Hör auf, du bringst dich um.«

»Blödsinn!«

Einen Augenblick rangen sie miteinander, dann setzte er sich schwer atmend hin und hielt sich den Arm. Sein Gesicht war schmerzverzerrt.

»Du bist immer noch fiebrig und hast Schmerzen. Wenn du nicht sofort Ruhe gibst, binde ich dich ans Bett«, schrie sie ihn an.

Er atmete ein paar Mal tief ein und aus, dann spürte sie, wie er sich entspannte.

»Wie kommt Marit dazu, so etwas zu behaupten?«

»Ich erzähle es dir, aber bleib sitzen.« Sie setzte sich neben ihn und schilderte ihm das Gespräch mit Marit an dem Morgen nach dem Überfall.

Sein Mienenspiel wechselte von Wut zu Fassungslosigkeit.

»Wie konntest du das glauben? Wir haben uns geliebt. Hier ...« Er deutete auf das Bett. »Wie kannst du glauben, ich wollte eine andere?«

Hilflos hob sie die Schultern. »Es ist so viel passiert, mit dem ich vorher nie gerechnet hätte. Du hast mich belogen und mir deine Familie verschwiegen. Du wolltest nicht über Livia reden, und dann hast du gesagt, ich müsste dir etwas verzeihen. Und als mir Marit von Senta erzählte, erschien mir alles so klar. Senta ist eine Frau, die zu dir passt und die hierher passt. Mit der du Kinder haben kannst.«

Als sie zu Ende gesprochen hatte, sah er auf seine Hände und schwieg so lange, dass sie unruhig wurde.

»Es ist nicht wahr?«

Er hob den Kopf. »Nein, ist es nicht. Warum sollte ich

Senta heiraten wollen, ich bin ja froh …« Er hielt die Luft an, seine Augen waren groß und erschrocken. Dann schlug er die Hand vor den Mund. »So habe ich das nicht gemeint. Natürlich bin ich nicht froh über Livias Tod.«

Als er weitersprach, verstand Sarah ihn kaum, so leise war seine Stimme.

»Ich war nicht der Richtige für sie. Ich konnte ihr nicht geben, was sie wollte. Ich habe es versucht, sie war jung, sie war hübsch. Aber sie hätte einen Mann verdient gehabt, der sie liebt, und nicht einen, der Tag und Nacht an eine andere denkt. Aber ich konnte nicht anders.«

Seine Stimme brach. Sarah wagte kaum zu atmen.

»Nie war ich da, wenn sie mich gebraucht hätte. Nicht, als Lars geboren wurde, nicht, als sie starb. Ich hätte um sie weinen sollen, aber alles, was ich denken konnte, war, dass ich hier festsitze. Lars ist erst sieben Jahre alt. Ich kann ihn doch nicht alleine lassen.«

Er hob den Kopf, blickte sie an. »So, nun weißt du es. Jetzt sag mir, dass ich ein egoistischer Mistkerl bin, und jag mich zum Teufel.« Er ballte die Hände zu Fäusten und presste die Lippen zusammen.

»Warum sollte ich das tun?«, fragte sie ihn sanft.

»Weil ich es verdiene. Du hattest ganz recht mit dem, was du gesagt hast. Ich habe dich betrogen, ich habe Livia verraten. Ich bin schuld an ihrem Tod.«

»Ich war wütend, als ich das gesagt habe, und rasend eifersüchtig. Warum solltest du an ihrem Tod schuld sein? So etwas passiert. Du hättest es nicht verhindern können.«

»Versuche nicht, mich zu trösten«, sagte er und biss die Zähne zusammen.

Langsam wurde ihr klar, was mit ihm los war. Er gäbe sich die Schuld an Livias Tod, hatte Linnea gesagt. Aber das war es nicht allein. Er quälte sich mit Selbstvorwürfen, weil er unfähig war, um sie zu trauern, und das Mitleid der Menschen machte es nicht leichter.

»Ich will dich nicht trösten, ich stelle ein paar Tatsachen fest. Und ich halte dich keinesfalls für einen egoistischen Mistkerl. Ich habe Ähnliches erlebt.«

»Wirklich?«

»Ja. Nach Arthurs Tod. Zuerst war ich erleichtert, endlich wieder frei zu sein. Und dann kamen die Selbstvorwürfe und Schuldgefühle. Ich dachte, ich sei eine Bestie, weil ich nicht wirklich traurig war. Ich verstehe dich.«

Er zog sie an sich, vergrub sein Gesicht in ihrem Haar. Eine Zeit lang blieben sie regungslos sitzen, nur ab und zu überlief ihn ein Zittern.

»Peer, du musst schlafen. Du bist immer noch krank.«

»Ja.«

Das klang unerwartet nachgiebig, es musste ihm wirklich schlecht gehen. Sachte schob Sarah ihn von sich, legte ihm die Hand auf die Stirn. Sie war heiß, glühte aber nicht so sehr wie in den letzten zwei Nächten. Er legte sich zurück und griff nach ihrer Hand. »Warum bist du zurückgekommen, wenn du Marit geglaubt hast?«

»Eigentlich ist Linnea schuld«, sagte sie.

»Linnea?«

»Deine Großmutter ist eine wunderbare Frau. Sie hat mir ordentlich den Kopf zurechtgerückt.«

Sie erzählte ihm von ihrem Entschluss, den Ring an Linnea zurückzugeben, und wie seine Großmutter reagiert hatte.

Er lächelte. »Sie hat recht, du bist das Siegel auf meinem Herz.«

Die Augen fielen ihm zu, er ließ ihre Hand los.

Sarah saß auf seinem Bett und betrachtete den Mann, der ihr Leben so sehr verändert hatte. Schon auf der Victory war er es gewesen, der ihr die Augen für die andere Welt geöffnet hatte. Lange hatte sie sich gegen diese Liebe gewehrt, sich eingeredet, es sei nur Freundschaft, was sie für ihn empfand, bis zu jener Nacht, als sie für ihn die Wache übernommen hatte. Damals war er ähnlich erschöpft gewesen wie heute. Kaum genesen von der Prügel und den anschließenden Schikanen des Steuermanns.

Sie streckte die Hand aus und legte die Finger auf die Falte zwischen seine Augenbrauen. Sie wünschte, sie könnte sie fortstreicheln. Ebenso wie die Linien, die sich von seiner Nase zu seinen Mundwinkeln zogen. Mit den Fingerspitzen folgte sie den Konturen seines Gesichts, spürte der Wölbung seiner Wangenknochen nach, berührte seine Ohrläppchen und folgte der Linie seines Kiefers zum Kinn. Er lächelte im Schlaf, als sie mit dem Zeigefinger über seine Lippen strich und ihre Hand anschließend zu seiner Schulter gleiten ließ.

Das tätowierte Schiff, das beinahe seinen ganzen rechten Oberarm bedeckte, stand für die Umrundung von Kap Hoorn, aber nicht nur das, es symbolisierte auch die Lebensreise eines Seemanns.

Etwas war anders als in ihrer Erinnerung. Sie beugte sich vor und sah genauer hin.

Das Schiff hatte einen Namen. Zwar klein, aber deutlich war vorne am Bug der Schriftzug zu lesen: *Sarah*.

Ihre Augen brannten.

Kein kitschiges Herz. Keine Schwalbe mit Spruchband. Er hatte seiner Lebensreise ihren Namen gegeben.

Vorsichtig zog sie die Decke über seine Schultern. »Ich liebe dich«, sagte sie leise.

Hatte sie ihm das schon gesagt, seit sie sich wiedergesehen hatten? Sie wusste es nicht mehr.

Leise verließ sie den Raum, er würde sicher einige Stunden schlafen.

42. KAPITEL

Sarah bot ihre Hilfe im Haushalt an, aber Elsa und Linnea lehnten ab.

»Geh ein Stück spazieren«, sagte Linnea. »Du bist fast ebenso blass wie er.«

Sie schlug den Weg in Richtung Ellös ein, den sie vor zwei Tagen gefahren war. Vor der Kirche blieb sie stehen. Anders als die Kirchen, die sie aus San Francisco kannte, war diese hier ein schmuckloses Gebäude aus weißem Holz, die Tür und die Fensterrahmen waren grau gestrichen.

Als sie davor stand, überkam sie plötzlich das Bedürfnis, zu beten. Sie hatte kein Tuch dabei, um ihr Haar zu bedecken, aber vielleicht hatte sie Glück, und es war niemand da.

Sie stieg die Stufen zur Pforte hinauf und zog am Griff. Die Kirchentür war offen.

Zögernd trat sie ein. Sie suchte nach dem Weihwasserbecken, aber dann fiel ihr ein, dass die Schweden fast alle Lutheraner waren. So bekreuzigte sie sich nur und beugte kurz das Knie. Dann blickte sie sich um. Die Kirche war recht klein und erstaunlich hell. Licht fiel durch große Fenster aus einfachem Glas. Langsam ging sie zwischen den Bankreihen nach vorne bis zu der Stufe, die zum Altar führte. Dann stutzte sie. Rechts und links vom Altar schwebten zwei Schiffe. Sie hingen an dünnen Seilen von der Decke. Sarah lächelte. Warum wunderte sie das? Natürlich gehörten in eine Kirche für Seeleute auch Schiffe. Ob Peer wohl ab und zu hierher ging?

Sie hatten nie über Religion gesprochen.

Zumindest einmal musste er hier gewesen sein. Als er Livia sein Ja-Wort gegeben hatte, wird er hier vor dem Altar gestanden haben.

Sie verdrängte das Bild, das vor ihrem inneren Auge auftauchte, kniete sich in die vordere Bankreihe und faltete die Hände.

Ein Gebet für Peer, und eines für sie – und eines für eine tapfere, junge Frau, die sich geweigert hatte, ihre Liebe zu verraten, und lieber ihr Kind alleine großzog, als einen Mann zu heiraten, dem ihr Herz nicht gehörte. Livia hatte so viel mehr Mut besessen als sie in derselben Situation.

Sie schlug ein Kreuz, stand auf und verließ die Kirche.

Diese Ecke des Dorfes war wie ausgestorben, alle Bewohner schienen am Meer und auf den Stegen zu sein. Die ersten Schiffe waren von ihrer Reise zu den Shetland Inseln zurückgekommen, voll beladen mit Lengfisch, den alte Männer, Frauen und Kinder nun ausnahmen und zum Trocknen vorbereiteten. Linnea hatte ihr davon erzählt, während ihrer Reise zurück nach Mollösund.

Draußen vor der Kirchentür blieb Sarah einen Moment stehen und genoss die Wärme der Sonne. Auf der anderen Straßenseite entdeckte sie einen weißen Torbogen. »Tänk par dödem« stand in schwarzen Buchstaben darauf. Das musste der Eingang zum Friedhof sein.

Etwas Zeit blieb ihr sicher noch, bevor Peer aufwachte. Sie ging hinüber und trat durch das Tor. Direkt am Eingang stand ein großer heller Stein, auf den ein Segelschiff und viele Namen eingraviert waren. Ein Gedenkstein für die Seeleute, die nicht mehr heimgekehrt waren, vermutete sie.

Langsam wanderte sie zwischen den Gräbern hindurch, las die Namen auf den Grabsteinen.

Nirgends gab es Blumen, stattdessen lagen Muschelschalen auf den Gräbern.

Unter einem Kastanienbaum entdeckte sie das Grab, nach dem sie gesucht hatte.

Livia Svensson 1876–1906.

Auch hier lagen Muschelschalen, aber zwischen ihnen stand eine kleine, blaue Vase mit Blumen, wie man sie auf den wenigen Wiesen in der Gegend fand. Butterblumen, Margeriten, Wegwarte. Ein Strauß, wie ihre Tochter ihn früher gepflückt hatte. Die Gabe eines Kindes.

Ihr Herz zog sich zusammen, mit feuchten Augen starrte sie auf die Blumen. *Es tut mir so leid.*

Abrupt drehte sie sich um und verließ den Friedhof.

Am nächsten Tag kam Dr. Norberg, um nach Peer zu sehen, und zeigte sich sehr zufrieden.

»Es sieht aus, als hätten Sie es geschafft. Die Entzündung klingt ab, und der Bruch scheint gut zu heilen.«

Seine Mutter weinte vor Glück. Auch Peer lächelte, als wäre er kurz davor, das Gleiche zu tun.

Bevor er sich auf den Heimweg machte, gab der Arzt Sarah Anweisungen, wie sie die Wunde weiterhin versorgen solle, und ermahnte Peer, sich zu schonen.

Peer nickte, doch kaum hatte sich die Tür hinter Dr. Norberg geschlossen, setzte er sich auf und schwang die Beine aus dem Bett.

Sarah schwante Böses. »Was hast du vor?«

»Ich gehe mich waschen.« Er stand auf und begann im selben Augenblick gefährlich zu schwanken. »Oh!«

Sie erreichte ihn gleichzeitig mit Elsa.

»Bist du närrisch? Hast du nicht gehört, was der Arzt gesagt hat? Du sollst dich schonen!«

Während Sarah auf Englisch mit ihm schimpfte, zeterte seine Mutter auf Schwedisch.

Gemeinsam drängten sie ihn zum Bett zurück und nötigten ihn, sich hinzusetzen. Schließlich gab er nach, aber seine Miene ließ darauf schließen, dass er sich noch nicht geschlagen gab. Er sah zu Sarah auf. »Verdammt, ich habe mich seit dem Unfall nicht mehr gewaschen. Ich stinke wie zehn Tage alter Fisch.«

»Es geht«, gab sie zurück. »Du riechst immer noch nicht so wie Reilly.«

Die Erinnerung an den ungepflegten Iren auf der Victory brachte sie zum Lachen.

»Reilly hat sich nur einmal im Monat gewaschen. Und das nur, weil wir ihm Prügel angedroht haben, wenn er es nicht tut.«

»Ich hole dir Waschzeug.«

»Das reicht nicht. Ich brauche einen Guss aus der Pumpe oder ein Bad.«

»Morgen.«

Er zog die Brauen zusammen. »Heute Nachmittag.«

»Wir werden sehen. Schlaf erst nochmal, du bist müde.«

»Ich bin nicht müde. Sag du mir nicht, wie ich mich fühle. Mir geht es gut. Ich habe Hunger und will mich waschen.« Seine Stimme war während seiner Ansprache immer lauter geworden.

»Ich hole dir etwas zu essen.« Sarah schenkte ihm ein liebenswürdiges Lächeln und verließ den Raum.

»Ich will aber nicht im Bett essen«, rief er ihr nach.

In der Wohnstube sah Linnea von ihrem Buch auf. »Alles in Ordnung? Was hat er denn?«

Sarah lauschte. Offensichtlich stritt er mit seiner Mutter weiter, wenn sie die Stimmen und die Lautstärke richtig deutete.

»Nichts.« Ein Lachen stieg in ihre Kehle. »Es geht ihm besser.«

Als sie sich am nächsten Morgen auf den Weg zu Peer machte, kam ihr Senta entgegen. Sie nickten einander kühl zu. Nachdenklich blickte Sarah ihr nach. Was machte sie hier?

War sie schon wieder bei Svenssons gewesen, oder wohnte sie hier in der Nähe?

Schließlich hatte sie noch immer keine Ahnung, was Peer vorgestern mit ihr besprochen hatte. Vielleicht machte sie sich immer noch Hoffnungen.

Peer saß am Tisch, er hatte sich tatsächlich gewaschen und rasiert. Sein Haar war noch feucht.

Sarah kämpfte noch mit einem Anflug von Eifersucht, doch dann hob er den Kopf und lächelte sie an, und das Gefühl verflog. »Guten Morgen, Käresta, hast du gut geschlafen?«

»Sehr gut. Und du? Wie geht es dir?«

»Besser.« Er strich sich über die glattrasierte Wange. »Ich fühle mich wieder wie ein Mensch.«

»Fein. Ich bin gerade eben Senta begegnet ...«

»Sie hat die Post vorbeigebracht. Das macht sie, damit Mutter nicht extra zum Postamt laufen muss.«

»So. Das ist aber nett von ihr.« Es klang spitzer, als sie es beabsichtigt hatte.

Sie wusste, dass seine Mutter Probleme mit der Hüfte hatte und nicht gut laufen konnte. Vielleicht wollte Senta wirklich nur nett zu Elsa sein. Sarah glaubte es allerdings nicht. Sie an Sentas Stelle würde ebenfalls nicht so leicht aufgeben.

Am Nachmittag reiste Linnea zurück nach Göteborg. Sarah begleitete sie zum Hafen, um sich zu verabschieden. Sie würde die alte Dame sehr vermissen.

»Was wirst du tun?«, fragte Linnea.

»Ich weiß es wirklich nicht. Ich könnte noch ein paar Wochen bleiben, wenn Peer das möchte, aber was danach wird ...«

43. KAPITEL

Am nächsten Tag ging es Peer noch besser.

Und er zeigte das typische Verhalten von Männern, die aufgrund einer Krankheit zur Untätigkeit gezwungen waren, aber nicht mehr wirklich krank waren, wie Sarah, anfangs noch amüsiert, feststellte.

Er war gereizt, rastlos, unzufrieden und schlecht gelaunt. Sein Arm juckte, er konnte sich nicht frei bewegen, er konnte mit der linken Hand nicht wirklich etwas tun, er langweilte sich.

Sie waren alleine im Haus, Lars war bereits geflüchtet, weil Peer ihn grundlos angefahren hatte, und seine Mutter war ebenfalls unterwegs. Sarah saß grübelnd über dem Libretto und der Partitur von Puccinis »Madame Butterfly«. Horatio Stoll hatte ihr beides vor ihrer Abreise nach Europa gegeben.

»Die Grand Opera ist ein Trümmerhaufen«, hatte er gesagt. »Aber wir bauen sie wieder auf. Schöner als vorher. Zur Eröffnung geben wir die Butterfly, und du wirst sie singen.«

Wenn sie schon sonst nichts tun konnte, wollte sie die Zeit nutzen und sich mit Cho-Cho-San vertraut machen. Es war schwerer als erwartet. Bereits seit zwei Stunden saß sie am Tisch vor dem Fenster und raufte sich die Haare. Die Musik war sehr schön, jedoch wollte sich ihr die Rolle nicht erschließen, diese Frau lag ihr einfach nicht. Eine fünfzehnjährige Geisha, die sich aus Liebe zu einem Mann das Leben nahm. Kein Wunder, dass Puccini bei der Uraufführung ausgelacht worden war.

Außerdem schweiften ihre Gedanken immer wieder ab. Auch an diesem Morgen war Senta ihr vor der Haustür begegnet und den Blick, den sie ihr zugeworfen hatte, konnte man nur als triumphierend bezeichnen. Was tat sie jeden Tag hier?

»Stört es dich, wenn ich das Fenster aufmache?«, unterbrach Peer ihren Gedankengang.

»Nein, mach nur«, murmelte sie. Vielleicht würde die frische Luft ihr ebenfalls helfen.

Er hatte sich zunächst mit ein paar Büchern über Nautik und Navigation beschäftigt; da er aber mit der linken Hand keine Notizen machen konnte, war er zwischendurch immer wieder aufgesprungen und unruhig durchs Haus gegangen. Jetzt stand er vor dem Vorratsschrank und starrte hinein.

»Verdammt noch mal, Sarah«, brummte er. »Warum gibt es in diesem Haus nichts zu essen?«

Sie hatte gerade darüber nachgedacht, wie sie wohl den Text »wollt Ihr mich nun lieben; ein ganz klein wenig lieben – dann gibt sich so ein Mägdelein, wie ich bin, schon zufrieden« überzeugend singen sollte, und sah nun gereizt auf. »Das weiß ich doch nicht. Ist es vielleicht mein Haus?«

Peer knallte die Schranktür zu, ging zur Haustür und riss sie auf. Ein Windstoß fegte herein und wirbelte die Notenblätter vom Tisch.

»*Dannazione*!« Fluchend stand Sarah auf und sammelte die Noten wieder ein. Dann schloss sie das Fenster.

»Peer, bitte, geh ein Stück spazieren, lies oder such dir was anderes zu tun und lass mich arbeiten.«

Er ging vor die Tür und war nach zwei Minuten wieder da. »Bist du immer noch nicht fertig?«

Unter anderen Umständen hätte sie wohl humorvoll reagiert, aber sie war selbst gereizt und nervös, und so fuhr sie auf, packte die Noten und das Libretto zusammen. »Du lässt mich ja nicht in Ruhe arbeiten! Wie soll ich da fertig werden?«

»Tut mir leid, wenn ich dir gar so lästig bin. Vielleicht sollte ich mir eine andere Gesellschaft suchen?« Sein Ton war genauso gereizt wie der ihre.

Sarah kniff die Augen zusammen. »Andere Gesellschaft? Wie wäre es mit Senta? Oder einer der anderen Damen von hier? Die würden dir bestimmt sofort etwas zu essen besorgen und wären dankbar, wenn sie dir die Zeit vertreiben dürften.«

Seine Augen verdunkelten sich vor Zorn. »Was willst du damit sagen? Ich will keine andere Frau, und das weißt du sehr gut!«

»Gut, dass du das sagst. Merken tue ich das nämlich nicht.«

»Verdammt, was erwartest du? Soll ich den ganzen Tag Süßholz raspeln? Du weißt, dass ich nicht so gut mit Worten umgehen kann wie die Gentlemen in deinen Kreisen.«

»Deshalb musst du mich noch lange nicht so anschreien!«

»Du schreist doch auch. Was ist los mit dir?«

»Was mit mir los ist? Jeden Morgen, wenn ich hierherkomme, kommt dieses Weib aus deinem Haus! Was macht sie hier?«

Peer beugte sich vor und funkelte sie an. »Glaubst du vielleicht, mir gefällt das? Aber wie du weißt, gehört das Haus meiner Mutter, und ich wohne nur hier. Ich kann ihr schlecht vorschreiben, mit wem sie befreundet sein darf und wer sie besuchen kommt.«

»Ja, die beiden verstehen sich prächtig. Schade, dass deine Mutter mich nicht leiden kann.«

»Was beschwerst du dich? Deine Verwandtschaft hat mich auch nicht gerade mit offenen Armen aufgenommen.«

Sie sprang auf. »Und deshalb geschieht es mir wohl recht, dass ich hier ständig meiner Rivalin über den Weg laufe.« Ihr war klar, dass sie unvernünftig reagierte, aber sie hatte sich nicht mehr im Griff. Die Wut, die Eifersucht und die Verzweiflung, die sie empfunden hatte, seit sie hierhergekommen war, überwältigten sie.

»Sie ist nicht deine Rivalin.«

Sie hörte nicht auf ihn. »Und sobald ich fort bin, werden deine Mutter und deine Schwester wieder versuchen, dich mit dieser Walküre zu verkuppeln oder mit irgendeiner anderen, die besser zu dir passt als ich.«

»Dann bleib halt hier, verdammt noch mal!«

»Und was soll ich hier tun? Im Sommer Lengfisch ausnehmen? Im Winter Kleider stopfen? Und selbst wenn ich das täte, die Menschen hier würden mich niemals akzeptieren.

Außerdem habe ich noch eine Tochter.«

»Und ich habe einen Sohn. Soll ich ihn alleine lassen und mir in Amerika einen Schreibtischjob suchen? Willst du das?«

Zu ihrem Entsetzen merkte sie, dass ihr die Tränen über die Wange liefen. Wie lange weinte sie schon?

»Dann gibt es wohl keine Möglichkeit für uns.« Sie musste raus an die Luft, bevor sie Dinge sagte, die sich nicht wieder gutmachen ließen. »Entschuldige mich.«

Sie raffte ihren Rock und lief zur Tür hinaus. Aus der Wohnstube kam ein Klirren, als würde jemand Geschirr zerschlagen.

Atemlos kam sie an der nächsten Kreuzung zum Stehen. Wohin sollte sie sich wenden?

Wenn sie zum Leuchtturm ging, musste sie an den Stegen vorbei, wo jetzt alle Leute mit dem Ausnehmen der Fische beschäftigt waren und sie sicher anstarren würden.

Sie entschloss sich für die andere Richtung und wanderte zur Kirche. Vielleicht würde sie einfach den Weg nach Ellös entlanggehen. Allmählich wurde ihr Atem ruhiger, ihr Herzschlag wieder langsamer.

Hinter dem Friedhof entdeckte sie einen schmalen Pfad, der bergauf führte. Am Anfang war er steil und nicht ganz einfach zu besteigen, doch je höher sie kam, desto leichter wurde der Weg, desto flacher und runder die Felsen. Zwischen ihnen waren immer wieder Flecken von Gras oder Senken zu sehen, in denen Heidekraut wuchs. Schließlich erreichte sie ein Plateau.

Staunend sah sie sich um. Die Aussicht war überwältigend. Vor ihr fiel der Berg steil ab und gab den Blick auf die Dächer des Dorfes frei. Dahinter erstreckten sich die Schären und das offene Meer. Vom Hafen her hörte sie die Möwen schreien, eine Schar Wildgänse zog über das Plateau. Wie schön es hier war und wie friedlich. Sie setzte sich auf einen Felsen und dachte nach. Ihr erster Streit seit Yokohama. Damals war ein Missverständnis die Ursache gewesen. Und jetzt? Wie hatten sie sich nur so schnell in die Haare bekommen können? Wenn sie nicht so gereizt und übermüdet gewesen wäre, hätte sie vielleicht anders reagiert, gelassener, humorvoller. Dann wäre es nicht soweit gekommen.

Sie schüttelte den Kopf. Die wahre Ursache lag viel tiefer. Es war die Unsicherheit, was nun aus ihnen werden sollte. Peer ging es besser, doch seit ihrer Aussprache vor drei Tagen hatten sie nur über Belangloses geredet.

Und er hatte sie kein einziges Mal geküsst.

Weil sich einfach keine Gelegenheit dazu fand? Natürlich. Wenn seine Mutter nicht da war, war es Lars. Dass noch dazu Senta ständig um ihn herumschlich, machte die Sache nicht besser. Sie ballte die Fäuste. Ja, sie war eifersüchtig.

Wie sollte es weitergehen? Peer konnte nur kurze Fahrten unternehmen, weil er Lars weder lange alleine lassen noch mitnehmen konnte. Damit war klar, dass er die nächsten

Jahre nicht nach San Francisco kommen würde. Aber sie konnte ihn hier besuchen. Es dauerte nur eine Woche mit der Eisenbahn nach New York, von da aus war sie in zehn Tagen in Göteborg. Und wenn dieser verdammte Wikinger seinen Stolz auch mal runterschlucken könnte, würde sie ihm und Lars liebend gerne die Reise nach San Francisco bezahlen.

Doch zunächst musste sie wissen, was er wollte. Er hatte zwar gesagt, dass er nicht mehr heiraten wolle, aber er hatte nicht gesagt, wie er sich ihre Zukunft vorstellte.

Wieder ließ sie ihren Blick über die Landschaft schweifen. Rau, herb, er passte so gut hierher.

Die Sonne stand schon tief, als sie aufstand und sich den Rock abklopfte. Sie hatte die Zeit vergessen.

Vorsichtig machte sie sich an den Abstieg.

Als sie um die Ecke in den Lillegatan einbog, sah sie Peer an der Hauswand lehnen.

Nicht Peer, sondern Svensson, korrigierte sie sich in Gedanken, denn er stand genauso da, wie er auf der Victory oft Brandon oder Andersen gegenübergestanden hatte. Kerzengerade, den Kopf hoch erhoben, die Arme vor der Brust verschränkt und dazu dieser Blick!

Alles an ihm war Provokation. Kein Wunder, dass Andersen sich so sehr von ihm herausgefordert gefühlt hatte. Nun gut, wenn er sich weiterstreiten wollte, sie war bereit.

Sie straffte die Schultern, hob das Kinn und trat auf ihn zu.

»Nun«, fragte er. »Hast du dich beruhigt?«

Sie setzte zu einer scharfen Antwort an, doch dann sah sie in seinen Augen etwas, das nicht zu seiner Haltung passte. Sie ließ die Spannung aus ihrem Körper weichen. »Ja, und du?«

Er stieß die Luft aus. »Ich auch.«

Schweigend standen sie einander gegenüber. Endlich streckte Peer mit einer bittenden Geste die Hand nach ihr aus. Sarah ergriff sie, und er zog sie an sich. Er küsste sie, nicht zärtlich, sondern so leidenschaftlich, dass ihr das Blut in den Ohren rauschte.

Als er sie freigab, raste ihr Herz, und sie schnappte nach Luft.

»So, und jetzt erklär mir, warum du glaubst, Senta wäre eine Rivalin für dich.«

»Eigentlich glaube ich das gar nicht«, erwiderte sie kleinlaut. »Aber sie ist ständig hier, und ich weiß, sie wird auch da sein, wenn ich es nicht mehr bin. Vielleicht ist es dumm von mir, doch ich fühle mich so hilflos.«

»Ich weiß, wie es sich anfühlt.«

Etwas in seiner Stimme veranlasste sie, ihn anzusehen. »Du? Aber wieso?«

Er warf ihr einen durchdringenden Blick zu. »Weißt du das wirklich nicht?«

»Nein.«

Wortlos nahm er sie am Arm und führte sie ins Haus und in sein Zimmer. Dort verriegelte er die Tür, ging an seinen Schreibtisch und holte etwas aus der unteren Schublade.

Es war eine Seite aus einer Zeitung, die er ihr reichte. Sarah faltete sie auseinander, ihr Blick fiel auf eine Schlagzeile, die ihr bekannt vorkam:

Ist er der Grund?

Von G. A.

G. A. Georgina Astor. Der Einleitung folgte eine längere Auslassung über Aimees missglückten Auftritt als Pamina in der Zauberflöte. Natürlich gab Georgina Sarah die Schuld dafür, weil sie als Königin der Nacht die arme Aimee schlicht an die Wand gesungen hatte.

»Der Hölle Rache kocht in meinem Herzen«, murmelte Sarah. Dann las sie weiter:

Angeblich plant »La Rossi« eine Reise nach Europa, aber wir hegen berechtigte Zweifel daran. Denn in der letzten Zeit hat man sie ein paar Mal mit diesem Mann in sehr intimen Situationen gesehen.

Darunter befand sich das Foto von ihr und Brandon. Es war der Artikel, der kurz vor dem Erdbeben erschienen war.

Fassungslos starrte Sarah auf den Zeitungsausschnitt. Niemals hatte sie damit gerechnet, dass Peer diesen Mist lesen würde.

»Ich weiß, ich habe kein Recht, dir irgendetwas vorzuwerfen, ich habe dich alleine gelassen, aber musste es ausgerechnet Brandon sein?«, sagte Peer leise.

»O mein Gott.« Erschüttert sah sie ihn an. »Du hast es geglaubt?«

Er blieb stumm, doch sein Blick sprach Bände.

»Peer, das war frei erfunden. Ich lese so etwas gar nicht mehr. Die Presse sagt mir seit Jahren eine Liebschaft nach der anderen nach. Und Georgina ...«

Sie stockte. Von Georgina würde sie ihm später erzählen.

»Was hätte ich denn denken sollen? Du hattest dich seit Januar nicht mehr gemeldet. Ich wusste noch nicht einmal, ob du noch lebst.«

»Aber ich habe dir geschrieben. Ich habe dir Ende März geschrieben, dass ich nach Europa kommen werde. Ich habe dir nach dem Erdbeben geschrieben, dass es mir gut geht, und später noch einmal, wann ich ankomme.«

»Ich habe keinen Brief mehr von dir bekommen, nachdem ich dir von Livia und Lars geschrieben habe. Ich dachte erst, du könntest mir nicht verzeihen, weil ich dich belogen habe. Doch dann habe ich das gelesen.« Er deutete auf die Zeitung. »Ich dachte, ich hätte dich verloren.« Er lächelte schief. »Es ist nicht wahr?«

»Nein, natürlich nicht. Wie kannst du so etwas glauben?«

»Aus dem gleichen Grund, aus dem du Marit geglaubt hast. Ich konnte dich nicht fragen und du mich nicht.«

Ein »Hej!« unterbrach ihr Gespräch. Elsa kam zurück, ein Korb hing an ihrem Arm. Sie nickte Sarah zu und wechselte ein paar Worte mit Peer.

»Sie hat Brot und Hering mitgebracht«, übersetzte er. »Hast du Hunger?«

»Ehrlich gesagt, nein.« Die Auseinandersetzung mit ihm hatte ihr auf den Magen geschlagen. Peer wechselte ein paar Worte mit seiner Mutter, woraufhin sie einen Laib Brot aus dem Korb holte, eine dicke Scheibe abschnitt und ihm reichte.

Später saßen Peer und sie am Tisch vor dem Fenster.

»Worum geht es eigentlich in dieser Opern-Geschichte?«

Sarah gab ihm eine kurze Zusammenfassung des Inhalts.

»Und warum findest du das so schwer?«, fragte er.

»Es einfach zu singen ist nicht genug. Ich muss diese Frau auch darstellen, und zwar glaubwürdig. Ich muss ihre Gefühle mit der Stimme ausdrücken – und dazu muss ich sie verstehen. Es reicht nicht, die Texte auswendig zu lernen. Ich habe so lange über dem Libretto gesessen, weil ich irgendeinen Punkt suchte, wo ich ansetzen kann, wo ich sagen kann: ich verstehe diese Frau. Ich weiß, was sie fühlt und warum sie so fühlt. Die Tosca liegt mir. Sie ist zwar töricht eifersüchtig, aber sie ist eine starke Frau. Die Butterfly …« Sie zuckte die Schultern. »Sie himmelt diesen Mann an, wartet jahrelang auf ihn und bringt sich dann aus Liebeskummer um.«

Peer kratzte sich am Kinn. »Ich denke nicht, dass sie sich aus Liebeskummer umbringt.«

Fragend sah sie ihn an.

»Ich war ein paar Mal in Nagasaki. Viele Japaner kenne ich nicht, aber einige. Der Steuermann eines Schiffes, mit dem ich gefahren bin, war mit einer Japanerin verheiratet. Er hat mir einiges erzählt. Sie denken nicht wie wir. Ihnen sind ganz andere Dinge wichtig. Liebe ist nicht wichtig in Japan. Ehre ist wichtig, Pflichterfüllung und Treue. Ich glaube, sie bringt sich um, weil sie mit der Schande, verlassen zu werden, nicht leben kann.«

Er bemerkte ihren faszinierten Blick und lächelte verlegen. »Viel weiß ich nicht darüber.«

Sie griff nach dem Bleistift, den sie sich für Notizen bereitgelegt hatte. »Du weißt wesentlich mehr als ich, sprich weiter.«

Am Rand des Librettos setzte sie den Stift an, um sich Notizen zu machen, während er sprach.

»Danke«, sagte Sarah später. »Du hast mir sehr geholfen! Trotzdem verstehe ich diese Frau nicht«, sinnierte sie weiter. »Warum glaubt sie, dass er wiederkommt, obwohl sie jahrelang nichts von ihm hört?«

Peer warf ihr einen langen Blick zu. »Was ist daran so schwer zu verstehen? Er ist Seemann.«

Sarah griff sich an die Stirn. »Natürlich! Marineoffizier! Irgendwie war er für mich immer nur ein Amerikaner.« Sie malte mit dem Stift Kringel auf das Papier und dachte laut: »Ein Seemann kauft sich ein Haus in Nagasaki und bekommt eine Geisha dazu. Er ist bezaubert von ihr, und lässt sich auf eine Affäre ein, obwohl er nicht bleiben will.

Sie verliebt sich in ihn und will nicht wahrhaben, dass es nichts Dauerhaftes ist. Er geht fort, sie bekommt ein Kind, von dem er nichts weiß, und als er wiederkommt, hat er eine andere.«

Sie stockte und sah auf.

Peers Gesicht war leichenblass. »Kommt dir die Geschichte bekannt vor? Mir auch.«

Sarah schüttelte den Kopf. »Nein!«, widersprach sie ihm. »Die Geschichten gleichen sich nur oberflächlich.«

»Wo ist der Unterschied? Ich wollte nicht hierbleiben und habe mich trotzdem mit ihr eingelassen. Und als ich wiederkam, hatte ich eine andere.«

»Peer, Liebling«, sagte sie. »Soll ich dir die Unterschiede aufzählen? Pinkerton belügt Cho-Cho-San. Er lässt sie glauben, sie wäre seine Ehefrau, und er verspricht ihr, wiederzukommen. Und als er endlich wiederkommt, nimmt er ihr das Kind. Er hat keinerlei Verantwortungsgefühl. Er nimmt seine Versprechen nicht ernst. Das bist nicht du! Du hast die Verantwortung für Livia und deinen Sohn übernommen, obwohl du nichts versprochen hattest.«

»Ich habe dir etwas versprochen.«

»Und du wolltest dein Versprechen halten, das weiß ich jetzt. Und ich weiß auch, dass du keine andere Wahl hattest, als Lars anzuerkennen und Livia zu heiraten. Nicht jeder Mann hätte das getan. Du bist kein Pinkerton!« Sie legte ihre Hände an seine Wangen. »Willst du noch mehr hören? Ein Mann wie er würde niemals einen Befehl seines Kapitäns missachten, um einen Jungen zu retten. Er würde niemals um der Wahrheit willen Prügel in Kauf nehmen, wie du es getan hast.«

Peer fuhr mit den Händen in ihr Haar und lehnte seine Stirn an ihre. »Ich liebe dich.«

»Jag älskar dig«, antwortete sie.

Er flüsterte etwas auf Schwedisch.

»Was sagst du?«, fragte Sarah.

Er hob den Kopf und lächelte verlegen.

»Ich sagte: Gott segne dich für deinen Mut und deine Liebe.«

»Danke.« Sie musterte ihn. »Du siehst sehr müde aus. Ich glaube, das war ein bisschen viel heute.«

»Ich bin müde.«

»Tut dir der Arm weh?«

»Ein bisschen«, gab er wiederstrebend zu.

Sarah sah sich seinen Arm an und verband ihn neu. Danach half sie seiner Mutter, das Abendessen zuzubereiten.

Die Mahlzeit war nicht unbedingt ein Vergnügen. Peer wirkte nachdenklich und war schweigsam. Lars sprach ohnehin nur mit ihr, wenn sie ihn ansprach, und mit Elsa konnte sie sich nicht verständigen.

Schließlich war es Zeit für sie, zu gehen. Jetzt, wo es Peer besser ging, gab es keinen Grund mehr, bei ihm zu übernachten, und sie glaubte auch nicht, dass Elsa es noch viel länger dulden würde.

»Ich begleite dich«, sagte Peer, nachdem sie sich von Elsa und Lars verabschiedet hatte.

Sie schlenderten eher, als das sie gingen. Peer schien es genauso wenig eilig zu haben wie sie. »Das ist nicht der direkte Weg«, stellte sie irgendwann fest.

»Nein.« Er zögerte. »Wie lange wirst du bleiben?«

»Ich weiß nicht genau.« Sie war sich nicht sicher, ob sie hierbleiben wollte, wo jeder sie misstrauisch beobachtete.

Schließlich erreichten sie das Wärdshus. Er blieb nicht vor dem Eingang stehen, sondern zog sie um die Ecke in den Garten. Dort nahm er ihr den Korb aus der Hand, stellte ihn ab und küsste sie mit der gleichen Leidenschaft wie vorhin vor seiner Tür.

Schritte ließen sie auseinanderfahren.

»Hej!« Pernillas Gesicht wirkte ein bisschen befremdet. Sie errötete und zog sich hastig zurück.

Peer verdrehte die Augen. »Noch nicht mal ungestört küssen kann ich dich. Ganz zu schweigen von dem, was ich sonst gerne tun würde.«

»Peer, du kannst doch unmöglich schon …«

»Sag mir nicht, was ich kann.« Er grinste. »Weißt du, wo meine Jolle liegt?«

»Nein. Ich wusste nicht mal, dass du eine hast.«

»Dann hole ich dich morgen ab. Zieh etwas an, mit dem du auf ein Boot gehen kannst.«

»Was hast du vor?«

»Wir gehen segeln.«

»Segeln? Aber du kannst mit der Schiene nicht segeln!«

»Ich nicht, aber du. Ich zeige dir, was du tun musst. Bring Handschuhe mit, du machst den Vorschoter und trimmst das Segel.«

»Ah. Und wohin segeln wir?«

Sein Grinsen verwandelte sich in ein Lächeln. »Auf eine Insel. Schlaf gut, Käresta. Bis morgen.«

44. KAPITEL

Er erwartete sie vor der Haustür. Neben ihm stand ein großer Korb.

Sarah trug ihre Hosen und eine helle Bluse. Ihr Haar hatte sie zu einem Zopf geflochten.

Zusammen gingen sie zwischen eng stehenden roten Häusern hindurch, vorbei an größeren Gebäuden, die Scheunen ähnelten.

»Lagerhäuser für getrockneten Leng«, erklärte Peer.

Schließlich erreichten sie einen Steg, an dem mehrere kleine Boote lagen.

Peer kletterte in eines von ihnen und verstaute die Vorräte in einer Kiste. Dann half er Sarah an Bord.

»Du musst mir beim Pullen helfen, nimm den Steuerbordriemen.«

»Welchen Riemen?« Suchend sah sie sich um, konnte aber nichts entdecken, was einem Riemen glich.

Grinsend deutete Peer auf eines der beiden Ruder, die im Boot lagen. »Den da.«

Er warf die Leinen los und setzte sich neben Sarah auf die Bank. Gemeinsam ruderten sie das Boot vom Steg weg, dann holte Peer die Ruder ein. Er machte eine Leine los und drückte sie ihr in die Hand. »Beim Segel setzen brauche ich deine Hilfe. Hier, nimm das Fall und zieh.«

Es war schwerer als erwartet.

»Fester.«

Sie lehnte sich zurück und zog mit beiden Händen, griff nach und zog wieder. Langsam hob sich das Segel. Peer kam ihr zu Hilfe, zog mit der linken Hand mit.

»Du machst das gut.« Er machte die Leine fest und drückte ihr eine andere Leine in die Hand. »Die Schot. Damit trimmst du das Segel. Ich sage dir, was du tun musst.«

Er steuerte die Jolle um Mollön herum und zwischen den Schären hindurch.

Das Boot umrundete eine Landzunge und lief auf eine der größeren Inseln zu. Sarah erkannte eine kleine Bucht mit Sandstrand. Links, an den Felsen geschmiegt, stand eines der kleinen rotgestrichenen Häuser.

Peer hielt auf den Strand zu.

»Aber wohnt da nicht jemand?« Eigentlich hatte sie gehofft, endlich mit ihm alleine zu sein.

Lächelnd schüttelte er den Kopf. »Die Hütte gehört dem alten Axel Svensson, meinem Onkel, doch der kommt so gut wie nie hierher. Und für die Insel gilt das Jedermannsrecht.«

»Jedermannsrecht?«

»Alle Menschen dürfen sich überall aufhalten und alle Wege benutzen, auch auf privaten Grundstücken, solange sie Rücksicht nehmen und keinen Schaden anrichten. Man darf angeln, Wildfrüchte und Pilze sammeln. Wir könnten sogar hier übernachten.«

Er lächelte, sprang aus der Jolle und zog sie in flaches Wasser.

»Du wirst dir nasse Füße holen. Ich würde dich ja ans Ufer tragen, aber …« Er deutete auf den Arm in der Schlinge.

Sie lachte, zog Schuhe und Strümpfe aus und sprang ins Wasser. Es war weniger kalt als erwartet. Gemeinsam zogen sie das Boot auf den Strand.

»Ist das schön hier!«

Lieblich wäre die passendere Beschreibung gewesen. Kleine Wellen schlugen glucksend an den Strand. Sanft gerundete Felsen rahmten die Bucht ein. Urgestein, glatt geschliffen von den Gletschern, die vor tausenden von Jahren über sie hinweggewandert waren. In den Senken wuchs Gras, getupft mit gelben und blauen Blüten, Heidekraut und niedrige Wacholderbüsche, weiter oben entdeckte sie Birken und die roten Beeren der Ebereschen.

Sarah trug den Korb mit dem Essen ans Ufer und stellte ihn neben einem Felsen ab. Dann lief sie vor zum Wasser, ließ die Wellen um ihre Füße spielen. Die Sonne malte glitzernde Kringel auf das Meer. Sie watete ein kleines Stück hinaus und drehte sich um. Peer stand am Ufer und schaute ihr nach. »Pass auf, weiter draußen wird es schnell tief.«

»Warum hast du mir nicht gesagt, dass man hier schwimmen kann?«

»Schwimmen?« Sein Tonfall war so erstaunt, als hätte sie gesagt, sie wolle fliegen. »Du kannst schwimmen?«

»Du etwa nicht?«

»Nein.«

Sie stapfte zurück zum Ufer. »Wie kann man am Meer aufwachsen und nicht schwimmen lernen?«

»Wozu soll es gut sein, schwimmen zu lernen?«

»Wozu? Weil du Seemann bist.«

»Aber die meisten Seeleute können nicht schwimmen.«

»Das verstehe ich nicht.«

»Was hilft es, wenn dein Schiff sinkt?«, fragte er zurück.

»Du kannst dich solange über Wasser halten, bis Rettung kommt.«

Peer zuckte die Schultern. »Es verlängert nur das Leiden. Früher oder später ertrinkt man.«

»Nicht alle Schiffe sinken auf dem offenen Meer. Manchmal ist Land in der Nähe.«

Sie dachte an das Schiff, das vor Mollösund auf Grund gelaufen war. Drei Tote habe es gegeben, hatte Pernilla erzählt. Männer, die abgetrieben worden waren. Hätten sie schwimmen gelernt, hätten sie es sicher bis zur Insel geschafft.

»Ich könnte es dir zeigen. Sobald dein Arm verheilt ist.«

Lachend schüttelte Peer den Kopf. »Ich bin zu alt, um es zu lernen. Aber vielleicht kannst du es irgendwann Lasse beibringen.«

Sie bezweifelte, dass Peers Sohn sich von ihr irgendetwas zeigen lassen würde. Später vielleicht.

Gemeinsam gingen sie zurück zu dem Felsen. Sarah deutete auf den Picknickkorb. »Hast du Hunger?«

»Hmm – ja«, erwiderte er gedehnt. »Aber nicht darauf.«

Sie lachte. »Du bist unverbesserlich.«

»Ich weiß. Was glaubst du, warum ich dich hierhergebracht habe. Hier sind wir alleine, und du kannst nicht weglaufen.«

Er lächelte, doch in seiner Stimme lag ein Klang, der ihr Blut zum Kochen brachte.

»Peer …« Weiter kam sie nicht. Plötzlich stand er vor ihr, legte die gesunde Hand um ihren Hinterkopf und küsste sie. Nicht stürmisch wie am Abend zuvor, sondern langsam, drängend – und seine Absichten waren eindeutig.

Es war viel zu früh, der Arzt hatte gesagt, er solle sich schonen. Sie sollte ihm Einhalt gebieten, aber ihre Willenskraft zerrann wie Wasser unter seinen Händen.

»Sag mir, dass du mich immer noch willst.« Ein Flüstern, kaum hörbar.

»Immer.« Sie legte die Hände an seine Wangen und sah ihn an. »Und immer wieder.«

Und dann küsste sie ihn. Wild, beinahe wütend. Besitzergreifend. Fuhr mit den Fingern durch sein Haar. Du gehörst mir, wollte sie ihm sagen, und weder Senta noch eine der anderen Frauen werden dich bekommen, solange ich lebe.

Peer schlang den Arm um sie. »Meine Sarah, meine Liebste …«

Ihre Beine gaben nach, sie sank gegen ihn. Er zuckte zusammen.

Erschrocken ließ sie ihn los und trat zurück. »Habe ich dir weh getan?«

»Diese verfluchte Schiene.«

Er zerrte an seinem Hemd und fluchte weiter, weil es ihm nicht gleich gelang, die Knöpfe zu öffnen.

»Warte, ich helfe dir.«

Er lächelte verlegen, während sie sein Hemd aufknöpfte und ihm half, es über den gebrochenen Arm zu streifen. Als sie nach seiner Hose griff, hielt er sie auf. »Das kann ich alleine. Aber deine Bluse …«

Es war ein eigenartiges Gefühl, sich auszuziehen, während er ihr dabei zusah. Sie spürte seine Blicke wie Berührungen auf ihrer Haut. Der Impuls, ihm den Rücken zuzudrehen, war groß, und doch gefiel es ihr, wie er sie ansah. Sie ließ die Bluse in den Sand fallen, löste die Verschnürung ihres Mieders und streifte schließlich Hose und Unterhose in einem Rutsch ab.

Als sie wieder aufsah, war er ebenfalls nackt und mehr als bereit.

Er runzelte die Stirn. »Ich kann dich mit dieser Schiene noch nicht mal richtig umarmen«, murrte er.

Kurz blickte er sich um, griff nach ihrer Hand und zog sie zu einem der niedrigen Felsen. Dort hob er sie auf seinen Schoß, wobei er sie mit dem gesunden Arm stützte. Sie bewegten sich langsam, zärtlich, völlig im Einklang. Er hielt sie, streichelte sie.

Irgendwann lag seine Hand an ihrer Wange. »Mach die Augen auf«, bat er.

Ihr war nicht bewusst gewesen, dass sie die Augen geschlossen hatte. Widerstrebend öffnete sie sie. Sie sah seinen hingebungsvollen Gesichtsausdruck, den schmerzlichen, angespannten Zug um seinen Mund. Seine Augen waren dunkelgrün und verbargen nichts. Sie sah in ihnen grenzenlose Sehnsucht, Verletzlichkeit, seine Liebe und seine Lust. Hatte je eine andere Frau ihn so gesehen?

Sarah streichelte sein Gesicht, sein Haar, gab ihm viele kleine Küsse, flüsterte seinen Namen.

Er bewegte sich schneller, bestärkte sie darin, ihm zu folgen.

Sie sah ihm wieder in die Augen. »Es gibt nur dich. Keinen anderen.«

Ein Schauer überlief ihn, er seufzte. »Du bist die Einzige. Keine andere.«

Ihre Seelen berührten sich, gemeinsam überschritten sie die Grenze.

Sie hörte sein Aufstöhnen und sank leise schluchzend an seine Brust, wo sie den Kopf an seiner Schulter barg. Peer streichelte ihren Rücken. »Meine Liebste.«

Sie küsste ihn. »Halt mich fest.«

Er drückte sie an sich. »Solange ich kann.«

Später saßen sie nebeneinander im Sand, die Hände ineinander verschränkt, und blickten aufs Meer. Ab und zu drückte er ihre Hand, und Sarah erwiderte den Druck.

Manchmal sprachen sie viel, unterbrachen sich gegenseitig, dann wieder gab es lange Pausen, in denen sie sich nur berührten. Sarah erzählte ihm von dem Erdbeben, von Georgina Astor, Arthurs Betrug und ihren Zweifeln an dem Sinn ihrer Bühnenkarriere. Er sprach von seinen bitteren Erfahrungen auf den Schnelldampfern und von der Zeit auf der Navigationsschule. Nur über Livia sprach er nicht.

Nachdem sie sich ein zweites Mal geliebt hatten, schlief er ein, und Sarah hatte ein schlechtes Gewissen. Der Arzt hatte ihm Schonung verordnet, und die Fahrt hierher war schon anstrengend für ihn gewesen. Doch dann lächelte er im Schlaf, und ihr Herz wurde so leicht, dass sie fürchtete, es würde beim nächsten Windhauch davonfliegen.

Er lag auf der Seite, die linke Hand unter die Wange geschoben, den gebrochenen Arm vor die Brust gelegt. Oberhalb der Schiene sah sie das Schiff, das ihren Namen trug.

Leise stand sie auf und hockte sich hinter ihn. Die Narben auf seinem Rücken waren zu hellen weißen Strichen verblasst, nur an einigen Stellen waren dickere Wülste geblieben.

Auf seinem Schulterblatt entdeckte sie eine Narbe, die sie noch nicht kannte. Eine Verbrennung, die er sich wahrscheinlich auf dem Dampfer zugezogen hatte.

Sie deckte ihn mit seinem Hemd zu, zog sich an und ging

vor zum Ufer. Dort krempelte sie die Hosenbeine hoch und watete durch das kühle Meerwasser.

Als sie zu ihm zurückkehrte, schlief er immer noch. Sie setzte sich an einen der Felsen in der Nähe, lehnte sich an und schloss die Augen.

Sie musste eingedöst sein, ein zarter Kuss weckte sie. Peer hockte vor ihr und grinste sie an. Er trug nur seine Hose, sein Oberkörper war nackt. Sie streckte die Hand aus und strich über seinen rechten Arm. »Seit wann hat das Schiff einen Namen?«

»Seit Valparaiso. Vor Kap Hoorn.«

»Leg mich wie ein Siegel an deinen Arm«, sagte sie leise, und er lächelte. »Ja, das war meine Absicht.«

Er stand auf. »Jetzt habe ich Hunger!«

Auch Sarah war hungrig. Peer hatte Brot, Käse und ein paar Äpfel eingepackt.

Nach dem Essen saß er neben ihr im Sand und betrachtete sie lächelnd.

Sie erwiderte sein Lächeln. »Woran denkst du?«

»Du siehst fast genauso aus wie damals auf der Victory. Weißt du noch, der Tag in der Kombüse vor der Jagd? Ich liebte dich so sehr, ich war sicher, man würde mich in Victoria wegen Meuterei vor Gericht stellen, und ich dachte, ich würde dich niemals in den Armen halten.«

Er machte eine Pause. »Und dann küsst du mich!« Kopfschüttelnd sah er sie an. »Weißt du, wie viel Überwindung es mich gekostet hat, dir nicht sofort die Kleider vom Leib zu reißen?«

Ihre Blicke trafen sich.

»Ich frage mich …« Er zögerte.

»Was fragst du dich?«

»So wie es zwischen uns ist, nicht nur körperlich, auch sonst. Ist es normal, einander so nahe zu sein?«

»Nein, ich glaube nicht. Du bist in meinem Herzen und in meiner Seele. Ich habe so etwas noch nicht erlebt.«

Er wandte die Augen ab, zeichnete mit dem Finger Muster in den Sand.

»Auch nicht mit … Brandon?« Der Name ging ihm kaum über die Lippen.

»Wie kommst du jetzt darauf?«

»Du hast ihn geliebt.«

»Es war anders. Er ist kein Mann, dem man sich schutzlos ausliefert. Eine Nähe wie zwischen uns war mit ihm niemals möglich.«

Er nickte, doch sein Gesicht war sehr blass.

So hatte jeder seine Dämonen. Ihrer hieß Senta und seiner war Brandon.

»Peer, warum kann er dich immer noch quälen? Es ist lange vorbei.«

Er brachte ein schiefes Lächeln zustande. »Weil ich eifersüchtig bin.«

»Du hast keinen Grund. Du hattest nie einen.« Sie beugte sich zu ihm und küsste ihn.

»Ich wünschte, wir könnten hierbleiben«, sagte sie dann. »Unsere Vergangenheit und unsere Herkunft hinter uns lassen. Nur du und ich. Keine Senta, kein Brandon, keine Zeitungsartikel über den ›einfachen Matrosen‹, der Emilia Rossis Liebhaber ist, kein Getuschel über die Engländerin, die Peer Svensson hinterherläuft.«

»Sarah?«

Verwundert sah sie ihn an. Seine Stimme klang ungewöhnlich ernst.

»Ja?«

»Heirate mich!«

Sie zwinkerte. »Wie bitte?«

»Ich sagte: Heirate mich.«

»Peer …«

Er hob die Hand und sprach schnell weiter. »Ich weiß, du willst nicht bleiben. Und ich weiß nicht, was aus uns werden soll. Aber eines weiß ich: Du gehörst zu mir und ich zu dir. Und solange du hier bist, will ich mich nicht mit dir verstecken müssen, sondern vor die Menschen hier treten und sagen: Das ist meine Frau.

Und wenn ich bei dir in San Francisco bin, will ich nicht mehr irgendein Untermieter sein, sondern dein Mann. Und ich werde jedem Reporter, der dir Affären andichtet, die Nase brechen. Als dein Mann darf ich das. Und ich will verdammt noch mal in meinem Bett mit dir schlafen und nicht unter irgendwelchen Büschen!«

Während seiner Rede war er zunehmend lauter geworden. Seine letzten Worte scheuchten ein paar Möwen auf, die jetzt kreischend über ihnen kreisten.

Sarah starrte ihn an. Nach Arthurs Tod hatten einige Männer sie um ihre Hand gebeten. Manche waren an ihrem Vermögen interessiert, andere waren in sie verliebt gewesen oder hatten es zumindest geglaubt. Doch einen solchen Heiratsantrag hatte sie noch nicht bekommen.

»Hast du nicht etwas Wichtiges bei deinen Gründen vergessen?«

»Was?«

»Dass du mich liebst?«

»Ich liebe dich, ich liebe dich! Wie oft soll ich es noch sagen?« Deutliche Ungeduld lag in seiner Stimme.

Sarah berührte ihn zart am Arm. »Ich glaube, ich kann es nicht oft genug hören, nach all dieser Zeit.«

Sein Blick wurde weich. »Ich sage es dir hundert Mal, für jeden Tag, den wir getrennt waren.«

»Ja.«

Verwirrt sah er sie an. »Ja?«

»Ja, das ist meine Antwort.«

Er zog sie so stürmisch an sich, dass sie das Gleichgewicht verloren und Sarah auf ihn fiel. »Die Frauen von Mollösund werden mich hassen«, murmelte sie an seinen Lippen.

»Das ist mir egal. Dann wird niemand mehr versuchen, mich mit irgendeiner zu verkuppeln. In den letzten Wochen habe ich mich eher wie ein Hühnchen gefühlt statt wie ein Albatros.«

Verblüfft hob Sarah den Kopf. »Ein Hühnchen?«

»Ja. Eingesperrt und flugunfähig.«

»Na, du warst wohl eher der Hahn im Korb.«

»Hahn oder Huhn, es war nicht lustig. Senta ...« Er stockte, seine Wangen färbten sich verräterisch rot. Hatte er ihr noch etwas zu beichten?

»Ja? Was ist mit Senta?«

»Früher oder später wird es dir sowieso jemand erzählen. Sie hat versucht, mich zu verführen. An Midsommar.«

»Sie hat es *versucht?*«

»Ja, versucht. Du brauchst gar nicht so ungläubig zu gucken.«

»Was ist passiert?«

»Sie ist mir gefolgt, als ich alleine sein wollte, und irgendwann hing sie an meinem Hals und hat mich geküsst.«

Sarah ballte die Fäuste. »Was du wahrscheinlich ganz schrecklich fandest.«

Sie versuchte, sich aufzurichten, doch er hielt sie fest.

»Ich bin wirklich kein Heiliger. Aber ich bin auch kein Idiot, der zweimal in dieselbe Falle tappt.«

»Da bin ich aber froh«, erwiderte sie trocken und sang leise: »*Voll Inbrunst hingst du dich an ihn, – du küsstest ihn mit heißer Lust.*«

»Was?« Peer starrte sie an, als zweifle er an ihrem Verstand.

»Das ist aus einer Oper von Wagner. Die Hauptfigur heißt ausgerechnet Senta.«

»Ah. Und wen küsst sie da so heiß?«

»Einen Seemann. Den fliegenden Holländer. Ich nehme an, du kennst die Sage?«

»Die Sage, ja, aber keine Senta.«

»Die gibt es nur in dieser Oper. Sie ist diejenige, die den fliegenden Holländer erlösen möchte: *Ich sei's, die dich durch ihre Treu erlöse*«, zitierte sie.

»Du meine Güte.« Er schnaubte unwillig. »Ich muss nicht erlöst werden.«

Das wiederum sah sie anders, wenn sie daran dachte, wie sehr er sich wegen Livias Tod quälte. Aber es würde nicht Senta sein.

»Außerdem empfinde ich nichts für Senta. Mit Livia war es anders, damals war ich in sie verliebt.«

»Trotzdem bist du gegangen.«

»Ja. Weil ich genauso wenig hier leben wollte wie meine Großmutter oder …« Er hob die Brauen. »Wie du. Livia dagegen wollte niemals irgendwo anders sein als in Mollösund. Sie hasste Veränderungen. Alleine die Vorstellung, eventuell nach Göteborg zu ziehen, war für sie furchtbar. Ganz zu schweigen von fernen Ländern.«

Und so eine Frau verliebte sich ausgerechnet in jemanden wie Peer? Aber vielleicht war es genau diese Abneigung gegen Veränderungen, die sie daran gehindert hatte, sich neu zu verlieben.

»Und wie ist das mit Lars? Hängt er genauso an diesem Ort wie seine Mutter?«

Wenn er nur ein bisschen nach seinem Vater kam, eher nicht.

»Er ist erst sieben Jahre alt. Ich glaube nicht, dass er wirklich schon weiß, was er will. Livia wollte unter allen Umständen verhindern, dass er Seemann wird. Sie hat ihm sogar verboten, segeln zu lernen.«

Die Empörung in seiner Stimme brachte sie zum Lächeln. Doch im Grunde konnte sie Livia sehr gut verstehen. Man brauchte sich nur die vielen Namen auf dem Gedenkstein vom Friedhof anzusehen, um zu wissen, welche Opfer die See von den Frauen hier forderte.

Sarah setzte sich gerade und sah ihm in die Augen.

»Peer, hast du mal darüber nachgedacht, was du für deinen Sohn willst?«

Fragend erwiderte er ihren Blick.

»Soll er ein Leben führen wie die Männer hier? Oder eines wie du?«

»Es ist vielleicht weniger eine Frage, was ich will, sondern was möglich ist. Ich wäre froh, wenn er eine Wahl hätte. Im Moment will er natürlich Seemann werden, aber das wollen alle Jungen in seinem Alter.«

»Es ist ein hartes Leben und ein einsames dazu«, sagte sie leise. »Keiner weiß das besser als du.«

»Ich werde keinen Seemann aus ihm machen, wenn er das nicht möchte.«

»Aber um zu wählen, muss er wissen, welche Möglichkeiten es gibt. Du sagst selbst, die Zeit der Segler geht zu Ende, die Dampfer sind die Zukunft. Er muss kein Heizer werden. Er könnte Schiffe bauen, ich habe seine Modelle gesehen. Oder Ingenieurswissenschaft studieren. Stell dir vor, es gibt inzwischen Flugmaschinen, wer weiß, was daraus wird.«

Peer lächelte ein wenig traurig. »Das ist die Theorie. In Wirklichkeit sieht es so aus, dass der Sohn eines Fischers ein Fischer wird und der Sohn eines reichen Mannes studiert.«

»Aber ich habe soeben deinen Heiratsantrag angenommen. Du hast Anspruch auf einen Teil meines Vermögens. Am Geld soll es nicht scheitern.«

Er öffnete den Mund, doch Sarah hob die Hand. »Warte. Denk darüber nach, bevor du ablehnst. Vielleicht kannst du deinen Stolz auch mal runterschlucken. Deinem Sohn zuliebe.«

45. KAPITEL

Nach dem Essen stiegen sie über die Felsen, bis sie am höchsten Punkt der Insel waren.

»Man sieht Mollösund gar nicht.«

»Von hier aus verdeckt Mollön den Blick. Aber du kannst das offene Meer sehen.« Er deutete in die andere Richtung.

In der Bucht war es windstill gewesen, hier oben wehte es leicht.

Sarah setzte sich auf die Felsen, schloss die Augen und lauschte. Wie still es hier war. Noch nicht mal die Möwen schrien.

»Woran denkst du?« Peer hatte sich neben sie gesetzt.

Sie öffnete die Augen. Wann sollte sie ihn fragen, wenn nicht jetzt, solange sie auf einer Insel waren. In Mollösund konnte es lange dauern, bis sie wieder ungestört sein konnten.

»Erzähl mir von Livia.«

Sein Gesicht verschloss sich. »Muss das sein?«

»Wenn ich dir irgendwann wieder vertrauen soll, muss ich wissen, was passiert ist.«

»Du weißt es doch schon.«

»Wieso wusstest du von nichts? Hat sie dir nicht geschrieben?«

»Sie wusste nicht, wo ich war. Ich hatte die Reise nicht geplant, es hat sich so ergeben.«

Bei dir, mein Liebster, scheint sich so manches so zu ergeben.

»Und als du hierher zurückkamst?«

Er presste die Lippen zusammen. »Als ich zurückkam …«

Und dann erzählte er ihr alles. Er sprach von Livia, von seinem Sohn und ihrem Vater.

»Warum hast du mir nicht gleich geschrieben?«, fragte sie ihn, als er geendet hatte. »Glaubst du nicht, ich hätte es verstehen können?«

»Ich wusste nicht, wie. Ich hab's versucht. Ich weiß nicht, wie viele Briefe ich angefangen habe. Ich bin ein Feigling, Sarah. Ich hatte Angst, du liest gar nicht erst zu Ende.«

Er senkte den Kopf. »Und dann … dann starb sie. In der Nacht nach ihrem Tod habe ich dir alles geschrieben.«

»Marit sagte, sie hatte eine Fehlgeburt. Warum glaubst du, du seist schuld an ihrem Tod?«

»Was hat Marit dir sonst noch erzählt?«

»Sie sagte, sie habe noch niemals einen Mann so trauern sehen wie dich.«

Ein kurzes bitteres Lachen entfuhr ihm. »Sie hat dir nicht erzählt, wie es zu der Fehlgeburt kam?«

»Nein.«

»An dem Wochenende, als es passiert ist, wollte ich in Göteborg bleiben. Mit ein paar Kameraden etwas trinken gehen. Ich hatte das Gefühl, in Mollösund zu ersticken, ich wollte nicht schon wieder sonntags in die Kirche, mir das Gerede vom Pastor anhören. Livia war launisch …«

»Das haben Schwangere so an sich«, warf Sarah ein.

»Ich wusste nicht, dass sie schwanger ist.«

»Du wusstest es nicht? Aber das sieht man doch.«

»Bei ihr war es noch zu früh, um etwas zu sehen.«

Sarah zog die Brauen zusammen. Dann konnte Livia nicht weiter als im dritten Monat gewesen sein. Doch an einer derart frühen Fehlgeburt starb man nicht. Aber zunächst beschäftigte sie eine andere Frage.

»Sie hat es dir nicht gesagt?«

»Nein. Sie wusste sehr gut, dass ich keine Kinder mehr wollte.«

Darauf wusste sie nichts zu sagen.

»Ich hatte ihr gesagt, ich käme an diesem Wochenende nicht. Trotzdem ist sie auf den Klockeberget gestiegen. Auf dem Heimweg muss sie gestürzt sein. Lars hat sie gefunden. Da war sie bereits tot. Verblutet.«

Gänsehaut überzog jede Stelle ihres Körpers, als sie sich die Szene vorstellte. Ein Siebenjähriger, der seine tote Mutter fand. Kein Wunder, dass er panische Angst um Peer gehabt hatte.

Trotzdem stimmte an dieser Geschichte etwas nicht.

»Ist sie denn weit abgestürzt?« Vielleicht hatte sie sich innere Verletzungen zugezogen und war daran gestorben.

»Weit? Nein, sie ist nicht abgestürzt. Sie ist wahrscheinlich ausgerutscht und hingefallen.«

»Ausgerutscht und hingefallen? Nicht irgendeinen Felsen hinuntergestürzt?«

»Nein. Sagte ich doch. Warum fragst du?«

»Lass mich einen Moment nachdenken.«

Sie stand auf und sah sich um. Der Aufstieg auf den Klockeberget war steil, doch oben sah es nicht anders aus als hier. Sanft gerundete Felsen, mit Gras und Heidekraut bewachsene Mulden. Schließlich setzte sie sich wieder zu ihm. »Peer, wenn ich dir jetzt etwas sage, wirst du mir glauben, dass ich es nicht tue, um dich zu trösten?«

Er blickte sie fragend an.

Sie zögerte, wo sollte sie anfangen?

»Ich glaube, die Ursache für die Fehlgeburt war nicht der Sturz.«

Er öffnete den Mund, doch sie sprach weiter: »Hör mir einfach zu. Eine junge gesunde Frau verliert ihr Kind nicht, weil sie hinfällt. Nicht am Anfang der Schwangerschaft. Und selbst wenn sie eine Fehlgeburt hatte, in den ersten drei Monaten passiert das oft. Manche Frauen merken es gar nicht. Sie … bluten nur ein wenig stärker als sonst. Deshalb muss es etwas gewesen sein, was mit ihrem Sturz nichts zu tun hatte.«

»Und was sollte das sein?«

Sarah überlegte. Sie hatte Medizin studieren wollen, bevor die Angst vor der eigenen Courage und das Schicksal ihr einen Strich durch die Rechnung gemacht hatten. Jede Woche war sie in der Bibliothek gewesen und hatte unter anderem Bücher über Anatomie und Geburtshilfe ausgeliehen.

»Es gibt da etwas, das selten vorkommt. Wenn das Baby nicht an der richtigen Stelle wächst. Dann hat es keinen Platz, und wenn es zu groß wird, führt das zu starkem Blutverlust, gegen den niemand etwas tun kann. Es hätte genauso gut zu Hause beim Kochen oder nachts im Bett passieren können.«

Eine Eileiterschwangerschaft führte immer zum Tode. Wenn man sie rechtzeitig bemerkte, konnte man operieren. Nur, das war meistens ein Zufall.

»Und das merkt man nicht?«

»Schmerzen können ein Hinweis sein oder Blutungen. Aber Livia wird sicher niemandem davon erzählt haben.«

»Nein, das glaube ich auch nicht.«

»Ich würde gerne Dr. Norberg fragen, was er dazu meint, wenn er das nächste Mal kommt. Wenn du einverstanden bist.«

Er hob die Schultern. »Ich habe nichts dagegen, nur wozu soll das gut sein?«

»Damit du aufhörst, dich zu quälen. Du magst eine Menge falsch gemacht haben, aber an ihrem Tod bist du nicht schuld.«

Wortlos legte er den Arm um ihre Schulter und zog sie an sich.

Bevor sie in die Bucht zurückkehrten, pflückte Sarah einen kleinen Strauß Wildblumen.

»Ein Mitbringsel für jemanden«, erklärte sie auf Peers fragenden Blick.

Die Sonne stand schon tief, als sie das Boot am Steg vertäuten.

»Kommst du mit? Wenn Mutter zu Hause ist, möchte ich ihr sagen, dass wir heiraten. Mit Lars rede ich wohl besser erst mal alleine.«

Sarah zögerte. Am liebsten hätte sie ihm gesagt, er solle es seiner Mutter unter vier Augen sagen, sie konnte sich nicht vorstellen, dass die alte Frau sich freuen würde.

Noch mehr als die Reaktion seiner Mutter fürchtete sie allerdings die seines Sohnes. Lars mochte Senta offensichtlich sehr gerne, vielleicht hoffte er sogar, sein Vater würde sie heiraten. Aber Peer alleine gehen zu lassen, wäre feige. So straffte sie die Schultern und hob den Kopf. »Ich komme mit.«

Elsa war alleine zu Hause.

Peer stellte den Picknickkorb ab und griff nach Sarahs Hand.

»Mutter?«

Elsas Blick wanderte vom Gesicht ihres Sohnes auf ihre ineinander verschränkten Hände und dann hinauf zu Sarahs Gesicht.

Peer räusperte sich und begann zu sprechen.

Da Sarah ihn nicht verstand, achtete sie auf das Mienenspiel seiner Mutter. Sie wirkte nicht überrascht und auch nicht schockiert. Eher wie ein Mensch, der einen Verdacht bestätigt bekommt, den er schon länger hatte. Als Peer schwieg, lächelte sie und Sarah fiel ein Stein vom Herzen. Jetzt erst merkte sie, wie verkrampft sie Peers Hand gehalten hatte.

Ein Geräusch an der Haustür ließ sie herumfahren. Lars stand dort und starrte Peer mit schreckensbleichem Gesicht an. »Nej!«

Peer ließ ihre Hand los und trat auf seinen Sohn zu. »Lasse, hör mir zu.«

Lars schüttelte wild den Kopf und erwiderte trotzig etwas auf Schwedisch.

Peers Hand zuckte vor und die Wange des Jungen färbte sich rot.

»Entschuldige dich! Sofort!«

Lars stand mit gesenktem Kopf und scharrte mit dem Fuß. Er blieb stumm.

Sarah biss sich auf die Lippe, um nichts zu sagen. Das Ganze war eine Sache zwischen Vater und Sohn, doch der Junge tat ihr leid, und sie konnte ihn auch verstehen. Sie versuchte Peers Blick einzufangen, aber er hielt ihn fest auf seinen Sohn gerichtet. Schließlich hob Lars den Kopf, in seinen Augen standen Tränen.

»Sorry«, nuschelte er, dann drehte er sich um und rannte zur Haustür hinaus.

Peer fuhr auf. Sarah legte ihm die Hand auf den Arm. »Lass ihn. Es ist nicht leicht für ihn.«

»Leicht ist es für keinen von uns«, gab er zurück.

»Aber er ist ein Kind«, erwiderte sie. »Du hättest ihn nicht schlagen sollen.«

»Du weißt ja nicht, was er gesagt hat.«

Sie hob die Brauen. »Doch, ich weiß es. Ich kenne inzwischen ein paar gängige Schimpfwörter. Aber er hat sich entschuldigt.«

»Das war wohl kaum eine angemessene Entschuldigung«, grollte Peer.

»Sie war auch eher für dich bestimmt als für mich.«

Er runzelte die Stirn.

»Peer, ich bin eine Fremde für ihn. Du kannst nicht erwarten, dass er mich mag.«

Sie sah in die Richtung, in die Lars verschwunden war.

»Du solltest nach ihm sehen«, sagte sie dann.

Er nickte langsam. »Ja, da hast du wohl recht.«

46. KAPITEL

Peer kochte vor Zorn, als er aus dem Haus ging. Egal, was Sarah davon hielt, wenn der Bengel jetzt zu Senta gelaufen war, um sich von ihr trösten zu lassen, würde er ihn übers Knie legen.

Er war nicht bei Senta, sondern kauerte hinter dem Haus an den Stamm des Apfelbaums gelehnt und schluchzte. Unschlüssig blieb Peer stehen. Er hatte mit Lars nie über Sarah gesprochen. Für ihn war sie einfach eine fremde Frau, die plötzlich hier auftauchte.

Er setzte sich neben seinem Sohn auf die Wiese. »Lasse«, sagte er leise.

Lars richtete sich auf und sah ihn aus verweinten Augen an. »Ich will nicht ins Waisenhaus!«

Peer zog die Brauen zusammen. »Was?«

»Wenn du mit ihr«, er machte eine Kopfbewegung in Richtung Haus, »weggehst, komme ich ins Waisenhaus.«

»So ein Quatsch!« Peer beugte sich vor. »Wie kommst du denn darauf?«

Lars schluchzte auf. »Senta hat das gesagt.«

»Senta ist eine dumme Gans!«, entfuhr es Peer. Er hatte gute Lust, der Frau ihren verdammten Hals umzudrehen.

»Komm her, mein Lasse.« Er zog den Jungen auf seinen Schoß. Lars lehnte sich schluchzend an ihn. »Das ist völliger Blödsinn. Du kommst nicht ins Waisenhaus, das verspreche ich dir!«

Er streichelte Lars über den Rücken.

»Senta hat gesagt, sie sei böse und eine Hure. Sie sei nur gekommen, um dich hier wegzuholen«, murmelte der Junge an seiner Brust.

Peers Zorn wuchs. »Sarah ist nicht gekommen, um mich von hier wegzuholen. Sie wollte mich wirklich nur besuchen. Sie ist weder böse noch eine Hure, und ich will so etwas nie wieder von dir hören.«

Lars kuschelte sich enger an ihn. »Wenn du wieder eine Frau haben willst, warum kannst du dann nicht einfach Senta heiraten?«

»Es tut mir leid, Lasse. Ich weiß, das alles ist schwer für dich zu verstehen. Aber ich kann Senta nicht heiraten. Ich liebe sie nicht, und sie verdient einen Mann, der sie liebt.«

»Und diese Sarah, die hast du lieb?«

»Ja, sehr.«

»Aber du gehst nicht mit ihr fort?«

»Nicht ohne dich. Ich dachte, wir besuchen sie vielleicht mal in Amerika. Wir fahren mit dem Dampfer nach New York und sehen uns die Freiheitsstatue an. Möchtest du das?«

Lars schniefte. »Ja, schon. Wir kommen aber wieder hierher?«

»Ja, das auch.«

Sarah würde alleine vorausfahren, das hatten sie auf der Insel so besprochen. Er und Lars würden Ende November, wenn die Fangsaison hier zu Ende war, mit einem Passagierschiff nachkommen. Sarah hatte darauf bestanden, die Passage zu bezahlen. Sie wollten sich in New York treffen und dann gemeinsam mit der Eisenbahn nach San Francisco fahren. Im Februar würde er mit Lars hierher zurückkehren.

Er hoffte darauf, dass es Lars in Kalifornien gefiel, denn nächstes Jahr wollte er dann nach San Francisco übersiedeln und versuchen, auf einem der Großsegler der Alaska Packers' Association anzuheuern. Die Star of India oder die Star of Alaska liefen im März nach Alaska aus, um dort Lachs zu fangen, und kehrten im September zurück.

Lars konnte in San Francisco die Schule besuchen. Er tat sich leicht mit dem Lernen, und vielleicht würde wirklich mehr als ein Fischer aus ihm werden.

Kurz schloss er die Augen. Der Tag war anstrengender gewesen, als er zugeben wollte, er war müde. Er stand auf und sah auf seinen Sohn hinunter.

»Lass uns ins Haus gehen.«

Lars nickte. Peer reichte ihm die Hand und zog ihn auf die Beine.

Sarah war nicht da, als sie ins Haus zurückkehrten. Seine Mutter konnte ihm nicht sagen, wohin sie gegangen war. Als sie durch die Räume ging, sah sie, dass ihr Schal noch im Korb lag, aber die ganzen Wiesenblumen, die sie auf der Insel gepflückt hatte, fehlten.

Lars zupfte an seinem Ärmel. »Darf ich nochmal raus?«

»Jaja, geh nur.«

Er ließ sich auf einen Stuhl sinken und stützte den Kopf in die Hand.

»Müde?« Schwerfällig setzte sich seine Mutter auf den anderen Stuhl. »Peer, ich muss dir etwas sagen.«

Widerwillig sah er auf. »Wenn du mit mir über Sarah reden willst, muss ich dich enttäuschen. Ich werde sie heiraten. Ich hätte es vor zwei Jahren schon tun sollen.«

»Nein, ich wollte nicht über sie reden. Ich bin froh, wenn es dir wieder besser geht und dass du eine Frau haben wirst und Lars eine Mutter. Du siehst ja selbst, ich bin nicht mehr so gut zu Fuß.«

»Sind deine Schmerzen schlimmer? Du hättest etwas sagen sollen. Sarah kann dir doch helfen, solange sie hier ist. Oder Marit, wenn dir das lieber ist.«

Nur nicht mehr Senta. Mit ihr hatte er noch ein Hühnchen zu rupfen.

Seine Mutter schüttelte den Kopf. »Nein, sie sind nicht schlimmer. Es ist auch nicht die Hüfte.« Sie seufzte und straffte die Schultern. »Peer, ich habe mit Dr. Norberg gesprochen, als er das letzte Mal hier war, weil ich immer so schnell müde und außer Atem bin. Er sagt, mein Herz sei zu schwach. Es wird es wohl nicht mehr lange machen. Er wollte mir eine Medizin aufschreiben, aber heilen kann man es nicht.«

Entsetzt sah er sie an. Linnea hatte gesagt, sie sehe krank aus. Ihm war es nicht aufgefallen, weil er sie regelmäßig sah. Doch jetzt, wo sie es sagte, bemerkte er, wie schmal ihr Gesicht geworden war und wie tief die Falten, die sich von ihrer Nase zu den Mundwinkeln zogen.

»Ach Mutter.« Er wusste nichts zu sagen.

Sie lächelte nur.

»Warum bist du nicht früher zum Arzt gegangen?«

»Weil ich dachte, das sei normal, wenn man alt wird. Peer, ich bin dreiundsechzig Jahre alt. Ich habe lange gelebt. Ich habe einen Sohn und meinen Mann verloren. Viel hält mich nicht mehr.«

»Linnea ist vierundachtzig«, wandte er ein.
»Linnea ist eine Ausnahme.

*

Sarah öffnete das Tor zum Friedhof. Einen Augenblick blieb sie vor dem Gedenkstein für die Seeleute stehen und bekreuzigte sich, bevor sie weiterging. Irgendwann wollte sie Peer fragen, was die Inschrift unter dem Schiff bedeutete.

Vor Livias Grab kniete sie nieder und steckte ihren kleinen Strauß zu den schon angewelkten Blumen in den blauen Krug.

Vor den Grabstein hatte jemand einige besonders schöne Muscheln gelegt. Solche, die man eher in tropischen Meeren fand, nicht hier in der Nordsee. Peer?

Sie schloss die Augen und faltete die Hände.

»Liebe Livia, ich weiß nicht, ob du mich sehen kannst, dort, wo du jetzt bist. Aber wo immer es ist, ich hoffe, dass es dort keinen Kummer, keinen Zorn und keine Eifersucht mehr gibt. Ich weiß, ich habe dir weh getan. Ich wünsche mir, dass du mir verzeihen kannst und Peer ebenfalls. Man kann sich nicht aussuchen, wen man liebt, das weißt du ja selbst. Ich würde deinem Sohn gerne eine gute Ersatzmutter sein, wenn er es irgendwann zulässt. Er ist ein liebenswertes Kind, er muss eine liebenswerte Mutter gehabt haben.«

Sie blieb noch einige Minuten. Als sie aufstand und sich zum Gehen wandte, huschte eine kleine Gestalt zum Tor hinaus. Lars?

Er wartete neben dem Tor und starrte auf seine Schuhe. Als sie vor ihm stehen blieb, hob er den Kopf. »Es tut mir leid, dass ich dich beleidigt habe«, stieß er atemlos hervor, sein Gesicht nahm die Farbe einer Tomate an. Es kostete sie Mühe, ihr Lächeln zu unterdrücken. Auch darin glich er Peer.

»Hat dein Vater dich geschickt?«

Er sah ihr offen ins Gesicht. »Nein. Ich wollte Mama besuchen. Und da hab ich dich gesehen. Du hast ihr Blumen gebracht.« Verwunderung klang aus seiner Stimme. »Warum?«

»Ich kannte deine Mama nicht, aber ich glaube, sie war eine sehr tapfere und mutige Frau.«

Lars biss auf seine Unterlippe. »Hast du auch Kinder?«

»Ich habe eine Tochter, sie ist schon erwachsen. Ich habe mir immer noch einen Jungen gewünscht.«

»Mama wollte noch ein kleines Mädchen.«

»Hättest du denn gerne eine Schwester gehabt?«

Er schüttelte den Kopf. »Ich finde Mädchen doof. Man muss immer nett zu ihnen sein und darf sie nicht ärgern.«

Jetzt lächelte sie doch. Wenn sein Wesen dem seines Vaters so glich wie sein Aussehen, würde sich das in den nächsten zehn Jahren drastisch ändern.

Peer war kein Frauenheld, das nicht. Die meisten Weiberhelden, die Sarah getroffen hatte, mochten in Wahrheit gar keine Frauen, es ging ihnen nur um die Eroberung. Peer dagegen war einfach ein Mann, der Frauen gern hatte. Wahrscheinlich war es das, was seine Anziehungskraft ausmachte.

»Ich hätte lieber einen Bruder«, fuhr Lars fort. »So wie den Ole und den Axel von Onkel Nils. Die nehmen mich immer mit zum Angeln.« Er scharrte mit den Füßen, anscheinend hatte er noch etwas auf dem Herzen. »Papa hat gesagt, wir werden dich besuchen. Kann man bei dir in Amerika auch angeln?«

Sie nickte. »Ich wohne in San Francisco, das liegt am Meer. Man kann dort sehr gut fischen.

Und ganz in der Nähe gibt es eine Werft, in der Schiffe gebaut werden. Das Schiff, dessen Modell ihr gerade baut, die Victory, kommt von dort. Wir könnten uns die Werft ansehen, wenn du magst.«

Seine Schultern sanken nach unten, ein zaghaftes Lächeln erschien in seinem Gesicht.

»Ich würde schon gerne sehen, wie große Schiffe gebaut werden.«

»Dann machen wir das.«

»Sieht es dort genauso aus wie hier?«

»Nein, es gibt nicht so viele Felsen und Inseln, dafür lange Sandstrände und wunderschöne Steilküsten. Das Meer schimmert grün. Und es gibt riesige Bäume, höher als der Kirchturm und so breit wie fünf Männer.«

Lars sah hinüber zur Kirche und dann in ihr Gesicht. »Das ist Seemannsgarn.«

»Es ist die Wahrheit. Frag deinen Vater, er hat sie gesehen.«

Beinahe unmerklich hatte sich die Dämmerung ausgebreitet, die großen Kastanien auf dem Friedhof waren nur noch als Schatten zu sehen. Sarah fröstelte ein wenig. »Wir sollten heimgehen, es wird kühl.«

Kurz bevor sie an Peers Haus ankamen, blieb Lars stehen. »Wenn du Papa heiratest, dann bist du meine Stiefmutter.«

»Glaubst du, dass ich eine böse Stiefmutter bin, so wie im Märchen?«

»Senta hat das gesagt, ich glaube es nicht.«

Peer saß am Tisch vor dem Fenster, den Kopf auf die Hände gestützt. Als sie eintraten, blickte er auf. Sarah entdeckte bestürzt, wie müde und besorgt er aussah.

Bei ihrem Anblick lächelte er verwundert. »Wo kommt ihr beide denn her?«

»Wir haben uns beim Friedhof getroffen.«

»Sie hat Mama Blumen gebracht.«

Sein Blick streifte kurz ihr Gesicht, sie sah das Erstaunen darin. Dann wandte er sich an Lars.

»Zeit zum Schlafengehen.«

»Aber ich bin noch gar nicht müde!«

Peer runzelte die Stirn. »Es ist spät. Sonst kommst du morgen früh nicht aus dem Bett.«

Murrend stieg Lars die Treppe nach oben.

»In dieser Beziehung sind Kinder wohl überall auf der Welt gleich«, sagte Sarah und lachte. »Du siehst allerdings auch sehr müde aus. Du solltest dich hinlegen.«

»Gleich. Setz dich kurz zu mir.«

Sie rückte sich den Stuhl zurecht und nahm ihm gegenüber Platz. »Wo ist deine Mutter?«

»In ihrem Zimmer. Ich hoffe, sie schläft. Ich wollte mit dir über sie reden.«

»Hat sie etwas gesagt, weil wir heiraten wollen?«

»Nein, das ist es nicht. Sie ist sehr krank. Sie glaubt, dass sie nicht mehr lange zu leben hat.«

»Ach Peer, warum denn?«

»Ihr Herz sei sehr schwach, sagt der Arzt. Sie fühlt sich schon seit letzten Herbst ständig müde. Ich dachte, es liege an dem langen Winter. Außerdem hat sie starke Schmerzen in der Hüfte. Marit hat ihr angeboten, sie zu sich zu nehmen, wenn sie nicht mehr alleine zurechtkommt, aber sie möchte solange wie möglich in ihrem Haus bleiben. Bis zum Frühjahr mindestens.«

Das verstand sie nur zu gut. Peers Schwester war sicherlich keine bösartige Person, doch sie neigte offenbar dazu, das Kommando an sich zu reißen. Elsa würde nicht mehr viel zu bestimmen haben, wenn sie erst mal bei Marit wohnte.

Er seufzte. »Ich möchte sie nicht alleine lassen, solange sie noch nicht bei Marit lebt.«

»Ich verstehe.«

»Wirklich?«

»Ja.«

Er würde nicht im November kommen, sondern erst im Frühjahr. Sie wären wieder mehr als ein halbes Jahr getrennt. Es sei denn …

»Ich kann noch bleiben, wenn du möchtest. Anne und Alice können auch alleine die Europareise machen.«

»Ob ich das möchte? Das fragst du nicht im Ernst. Wie lange kannst du bleiben?«

»Ich weiß nicht genau. Aber bis Mitte September bestimmt. Im Oktober muss Anne zurück sein, und Stoll will mit den Proben für die Butterfly anfangen.«

»Mitte September. Das sind fast zwei Monate.«

»Ich schicke morgen ein Telegramm nach London zu Alice und Anne. Sie werden es sicher verstehen.«

Er lächelte. »Und ich rede morgen mit dem Pastor. Ich habe es satt, mich jeden Abend von dir zu verabschieden.« Doch dann wurde er wieder ernst. »Du weißt aber, dass ich auch wieder auf Heringsfahrt gehen werde. Ich muss. Seit dem Unfall ist Olsson an meiner Stelle gefahren, nur der hat sich eigentlich schon zur Ruhe gesetzt.«

Sarah hatte etwas Ähnliches erwartet. Peer war kein Mann, der wochen- oder monatelang zu Hause sitzen blieb, wo er nichts tun konnte. »Und du weißt, dass du die Schiene noch mindestens sechs Wochen lang tragen musst?«

Er zwinkerte ihr zu. »Ich bin der Steuermann. Ich arbeite nicht, ich gebe die Befehle.«

»Ach ja?«

»Nein. So ist es nicht. Auf den Schiffen hier noch viel weniger als auf den Großseglern, wir sind ja alle mehr oder weniger zusammen aufgewachsen. Hier packt jeder mit an. Und wenn ich einen Kurs berechnen will, brauche ich den Arm nicht. Wenn du …«, er zögerte, »wenn du also doch lieber deine Europareise machen möchtest?«

»Nein. Ich bleibe.« Dass er seine Arbeit aufgab, um ihr die Zeit zu vertreiben, erwartete sie nicht. Sicher würde sie ebenfalls etwas zu tun finden. »Vielleicht kann ich deiner Mutter helfen. Und ich werde diese Oper einstudieren. In der Schankstube vom Wärdshus steht ein Klavier. Ich frage Pernilla, ob ich morgens, wenn sie noch geschlossen haben, darauf spielen kann.«

47. KAPITEL

Als Peer am nächsten Morgen das Haus verlassen wollte, um mit dem Pastor zu sprechen, stürmte Senta herein. »Ich muss mit dir reden!«

»Und ich mit dir«, gab er zurück und schloss die Tür. Dann würde er eben zuerst das klären und anschließend zur Kirche gehen. Sentas Gesicht war hochrot, ihre Augen funkelten. Sie stemmte die Hände in die Taille.

»Ich komme eben von der Post. Ist das wahr? Du willst sie heiraten.«

»Woher weißt du das?«

»Sie hat ein Telegramm nach London geschickt, da stand es drin.«

Also hatte Matthias geplaudert.

»Ich dachte immer, es gibt so etwas wie ein Postgeheimnis. Aber ich wollte es dir ohnehin heute sagen. Ja, ich werde Sarah heiraten.«

»Eine Großstädterin! Ich habe ihre Hände gesehen. Die hat nie in ihrem Leben gearbeitet. Was will die hier? Soll sie vielleicht für Lars sorgen, wenn du wieder gesund bist und hinausfährst?«

»Ich heirate sie nicht, damit sie sich um Lars kümmert, sondern weil ich sie liebe. Und nenn' sie nicht ›die‹. Sie heißt Sarah.«

»Sie wird wieder wegfahren, das hat sie zu Marit gesagt.«

Heiße Wut packte ihn. »Ja, es wurde viel gesagt in den letzten Tagen. Von Marit und von dir. Marit hat behauptet, ich wolle dich heiraten. Und du hast Lars gesagt, er komme ins Waisenhaus. Du schreckst noch nicht einmal davor zurück, einem Kind Angst einzujagen. Was habt ihr beiden euch noch ausgedacht?«

Er hätte nicht für möglich gehalten, dass Senta noch tiefer erröten konnte, doch sie tat es und schien plötzlich den Tränen nahe.

»Was?«, fragte er scharf.

»Wir dachten, wenn du nichts mehr von ihr hörst, überlegst du es dir vielleicht anders. Doch dann tauchte sie plötzlich hier auf.«

»Wie?« Irgendetwas stimmte nicht. »Ich habe außer mit Livia mit niemandem über Sarah gesprochen. Woher wisst ihr, dass ich nichts mehr von ihr gehört habe?«

Sie hatte ihm geschrieben, aber die Briefe waren nicht angekommen. Sein Brief war wegen des Erdbebens verlorengegangen. Doch warum waren gleich drei Briefe von ihr nicht angekommen? Er starrte Senta an. Seit wann holte sie die Post?

Irgendwann Ende April hatte sie damit angefangen.

Sie antwortete nicht, aber die Art, wie sie seinem Blick auswich, sagte ihm genug.

»Geh«, sagte er und seine Stimme bebte vor Zorn. »Ich habe noch nie eine Frau geschlagen, aber wenn du nicht sofort gehst, werde ich es tun.«

Kurz nachdem Senta das Haus verlassen hatte, kam Sarah.

»So, das Telegramm ist unterwegs«, rief sie fröhlich. »Ich

bin gespannt, was sie sagen werden. Wahrscheinlich würde Alice am liebsten sofort hierherkommen.«

Sie hielt inne. »Was ist los? Du bist ganz blass. Hast du Schmerzen?«

Er verneinte. »Ich habe nicht besonders gut geschlafen.« Es war die Wahrheit. Er hatte die halbe Nacht wachgelegen und sich Gedanken um die Zukunft gemacht.

»Vielleicht solltest du dich mehr schonen.«

»Oh verdammt, tu mir einen Gefallen und fang nicht auch noch an, mich zu bemuttern. Mir reicht meine Schwester, die ständig meint, sie wüsste, was gut für mich ist.« Es klang grober, als er es beabsichtig hatte.

Sie zog die Augenbrauen hoch. »Was ist passiert?«

Er konnte ihr nichts vormachen. Schon gar nicht, wenn es ihm schlecht ging. Sie schien ein besonderes Gespür dafür zu haben, was in ihm vorging.

Schwerfällig ließ er sich auf den Stuhl sinken. »Senta hat deine letzten drei Briefe unterschlagen. Vermutlich hat sie das mit Marit zusammen ausgeheckt.«

Sie setzte sich ihm gegenüber und griff nach seiner Hand. »Woher weißt du das?«

»Sie war gerade hier. Matthias hat ihr von deinem Telegramm erzählt, und sie wollte mich zur Rede stellen. Dabei hat sie sich verplappert.«

»Eigentlich ist das keine Überraschung. Sie hatte die Gelegenheit dazu.«

»Das ist alles, was du zu sagen hast?« Er hatte mit einem Wutausbruch gerechnet. »Ihr Plan hätte fast geklappt.«

Sarah kaute auf ihrer Unterlippe. »Aber nur, weil wir kein Vertrauen zueinander hatten. Ich habe Marit geglaubt, obwohl ich es hätte besser wissen müssen. Und du warst sehr schnell bereit, zu glauben, ich hätte ein Verhältnis mit Brandon. Wir wissen immer noch nicht viel voneinander.« Ihr

Gesichtsausdruck wechselte, sie lächelte ihr strahlendes Lächeln. »Das wird bestimmt eine interessante Ehe.«

Deshalb liebte er sie so sehr. Er liebte ihre Neugier auf die Welt, ihre Lebensfreude, ihre Fähigkeit, das Gute zu sehen. Sie sah die Dinge nicht nur von einem Standpunkt und teilte sie in richtig und falsch ein wie die Leute hier im Ort. Sie verurteilte nicht, sondern versuchte zu verstehen.

»Du bist nicht böse auf Senta?«

»Natürlich bin ich böse. Und sie sollte mir jetzt besser nicht über den Weg laufen. Aber eigentlich tut sie mir auch ein bisschen leid.«

»Sie tut dir leid? Warum?«

»Vielleicht liebt sie dich wirklich und war verzweifelt.«

»Du bist sehr großzügig.«

Sie drückte seine Hand. »Ich habe das Glück, dass du mich liebst. Da ist es leicht, großzügig zu sein.«

Er stand auf. »Lass uns zum Pastor gehen.«

*

Es versprach, wieder ein schöner Tag zu werden. Die Sonne malte Kringel auf die Wege und ließ das Rot der Häuser leuchten. Der Himmel strahlte in jenem tiefen Blau, das Sarah immer wieder zum Staunen brachte. Das Licht hier war völlig anders als die weichen Gelbtöne, die sie aus Kalifornien kannte. Klarer, kühler. Die Kontraste waren schärfer, die Farben satter.

Vom Hafen drang das ewige Geschrei der Möwen, die sich um die Fischabfälle zankten, und leider auch immer noch der Gestank nach trocknendem Fisch, der wie eine Glocke über dem Dorf lag. Auf jedem Steg, auf dem Berg vor dem Leuchtturm und auf der Insel Mollön hingen hunderte von Lengfischen zum Trocknen.

Pastor Dahlberg empfing sie freundlich, wenn auch etwas verwundert. Er bat sie herein, seine Haushälterin brachte Kaffee.

Sarah konnte dem Gespräch nicht folgen, der Pastor sprach kein Englisch, aber Peers Mienenspiel verriet ihr, dass es wohl nicht so einfach war, wie er sich das gedacht hatte.

Die beiden Männer redeten eine ganze Weile. Dahlberg schien irgendetwas zu bedauern, während Peer immer ungeduldiger reagierte.

Schließlich wandte er sich an sie. »Er sagt, er könne uns nicht trauen, weil du katholisch seist.«

Daran hatte sie nicht gedacht. Religion war für sie nicht viel mehr als liebgewonnene Rituale an den hohen Feiertagen, in ihrem Alltag nahm sie keinen großen Raum ein.

Arthur und sie waren katholisch getraut worden. Die meisten alteingesessenen Familien in Kalifornien waren katholisch. Das stammte noch aus der Zeit, als das Land zu Mexico gehört hatte und nur Katholiken eine Landbewilligung bekommen hatten.

»Was können wir tun?«

Peer hob die Schultern. »Er sagt, du bräuchtest eine Dispens oder so von deinem Priester. Und du sollst dir darüber im Klaren sein, dass deine Kirche unsere Ehe nicht anerkennen wird. Für sie ist es ein ›sündhaftes Verhältnis‹.«

»Ach herrje.« Der Ausdruck reizte sie zum Lachen, doch angesichts der ernsten Mienen der beiden Männer riss sie sich zusammen.

»Mir ist ziemlich gleichgültig, wie irgendein Pfaffe unsere Verbindung nennt. Wenn wir jetzt nicht heiraten können, warten wir, bis du zu mir kommst. Bei uns in Kaliforniern reicht eine Unterschrift in der City Hall.«

Peers Gesicht verriet nur zu deutlich, was er dachte. Sie würden weiterhin getrennt leben, wenn der Pastor sie nicht traute. Was in San Francisco möglich gewesen war, dass er bei ihr wohnte, obwohl sie nicht verheiratete waren, war hier in Mollösund undenkbar.

Er wandte sich wieder an Dahlberg. »Es gibt auch in Schweden die Möglichkeit der Zivilehe. Wir könnten in Göteborg im Rathaus heiraten. Aber erst Ende September. Dann ist meine Trauerzeit um.«

»Trauerzeit?«

»Laut Gesetz muss ein Witwer ein halbes Jahr warten, bevor er wieder heiratet. Witwen sogar ein ganzes Jahr.«

Es gab nichts mehr zu sagen, so verabschiedeten sie sich von dem Pastor und machten sich auf den Heimweg.

Draußen vor der Kirche griff er nach ihrer Hand. »Was tun wir jetzt, außer warten?«

Sarah lächelte ihn an. »Wir heiraten nächstes Frühjahr in San Francisco. Und bis dahin führen wir unser ›sündhaftes Verhältnis‹ fort. Es gibt einen Hintereingang im Wärdshus. Pernilla hat mir den Schlüssel gegeben, damit ich nicht durch die Schankstube gehen muss, wenn ich später komme. Du könntest mich also besuchen.«

Er kam am selben Abend.

»Diese Heimlichtuerei gefällt mir nicht«, sagte er schon beim Eintreten.

»Mir ebenfalls nicht, aber was können wir sonst tun?«

Er hob die Schultern. »Nichts. Ich würde gerne einen Spaziergang mit dir machen.«

Irritiert sah sie ihn an. Jetzt, wo sie endlich Gelegenheit hatten, alleine zu sein, wollte er spazieren gehen?

Zu ihrer Überraschung errötete er unter ihrem Blick. »Ich – ich möchte gerne, dass wir uns gegenseitig das Versprechen geben, unter freiem Himmel, wenn wir es schon nicht in der Kirche tun können. Ich dachte, wir gehen vor zum Kap am Leuchtturm. Zieh am besten Hosen an, wir müssen ein bisschen über die Felsen klettern.«

Rasch zog sie sich um. Das Versprechen? Meinte er das Eheversprechen?

Leise stiegen sie Hintertreppe hinunter. Als sie durch das Dorf gingen, griff er nach ihrer Hand, als wäre es das Selbstverständlichste auf der Welt. Die Sonne stand schon tief, auf den Gassen waren kaum noch Menschen. Die Lengfische auf den Stegen schaukelten leicht im Wind.

»Wie lange dauert es, bis sie getrocknet sind?«, fragte Sarah.

»Etwa zwei Wochen, wenn das Wetter so bleibt. Dann werden sie abgenommen, kontrolliert und eingelagert. Und vor Weihnachten werden sie verkauft. Am Julfest isst man überall in Schweden und Norwegen Lutfisk. Lengfisch.«

Er ging nicht an der Küste entlang, sondern einen schmalen Pfad, der zwischen den Felsen hindurch zum Meer führte. Die Sonne stand dicht über dem Horizont, färbte den Himmel und die Wolken in hunderten Schattierungen von rosa, orange und rot. Hand in Hand standen sie da und betrachteten schweigend den Sonnenuntergang, bis nur noch die Wolken rötlich leuchteten, während sich über ihnen das tiefe Blau des Nachthimmels ausbreitete.

Peer drehte sich zu ihr. »Gibst du mir den Ring?«

Langsam streifte Sarah ihn ab und legte ihn in Peers Hand. Er drehte ihn zwischen den Fingern.

»Linnea hat dir gesagt, dass es ein Ehering ist?«

»Ja. Warum hast du es mir nicht gesagt?«

»Hättest du denn Ja gesagt, wenn ich dich in Yokohama gefragt hätte, ob du meine Frau werden willst?«

Sarah ließ ihre Gedanken zurückwandern zu dem Tag des Abschieds in Yokohama. Sie hatte ihn geliebt. Das erste Mal seit neunzehn Jahren, dass sie wieder lieben konnte, und über die Zukunft hatte sie sich keine Gedanken machen wollen.

»Nein, ich denke nicht. Es war alles neu und ungewohnt. Ich konnte mir damals nicht vorstellen, jemals wieder zu heiraten.«

»Das habe ich mir gedacht. Ich wusste, du bist die Frau meines Lebens, aber ich wusste nicht, was ich dir bedeute. Ich habe gehofft, dass der Spruch wirkt, dass du mich wie ein Siegel auf dein Herz legst.«

»Gewirkt hat er. Ich musste wohl erst spüren, wie es ist, dich zu verlieren, um den Mut zu haben, mich ganz auf dich einzulassen.«

»Du wirst mich nicht verlieren. Nicht, solange ich lebe.«

Er räusperte sich, nahm ihre Hand und steckte ihr den Ring wieder an. Als er sprach, war seine Stimme klar und deutlich: »Ich, Peer Axel Svensson, nehme dich, Sarah, zu meiner Frau. Ich will dich lieben und Freud und Leid mit dir teilen und an dich glauben, bis der Tod uns trennt.«

Sarah schluckte kurz, dann sprach auch sie: »Ich, Sarah Emilia Tanner, geborene Ross, nehme dich, Peer, zu meinem Mann. Ich will dich lieben und Freud und Leid mit dir teilen und an dich glauben, bis der Tod uns trennt.«

Peer ließ ihre Hand los und deutete in den Himmel. »Wir haben einen Trauzeugen.«

Sarah sah in die Richtung, in die er zeigte. Über dem Horizont leuchtete der Nordstern.

EPILOG

San Francisco, März 1907

In Madame Butterflys Kimono gehüllt trat Sarah an den Rand der Bühne. Das neueröffnete Van Ness Theater war bis auf den letzten Platz ausverkauft, man hatte sogar die Stühle im Parkett enger gestellt, um den vielen Zuschauern Platz zu bieten.

Soeben hatte Suzuki, Madame Butterflys Dienerin, ihrem Zweifel Ausdruck gegeben, dass der Mann, den ihre Herrin so sehr liebte, jemals zu ihr zurückkehren würde. Die letzten Töne des Orchesters verklangen. Sarah atmete tief durch und richtete den Blick in die Ferne, jenseits der Mauern des Theaters.

Ohne Orchesterbegleitung sang sie die ersten Takte von »Un bel di vedremeo«, der Arie, in der Cho-Cho-San voller Hoffnung verkündete, dass sie ihren Geliebten wiedersehen werde.

Höre!
Eines Tages sehn wir ein Streifchen Rauch
Im Osten überm Meer in die Lüfte steigen:
Sein Schiff wird sich dann zeigen.

Bis zuletzt hatte sie sich mit der Rolle nicht wirklich anfreunden können, doch diese Arie liebte sie. Sie wusste inzwischen um die Hoffnung, die dort wider besseres Wissen zum Ausdruck kam.

Ich gelobe dir heilig, dass dies eintrifft …
Halte für dich die Zweifel, ich will mit Zuversicht
Ihn erwarten.

Während sie diese Zeilen sang, blickte sie hinunter in den Zuschauerraum.

In der ersten Reihe saßen Peer und Lars neben Anne und Alice.

NACHWORT UND DANK

In meinem ersten Roman »Die Sehnsucht der Albatrosse« spielt Peers Heimatort keine Rolle, er wird nur einmal erwähnt. Also suchte ich mit Hilfe von Google Earth und Streetview einen Ort, der mir geeignet erschien. Allerdings wusste ich damals schon, wie die Geschichte weitergehen könnte, und erwähnte meinem Mann gegenüber, dass ich eigentlich nach Westschweden müsste, um mir vor Ort ein Bild zu machen. Er überraschte mich zu unserer Silberhochzeit mit einem verlängerten Wochenende in Schweden.

Der Ort, den ich auf Google Earth ausgesucht hatte, war eine Enttäuschung. Er entsprach in keiner Weise dem, was ich mir vorgestellt hatte. Wir fuhren die Küste entlang, von der norwegischen Grenze bis nach Göteborg. Es gibt viele schöne Fischerdörfer dort, aber verliebt habe ich mich in das letzte Dorf auf unserer Route: Mollösund.

Die wunderbare Lage, die herbe Landschaft und vor allem die Geschichte der Lengfischer haben mich sofort gefesselt.

Mollösund liegt auf der Insel Orust und ist vermutlich Schwedens ältestes Fischerdorf. Am Hafen steht eine Schautafel, die über das Leben und die Arbeit der Hochseefischer dort informiert. Die letzten Sätze lauten:

»Oft fuhren die Männer im Winter von zu Hause los und kamen erst zum Herbst wieder. Die Arbeit in den kleinen, schwer beladenen Booten war sehr gefährlich. Es verging kein Jahr, in dem nicht einige Frauen in Mollösund zu Witwen wurden. Von den Männern jedoch wurde in ganz Nordeuropa gesprochen. Viele von ihnen wurden in England und Norwegen angestellt, um dort zu fischen und ihre Kenntnisse weiter zu vermitteln.«

Als ich das las, war mir klar: Das muss Peers Heimat sein.

»Das Geheimnis des Nordsterns« ist kein historischer Roman über Mollösund. Peer sowie alle vorkommenden Personen und Ereignisse sind frei erfunden. Informationen über das Leben um die Jahrhundertwende in Mollösund verdanke ich vor allem Ann-Sofie Bernhardsson, die bei unserem zweiten Besuch extra für uns das Heimatmuseum und das Fischerhaus geöffnet hat und mir nicht nur alle Fragen beantwortet hat, sondern auch ein paar Anekdoten aus jener Zeit erzählen konnte. Über »die Männer von Mollösund« informiert die Schautafel am Hafen, Anne-Sofie hat mir Geschichten über die Frauen dort erzählt, die nicht weniger mutig und »hart« waren als ihre Männer.

Wieder einmal danke ich meinen Testlesern:

Meiner Freundin und Thrillerautorin Ute Bareiss für ihr offenes Ohr und gutes Zureden, wenn ich mal wieder mit mir und der Geschichte gehadert habe. Meiner Tochter Kristin, die das Manuskript von Anfang »begleitet« hat, für ihre Begeisterung.

Ilona Schmidt, Plotratgeberin und Wächterin über die Perspektive, für ihre kritischen und hilfreichen Worte zum ersten Plotentwurf. Ihren zum Hühnchen mutierten Albatros musste ich einfach in der Geschichte unterbringen.

Jenny Bruno und Sonja Kettenring für das Aufdecken von Ungereimtheiten.

Katharina Conrad und Jeanine Lefevre, die das Manuskript gelesen haben, ohne »Die Sehnsucht der Albatrosse« zu kennen, danke ich für die tollen Hinweise, welche Informationen wichtig sind, um der Handlung folgen zu können, und für ihre immer konstruktive Kritik. Meiner Tochter Katja für das Aufspüren von Rechtschreibfehlern.

Mein Dank gilt auch meiner damaligen Lektorin, Eva Wallbaum, die den »Albatrossen« 2014 bei Books2read ihren ersten Startplatz gegeben hat – und natürlich dem Aufbau Verlag und meiner Lektorin Anne Sudmann für die überarbeitete Neuauflage.

Ganz herzlich bedanke ich mich bei den Lesern meines ersten Romans. Ohne ihr überwältigendes Feedback und die vielen Fragen, wie es weitergeht mit Sarah und Peer, würde es »Das Geheimnis des Nordsterns« nicht geben.

Karin Seemayer
Die Sehnsucht der Albatrosse
Historischer Roman
432 Seiten. Broschur
ISBN 978-3-7466-3574-3
Auch als E-Book erhältlich

Zwischen uns das Meer

San Francisco, 1904: Sarah ist ein gefeierter Opernstar, doch als sie ihre Stimme verliert, scheint ihre Karriere beendet. Um wieder zu sich zu finden, beschließt sie nach Hawaii zu reisen. In einer stürmischen Nacht passiert das Unvorstellbare: Ihr Schiff sinkt. In letzter Sekunde gelingt Sarah die Rettung, sie wird von einem Segelschiff aufgenommen, das auf dem Weg ins Eismeer ist, um dort Robben zu jagen. Plötzlich muss sich Sarah in der rauen Männerwelt, die auf dem Schiff herrscht, behaupten. Doch als sie glaubt, ihre Rolle gefunden zu haben, stößt sie auf ein dunkles Geheimnis …

Eine Frau, die nur für die Musik lebt. Ein Mann, der ohne das Meer nicht leben kann. Und eine Reise, auf der beide an ihre Grenzen kommen.

Regelmäßige Informationen erhalten Sie über unseren Newsletter. Jetzt anmelden unter: www.aufbau-verlag.de/newsletter

atb aufbau taschenbuch

Karin Seemayer
Die Tochter der Toskana
Historischer Roman
432 Seiten. Broschur
ISBN 978-3-7466-3341-1
Auch als E-Book erhältlich

Die Wege der Freiheit

Toskana, 1832: Antonellas Traum ist es, zu kochen und Wein anzubauen, doch sie soll den reichen Sohn des Müllers heiraten. Voller Verzweiflung bricht sie aus der Enge ihres kleinen Dorfes in den Apuanischen Alpen aus und flieht nach Genua. Die Reise ist gefährlich, denn Italien gleicht einem Pulverfass. Überall regt sich erbitterter Widerstand gegen die Herrschaft der Habsburger. Daher ist Antonella froh, als sie Marco trifft, der ihr Geleit anbietet. Was aber verheimlicht er ihr? Und wieso fühlt sie sich trotzdem so zu ihm hingezogen? Als sein Geheimnis offenbart wird, muss sie allen Mut aufbringen, um sein Leben zu retten.

Die Geschichte einer starken Frau zur Zeit der italienischen Freiheitskämpfe.

Regelmäßige Informationen erhalten Sie über unseren Newsletter. Jetzt anmelden unter: www.aufbau-verlag.de/newsletter

atb aufbau taschenbuch